La calavera de cristal

Orlando Hechavarría Fiol

© Orlando Hechavarría Fiol, 2003

www.orlandohechavarria.com

Primera edición: Ediciones Boloña, 2006

Sobre la presente edición: Estados Unidos de América, 2022

© 2022, Xavart LLC

www.xavart.com

ISBN: 978-1-7366878-8-8

Ilustración de cubierta: Hermes Entenza Martínez

Diseño: Norberto Molina Martínez

Diagramación: Tina Azcuaga

Edición: Mey Ramírez García

Índice

Agradecimientos

Ahora deseo enarbolar un fragmento aparte –como un toque solemne– para seres especiales: Imeldo Álvarez, mi preceptor, y Aydée Carrasco, mi filóloga, amigos que avivaron mis energías creativas. A mis hermanos Omar y Ofil que, por su experiencia en la guerra de Angola, me enseñaron que la vida está llena de aventuras dolorosas y bienhechoras. A mis hijos Ivón, Landy, Fidel, Pablo Alejandro y Fabio. A Humberto Vázquez, mi viejo amigo historiador, que se me parece a Ramiro Guerra porque insiste en que la Historia no es batuta manipulable. A María Emilia por la primera edición de esta novela y a Mey por su revisión, porque ambas, con disfrute profesional, trabajaron afanosas por alisar esta obra. A Pedro Juan, compañero de Minas del Frío y al paradigmático Miguel Martín, por cumplir con su palabra. A María Cruz Almaraz y Mariano López Parro, mis amigos españoles que me apoyaron y hasta irrumpieron decisivos, afortunadamente, en esta trama. Y una mención especial a mi hijo Fidel, que me dijo que esta fabulación le había demostrado que en la literatura lo más importante es «la magia que jamás termina». A todos: ¡muchas gracias!

A Pablo Milanés

¿Ya conocéis mi sangre navegable,
mi geografía llena de oscuros montes,
de hondos y amargos valles
que no están en los mapas?

Nicolás Guillén

I

A lo mejor seríamos más educados

Había deslizamientos de tierra y su concubina, hijas y hermana halaban de sus brazos hasta provocarle dolor en su casi inexistente cuello. Este pormenor anatómico era para el vasco Ángel Ondarribi la mortificación que llevaba a cuestas y por ello odiaba los espejos. Sin importar el traje ni el sombrero que llevara puesto, no lograba encubrir ese rasgo físico de su fisonomía que parecía estar sembrado como un corcho en una botella de vino. Ahora se aferraba con las piernas al estrecho sendero fangoso que, para mayor suplicio, bordeaba los abismos que la despiadada tormenta diseñaba como apuntando en dirección al centro de la tierra. Sentía que los vientos ululaban y le anunciaban la probable anulación de su vida y la de sus seres queridos, junto a todas las velas encendidas de las casas y los templos habaneros.

Ondarribi se volteó en la cama con movimiento brusco.

Se aferraba al estrecho atajo resbaladizo, remolcando consigo a su familia. «¡La sangre de Cristo! —recordaba en la fatiga los sermones del padre Juvenal—. ¡La sangre de sus sienes y de todo su cuerpo!» Su hermana María Cruz se reía con nerviosas carcajadas, desafiando las continuas ráfagas de los vientos provenientes del este, ahora girando en sentido inverso a las manecillas del reloj. Ella reía y exclamaba una frase que surgía y se ahogaba en los ecos del agua furiosa: «¡Hermanito mío! ¿Qué dices ahora? ¿Qué dirás cuando La Habana se transforme en colonia inglesa?» A las risotadas de María Cruz se sumaban las de Eva, su hija mayor, que burlona y vengativa le lanzaba fango a su rostro. *Sabía que ellas dos eran parecidas cual gotas de agua de aspecto inofensivo, que al caer sobre la roca portentosa la convierte en polvo. Mas su verdadera preocupación era Froyla, su hija menor, y cuando trepaba solo deseaba aferrarla con todas sus fuerzas hasta llegar al desfallecimiento; y a pesar de todos los esfuerzos Froyla se le escapaba de las manos.*

Se imaginó sentado en la cama, pero no sabía en qué mundo estaba viviendo y su respiración ahora se volvía más urgente.

Savanna Smith, a pesar de que la lluvia le dejaba abrir los ojos, trataba de calmarlo y le imploraba que hiciera caso omiso de las palabras hirientes de María Cruz. «¡Tiene que ser! —gritó Ondarribi—. ¡Los jefes militares españoles han cometido muchos errores! Luego nos iremos a Europa y Froyla no tendrá sosiego cuando sepa que por causa de un destino caprichoso nunca más podrá ver esta ciudad que tanto ama». Ahora el vasco admiraba el perfil de su delicada princesa y a través de esa detenida contemplación observaba al fondo el tupido follaje que circundaba La Habana y el alto cielo que la cubría, en ese instante, fragmentado y borrascoso, con inexplicables claros azules y abultadas nubes que viajaban veloces hacia parajes de ceniza mojada, Ondarribi sospechaba que devendría la larga emigración de las estrellas.

Como era su costumbre, Savanna despertó a su compañero a las cinco de la mañana; traía consigo la pequeña bandeja con una taza de café y una línea de coñac. El vasco se sentó en el lecho y excitado bebió de un golpe el licor y la cálida infusión.

—He tenido una pesadilla horrible —dijo de pie mientras se inclinaba sobre una jofaina esmaltada para lavarse la cara.

—¿Qué soñaste? —preguntó Savanna, vertiendo agua en las manos del vasco—. ¡Qué le había ocurrido algo malo a Froyla! ¿No?

Sí, Froyla estaba, pero fue algo peor. Ayer me dijeron que muy pronto los ingleses atacarán La Habana.

—¿Quién te dijo ese disparate?

—Jiménez el canario.

Savanna escuchó el relato del vasco sobre la pesadilla. Creyó al final que no era más que una sarta de necedades que había mortificado el sueño de su esposo y que esta sería desatendida sin duda por el Todopoderoso. Pensó que la culpa de tales sobresaltos era de Jiménez, quien, aficionado como nadie a los cotilleos, era capaz de inventarse tales embustes.

—¡No te preocupes! —aseguró enérgica—. ¡Ninguna fuerza, por grande que sea, podrá conquistar La Habana!

Ella, satisfecha de haber intentado tranquilizar el ánimo del vasco, caminó hacia la puerta sosteniendo el recipiente de agua entre las manos; descubrió con inexplicable sorpresa, sin embargo, que sus nervios la traicionaban porque unos temblores comenzaron a invadirla por dentro.

Ángel Ondarribi vivía en La Habana con su familia desde 1759. A Savanna Smith la había conocido en Port Royal un año antes de raptarla e irse a vivir a Santiago de Cuba. Optó por establecerse en esta ciudad por las ventajas comerciales que ofrecía y, sobre todo, para esquivar la hostilidad en Jamaica a causa de su mujer. La oposición en Jamaica fue practicada hacia él por el rechazo social a que un vasco rubio y de ojos verdes conviviera con una mulata advenediza de pelo rebelde. A partir de este cambio logístico, Ondarribi siempre mintió sobre el origen de Savanna, a pesar, incluso, de que ella ostentaba a su favor un rostro con facciones de mujer blanca. Había esquivado la discriminación en Jamaica y, sin embargo, un buen día llegó a Santiago de Cuba procedente de Europa su hermana menor María Cruz, luego del fallecimiento del padre de ambos. El desdén con el cual María Cruz trataba a Savanna sustituía en buena medida aquellos lejanos agravios de sus otrora conocidos de Port Royal. «¡Es una

Proserpina! –así bautizó Froyla a la tía ante su padre y explicó el porqué del mote vengativo–. ¡Es la reina de los infiernos!».

El vasco, sin apenas darse cuenta, una aciaga jornada se sorprendió al constatar que llevaba quince años viviendo en Santiago de Cuba. En ese lapso con su jamaiquina había tenido a sus dos hijas santiagueras, Eva y Froyla. Al arribar estas a la edad de quince y trece años, respectivamente, y favorecido por la herencia legada por su difunto padre, tomó la decisión de trasladarse a vivir con su familia a La Habana. A tales fines había adquirido acciones en la Real Compañía de Comercio y una casa en la calle Mercaderes muy cerca de la parroquia San Francisco de Asís. La compra de la vivienda había sido lograda con la ayuda de dos sacerdotes, Camilo José, en Santiago de Cuba, y Juvenal, en la ciudad habanera. El clérigo dominico Camilo José, en el oriente de la Isla, había ayudado en muchas órdenes a Ondarribi y Savanna. A pedido de estos, el dominico logró que el padre Esteban Salas y Castro en su feligresía le impartiera lecciones de música a Froyla. El órgano era disfrutado por la pequeña como si formara parte de su diminuta naturaleza. La niña demostraba inusual talento para el aprendizaje y dominio del teclado. «No deben dejar que abandone los estudios –les dijo el maestro–. Ella debe continuar en los brazos de la música. Ambas poseen la misma fascinación y delicadeza».

Savanna había sido fruto de amoríos ocultos entre un militar británico y una negra nigeriana. Osado oficial que había violado el rígido principio inglés de no mezclarse con los nativos de ninguna plaza conquistada. El padre de Savanna, antes de su regreso definitivo a Inglaterra, compró la libertad de su hija bastarda y una parcela de tierra destinada a la producción de pimienta, y la cría porcina y de aves, que le sirviera de seguro sustento. La compra de mercancías en la finca de Savanna fue el origen de que Ondarribi se enamorara como un descarriado de la bella mulata. Cuando el vasco la conoció, desde el primer instante supo que tenía ante sí a la mujer que lo acompañaría para siempre. Ni los prejuicios raciales ni los de otra índole pudieron evitar que se uniera con la futura madre de sus dos hijas.

Ondarribi, al establecerse en La Habana, se dio a la tarea de consolidar su posición en la impurificada Real Compañía de Comercio. Este afianzamiento, además de la ayuda prestada por el sacerdote franciscano Juvenal, habría sido imposible sin el concurso y apoyo del asturiano Nalón, antiguo amigo de su difunto padre y astuto comerciante forastero que, de forma peregrina, residía en Veracruz y viajaba regularmente a La Habana. Las actividades del asturiano, además del activo comercio que llevaba a cabo, tenían que ver también con el trabajo de proselitismo que desarrollaba con relación a la insipiente francmasonería en la Nueva España y en La Habana. El padre del vasco había formado parte de la secreta hermandad al ingresar en la logia *Las Tres Flores de Lys* fundada en Europa. El asturiano se encargó de iniciar a Ondarribi en la orden y sus nacientes propósitos; asimismo, se afanó para que el hijo de su viejo amigo quedara bien establecido en la Villa de San Cristóbal de La Habana. Tal solidaridad de Nalón con relación al vasco, tanto Savanna como las hijas y María Cruz, la atribuían al hecho de que ambos eran comerciantes ibéricos, pero nunca sospecharon que la secretividad de la masonería fuera la encargada de que se operaran tantos milagros.

Eva y Froyla, a las puertas de su juventud, se sentían hechizadas ante el suceso de haberse radicado en una de las ciudades más importantes de América. Solo el hecho de saber que más de setenta mil habitantes residían en La Habana era dato promisorio para las aspiraciones contrapuestas de ambas hermanas. Para Eva, la más parecida a la madre en lo físico, la gran ciudad significaba la posibilidad de conocer mayor cantidad de peninsulares y forasteros. Su mayor deseo era un buen día partir de Cuba con cualquier tonto enamorado —según sus propias palabras— hacia España u otro país lejano. Esta aspiración de Eva se expresaba como un secreto a voces en el seno de la familia.

Froyla, la niña mimada de toda la familia, en lo corporal se parecía más al vasco. Sus padres, la tía María Cruz y la nana Lita se disputaban sus atenciones. La diferencia anímica y física de las hermanas resultaba notoria. Froyla destacaba por su mediana estatura. El color de su piel aceituna clara armonizaba con sus grandes ojos pardos.

Los cabellos largos, abundantes, de color cobrizo y ensortijados de modo tenue se apropiaban de la mirada de todas las personas. El dinamismo y magnetismo de sus modales se embellecían y acentuaban cuando, sentada frente al clavicémbalo, interpretaba música barroca. Para Froyla, La Habana bulliciosa, religiosa y llena de inexplicables atractivos le auguraba la adquisición y el aprendizaje de nuevas experiencias y, en especial, conocimientos acerca de la novedosa música que adoraba como una incorregible apasionada. Como todas las jóvenes de su época, la meta suprema era el matrimonio, pero en ella se expresaban otras inquietudes que a veces alteraban las rígidas costumbres habaneras. Por su parte, los arrebatos apresurados de Eva contrastaban con la paz interior de la hermana. Poseía una silueta en la cual, a diferencia de Froyla, predominaban hombros anchos, casi varoniles con relación a sus caderas, y su trasero, desde las profundidades de las enaguas, daba inusitada gracia a su rítmico caminar. Su hálito era provocador, activo y mortificador; esto fustigaba en todo momento a la familia. No obstante, sus ojos tenían la verde claridad de los de Ondarribi. Este detalle físico resultaba, tal vez, la única posible conciliación en las conflictivas relaciones con su progenitor. Para Eva, la música, las obras de arte y la vestimenta significaban un lujo y no una necesidad. Su exclusiva cualidad era la locuacidad de su discurso, pero preñado más de ironía que de avenencia.

–¿Madre, usted sabe dónde está el dije que me regaló el maestro? –Froyla se manifestó desorientada.

–Hija mía, búscalo bien. Esa alhaja es muy estimada –Savanna se dirigió a uno de los lugares donde suponía que pudiera encontrarse la prenda.

–Tiene que estar en tu tocador –aseguró la nana Lita.

–¡Eva! –gritó María Cruz hacia el fondo de la vivienda–. ¡Déjate de bromas pesadas y devuélvele el dije a Froyla!

Cuando las mujeres cruzaban veloces la galería de la segunda planta que daba a las recámaras, en afanosa búsqueda del colgante extraviado, apareció Eva dirigiéndose a su hermana menor.

–Toma, aquí tienes –sonrió ella sin detener sus pasos y mostrando el dije en la mano derecha.

–¿Por qué no me lo pides? –reprochó Froyla–. Tienes todo lo que quieres. ¡Por qué siempre te apropias de aquellas prendas que más aprecio!

–La niña engreída siempre se disgusta cuando le tocan sus cosas. Ese regalo es una tontería. ¡Ella, tan especial! ¿Verdad, Virgen mía? –gruñó Eva como siempre hacía en las contiendas con su hermana, mientras evocaba con los brazos hacia arriba a una virgen que a ciencia fija nadie en la casa podía identificar.

–No es una tontería. Sabes lo que significa para mí –Froyla ahora observaba el dije de oro y ónice que le obsequiara su maestro.

–¡Vamos, dejen la discusión! Dentro de unos minutos la cena estará lista –advirtió Savanna para cortar el intercambio verbal de las hijas.

La madre sabía que una disputa entre ambas comenzaba por asuntos sin importancia y después, para molestar, Eva la enriquecía con temas más espinosos. A esta le molestaba que ante familiares y amigos el centro de la casa siempre fuera Froyla. Su oculto resentimiento, latente y continúo, estaba al acecho. Ondarribi, entretanto, conversaba con su invitado en el gabinete ubicado en la segunda planta. A sus oídos llegó la alterada voz de Eva y el grito de su hermana. Ya conocía esa altisonante voz de la hija mayor, y muy en especial, la de María Cruz. Contrariado y tratando de evitar que el asturiano se percatara lo menos posible del incidente, invitó al amigo de su difunto padre a encaminarse al comedor. Este había llegado días atrás a La Habana procedente de Veracruz. Ambos tomaron asiento y acto seguido la familia fue ocupando su lugar en torno a la mesa rectangular vestida con mantel blanco. Cuando la cena estuvo servida, Savanna de forma amable invitó a todos a tomarse de las manos. Ella oró en voz baja agradeciendo al Santísimo haber concedido a su familia el pan de cada día. Después de este ritual solemne, Ondarribi, mientras ofrecía una copa de vino tinto a Nalón, al recordar el reciente comportamiento de Eva, una vez más rumiaba para sus adentros: «¿Por qué Dios me habrá castigado de este modo trayendo al mundo esta problemática hija? ¡Ella debió, mi Señor, haber nacido varón!».

—Padre, hoy de forma accidental me enteré de una cosa terrible. Escuché el comentario de que Inglaterra muy pronto atacará La Habana —dijo Froyla precisa, y preguntó inclinándose hacia el vasco—. ¿Padre, usted cree que eso pueda ocurrir?

Algunos sirvientes, y en particular Euclides el mayordomo, quedaron intrigados al escuchar el comentario.

—¿Cómo lo supiste? —inquirió Ondarribi.

—Gracias a un descuido del padre Carrazana. Hablaba con Morphy y ambos no sabían que yo me encontraba revisando partituras en el órgano de la parroquia. Conversaban de modo confidencial, pero sus voces retumbaban. Creo que hasta Julio, el sacristán, pudo escuchar aquella conversación.

—Veo que en esta ciudad los rumores corren más veloces que en cualquier otro lugar del mundo —el vasco disgustado bebió un trago de vino—. A veces me da por pensar que el padre Carrazana actúa sin regla ni autoridad superior. No sé. No comprendo cómo dentro de su parroquia puede dar cabida a tales desórdenes con el inglés Morphy. ¡Hija mía, no debes preocuparte! ¡No resultan más que habladurías! ¡Tiene que ser!

—Ondarribi, yo no sé si son desórdenes o lo que sea —Eva intervino risueña y algo desordenada, nombrando a su padre por el apellido como era su costumbre—, pero al escuchar tales murmullos de guerra me vienen a la mente los temblores de tierra de Santiago de Cuba o los ciclones que azotan a La Habana. ¡Virgen mía! ¡A saber cómo seríamos nosotros en manos de los ingleses! No sé, a lo mejor seríamos más educados y...

—¡Eva, no digas estupideces! —regañó el vasco—. ¡Cállate! ¡No sabes lo que dices!

—Por favor. Ustedes son muy jóvenes para estar pensando en esas cosillas —Nalón intervino con aire conciliatorio, y agregó irónico–. Y eso que califican a los padres jesuitas como los más ilustrados. Espero que un buen día a esos herejes los destierren de esta Isla.

–Nalón, por favor, no maldiga a los padres jesuitas –advirtió Savanna en tono suave–. Esta Isla perdería mucho si ellos fuesen expulsados.

–Bueno, si no la orden, al menos que expulsen al padre Carrazana –opinó el asturiano sin poderse contener.

–Señores, por favor, si deseamos que esta cena sea bendecida por el Señor, sugiero que hablemos de otros temas –María Cruz se persignó–. ¿No les parece? Resulta espantoso hablar de guerras o blasfemar en esta mesa.

–Tía, perdone, para mí lo verdaderamente aterrador sería que La Habana pasara a manos de los ingleses –Froyla miró con reproche a su hermana.

Savanna, al escuchar el parecer de su hija menor, recordó el relato de la pesadilla de su esposo. Pensó en los comentarios que le hiciera Jiménez el canario. Miró en ese instante hacia el vasco y comprobó con amargura que Eva, con sus opiniones precipitadas, una vez más había logrado incomodar a su padre.

–Princesa mía, no debes preocuparte. Eso no ocurrirá –el vasco se movió inquieto en su silla–. ¡Tiene que ser!

–Claro que eso jamás sucederá –clamó Nalón–. Vamos, comamos y hablemos de otros temas. Más adelante, y ya me froto las manos de gusto, quiero escuchar las interpretaciones de Froyla en el clavicémbalo.

Ondarribi había atendido desde bien temprano los pormenores de la preparación de la comida vasca, implicando en tales faenas a Euclides y al cocinero veracruzano Coyol. Pinchos de callos y orejas, crema a la reina, bacalao al ajo arriero, ensalada de verduras, y un postre de plátanos y naranjas adornaron la mesa para deleitar el paladar de los comensales. Un guacamole preparado por Coyol y frituras de malanga elaboradas por el mayordomo excitaron la gula insaciable del comilón asturiano. Este, sin embargo, en guasa, pero con torpeza, no dejó de lamentar la ausencia de una calderada y de la sidra.

Concluida la cena todos los presentes se encaminaron a la sala. Nalón, al transitar la galería hacia el salón principal, sentía otra vez embriagados sus sentidos por el aroma sutil de los jazmines que desde el patio central ascendía por el vano e inundaba toda la casa. Al ver los candelabros de bronce adosados a las paredes y las hermosas barandas de madera, recordó a don Mikel, su gran amigo ya fenecido. Ondarribi había convidado a Nalón para escuchar ejecuciones de Froyla en el teclado. Esta ocasión el vasco la aprovechaba para disfrutar del talento de su hija preferida. No entendía de técnica musical, pero cuando Froyla ejecutaba las composiciones sentía su alma atravesada por la magnanimidad. No importaba cómo y dónde sucediera. En una parroquia o en su propia casa, salida de un órgano, clavicordio o clavicémbalo. La música barroca ejecutada por su princesa lo transportaba a lugares arcanos en los cuales él se sentía feliz. En ese preciso instante comprendía que la existencia humana podría resultar promisoria e infinita. Nada ni nadie lo despojaría de ese hallazgo. Esos sentimientos, sin embargo, no tenía el valor de revelárselos a nadie. «¡Esas delicadezas –le había dicho su padre en vida cuando supo de su extraña vocación– son inclinaciones de sacerdotes y mujeres!».

Ciertamente, a Ondarribi el diálogo, el contrapunto y el bajo continuo de la música barroca le apasionaban y perturbaban el espíritu. Por eso amaba tanto a su princesa. Por eso le gustaba que en La Habana la gente, al referirse a su morada, dijera: «¡Sí, la casa de Froyla la cubanita!». Al vasco lo complacía que su residencia fuera reconocida de ese modo por los habaneros, quienes, sabedores de la procedencia de la bella jovencita, combinaban su nombre con el de la ciudad en la que ella había nacido. Atravesado por estas meditaciones, comprobaba una vez más que todos los presentes, como solía suceder de forma habitual, disfrutaban la ejecución de las obras de Esteban Salas y el compositor español Antonio Soler. En el convite saborearon té, café, licores, coñac y unos habanos. En cuanto todos los presentes se retiraron, el invitado y el anfitrión quedaron a solas.

—Amigo, te felicito. He disfrutado una velada extraordinaria y reconozco una vez más tu sabia conducción de esta casa. Me sobrecoge constatar cómo Savanna dirige las faenas. Los negros para la servidumbre han sido bien escogidos. Ese mayordomo, el mulato cubano, parece eficiente. El cocinero veracruzano resulta magnífico. Con otro guacamole como ese y esas frituras de malanga te aseguro que puedo morir de una ingesta. ¿Sabes? Es una lástima que tu hermana no se fije siquiera un poquito en mí. Yo enseguida me casaría con ella —bostezó—. Y, con relación a Froyla, es una pena que don Mikel, que en paz descanse, no haya podido disfrutarla en vida. ¡Es un privilegio escucharla!

—Gracias por tus elogios. Pero que la servidumbre no se entere de tus aplausos. ¡Tiene que ser! Luego se hacen los engreídos y abandonan la distancia y el respeto. Mira, cuando Froyla interpreta la música barroca me estremece, pero lo que has dicho sobre María Cruz es un disparate. Con ella no llegarás al matrimonio ni a ninguna otra parte. No la conoces bien. No sabe cocinar, no sabe tejer: ¡puro desastre! Dime, ¿en esta ocasión qué tiempo vas a permanecer en La Habana?

—Tal vez, un par de meses —comentó, mientras acariciaba con la mano derecha su rala y canosa barba—. Como sabes, el catolicismo se apropia de todas las almas y no brinda alternativas para el crecimiento de nuestra hermandad. Y padres como el jesuita Carrazana dirigen todo su odio contra nosotros. Para el catolicismo todo aquello que no provenga de su prédica es obra del demonio. Nuestra logia avanza, pero no con la prisa que deseamos. Por otra parte, debo reparar algunas cosillas de la arboladura de mi goleta. Mejor astillero que el existente en La Habana no se encuentra en las Indias Occidentales. A propósito de lo dicho por Froyla en la cena, ¿no has escuchado nada al respecto?

—Algo, algo me han dicho, pero nada en específico a lo que deba dársele demasiada credibilidad —respondió, y después de exhalar una gruesa bocanada de humo del habano, añadió—: ayer Jiménez el canario me comentó lo mismo. Pero España, Francia e Inglaterra siempre estarán en guerra. La lucha por la supremacía en los mares, el comercio marítimo, las posesiones. ¡Tiene que ser!

—¿Sabes? Esta vez se avizora a La Habana como la primera víctima de la guerra. Los ingleses la atacarán con una fuerza inmensa y mucho antes de lo que imaginas. Ayer lo supe de modo confidencial. No hice referencia alguna en la cena para no alarmar a tu familia.

—¡Qué dices!

Ahora el rostro del vasco estaba transfigurado. Las palabras del asturiano acorralaban su discernimiento. En los rumores que en tal dirección comenzaban a azotar su mente, Nalón de repente aparentaba tener novedades mucho más precisas que las de Jiménez el canario.

—Sí, así como lo escuchas. Ayer visité el Castillo del Morro invitado por don Luis de Velasco. Allí me encontré con el señor Pepe Antonio, regidor de Guanabacoa, acompañado de un veneciano nombrado Paolo Antonelli, quien me fue presentado como el nieto del arquitecto italiano que construyó esa fortaleza. Supe que llegó hace unos días de Port Royal. Dijo que el rumor más fuerte en Jamaica es la inminente invasión de los ingleses a La Habana.

—¿Pero, dijo que allí había preparativos, agrupamiento de fuerzas o navíos de guerra?

—No pude precisar esos detalles. Pepe Antonio y don Velasco estaban hablando acerca de la morosidad de Prado Portocarrero. Por lo que pude saber, el regidor le solicitó audiencia. En el intercambio con el jefe del Morro el alcalde dijo contrariado que el gobernador era un inepto y que con relación a esta Isla a él solo le interesaba sobrevivir para cosechar riquezas que, al final de su mandato, se llevaría consigo a Madrid.

—El señor Pepe Antonio nació en Guanabacoa —sonrió al escuchar el comentario y bebió otro trago de coñac—. El regidor es sin dudas fiel devoto de Su Majestad el rey Carlos III, pero su apego a Guanabacoa y la autoridad que gana día tras día en esa Villa le dan ese lujo de poder hablar así de Prado Portocarrero. ¡Tiene que ser! Él considera que los trabajos para reforzar la defensa de La Habana van atrasados por la mala gestión del gobernador. De todos los criollos que he conocido en esta Isla ninguno tiene sus agallas, bueno, mejor sería decir sus cojones. Por eso se revela ante las mariconadas del gobernador Prado Portocarrero.

El asturiano lanzó una carcajada al escuchar los calificativos de Ondarribi con relación al regidor de Guanabacoa. El vasco volvió a servir coñac. Se puso en pie y, al dar unos pasos, confesó preocupado.

–No tengas la menor duda, si los ingleses ocupan La Habana yo me marcho con mi familia para Europa o me regreso a Santiago de Cuba.

–Bueno, no te apresures en tomar decisiones.

–Mi problema será Froyla –advirtió–; ama mucho esta ciudad.

–Vamos, ella no se gobierna. Mira, a mí lo que en realidad me preocupa son la francmasonería, los negocios y nuestras mercancías.

–¿La francmasonería? ¡Qué dices! Si los ingleses toman La Habana, qué francmasonería ni qué demonios. Pongamos los pies sobre la tierra.

–Escucha, no debemos apresurarnos –detuvo sus palabras. Ahora en sus adentros daba absoluta razón a los atinados señalamientos del vasco.

–No será fácil convencerla –comentó abstraído, pensando de nuevo en Froyla. Segundos después, para cambiar el curso de la conversación, preguntó–. Oye, ¿no has escuchado algo sobre el robo de unas antiguas joyas de los mexicas que provenían de Nueva España con destino a Madrid?

–No, bueno algo… –dijo confuso–. ¿Quién te comentó eso?

–Jiménez el canario, quien como sabes es muy amigo de García, el secretario del gobernador. Dijo que entre numerosas y admirables joyas de oro, se encuentran pendientes, aretes, pectorales, prendedores, broches y hasta una invaluable calavera de cristal. Me pidió que este asunto no lo comentara con nadie.

—Esta ciudad es un redil de ratas.

—¡Tiene que ser! España tiene a La Habana abandonada a su suerte. Aquí la gente vive amontonada y el robo se disemina como una maldita costumbre. Dentro de poco hasta los hombres honrados serán unos bribones si no se vuelven rateros.

—¿Jiménez no te dijo quiénes eran los posibles ladrones?

—¡Qué dices! De haberlo sabido ya se lo hubiera informado a García. Pero esos ladrones, de seguro —ironizó— están en la cima de la montaña más alta de la Cordillera Cantábrica.

—Cierto. Ese golpe se preparó desde lo alto. Aunque te digo una cosilla, ese Jiménez es amiguito de los deplorables Carrazana, Morphy y Medem. Los cuatro forman un bando de bribones. ¡No lo olvides! —advirtió con encono, y añadió cambiando el curso de la plática—. Dime una cosa. ¿Pepe Antonio ha visitado esta casa?

—Sí, en varias ocasiones —aclaró, al tiempo que volvía a acomodarse en su sillón. Ahora se sentía extrañado de que el asturiano no prosiguiera indagando acerca del hurto de la calaverea de cristal y del tesoro mexica—. Es un hombre muy elegante en los modales y en su forma de pensar.

—¿Y por qué no viene más a menudo?

—Bueno, me avergüenza decirlo, por Eva —musitó contrariado—. Ella actúa en ocasiones como una perdida. Se les insinúa a los hombres con una coquetería desmedida. Así lo hizo con el alcalde en su última visita. Son situaciones que me crucifican y hago lo imposible por evitarlas.

—Dime algo, ¿a Pepe Antonio sería posible reclutarlo para la hermandad? Si te parece adecuado, me ofrezco para hablar con él —propuso un tanto ansioso.

Estas palabras del asturiano produjeron estragos en el ánimo de Ondarribi. Por primera vez se sentía sacudido en lo más profundo por el amigo de su padre, con independencia de que continuaba delirando con los asuntos de la masonería. El hecho de que este con su pregunta apartara de golpe la confesión personal e íntima que hiciera acerca de una de sus hijas, le indicaba que el oportunismo del asturiano era hiriente y bordeaba, más que el cinismo, la descortesía. Ahora en su mente repasaba diversos incidentes a los cuales, en su relación con el asturiano, no les había otorgado la importancia requerida a su debido tiempo. De repente, se sintió manipulado y preterido en sus sentimientos. Recordó la queja de su padre sobre el comerciante de Veracruz: «Nalón es como un ejército de piojos. Nunca se despega y cree vivir en maridaje con uno. El juego y los lupanares lo tienen siempre en bancarrota».

Desde sus primeras incursiones a Cuba, el asturiano había insistido con Ondarribi en que aumentara el monto de sus donaciones a favor de la Corona española en la contaminada Real Compañía de Comercio. La propuesta, de apariencia benéfica hacia el Monarca, enmascaraba privilegiar y ensanchar sus propias acciones mercantiles –de cera amarilla, blanca y vegetal para el abundante quehacer litúrgico habanero y otras mercadurías– desde Veracruz hacia La Habana.

Otro incidente fue el relacionado con el padre jesuita Carrazana, estrecho colaborador del obispo Morell de Santa Cruz. En una disputa con Nalón, el cura, fuera de sí, ante varias personas le espetó: «¡Usted es un hijo de Satanás!». Ondarribi, aún sin saber con exactitud las verdaderas causas del explosivo agravio, había sido arrastrado en la discordia en aras de preservar los secretos de la francmasonería. Gracias a la fe católica, cultivada con creciente devoción por Savanna, el vasco había aprendido que la avaricia era patíbulo seguro para la propia familia y el hogar. El fraile Camilo José, y luego el padre Juvenal, habían resultado en tal sentido buenos preceptores. Por la francmasonería se veía obligado a preservar el secreto de las funciones de la incipiente orden, pero ello no era sinónimo de tener que cobijar bajo su ala la conducta sinuosa del asturiano. Ni siquiera si este le invocara, si ese fuera el caso, la memoria de su padre. De modo sutil el vasco hizo resistencia a la idea de captar a Pepe Antonio para la masonería. Lo hizo más por el respeto que profesaba hacia el regidor que por temor a cometer alguna que otra imprudencia. Ondarribi sabía que el asturiano dejaba los temas más importantes para el final de la conversación y este pormenor lo obligaba a mantenerse alerta. «¿Querrá abandonar la pensión para venirse a vivir a mi casa? —se preguntó sobre Nalón mientras escuchaba su interminable perorata—. ¿Me pedirá otro préstamo, además de todo lo que ya me debe?».

—Bien, amigo, medita mi propuesta sobre el alcalde de Guanabacoa. Debo, sin embargo, decirte varias cosillas antes de marcharme —dijo Nalón con su voz aflautada, desafinada por el coñac, y en tono profesoral mientras se disponía para la despedida—. He pasado en tu casa una velada estupenda. Debes mantenerte atento al rumor del posible ataque de los ingleses a La Habana. Tenemos que ser precavidos y saber preservar nuestras mercancías. ¡Ah!, olvidaba comentarte que le recomiendes a Froyla que no continúe ejecutando composiciones musicales de grandes desconocidos como las del padre Esteban Salas. ¡Son motetes! ¡Por favor! Dile que siempre realice obras de don Antonio Soler y otras de elevados compositores. Me ocuparé a mi regreso de conseguirle excelentes partituras.

—Eso no se lo podré decir —advirtió el vasco al descubrirse atrapado en su irritación y sentir que el asturiano quizás viera en sus hijas a un par de negras esclavas, por lo que apresuró una aclaración—. Froyla ama las cosas de esta tierra como nadie. Para que tengas una idea, Eva vive poseída por el desvarío de autoproclamarse ante los demás como blanca. Froyla, y no podré cambiarla, dice que ella es negra. Creo que con este ejemplo ya puedes entender la osadía de mi pequeña. Mi hermana María Cruz, cuando escucha ese comentario de Froyla, se transforma en una mojigata y se va a llorar a su recámara. Bueno, no sé si ella en realidad lo haga. ¡Tiene que ser!

—¿Froyla se tilda de negra? Debe ser una broma. A lo sumo mestiza —vaciló—. Yo afirmaría incluso que es blanca. Solo hay que mirarla cuando...

—¡Negra! —reparó—. No es un sarcasmo; tal vez, una ironía para censurar la discriminación de los peninsulares hacia los criollos. Así como Savanna se inició en la religión católica en venganza contra el culto protestante de los ingleses, Froyla tenía que sacar algún detalle del carácter rebelde de su madre.

—Debo reconocer que tienes un par de hijas raras. Demos gracias al Señor que su abuelo, que en paz descanse, no esté vivo. Por haberlo conocido, no sé qué hubiera hecho don Mikel ante tanto desatino —dijo antes de montarse en su calesa.

—Hubiera hecho de seguro lo mismo que yo: quererlas mucho, a pesar de encontrarme desorientado algunas veces como padre, lo confieso —dijo el vasco sudoroso y con media sonrisa en el semblante, bebiendo del coñac que sostenía en la mano.

Las ruedas del carruaje de Nalón, al alejarse sobre la calle Mercaderes, acentuaron la nota ruidosa de la agria despedida en el ánimo de Ondarribi. Al atravesar el zaguán de su vivienda meditó sobre el mercader asturiano: «Tengo que estar atento al rumor del posible ataque de los ingleses a La Habana, pero mucho más alerta ante el cerco de este asturiano con relación a mi persona. Si no me espabilo se instala a vivir y permanece en mi casa como el que espera una correspondencia que nunca llega. La avaricia le nubla la vista. De seguro, desde esta misma noche, ya debe estar cavilando cómo llegar a ser el primero en encontrar y apropiarse de la calavera de cristal y del tesoro de los mexicas. ¡Tiene que ser!».

II

Infame disfraz

¿Qué dirá Sir Taylor cuando me escuche? ¿Podrá comprender que en estos momentos quiero ausentarme de Londres? ¿Creerá que tengo algún problema que desconoce y le oculto? ¡Casi seguro! Cada reacción humana mi padre la ve asociada a problemas que se ciernen en el fondo del alma. La muerte de mi madre ha modificado su temple y ahora ese doloroso acontecimiento es mi gran desventaja. A veces actúa como si estuviera esperando el momento de alcanzarla en el más allá. Ella, sin embargo, de estar viva, me hubiera ayudado mucho en estos momentos. Nunca presumía esa habilidad, pero sabía cómo dominar a mi padre. Y algo de muerte le rozará por dentro cuando él vea que me le enfrento sin temer las consecuencias. ¿Cómo hacerle entender que mi decisión de viajar a las Indias Occidentales no tiene marcha atrás? No sé. En varias ocasiones mi padre me dijo que de la vida lo que más apreciaba era enfrentar problemas complejos. «Debes aprender a examinar los conflictos —me sermoneó a menudo—. Al ocuparte del desenlace de uno solo, la voluntad se ensancha y fortalece». En esta divisa, que es suya, me apoyaré todo el tiempo para lograr mi objetivo. Tratará de detenerme con las tradiciones del imperio británico, la memoria de mi madre y todo su espíritu dominante, pero mi decisión se mantendrá inamovible. Me aguardan largas discusiones.

Así reflexionaba Thomas, el menor de los Taylor, mientras esperaba por su progenitor.

Sir Eric J. Taylor llevaba consigo algunas manías que parecían innatas. Nadie sabía, por ejemplo, cómo se las ingeniaba, pero nunca aparecía despeinado ni mal vestido ante su familia. Ni siquiera cuando lo afligía alguna que otra enfermedad. Ejercía el culto del honor y la dignidad desde los mismos quehaceres familiares ordinarios de todos los días, amparado en la creencia de que la apariencia individual dictaba por sí misma muchas cosas. Cuando todos lo saludaban antes de irse o regresar al hogar siempre lo encontraban vestido de modo impecable. «Los modales y las palabras –decía– tienen que fluir y estar a tono con la apariencia personal». Otra de sus obsesiones sin disfraz consistía en su vehemente culto hacia el genio de lo inglés. Toda su vida la había dedicado al desarrollo y la consolidación del imperio británico. La tradición de la nobleza inglesa consumía su conciencia y todo su estilo de vida personal. El parsimonioso padre, que ejercía la autoridad casi por el raro camino de la persuasión, había decidido recibir fuera de agenda ordinaria a Thomas en la tarde del lunes, por lo que postergó compromisos de trabajo de la Compañía Unida de Comerciantes de Inglaterra. La familia Taylor, por usanza, había estado vinculada de forma directa a la historia comercial de esta asociación, la cual había surgido en los orígenes del siglo XVIII como la Compañía Comercial de las Indias Orientales.

El ceñudo otoño que terminaba era el presagio de que uno de los inviernos más crudos de los últimos tiempos azotaría la ciudad de Londres. Thomas vio cuando su padre apareció en lo alto de la escalera de madera preciosa de la mansión, que se erguía desde la planta baja hacia la cima en forma de caracol, escoltada en su diseño por hermosos vitrales y alfombrada con excelente paño color tierra traído de la India.

—Hijo, buenas tardes –dirigió sus pasos hacia la biblioteca– ¿Cuáles son las preocupaciones que te aquejan? Estoy a tu disposición. Te escucho.

—En realidad no sé por dónde comenzar –buscaba serenidad en su interior, observando al mismo tiempo el semblante de su progenitor–.

Pero vayamos al grano. Deseo ausentarme por un par de años de Inglaterra. El trabajo de la imprenta de música me tiene ocupado y créame que me place, pero reclamo conocer el mundo. Tengo necesidad de vivir nuevas experiencias como lo hicieron mis abuelos y usted también. Pienso haber sido buen estudiante y ahora no creo haberlo decepcionado en mi trabajo de impresor de música. Creo que no pido nada del otro mundo. Nadie mejor que usted para ayudarme en este reclamo.

Sir Taylor se levantó de su sillón con ademanes lentos, imaginando que las palabras del hijo provenían de cualquier sitio menos del buen juicio. Ahora caminaba despacio por la espaciosa biblioteca y su semblante estaba enquistado. La primera reacción fue recordar a su fallecida esposa. Hubiera deseado en ese instante que ella viniera en su auxilio. «¡Elizabeth, esto no es cierto!», pensó, mientras trataba de ordenar sus ideas.

–Dices que nada del otro mundo. ¡Por favor! –estaba avasallado por la sorpresa–. Te confieso que jamás pude imaginar que me plantearas algo tan insólito. ¿Hay algún problema en la imprenta que yo deba conocer? ¿Has tenido alguna experiencia sentimental de la cual debas escapar?

Thomas sabía que su padre emprendería una indagación vertiginosa para encontrar en su energía el requiebro, el desánimo o a saber qué otro asunto provocador de tales disparates. La conversación fue interrumpida debido a la llegada del ama de gobierno, quien entró a la biblioteca con una bandeja de plata, en la cual traía té, leche, azúcar, pan, mermeladas y un surtido de dulces. Luego de concluir el servicio y disponerse a regresar sobre sus pasos, Sir Taylor levantó la mano derecha, detuvo a la gobernanta y acto seguido le preguntó:

–Señora Hunter, por favor, ¿qué tiempo lleva con nosotros?

–Desde el nacimiento de Thomas, hace más de veinte años –precisó, extrañada por la inesperada pregunta.

–Gracias, puede retirarse –ordenó Sir Taylor. Al quedar solos, de pie y apoyado en un extremo del alto respaldar de su silla, continuó–.

Hice la pregunta para cerciorarme en tu presencia de la cantidad de años que llevas viviendo en Londres. Tus hermanos siempre se han ausentado. Brian por la vida militar y Steve como comerciante. Pero en tu caso siempre maniobré para que permanecieras aquí. Como podrás comprender, la vida no puede depararme este momento tan amargo. Tengo como regla complacer los pedidos de mis hijos siempre que sean, por supuesto, razonables. Lo que acabas de decirme es un gran desatino y conmigo no podrás contar. ¿Cómo puedes abandonar el trabajo de la música que tanto te gusta?

—No abandono nada en absoluto. La música siempre estará conmigo. Ella es como el corazón que no puedo arrancar de mi pecho. Solo que ahora necesito ver el mundo y hacerlo en la soledad más rotunda.

—¿Cómo puedes abandonar la capital del imperio en uno de sus mejores momentos? ¡Qué diría tu madre si estuviera viva! —se descubría desolado y algo indefenso al escuchar sus propios argumentos ante la determinación del hijo que se expresaba firme.

—Con todo el respeto que su ejemplo me inspira le reitero que a mi juicio no desecho nada vital. Usted lo interpreta como si hiciera dejación de mi naturaleza. Solo demando la necesidad de contar con nuevas experiencias y alcanzar hasta donde me sea posible su florecimiento. Quiero ensanchar mis observaciones, valorarlas y escribir. No olvide que usted siempre me ha dicho que saber afrontar los problemas complejos es un arte.

—¿Los problemas complejos? —murmuró con la mirada abstraída.

Ambos continuaron discutiendo y el padre intuía que su hijo no le mentía. Desde pequeño había dado varias pruebas de que un impulso interior casi misterioso lo obligaba a decir la verdad. Al arribar a la adolescencia dio la primera lección al proclamar ideas atrevidas. Un aciago día Thomas le dijo a quemarropa, hasta con ingenua extravagancia, que tenía muchas dudas acerca de la existencia de Dios. El aliento de la arraigada religión protestante erosionó la vergüenza del padre. Y mientras le esgrimía más razones al hijo, este manifestaba y reiteraba imperturbable su escepticismo. En esa extraña plática, Thomas, en respuesta a los reproches paternos dijo determinante: «Padre, no tema. ¡Si Dios existe, sabrá perdonarme, nadie conoce mejor mi honestidad!». El alarmado Sir Taylor le argumentó en aquel momento y en posteriores ocasiones que no subestimara y, mucho menos, descuidara los raros caminos que el Creador escogía para revelarse. «Estaré atento. Cuando Dios se me presente en toda su magnanimidad seré su humilde servidor».

A diferencia de sus hermanos, Thomas respetaba la fuerza del imperio británico, pero dicho acatamiento nunca alcanzaba la línea de la admiración desmedida y menos la del fanatismo. Su postura era crítica. Estudioso y asiduo lector de Shakespeare, de Smith y de Locke, las diversas materias de estos autores abrieron su mente a la experimentación y el continuo despertar. De Locke, el *Tratado sobre el entendimiento humano* resultaba para Sir Eric un polémico rompecabezas; no obstante, a Thomas lo había impresionado. Lo que para todos los Taylor significaba un inequívoco progreso, para Thomas no era más que un estadio relativo, transitorio y siempre discutible. Solo entendía como prosperidad el crecimiento del espíritu humano. Estas raras opiniones del hijo menor atribulaban de forma constante los razonamientos de Sir Taylor, que entendía mucho de mercantilismo –por puro entretenimiento tenía un conocimiento medio acerca del arte– y poco de filosofía. En especial porque veía a Thomas, en ocasiones, como intentando nivelar su propia bondad personal con la del Ser Supremo. Esto encrespaba sus reflexiones.

El padre de los Taylor conocía por experiencia propia que el inicio de un viaje transoceánico solo tenía de verosímil la fecha y la hora en que el navío comenzaba a surcar los mares. Todo lo demás quedaba en los designios de Dios. En los numerosos viajes realizados a las Indias Orientales y Occidentales había podido comprobarlo por sí mismo con pocas variaciones. Ahora lo que más anhelaba era que su hijo desistiera de tal decisión. Sir Taylor comprendía que su propia vida había estado bajo la espiral interminable de conflictos armados de Inglaterra contra otras naciones, bajo cuyo brío oscilante de victorias y fracasos se había configurado el fuerte imperio británico. Había conocido en su ser la dureza de las batallas navales y de los desembarcos, las epidemias y la gravitación de la soledad. Por eso con esmero había hecho todo lo posible para que al menos su hijo menor no enfrentara tales vicisitudes. Había destinado, además, gran parte de su capital a comprar la imprenta de música más avanzada de Londres, la cual podía competir con las de Venecia y Ámsterdam.

—¿Recuerda lo que decía mamá de mis arrebatos? —deseaba sacar al padre de sus peligrosas meditaciones.

—Sí, decía cosas hermosas. Tú eras su hijo más consentido. Por eso, siento el deber sagrado de preservar tu vida —intentaba apartar con apremio la propuesta de Thomas—. Estás solicitando un asunto enorme. Es como si mi mente enfrentara una tormenta sorpresiva urdida por tus propias manos. Me siento anonadado.

—Deseo incluso viajar de incógnito —dijo audaz, convencido de que varios requerimientos a la vez desconcentrarían la resistencia de su progenitor—. Quiero enfrentar las incidencias y los riesgos de la aventura, pero deseo no ser atendido como su hijo ni atravesar los mares como un marinero que va de paseo. Pienso escribir y, para hacerlo, créame, mi condición de navegante común me ayudará.

—Dame unos días para pensar sobre todo este delirio. Espero poder lograr que desistas de tus propósitos —se sentía atrapado en una contrariedad que apenas podía controlar—. Todo me parece un gran absurdo. Luego, ¿cómo podrías esconder los gestos delicados de tu personalidad o tus manos que nunca han sido sometidas a fuertes rigores físicos? Hijo mío, tengo muchas dudas y considero innecesario ese viaje. Lo voy a pensar, pero nada te prometo ni aseguro.

—Padre, se lo ruego —imploró impaciente—. Usted puede hacerme feliz. Jamás olvidaré que haya podido complacerme.

—¿Por qué no te vas a Calcuta? Incluso por un tiempo más breve —precisó, esperanzado en modificar la propuesta de su hijo—. Allí todo te resultará de sumo interés. Es una ciudad asombrosa. ¡Te lo aseguro!

—No permita que la intranquilidad abrume su sabiduría. Yo sé que usted es amigo del barón Robert Clive de Plassey. Sé también que mi hermano Brian actúa bajo sus órdenes. Estando en Calcuta, usted estaría más que sosegado con relación a mi seguridad personal.

La larga charla entre los dos resultó intranquila y estuvo plagada de incomprensiones mutuas. En cuanto Thomas se retiró, Sir Taylor llamó a Elizabeth, su hija mayor, que fungía como su asistente para las cuestiones más importantes en sus funciones comerciales y personales. Al haber enviudado dos años atrás, la importancia de su primogénita se había acrecentado. El silencio prolongado por parte de Sir Taylor hizo que la hija cómplice —no solo por ser la mayor sino porque tan solo con mirarlo ella sabía lo que escondía su mente— adivinara su estado de ánimo. De forma sorprendente ella era como la perfecta prolongación de la personalidad de Sir Taylor. Ambos, hasta en el disimulo, se entendían de maravillas.

—Elizabeth, voy a escribirle a mi amigo Lord Anson. Necesito examinar con él un asunto delicado. Luego trataré de ver a David Hammond.

—¿Delicado?

—Sí, después que me den la entrevista hablaré contigo y con Steve, pero no te preocupes demasiado.

—¿Qué quiere Thomas? —ella sabía que la reunión con su hermano había sido demasiado extensa y que el semblante de su padre reflejaba por sí solo todo lo demás.

—Desea ausentarse de Londres por un tiempo. Pero no solo eso. Quiere irse a las Indias Occidentales, participar en una aventura militar y hacerlo de incógnito para acopiar, según él, experiencias para escribir.

—Padre —reclamó—, espero que ante tanta locura de Thomas, esta vez usted sepa contenerlo.

—Lo voy a pensar. Así se lo prometí. Por lo pronto quiero hablar con Lord Anson y luego con David Hammond. Me siento consternado, pero no puedo darme el lujo de que los acontecimientos escapen de mi control. Sabes que Thomas es imprevisible. Quiero ganar tiempo y lograr que desista de una excursión tan peligrosa —se levantó—. ¿Sabes, hija? En realidad, estoy viejo, muy viejo.

A las dos semanas, a Sir Taylor le llegó un aviso escrito de Lord Anson, jefe del Almirantazgo, donde le comunicaba que lo recibiría. Con puntualidad habitual llegó a las oficinas del jefe de la marina. Mientras esperaba por el Lord fue atendido con sobria deferencia por parte de uno de los asistentes.

—¡Estimado amigo! ¿Cómo está? —exclamó Lord Anson al recibir al visitante.

—Bien, mi Lord. Me honro al verlo. Sé que usted está muy ocupado, pero como le anuncié por escrito vengo a verlo por un asunto estrictamente personal.

—No importa cuál sea el motivo. Para mí resulta un enorme placer atenderlo. Tengo presente en la memoria la gran ayuda que usted ha brindado a la armada británica en la guerra contra Francia, la cual, gracias a la Providencia, estamos venciendo.

—Solo he cumplido con mi deber, mi Lord. Como sabemos, el camino de Inglaterra ha sido escogido por Dios. Apoyar al Reino Unido es engrandecer su historia y sus dominios. Pero pasando a lo que me trajo, nunca imaginé, mi gran amigo, que mi hijo menor, a quien conduje con esmerada dedicación por caminos que no resultan los nuestros, me planteara en días pasados que quiere participar en una expedición relevante porque abriga los deseos de vivir nuevas experiencias. Resulta, amigo mío, que eduqué a un hijo en la noble disciplina de impresor de música y de repente quiere lanzarse a la aventura militar porque presiente que lo habita en sus adentros un escritor. ¿Qué le parece?

—Considero que nuestros hijos a veces nos ponen en duros aprietos —intervino avivado tratando de levantar el ánimo de su viejo aliado—. Es posible que su hijo tenga más de una razón para actuar así. Si la memoria no me traiciona, usted en una ocasión me dijo que él en la adolescencia escribía mucho sobre diversos tópicos; que se mostraba algo liberal, raro. ¿No era así?

—Sí, así es. Ahora veo que no ha cambiado. Me inclino por no permitirle que realice el viaje, pero lo conozco demasiado bien. Yo sé que nada lo detiene cuando toma una decisión. Incluso, he pensado en amenazarlo con desheredarlo y sé que ese aspecto le interesa un bledo. Es como el hijo que no respeta las tradiciones familiares.

—Posee juventud, amigo —advirtió—. Esa es una etapa maravillosa que hoy apenas la recordamos. Lleva, por supuesto, en su conciencia la estirpe de su familia, la historia de nuestra sagrada Inglaterra y otras que pertenecen a sus ensueños juveniles; de eso no tengo la menor duda.

—A veces pienso que pueda tratarse de un capricho de juventud —se descubría demasiado ansioso—. Y ahora verme en este penoso trance de tener que molestarlo.

—Amigo, no lo creo. Ninguna molestia. Mi experiencia me dice que los hijos, con relación a los padres, solo aplican la regla aritmética de la resta. Con mis hijos suelen ocurrirme infinidad de novedades que usted, de saberlas, quedaría sorprendido. Pero, veamos. En estos momentos nuestro imperio debe afrontar en el año próximo grandes desafíos. A usted se lo puedo confiar tranquilamente. La guerra contra España en estos momentos resulta tan inevitable como inminente. Por tanto, no yerro en afirmarle que puede contar con mi ayuda. Su hijo, si esa es su firme decisión, puede enrolarse en una travesía hacia las Indias Occidentales. Créame que le hablo con absoluta propiedad. Los planes en tal dirección ya están muy avanzados. Lo propuso Pitt el Viejo en su momento y así lo haremos. Daremos el golpe por donde más le dolerá a España y la sorpresa les demolerá el espíritu. Sir Taylor, le hago saber, y acudo a su máxima discreción, que el año próximo invadiremos La Habana, la ciudad más importante de España en las Indias Occidentales.

—Mi Lord, si no lo considera una pregunta indiscreta, ¿por qué La Habana?

—Nuestro imperio desea posesionarse de los puntos clave que favorezcan nuestro mercantilismo marítimo. El imperio español, ante la pérdida de Jamaica y Gibraltar, deberá asumir en breve a La Habana, la principalísima puerta de las Indias Occidentales.

—Muchas gracias por esta muestra de confianza hacia mi persona —seducido ahora por la confidencia, comentó lo que para él era lo más escabroso—. Una última cuestión y perdone mi posible impertinencia. Mi hijo quiere realizar la expedición con otra identidad que imposibilite localizarlo como un Taylor. Desea ser tratado como un tripulante más y no como una persona especial. Mi Lord, ¡mi hijo es un soñador! ¿Eso de viajar con otra identidad resultaría posible?

—Es probable si usted lo solicita, pero creo, mi estimado amigo, que no debe llegarse tan lejos. Pienso que eso en el fondo sería peligroso. En este punto pudiéramos engañarlo o no decirle toda la verdad. Decirle que sí, que viajará con otro nombre. Sin embargo, el oficial al que lo asignemos y otros jefes de alta jerarquía deben saber con todas las letras de quién se trata.

—¿Al oficial que lo asignemos? —quiso manifestarse ingenuo.

—¡Por supuesto! Se trata de su hijo, mi gran amigo. Hagamos lo siguiente. Déme unos días y le envío a uno de mis asistentes con la propuesta mejor elaborada, más apropiada y segura en todos sus términos. ¿Qué le parece? Tendremos, además, por fuerza, que realizarle algunas pruebas a fin de comprobar y medir sus condiciones, y determinar cuáles serían las funciones preferibles que pudiera desempeñar. Además de proteger su vida a como dé lugar. ¿No le parece?

—¡Magnífico, mi Lord! ¡Muchas gracias! Ahora debo irme, para no seguir disturbando su preciado tiempo. De nuevo le reitero el más grande de mis agradecimientos. No sabría cómo retribuirle, mi Lord, este elevado gesto que ha tenido hacia mi persona.

—Sir Taylor, sé que está preocupado, pero vaya tranquilo —sonrió—. ¡Somos un par de viejos zorros! ¿No? Haremos bien las cosas. No se preocupe.

Al retirarse el casi octogenario comerciante y dirigirse en su carruaje hacia su morada, sintió mucha satisfacción por la manera en que se había desarrollado la audiencia con Lord Anson. El jefe del Almirantazgo, sin duda, era un buen amigo. Ahora en su mente irrumpía con fuerza la idea de lograr la entrevista con el almirante Hammond. El encuentro con este, a su juicio, sería decisivo. No solo representaba una pieza clave dentro de la marina británica, sino uno de los pocos oficiales que conocía a la perfección la ciudad Reina de las Indias. Había visitado La Habana junto al almirante Richard Knowles en 1756.

Días después de la audiencia sostenida con Lord Anson, Sir Taylor cayó en un estado depresivo. Como casi siempre solía ocurrirle, el cambio climático de estación londinense lo lanzó en brazos de una gripe inclemente. Este imponderable agudizó su preocupación con relación a Thomas. Su hija Elizabeth y la gobernanta Hunter se afanaron para sacar al veterano comerciante de altas temperaturas y dificultades respiratorias. En medio de la gripe solo imploraba a su hija que hiciera lo imposible para que el almirante Hammond lo visitara tan pronto sanara su quebrantado estado de salud. Elizabeth pudo agenciar la entrevista. El día fijado y prometido, el oficial hizo su entrada en la casa de los Taylor.

—¡Querido amigo, qué agradable sorpresa! Hoy puedo decir al verlo que la muerte esperará un poco más por mí.

—Vamos, Sir Taylor, se le ve muy bien. No diga tonterías —afable, expandió una sonrisa—. Diga en qué puedo servirlo.

—Naturalmente, le ofreceré el whisky de siempre. ¿Sí?

—Por supuesto.

—No andaré con muchos rodeos. Thomas, mi hijo menor, desea realizar un viaje a las Indias Occidentales. Como usted estuvo en Port Royal y en La Habana quería conocer de sus impresiones sobre ambas ciudades. Todavía nada resulta seguro, pero deseo adelantarme un tanto a los acontecimientos.

—Conozco un poco sobre ese viaje que desea realizar su hijo. Lord Anson me introdujo en el estudio de la propuesta que a usted se le está elaborando. No olvide que soy en estos momentos el asistente del secretario del Almirantazgo. Incluso participé en una entrevista de evaluación que se le hizo a Thomas.

—¿Una entrevista de evaluación? —se descubrió desprevenido; enseguida comprendió que la gripe y la larga convalecencia habían bloqueado su dominio de la situación.

—Bueno, una entrevista como tantas otras que Lord Anson determinó realizarle a Thomas —comprendió enseguida que en la conversación algo no estaba en su justo lugar—. Pensé que usted estaría al tanto...

—He estado enfermo en estos días —trató de recobrar la calma—. Es por eso que ni Lord Anson ni mi hijo han querido molestarme. En definitiva, ambos saben que todo depende de la propuesta final que me curse el jefe de la Marina para someterla a mi aprobación.

—Imagino que Lord Anson le habló de otros pormenores relacionados con una expedición que ya se prepara. ¿No es así?

—Algo me dijo, pero en verdad no mucho.

Ahora Sir Taylor evitaba abordar los detalles de la confidencia que le hiciera Lord Anson. Aunque apreciaba que la ansiedad y la precipitación lo habían traicionado, al extremo de caer en una trampa inesperada, sabía, por demás, la sobrada habilidad de Hammond en una conversación.

—Estimado Sir, le voy a ser franco —actuaba con una frialdad calculada, minimizando como siempre cualquier detalle que intentara atenuar o apagar su inteligencia—. Yo ayudé al almirante

Richard Knowles en la confección secreta de suficientes esquemas y bocetos de cómo tendríamos que reducir La Habana. Castillos, murallas, torreones, extensión de la ciudad, condiciones topográficas de sus alrededores, fuerzas de las guarniciones, vecindario, y lugares más apropiados para el ataque y el desembarco.

—En realidad solo quería hablar de las costumbres de la gente y sus características —opinó con una inocencia planificada, como hacía siempre cuando vendía mercancías sin siquiera tenerlas consigo en cantidades suficientes.

—¡Este whisky está delicioso! Me serviré otro si no lo toma a mal —propuso para tomarse su tiempo.

—¡Cómo no! ¡Por favor!

—Antes de hablarle de las costumbres de La Habana, quiero felicitarlo por el hijo que tiene. Es un joven excelente y preparado. Sí puedo ayudar en su entrenamiento; será un verdadero placer. Esto que siento se lo confío como amigo suyo. Thomas podrá cumplir cualquier misión que se le asigne. No me equivoco.

—Almirante, no debe exagerar con relación a mi hijo.

Sir Taylor iba comprobando lo que ya presentía como cierto. Deseaba ver a Hammond para saber cómo era la vida en La Habana, pero no para adentrarse en las aristas de su tenebroso oficio. Ahora lo asaltaba la preocupación de que su hijo tomara, aunque fuera por breve término, derroteros que tuvieran que ver con los del asistente del secretario del Almirantazgo.

—No exagero ni hago gala de mi imaginación que muchas veces se dispara, lo admito y reconozco. Sé lo que digo, mi estimado amigo. Mi observación es que Thomas está preparado para llevar a cabo cualquier tipo de cometido. Habla varios idiomas y posee una preparación como pocos. Su inteligencia y habilidad dirán la última palabra. Aparenta, incluso, tener más de veinte años de edad.

—Sus palabras reconfortan mi espíritu. No sabría cómo corresponderle —Sir Taylor se desdobló en veloces reflexiones que no podía en modo alguno compartir con su interlocutor.

—El odio que siento por España y Francia creo que me acompañará hasta la muerte. Todo lo que pueda hacer en beneficio de su hijo, y perdone que se lo exprese de modo tan crudo, aliviará el rencor que siento hacia los franceses y los españoles.

David Hammond habló sin medida, lo que complació la inagotable atención del anciano mercader con relación a las características de la ciudad Reina de las Indias y sus costumbres. La conversación con el visitante dejó extenuado al convaleciente comerciante. El almirante era famoso por la extraordinaria locuacidad y capacidad camaleónica que expresaba, al parecer, desde la cuna. Sus prolongadas funciones de representante británico en el extranjero le habían dado una fama nada envidiable en los círculos londinenses. Los inusuales ardides en su labor le consignaron el epíteto del *diplomático ponzoña*. Sir Taylor nunca había podido determinar si las referidas funciones, el problemático amigo las realizaba en favor del *Foreign Office* o en el Almirantazgo. La fuerza casi continua de las guerras del imperio británico hizo que se gestaran en la esfera del poder personajes como Hammond, escaladores de influencias, cayera quien cayera. Era cierto que había perdido seres queridos en las batallas de la Oreja de Jenkins de 1739 y en la guerra aún no concluida contra Francia. El duelo de su vida personal por la pérdida de dos familiares en ambas disputas lo habían juramentado en el resentimiento contra franceses y españoles, pero existía mucha duda acerca del valor personal del almirante. Al menos, pensaba Sir Taylor, sus méritos le habían llegado más por funciones burocráticas que épicas. Sobre todo por sus lances en el campo del espionaje. Así se caracterizaba a Hammond en Londres. Se comentaba que los mártires de su familia eran utilizados por él como instrumentos en su ambición trepadora por el poder. Pero había una cuestión que preocupaba en extremo a Sir Taylor. Thomas afrontaría un enorme riesgo solo con participar en la hipotética expedición armada contra La Habana. Agregarle otro trance oscuro, como el ejercicio del espionaje, significaba para el padre —aun sabiendo que dicha práctica era tan vieja como la misma diplomacia—, un anexo demasiado peligroso. Se debatía con relación a la forma en que él podría apartar tales artimañas del camino de su hijo. La fiebre había cedido y se sentía mucho más recuperado.

«Después que pueda levantarme de esta cama veré de nuevo a Lord Anson —sentenció de manera conclusiva para sus adentros—. Mi hijo no puede ser alumno ni emprender, siquiera por asomo, los chocantes caminos del *diplomático ponzoña*. La praxis del espía es, desde todo punto de vista, aborrecible y falsifica la moral de las personas. Y, mientras dependa de mí, Thomas nunca asumirá ese infame disfraz ante la vida.»

III

No podemos perderla

El napolitano Giancarlo Pertini, luego de la declaración de guerra contra España, emitida por Inglaterra a principios de 1762, había escuchado en innumerables ocasiones inquietudes del rey Carlos III con relación al nuevo conflicto bélico. El Monarca un buen día le comentó que Francia, en la beligerancia contra Inglaterra, solo había cosechado fracaso tras fracaso, debido, en gran medida, al sórdido quehacer del contingente de espías británicos más que a los combates de los ejércitos. Prosiguió durante toda una semana expresando otros puntos de vista y reclamando de Pertini iniciativas que pudieran satisfacer sus expectativas sobre el particular. Una mañana, después de haber seguido macerando el novedoso concepto, el rey solo hizo preguntas y más preguntas al asistente, y ese fue el instante preciso en que el napolitano presintió que Su Majestad, aun sabiendo que era un parecer metafórico, estaba a punto de cambiar el curso de los ríos.

—¿Reflexionó sobre lo que le dije? —indagó el rey con aires de estar cavilando acerca de otros asuntos más importantes.

—Sí, he meditado acerca de todos los pormenores de la acción.

—¿Recuerda, Pertini, cómo era de tranquila nuestra vida en Nápoles? ¡Qué tiempos aquellos!

—Así es, Su Majestad —ahora esperaba paciente por los intrigantes discernimientos del Monarca.

—¿Sabe? Sobre la base de sus propuestas yo he seguido madurando cómo pudiéramos conocer con antelación las verdaderas intenciones del enemigo —comentó ensimismado, y preguntó elevando el tono de su voz—. ¿Usted sigue convencido de lo mismo?

—Su Majestad, no tengo la menor duda. Debemos anclar nuestra pupila secreta en los lugares donde el enemigo elabora sus planes bélicos —no dejaba de estudiar los movimientos del rey–. Pero ese cometido se debe implementar a riesgo, incluso, de tener que invertir mucho oro y hasta provocar, aunque no queramos, roces con algún que otro de sus actuales ministros.

—¿Cree de veras que esa sería una buena iniciativa?

—Por supuesto –reiteró–. Tendríamos que disponer de cuantiosos recursos financieros para sobornar a funcionarios enemigos, prometerles nombramientos y comprar toda la información que resulte de interés para la defensa y el resguardo de España y su extenso dominio.

—Bien –el rey a través de un amplio ventanal contemplaba la ciudad de Madrid, que estaba envuelta en una ligera neblina, y aseveró como si estuviese muy agotado por el intercambio–. Al parecer no contamos con otras alternativas. Si es así, entonces procedamos. ¡Y que Dios nos ampare! –acarició con una de las manos su nariz aguileña que desarmonizaba con el rostro delgado, y exclamó sonriente–. ¡No veo la hora de que este tiempo mejore para irme de cacería!

Pertini había desempeñado diversos e importantes trabajos bajo las órdenes de Carlos III, cuando este había sido el rey de las Dos Sicilias. La ampliación y remodelación urbanística de la ciudad de Nápoles fue en ese entonces obra de su entera responsabilidad. Su traslado a Madrid obedecía también a que el habilidoso napolitano había sabido sobornar a un importante representante de la nobleza inglesa. A través de este, el rey pudo conocer con sobrada anticipación que Londres tenía entre sus planes conquistar La Habana, dada la provechosa ocupación de Gibraltar realizada en 1707. Gracias a esta y a anteriores sabidurías, Pertini se había granjeado la confianza del Monarca. Conocía, además, por puro instinto, el tono de las palabras del rey cuando aparentaba hablar distraído, como buscando el modo de no responsabilizarse con tareas algo complicadas y poco limpias. Pertini sabía que esa era la forma en que el Monarca, casi con disimulada determinación, asumía cometidos de largo alcance. Dejar hacer era su praxis preferida, tal vez imitando procedimientos monárquicos de la realeza francesa que despertaban tanta admiración en Carlos III.

Cuando el napolitano llegó a Madrid, los colaboradores de varios prominentes políticos del Monarca no lo miraron con buenos ojos. En especial, los adjuntos de Jerónimo Grimaldi y el Marqués de Esquilache fueron los que más incómodos se sintieron ante su aparición. A Pertini, finalmente, el rey le había dado clara autoridad —y así lo había comunicado a sus ministros y diplomáticos— para llevar a cabo una misión especial a fin de garantizar que España, en la guerra contra Inglaterra, lograra preservar la supremacía en el dominio de las posesiones en las Indias Occidentales. El napolitano estaba habituado a los embates de las cortesanas intrigas españolas, como siempre preñadas de grandiosa carga de envidia y sus consiguientes patrañas. Sus experiencias en tal sentido en el reinado de las Dos Sicilias habían sido proverbiales. En Nápoles, un azaroso día, el napolitano muy contrariado le confesó a Carlos III: «¡Su Majestad, me resulta muy difícil poder entender la naturaleza de la envidia en la mente de los españoles!» El Monarca en esa ocasión le dijo para calmarlo: «No sabría decirle, Pertini, si ese mayúsculo defecto que cohabita con nosotros se lo debemos a los judíos o a los musulmanes, o incluso a los propios iberos. No sabría decirle, pero acostúmbrese a convivir con ese pecado que, por demás, no es propiedad exclusiva de los españoles. Ahora me voy a mis preparativos para la cacería de mañana».

No obstante haber obtenido esta aclaración del rey, el napolitano intuía que, en Madrid, por ser el centro político del Reino de España, le resultaría más difícil desentrañar y prevenir la argucia de tales marrullerías, más oriundas de la costumbre que de la pasión del genio español. Por lo pronto, satisfacer las expectativas cifradas por Carlos III constituía para él la divisa fundamental sobre la cual desarrollaría toda su actividad futura. Pertini tendría que garantizar el cumplimiento de aquellos cometidos que había aprobado el rey.

Entre otros, observar con permanencia los movimientos en Jamaica, lugar desde donde presumiblemente partiría la expedición militar enemiga; enviar agentes especiales a Londres, París, Ámsterdam y otras ciudades importantes europeas, y, de ser posible, desde Florida hacia las colonias inglesas de Norteamérica; crear cuantas filiales fuesen necesarias; rastrear las células clandestinas británicas actuantes en Madrid a fin de desmantelarlas; y, por último, enviar emisario del rey a La Habana para no solo alertar a las autoridades peninsulares del inminente ataque enemigo, sino proseguir los trabajos del reforzamiento defensivo de esa plaza importantísima.

El cielo de Madrid estaba tan cerrado que ese día daba la impresión de que había dejado de existir la luz solar. El invierno se estrenaba fuerte. Giancarlo Pertini, con sus cuarenta años de edad, hacía todo lo que estaba a su alcance para proteger su naturaleza del inclemente frío. Esperaba en su despacho por la llegada del señor Mariano López-Parro, colaborador de Jerónimo Grimaldi y designado por este para realizar la nueva encomienda del rey.

—Esperaba por su arribo desde la semana pasada —dijo el asistente del rey después de saludar al adjunto de Grimaldi.

—Tendrá que disculparme, señor mío, pero no podía despedirme de la resplandeciente París sin disfrutar por última vez de sus obras artísticas. En especial, haber podido regocijarme de nuevo ante sus magníficas pinturas.

—Interesante, señor. Desconocía esa vocación suya por la pintura. ¿Usted, es pintor?

—¡Ojalá lo fuera! Pero ya es muy tarde.

—Me parece que hizo muy bien en decirle adiós de esa manera a París —se levantó del sillón y caminó lento de un lado a otro en su espaciosa dependencia, y advirtió—. Ahora, a usted lo espera La Habana, destino que nada tiene que ver con la sugestiva ciudad parisina.

—Sobre ese particular ya me voy persuadiendo. ¿Sabe? Hablé con un amigo que estuvo en La Habana y me dijo que esa ciudad está poblada de hedores prosaicos de cocheras, establos y pocilgas, que obligan no solo a verla, sino a olfatearla de modo constante. De todas formas, debo decirle con la mayor franqueza que Grimaldi poco me habló de cuál sería mi trabajo en La Habana. Me gustaría conocerlo. Ya tengo en mis espaldas más de veintiséis mil días de existencia. O sea, cuarenta y cinco años. Hace algún tiempo que dejé de ser joven. ¿Comprende lo que quiero decir?

–¡Cómo no! –ocultó cierta irritación por la pedante enumeración de los días proferida por su interlocutor–. Debo aclarar que La Habana no solo es una ciudad cargada de olores pestilentes, sino también de miedos. Allí llegan marinos exhaustos de largas travesías y, en una noche, cuando se cierra la muralla, pueden cometer cualquier vandalismo. Llevan con ellos todo tipo de productos para el contrabando. En el pasado la piratería ha tenido en un continuo sobresalto el ánimo de los habaneros. Abundan la miseria, los lupanares y todo tipo de crímenes. Es una ciudad de pasado incierto y desarticulado. Pero La Habana, señor, es la Puerta de las Indias y por esa exclusiva razón no puede caer en manos del enemigo. No podemos perderla como malogramos Gibraltar. Comenzaré por decirle que esta vez su trabajo no consistirá en materializar ningún Pacto de Familia –exprofeso dio a entender de forma rápida a su interlocutor que dominaba los detalles del trabajo secreto realizado por este bajo las órdenes de Grimaldi con relación al acuerdo alcanzado entre Francia y España, alianza que constituyera uno de los motivos esenciales por los cuales Inglaterra había declarado la guerra a España; y agregó con calma–. Usted debe viajar cuanto antes. Hace un año que don Juan de Prado Portocarrero, por orden expresa de Su Majestad, fue nombrado gobernador de La Habana y partió hacia esa ciudad acompañado por tropas de refuerzo y la misión de perfeccionar y agrandar las defensas de la ciudad hasta ponerlas en condiciones de resistir cualquier ataque beligerante.

–Con todo respeto, y estimo que este sea el mejor momento para decírselo dado que, al amparo de sus indicaciones, tendré que verme muy a menudo con ese gobernador, debo hacerle saber que tal designación, según confesiones que me hiciera el año pasado el propio Grimaldi, por parte de Su Majestad no significó la mejor selección. Me dijo que Prado Portocarrero, además de irresoluto, era el político más tardo de todos los tardos. Creo que mi jefe lo conoce bien.

«¡Por favor! ¡No hablemos de políticos medrosos o lentos!», reflexionó para sus adentros mientras escuchaba las intrigas lanzadas por López-Parro. «Al decir de Su Majestad, más calmoso que Jerónimo Grimaldi no puede existir otro político a su lado. Espero que este diplomático que tengo frente a mis ojos no sea una fiel reproducción de su exjefe».

–Tenga por seguro que usted nada me ha dicho sobre ese particular –puntualizó con resolución–. Esa designación fue realizada por Su Majestad y no nos corresponde cuestionarla. No descuide que nuestras leyes nunca podrán limitar la voluntad del rey. No lo olvide y le sugiero que borre de su memoria los comentarios de Grimaldi. Debemos ocuparnos tan solo de lo que nos atañe. ¿No le parece razonable y prudente, señor López-Parro?

El diplomático sintió un rápido desasosiego ante las palabras que acababa de pronunciar Pertini. «Tienen razón los que me dijeron que a este asistente del rey lo inspira una rarísima ambición. Tengo que moverme con mucho cuidado ante este napolitano. Creo que mi designación no me favorece, pero no debo ahogarme en mi propia imprudencia».

López-Parro desconocía que Pertini era amigo personal de Prado Portocarrero cuando ambos trabajaban juntos en Italia bajo las órdenes del ahora rey Carlos III.

–Lleva usted mucha razón en sus palabras –asintió, con el tacto y la astucia que era capaz de ejercer, convencido de que a su interlocutor solo le interesaban las inmundicias enemigas y no las impurezas palaciegas–. «Otro funcionario en su lugar, sin duda, hubiera indagado hasta la saciedad acerca del parecer de Grimaldi».

—Hay un asunto del cual debe ocuparse tan pronto llegue a La Habana —continuó—. Tenemos indicios de que en esa ciudad se apropiaron de un tesoro proveniente de la Nueva España, conformado por piezas de artesanía de los antiguos indios mexicas, entre las que se hallan inapreciables joyas de oro y una valiosa calavera de cristal. Esta última fue esculpida en obsidiana como las otras, pero, según los entendidos, no se sabe cómo demonios pudieron dominar el diamante para hacerla, pues resulta la única calavera que mueve la mandíbula inferior. La catalogan como una verdadera obra de arte. Aunque no se descarta que algunos oficiales de la armada hayan metido las manos y hasta lo más seguro sea que entre los autores del robo se hallen correligionarios de la orden de los jesuitas.

—¡De los jesuitas! —manifestó sorpresa.

—Este delicado asunto usted debe verlo a su llegada a La Habana con el capitán García que funge como secretario del gobernador de la Isla. Él tiene en su poder todos los pormenores. Pero hay una persona que sin dudas colaborará con usted de modo resuelto. Un inglés que se nombra Morphy. Se dedica al tráfico de negros esclavos. Por supuesto, sus relaciones con él deben desarrollarse en un marco de máxima discreción. Hace poco tiempo se le concedió la naturalización española. Se considera amigo de García; aunque, por lo que me han dicho, ese británico no parece ser amigo de nadie. Puede trabajar confiadamente con García. Aquí tiene una carta para que se la entregue en mi nombre.

—¿Un inglés naturalizado en La Habana? —el diplomático frunció el entrecejo y expresó sin poderse contener—. ¡Dios mío! ¡Las piezas que destina este juego que llamamos vida!

—Nada del otro mundo, señor —advirtió—. Estamos en guerra y en ese ajedrez todo está permitido. Hasta tener que enfrentar jugadas sucias.

Ambos funcionarios continuaron platicando por largo rato. Pertini indicó con pericia sorpresiva ante la comprensión de López-Parro las tareas que tendría que cumplir en La Habana. En la despedida el asistente del rey le sugirió al diplomático que no comentara, ni con el propio Grimaldi, ninguno de los asuntos tratados, y mucho menos algunos pormenores de las delicadas tareas encomendadas.

—Señor Pertini —aseveró con aire conciliador—, entiendo por todo lo que me ha dicho que a partir de hoy dejo de ser un auténtico diplomático...

—Digamos que continúa con ese rango —interrumpió las palabras de su interlocutor—, pero desde hoy usted forma parte de la nueva política que desea revitalizar Su Majestad para descubrir los planes del enemigo. Sus modales diplomáticos solo serán una investidura como cualquier otra. Sus informaciones enmascaradas en el régimen de códigos que le he entregado serán de extrema utilidad. No descuide enviar la información incluso a través de la Florida. Sé que a usted le servirá de mucho estímulo espiritual tener conciencia de lo siguiente: El Soberano se mantendrá al tanto y de modo permanente de todos sus pasos. ¡Éxitos! ¡Y que la Providencia siempre lo acompañe y proteja!

«Pensé que este napolitano era algo estúpido —reflexionó mientras abandonaba el Palacio Real—, pero he comprobado que yo estaba equivocado. Tiene la mente del ajedrecista vencedor.»

El diplomático se dirigió en el carruaje hacia su residencia situada en la calle Fuencarral. En el desplazamiento su mirada atrapó una vez más la majestuosidad del Palacio Real casi listo en su terminación constructiva. También sintió la mirada que se explayaba bajo una cerrada tarde invernal y la belleza de los Jardines de Sabatini. Su rigor formal le hacía recordar de forma obligada los soberbios vergeles franceses caracterizados por los macizos geométricos con césped y flores, los setos perfectamente recortados, las estatuas artificiales y la disposición de esculturas clásicas. Sus sentidos se nutrieron nostálgicos en el recorrido por las rondas de Atocha y, seguidamente, junto al Retiro, las calles de Santa Bárbara, antiguo recinto que amuralló Felipe IV.

Mariano López-Parro, madrileño, impar admirador de París, como nunca antes y tal vez motivado por su impostergable viaje a las Indias Occidentales, se dijo con aflicción y hasta descubierto consigo mismo: «Madrid no es tan bella como París. Pero con el devenir del tiempo será una de las ciudades más esplendorosas del mundo. ¡Ruego a Dios que pueda verte, ciudad mía, mucho más de lo que quiero!».

Él hubiera deseado en esos momentos ver la magia de los rayos solares esparcidos sobre su adorada Madrid y no los tonos sombríos del invierno. Así como hubiera apetecido también ser un renombrado artista, flameante y profundo pintor, y no un diplomático del cúmulo de futuro incierto y riesgoso. Ahora comprobaba, después de la reunión con Pertini, su grotesca situación personal y el giro inesperado que tomaba su carrera profesional aún en pleno desarrollo. Verificaba de manera innegable que Jerónimo Grimaldi con suma elegancia y astucia lo había apartado de su ámbito. «Su Majestad necesita sus servicios y me ha indicado –le dijo– que usted sea cedido a Pertini para cumplir nuevas y delicadas tareas». Ahora él sabía que un Monarca no llegaba a esos detalles y ni siquiera se comprometía con tales entusiasmos. La selección y decisión sobre su persona habían sido dirimidas por el propio Pertini y por Grimaldi. Y ambos sabían cómo embellecer tales acciones al darles la impronta de que dicha decisión provenía del Soberano, a quien, entre otros, él no tendría acceso para despejar cualquier duda. Pero como lo ocurrido era un hecho consumado, inevitable, casi nocivo para su espíritu, encauzaría sus esfuerzos en aprovechar, sobre todo en términos aventureros, sus pasos futuros.

«Las inmundicias en torno al rey perviven en la vida palaciega que lo circunda. Mañana me sumerjo en las obras de Velásquez y, de modo especial, en la contemplación de su obra máxima, *Las Meninas*», concluyó el diplomático en sus meditaciones, «me sentaré imaginariamente a reflexionar junto con él sobre el misterioso ambiente de los Monarcas y cómo se manejan los hilos invisibles de su poder omnipresente».

IV

¡Qué disparate, señorita!

Froyla la cubanita gustaba de pasear a menudo con Lita por la ciudad. Ella en su compañía podía fisgonear los lugares que más le interesaban de La Habana. La censura y la prohibición ante su curiosidad juvenil se eludían cuando la escolta estaba en manos de la nana. Por demás, la conducción del carruaje a cargo del atlético esclavo Chamblín preservaba la seguridad de los recorridos. El negro cautivo aún no hablaba español, pero su intuición e inteligencia práctica le bastaban para saber que debía proteger hasta con su propia vida la integridad física de la hija menor del amo Ondarribi. El esclavo había sido comprado por el vasco y, a las dos semanas de haber llegado a la casa, Savanna, luego de observar su conducta, había congratulado a su compañero por la adquisición. «Ahora no lo comiencen a tratar de modo familiar —le había dicho el vasco—. ¡Lo advierto! Ya hemos sufrido experiencias amargas con otros esclavos que no quiero que se repitan. ¡Tiene que ser!»

Chamblín tenía la costumbre de llevarse los puños cerrados a la altura del corazón cuando sonreía en señal de comprensión o agradecimiento, y daba un salto atrás cuando rechazaba situaciones que no entendía o en posición defensiva. Sus vocablos eran cortos y todavía incomprensibles ante el idioma vasco, inglés o español. La dentadura blanca y pareja y la tensión de los músculos indicaban que el esclavo bordeaba la edad de los veinte años. Froyla, por su perseverancia y el interés de pasear La Habana lo más que pudiera, era preponderante en las relaciones con el calesero para que este aprendiera el español. Ella sonreía cuando comprobaba una y otra vez que Chamblín esgrimía la mímica por encima de las palabras –para él impotables– dado su reciente arribo a Cuba. Pero Froyla no cejaba en su empeño. La persona en la familia que mejor intercambiaba signos extraverbales con el advenedizo negro era ella. Al apropiarse de las últimas sílabas de la palabra «cubanita», Chamblín nombraba a la hija menor de Ondarribi por el apelativo de *Banita*.

Por la mañana Froyla, a tono con el obligatorio hábito cotidiano de todos los habaneros, asistió a misa en compañía de su familia en la parroquia San Francisco de Asís. Escuchó el sermón del padre franciscano Juvenal y, luego de confesarse con este, conminó a Lita y a Chamblín para que la condujeran por los alrededores del Asilo de San Juan Nepomuceno, sitio de reclusión estricta y rigurosa para las prostitutas habaneras, según recién ordenanza de las autoridades. Cuando escuchaba a Froyla en el confesionario, el padre Juvenal tenía que contener la risa al constatar la tremenda nobleza de la joven. Estaba acostumbrado a atender en el sagrado reducto, por parte de los feligreses, preocupaciones aburridas y, otras veces, hasta pesadas trasgresiones relacionadas con los pecados del hombre. Pero se asombraba de que Froyla se detuviera en las cosas pequeñas de la naturaleza. Ella relató la última visita del diminuto zunzún al brocal del patio de su casa y una vez más expresó que se sentía extasiada cuando lo veía revolotear en los jazmines hasta encontrar la jicarita de agua azucarada. Era el instante que ella aprovechaba para conversar con el pajarillo, al que había bautizado con el cariñoso mote de «príncipe de los jardines». Insistía con el padre Juvenal en que el zunzún era un ángel de los aires enviado por Dios, que además de escucharle sus aspiraciones más profundas, la protegía con relación a las fatalidades. Pero el padre franciscano esa mañana estaba lejos de sospechar que Froyla pretendía realizar una inusual excursión a los alrededores del cubil donde permanecían recluidas las mujeres descarriadas de la Villa de San Cristóbal de La Habana.

Para Froyla el padre Juvenal arropaba una personalidad única. Tan solo de mirarlo ella sentía que una poderosa paz se apropiaba de su alma. Estaba persuadida de que las palabras y los efluvios del sacerdote emergían de una sabiduría que había sido modelada a través de muchas lecturas de las Sagradas Escrituras y de periódicas meditaciones. Varias cosas acaparaban la atención de la hija menor de los Ondarribi Smith: la vivaz ciudad habanera, el sacerdote Juvenal, la música barroca y el zunzún «príncipe de los jardines». El diminuto pajarillo, al descender y ascender por el vano, era una suerte de funámbulo que en su gracia se había convertido con el tiempo en un talismán ante el cual ella ofrendaba secretos y reclamaba ensueños. Desde hacía varios días acariciaba la idea de contemplar, aun desde lejos, el Asilo de San Juan Nepomuceno. A Froyla ese monasterio le avispaba de forma poderosa la curiosidad. Allí estaban recluidas y se concentraban las mujeres envilecidas de La Habana, calificadas por la gente en tono detractor por el obsceno vocablo de «putas». Para Eva, tal vez, acercarse al lugar hubiese resultado pura diversión. Sin embargo, para Froyla significaba todo lo contrario. Era la insaciable curiosidad hacia todas las cosas que espoleaban su lozana existencia. Ahora la nana se agitaba nerviosa dentro del carruaje. «¿Cómo es posible —se preguntó alarmada— que nuestra pequeña se detenga para contemplar los ventanales de ese condenado asilo?».

—Pequeña, vayamos a otros sitios, ¡por favor! —imploró Lita con enfado—. Si tus padres se enteran de esta excursión me envían presurosos a Santiago de Cuba. No puedo entender por qué necesitas contemplar ese sitio de mujeres pervertidas.

—Nana, estoy mirando. Solo eso. ¿Cómo es posible que esas mujeres estén obligadas a vivir encerradas? —comentó sin dejar de mirar hacia el hospicio.

—¡Porque son hijas de las víboras! —aclaró Lita, deseando que Chamblín fustigara los caballos para iniciar el regreso a la casa.

—Nosotras iremos al cielo. Nada de malo puede suceder porque observemos un rato el lugar donde recluyen a esas infelices.

—¿Infelices? —refunfuñó— ¡Son esas mujeres que el Altísimo castigó para que siempre arrastraran el pecho por la tierra y comieran polvo!

Froyla tuvo que sonreír al escuchar el desacostumbrado comentario de Lita. Sabía que en tal exclamación la nana escondía el profundo pánico que sentía hacia los reptiles y que, al imitar en todo a Savanna, repetía sus dictámenes bíblicos. Ordenó a Chamblín proseguir la marcha. La nana, al ver que la extradición iba quedando detrás, se sintió aliviada y le rogó a su pequeña que le diera su palabra de que jamás repetiría esa expedición. No obstante, la hija menor de Ondarribi habló de otros tópicos y nada prometió ante el requerimiento de la nana. Ahora la mirada de Froyla se entretenía con el paso de los vendedores ambulantes de frutas tropicales, velas, diminutos íconos religiosos, sombreros, ropas y alhajas. Al transitar el carruaje por la Plaza del Viajero, los ojos de la joven contemplaron el cruce de las personas y las calesas. Luego, la calle Compostela y, más adelante, la iglesia de Nuestra Señora de Belén. La mendicidad reinante en la ciudad habanera le hizo recordar las palabras del padre Juvenal: «Hija, en nuestras meditaciones diarias con El Santísimo hay que velar por sostener la compasión hacia los pobres, desprotegidos y extraviados de la tierra».

En medio de estas reflexiones de su fe católica –cuyas prédicas no aliviaban en su alma la miseria, el maltrato a los criollos y esclavos por parte de los peninsulares–, Froyla obligó a Chamblín a que detuviera la marcha, y pidió a la nana que diera unas monedas a una pedigüeña que caminaba descalza y harapienta. Lita, a regañadientes, cumplió el requerimiento de su pequeña. Acto seguido se limpió y frotó sus manos con un pañuelo como si hubiese tocado a una leprosa. La indigente, mientras arreglaba sus cabellos marchitos, con su mirada opaca agradeció a Froyla la limosna. «El orgullo de mi nana –meditó al ver la conducta de Lita y la reacción de la mendiga–, le hace olvidar que ella fue una negra esclava. Ahora es la protegida del poderoso Ondarribi y con sus manos no quiere ni tocar la tierra. A veces se comporta más altanera que una señorona blanca aristocrática. Por eso la obligo, para que aprenda a ejercer la compasión».

Al llegar a la casa Froyla vio que en la sala se encontraban varias visitas, entre las cuales destacaba la de Pepe Antonio y un señor que le fue presentado como el veneciano Paolo Antonelli. También estaban el canario Jiménez y el catalán Medem, este último colaborador del capitán García, secretario del gobernador. El salón principal, aunque espacioso, estaba lleno de personas. Froyla ya conocía a Pepe Antonio y a los otros visitantes. Sin embargo, su atención se centró en el veneciano al saber que era un recién llegado a La Habana, músico y nieto del arquitecto italiano que había construido la imponente fortaleza militar que protegía la entrada del puerto habanero.

−¡Mi princesa −exclamó Ondarribi con alivio−, no veía el momento de que llegaras!

El vasco presentó a Froyla a los reunidos y puntualizó lo que más le interesaba. Al conocer que el oriundo de Venecia era músico, tenía que mostrar a Froyla como su preciado trofeo. El mayordomo Euclides indicó a la servidumbre las faenas para la atención de los visitantes. Savanna, muy inquieta y haciendo un rápido aparte con la nana, indagó la causa del demorado paseo de su hija menor. Lita argumentó razones creíbles, sin poder confesar el atrevido acercamiento al asilo ni borrar aún de su mente a la mendiga a la cual su pequeña había obligado a dar limosna en plena calle.

Eva se veía algo agitada por la inesperada presencia de Pepe Antonio. Era evidente que sentía por el regidor una atracción descontrolada que se desbordaba en su proceder. Ahora Froyla comprobaba que su hermana aparentaba ser otra persona. De repente, Eva se había trasformado en una apacible y comedida muchacha. Los reproches que le hiciera su progenitor después de la última visita del regidor, al parecer, habían logrado su cometido. En aquella oportunidad, Eva se había comportado como una vandálica joven y no como la hija mayor de los Ondarribi Smith. La hermana sabía que esos coqueteos de Eva no habían pasado inadvertidos para el elegante alcalde. Sin reparo alguno, Froyla simpatizaba con la personalidad de Pepe Antonio. Por lo que se escuchaba en boca de los habaneros con relación a su persona, se trataba de un criollo especial. Lideraba la Villa de Guanabacoa con destreza. Y resultaba atrayente su forma de relacionarse con todos los blancos, mestizos, negros libres y esclavos, e incluso con los campesinos de Nueva España, que a su Villa le consignaba el gobernador. Sus faenas como segundo alcalde mayor de la Santa Hermandad, milicias campesinas para la caza de piratas y malhechores, eran ya legendarias.

—¿Dice su padre —Antonelli agrandó sus ojos al observar deslumbrado el angelical semblante de Froyla— que usted sabe mucho de música barroca?

—Un poco, pero no haga caso de lo que mi padre diga sobre mí. Un poco —reiteró, consciente de que el veneciano conocía la respuesta, y añadió con delicadeza—. Cuando supe a la edad de once años que esa música se calificaba de grotesca, sentí curiosidad y luego decidí interesarme por ella. ¡No me arrepiento!

—¿Grotesca? ¡Qué disparate, señorita! También se le ha calificado de tosca, áspera, retorcida y anticuada. Pero ninguna es más hermosa. Espero contar más adelante con la posibilidad de compartir con usted encuentros para disfrutar esa maravillosa y retorcida música —propuso el veneciano en tono algo irónico y con cierta agresividad, que en su desbocado cortejo no podía detener—. ¡Para mí sería un placer y anhelo que para usted signifique lo mismo!

—Sí, cuando mi padre lo autorice —asintió Froyla sin mirar a su padre. Ella sabía que a este la vanidad en ese instante le estaba devorando el cerebro.

—Cuando usted diga, señor Antonelli —expresó el vasco apresurado—. Usted, al igual que su amigo el señor Pepe Antonio, como todos los señores que en el día de hoy con su presencia honran nuestra casa.

Los visitantes agradecieron el gesto de Ondarribi. A pedido del veneciano, el vasco sirvió otra ronda de coñac. Pepe Antonio, sin embargo, consumía cualquier ofrecimiento, pero su copa se mantenía medio llena para dar la impresión de que bebía constantemente; en realidad no era otra cosa que una apariencia. El señor Medem, algo afectado por el coñac ingerido, manifestó con resolución que no querría perderse esa velada cuando fuera a darse el concierto. Otro tanto expresó Jiménez el canario. El vasco les aseguró a los presentes que, cuando ello acaeciera, todos serían invitados. Pepe Antonio, disculpándose de modo amable con los reunidos, hizo un aparte con Ondarribi en dirección al acceso a la galería. Tomó por el brazo a Antonelli y lo condujo ante el vasco. Froyla, por azar, quedó muy cerca del regidor y su padre. Eva, como una traviesa muchacha, se aproximó con sus mañas para poder escuchar a prudente distancia la charla.

—Don Ondarribi, volviendo a lo que le proponía antes de que llegara su hija Froyla —dijo el alcalde—. El próximo domingo estoy invitado a una fiesta religiosa de carácter muy privado e íntimo de algunos negros libres y esclavos que son amigos míos en las cercanías de Guanabacoa. Será en una finca que está situada en una de las márgenes del río Cojímar. Antonelli me acompañará porque sé que a él le resulta de sumo interés. Invito a usted y a su familia para que disfruten de esa curiosa festividad. Ya le aclaré a mi amigo veneciano que los instrumentos musicales son reproducciones de los que ellos celosamente conservan y califican como sagrados.

—¿Santería? ¿Conguería? ¿No? —Ondarribi contrajo el rostro.

—Sí, santería o conguería, como queramos llamarla —aclaró el regidor—. Ellos todavía no pertenecen a la religión católica, pero cultivan la que trajeron de África, que todos ustedes consideran una rara liturgia. Esta es gente pobre y noble. Cantan a sus deidades, al trabajo, a su fuerza, para ellos mágica. Le aseguro que usted y su familia se sentirán muy bien.

—Muchas gracias —murmuró el vasco sintiendo que atravesaba por un momento algo delicado—. Mire usted, le seré franco. Creo que al padre Juvenal no le gustaría saber que no asistimos a la misa de su parroquia por irnos a una ceremonia religiosa de los negros. Me da mucha pena. Temo que tendremos que dejarlo para otra oportunidad. Le pido disculpas y también al señor Antonelli. No se tomen esta negativa como un agravio.

—De ninguna manera —sonrió el regidor—. Comprendo muy bien la situación.

—Ondarribi, nosotras —intervino avivada la osada de Eva— pudiéramos asistir acompañadas de nuestra tía y la nana. No sé, con Euclides y Chamblín. ¿No le parece? Así quedamos bien con el padre Juvenal y con sus amigos que con suma cortesía nos han invitado a visitar esa finca.

«Eva es imprevisible –pensó Froyla mientras observaba el rostro de su padre, quien ahora, levantando el brazo, llamaba a María Cruz–. En lo más profundo simpatizo con la propuesta, pero esta vez me parece que mi hermana ha llegado demasiado lejos.»

–¡Hermanito mío, me perdonas, pero conmigo no cuentes! –susurró María Cruz con aires de haber sido insultada ante la sugerencia de Ondarribi–. ¡Yo jamás asistiré a fiestas como esas! ¡Dios me libre!

El vasco, guardando la compostura ante los presentes, y muy en especial ante Pepe Antonio y Antonelli, con sus ojos lanzó alarmados reproches hacia María Cruz y Eva. A él no le gustaba que en su casa se ofendiera en modo alguno a las visitas. Para tomarse su tiempo ofreció otra vuelta de coñac al regidor y a su amigo. El veneciano se sentía bastante mareado, pero decidió tomarse otro trago. Pepe Antonio rehusó con amabilidad. Jiménez y Medem conversaban animados en un ángulo del salón cercano al balconaje que daba a la calle. El catalán, al ver que el regidor de Guanabacoa se aproximaba con su amigo el veneciano, comentó:

–Señor alcalde, dicen que las producciones de hortalizas, ganado porcino y vacuno marchan bien en Guanabacoa.

–No crea, señor Medem, todo lo que escuche sobre nuestra Villa –advirtió el alcalde–. Tenemos problemas, muchos problemas.

–Todo marchará mejor cuando podamos intensificar el tráfico de los negros esclavos –opinó animado el catalán–. Esos serán los encargados de darle fuerza a la economía de esta Isla.

–Tal vez usted tenga razón –sonrió Pepe Antonio– pero se deben acelerar algunos cambios por parte de Su Majestad y su representante en esta Isla.

–¿Ya está enterado de los propósitos de Inglaterra con relación a La Habana? –dijo en tono muy confidencial Jiménez el canario, tomando por el brazo al regidor, casi encimado sobre él.

−Sí, mi amigo el veneciano, aquí presente, llegó alarmado por las noticias que se desatan con fuerza en Port Royal −comentó con suma prudencia, observando con alivio que la familia de Ondarribi se encontraba distante del intercambio.

−Y usted, ¿qué piensa sobre esa eventualidad? −musitó el canario dirigiéndose al regidor.

−¡Imagínese! −aclaró−. Ahora no serán los piratas Drake ni Knowles quienes vendrán al frente de ese probable ataque. Yo pienso que, de hacerse realidad, esta vez la cosa irá en serio y tendrá suma gravedad para todos nosotros.

−Y de ocurrir, ¿usted cree que mejoren o empeoren nuestras vidas? −intervino Medem en voz baja, mirando de lleno a los ojos del alcalde.

−¡Dios nos libre! −advirtió Pepe Antonio−. ¡Señores, vendría lo peor para todos nosotros!

El alcalde se dio cuenta de que la conversación, por muy apartada que pretendiera desarrollarse en sus tonos bajos y giros simulados, era ya insostenible, teniendo en cuenta la proximidad de las mujeres. Pepe Antonio y Antonelli se despidieron con mucha cortesía de Ondarribi, de su familia y de Jiménez y Medem. El veneciano en sus adentros se sentía muy excitado ante la belleza de Froyla. En especial, por haber descubierto en La Habana a una muchacha apasionada por la música barroca. Antonelli, desde su arribo a la Reina de las Indias, observaba y escudriñaba todos los paisajes, al sentir avivada en su memoria la querida y perenne figura de su abuelo arquitecto. Este no solo había recordado con añoranza La Habana, sino que había dejado muchos escritos nostálgicos sobre la ciudad y el asentamiento de El Cerro. Aunque lo que jamás pudo sospechar el veneciano era que la Villa de San Cristóbal de La Habana abrigase en su seno una sílfide tan hermosa como Froyla la cubanita.

El regidor, por su parte, se había dado perfecta cuenta, una vez más, del interés de Eva hacia su persona. Ondarribi, al despedir a Pepe Antonio y a Antonelli, y acompañarlos hasta el zaguán, había confirmado con suma discreción que su familia asistiría a la finca situada en las cercanías del río Cojímar. Acordaron el lugar y la hora donde el gobernante de Guanabacoa esperaría por la comitiva de los Ondarribi Smith. Pepe Antonio, al despedirse de Eva, la percibió de nuevo como una fiera salvaje que estaba lista para caerle encima de forma atrevida, y este hecho –por lo inusual en medio de las costumbres puritanas habaneras– lo turbaba en lo más profundo de su ser. La expectativa de verla el próximo domingo le afiebraba los sentidos. En realidad el corazón se le rejuvenecía cada vez que descubría su mirada acordonando su cuerpo. Desde hacía buen tiempo ninguna mujer se había aventurado a catarlo con tanta alevosía. «Tiene unos ojos claros que cuando miran me hacen creer que soy el único hombre sobre la tierra –meditó con placer–. ¿Seguiré o no el juego de su acoso? Ahora la veré en la finca de Gilberto el andaluz. No sé. Conmigo no se puede coquetear de esa manera. ¡Dios mío! ¿Por qué la imprudencia siempre estará al acecho de la virtud?».

Antonelli, al montar en el carruaje, se pudo percatar de que los pensamientos de su amigo volaban lejos. El alcalde en el asiento del calesero llevaba las riendas en las manos y junto a él iba el veneciano.

–¿Quién es ese Medem? –preguntó Antonelli.

–Es uno de los asistentes de García, el secretario del gobernador. Está muy involucrado en el tráfico de esclavos. Y si fuera por él, traería aquí encadenados a todos los negros de África.

–¿Por eso preguntó qué ocurriría si los ingleses llegaran a tomar La Habana?

–Por supuesto –asintió–, aunque espero que ese catalán no sea tan ingenuo como quiso aparentarlo en su comentario. Se insinuó con deslealtad. Tal vez resulte uno de los primeros súbditos del rey Carlos III que maldiga la hora en que los ingleses ocuparon La Habana y luego se pase a sus filas.

–¡Horrible opinión tienes sobre ese señor! Dime una cosa, ¿crees que los británicos logren tomar La Habana?

–¡Ojalá que no! Pero pienso que La Habana; así como están en estos momentos sus protecciones, es muy vulnerable.

—¿Sabes una cosa? –dijo jocoso–. Me parece que la hija mayor del vasco está algo enamoradita de ti. ¡Atención! ¡Eres casado y tienes cinco hijos! ¡Madonna mía! ¡Además, ya eres un viejo!

—¿Viejo, yo? ¡Paolo, tú solo sabes de música! ¡Lo único que no envejece es el espíritu! Mira, mejor háblame de otro asunto –exclamó con aire afectuoso, mientras fustigaba con mayor brío a los caballos–. En realidad, no sé qué rayos haré. ¡Estoy patitieso! Nunca me he visto en una situación tan rara. Pero, ¿sabes? –objetó picante–. ¡Búrlate! A ti te ocurrirá lo mismo que a mí. Al final tendrás que casarte por conveniencia, y luego tendrás que confesarte a menudo con un sacerdote por pecar con las damas apasionadas que el destino te irá colocando en tu camino. ¡Ya verás!

Antonelli rió al escuchar el vaticinio de su amigo.

—¿Sabes? ¡A mí con las mujeres me gustan todos los destinos! –aclaró riendo junto al amigo que ahora guiaba el carruaje hacia una de las salidas de la muralla–. Mira, para complacerte intentaré hablarte de otros temas. ¡Estoy estremecido por la belleza de Froyla! –confesó frenético–. ¡Si la fortuna de Venus no me abandona, y así lo juro ante la memoria de mi abuelo, que en paz descanse, la desposo y me la llevo a Venecia!

—Bueno –lanzó una fuerte carcajada–, tendrás que vivir en una iglesia habanera tocando el órgano y contemplar a la cubanita todos los días cuando vaya a misa, porque tu familia lo primero que hará será desheredarte.

—¡Eso no me importa! –clamó como si fuera un muchacho.

Pepe Antonio descubrió que el veneciano estaba eufórico y algo pasado de tragos, pero tuvo la impresión de que, el dictamen sobre Froyla, Antonelli lo gritaba en serio.

V

La cabeza del león

Los preparativos para el ataque a la Reina de las Indias estaban terminados según el proyecto original de William Pitt el Viejo. El Almirantazgo decidió nombrar al frente de la expedición naval a Sir Jorge Pockoc, quien era uno de los marinos más experimentados del imperio británico. Hammond, en su calidad de asistente del secretario de la Marina, inmerso en sus funciones, atendía todos los pormenores inherentes a la seguridad de la enorme cruzada armada y nunca organizada por Inglaterra en toda su historia precedente. El almirante Hammond en las últimas semanas había tenido que trabajar con mucha tenacidad con relación a la decisión irrevocable adoptada por Lord Anson. La expedición rumbo a La Habana tenía que pasar por el Canal Viejo de Bahamas y no tocar Jamaica, como era lo esperado incluso por los especialistas navales de ambos bandos en pugna. En especial, dicha alternativa de ataque estaba descartada por España. Hammond deseaba ser reconocido por el Almirantazgo a costa de la solución que él con apremio buscaba y ofrecía con sus gestiones ante las dificultades que avizoraba el cruce del Canal Viejo. Cuando el diplomático londinense cumplió su estadía en La Habana junto a Knowles supo apropiarse de viejos mapas confeccionados por experimentados tripulantes españoles. Los ibéricos navegantes tenían mayor pericia en los mares de esa zona que los ingleses. Al planteársele la hipótesis, Hammond reclutó a dos contrabandistas cautivos que decían conocer el entorno navegable de Bahamas. Con las observaciones de estos traficantes de negros esclavos que habían violado disposiciones legales británicas, el almirante se dio a la tarea de perfeccionar los mapas españoles que él mismo había hurtado en La Habana. La gran reserva mental de Lord Anson, del secretario del Almirantazgo Phillip Stephens y de Sir Jorge Pockoc era lo tocante al peligroso paso entre Cayo Confites y Cayo Lobos, islotes que definían el cruce definitivo del Canal Viejo de Bahamas. Hammond, amparado en las conversaciones sostenidas con los especuladores –quienes permanecerían bajo su control hasta tanto se consumara el desenlace de la travesía–, se lanzó en los brazos de la audacia.

–La expedición tiene que atravesar el Canal Viejo de noche –recalcó en la reunión de la alta oficialidad–. En los cayos situados a ambos lados del canalón tienen que estar enclavadas fogatas y antorchas encendidas para que sirvan de guía nocturna a la navegación. El sigilo en el cruce y la protección de la noche harán el resto. No abrigo recelos de que la operación será coronada con el éxito. Si perdonan mi atrevimiento, señores oficiales, confío en que la sabiduría de Sir Jorge Pockoc rematará el suceso.

–Muchas gracias por su elogio –Pockoc sonriente se dio cuenta del dardo lisonjero y mañoso que Hammond había lanzado en el análisis–. Mas no tema, trabajaré sobre la base de los mapas españoles y las sugerencias de los dos contrabandistas bajo su control. Confío en que dichos hombres cumplan su papel y me resulten de inapreciable utilidad. Es más –se dirigió al jefe del Almirantazgo–, mi Lord, no me disgustaría en absoluto que uno de los dos traficantes viaje con nosotros en la expedición. Prometámosle algún estímulo. Estoy seguro de que uno de ellos por voluntad propia vendrá en la travesía.

Lord Anson, algo asombrado por la agresividad de Hammond, no dejó de admirar la destreza de Sir Pockoc. A su juicio, este demostraba, una vez más, ser el jefe indiscutible de la cruzada naval hacia La Habana. Actuaba como tal y se expresaba en consecuencia como un experimentado examinador. Por otra parte, había podido verificar la actitud de David Hammond. En el intercambio colectivo había actuado como un verdadero hijo del demonio, con una picardía casi caricaturesca, que desató en la oficialidad sonrisas inusuales. Gestualidad algo atípica en el carácter y control de los jefes militares. Ahora Lord Anson comprendía el mote de «ponzoña» que pendía sobre las espaldas de Hammond. El almirante habló de los contrabandistas como quien discursa sobre un par de amigos.

—Podemos confiar en estos marinos —aseguró Hammond con empaque—, quienes, gracias a su experiencia, dominan el escabroso cruce.

Ese pasaje en la reunión había resultado delirante para Lord Anson. En ese preciso momento, con una sonrisa que a él también le costó disimular, recordó las preocupaciones de Sir Taylor con relación a su hijo. «Le ruego, mi Lord, en nombre de nuestra amistad, que Thomas nada tenga que ver con las actividades de Hammond». Por tratarse de un preciado amigo de muchos años, el jefe del Almirantazgo le prometió al atormentado comerciante que su hijo no se involucraría en actividades de espionaje. Pero lo hizo por esa razón y no por otras. En la guerra contra Francia el secretario del Almirantazgo, Stephens, con sus mecanismos tenebrosos había granjeado muchas victorias militares al imperio británico. Alguien tenía que llevar a cabo esas misiones que en realidad eran poco o nada elegantes. Además de que sabía que Hammond procuraría otras posibilidades para situar agentes especiales en La Habana. En la cruzada militar conformada por más de veinte mil marinos y soldados se encontraría a los hombres adecuados.

En una palabra, Thomas Taylor, ahora con la adopción del definitivo seudónimo de Eric Greene, no tendría que erguirse en la expedición militar como agente secreto de los servicios especiales de Inglaterra. Después de contar con la amarga aprobación de su progenitor, viajaría subordinado al capitán Milton, experimentado oficial del Cuerpo de Marina de Portsmouth. En la cadena de mando este se encontraría bajo las órdenes de Hervey. Greene actuaría con la gradación de teniente en las fuerzas navales y no en las del ejército de desembarco, a cuyo mando se había designado al conde de Albemarle. Por decisión de Lord Anson, exclusivamente Sir Pockoc, Keppel, Stephens, Hervey, Albemarle y Milton sabrían que detrás del inofensivo teniente se encubría el hijo menor de Sir Taylor. Con la revelación de la verdadera identidad del joven, el jefe del Almirantazgo instruyó también velar a toda costa por su seguridad personal.

Lo que no sabía ni sospechaba Lord Anson era que en el instante en que había adoptado esa resolución ya el ambicioso de Hammond había avanzado grandes tramos en el trabajo con Greene. Al almirante, ducho en la labor diplomática, le resultaba bien difícil cortar de golpe el grueso trabajo de captación que ya había realizado con relación al teniente. Cumplió con la decisión del jefe del Almirantazgo, pero decidió, con sobrada osadía –que en su caso era más que un acto de voluntad, una gozosa costumbre–, dejar algunas ventanas abiertas en sus relaciones con quien consideraba un avezado discípulo. Y así lo hizo, persuadido sobre todo por una información secreta procedente de La Habana, la cual, al llegar a sus manos, fue celosamente preservada. El almirante conspirador, aferrándose a esta delicada revelación, desarrollaría una decisiva charla con Greene.

Ahora David Hammond, como todos los presentes, escuchaba la enardecida arenga de Lord Anson ante el equipo de mando de la expedición militar que muy pronto partiría rumbo a La Habana. Prédica con la cual el jefe del Almirantazgo sellaba la reunión. Enumeró los nombres y las cualidades de cada uno de los jefes de mayor rango. La secretividad que tendría que rodear la operación naval. La decisión de que uno de los dos traficantes de negros esclavos de Jamaica navegara en la cruzada. Alimaña, según sus palabras, que ayudaría en la pericia del cruce del Canal Viejo de Bahamas.

–España no imagina por dónde le asestaremos el golpe demoledor –dijo Lord Anson de modo conclusivo–. La sorpresa estará a nuestro favor. Dentro de tres meses La Habana estará en nuestras manos. ¡Demostraremos al rey Carlos III y a todos sus súbditos por qué Inglaterra es la mayor potencia marítima de toda la historia!

Los ecos de la hermética reunión que recién se había efectuado en el Almirantazgo llegaron en apretado y confidente rumor hasta la vivienda de los Taylor. Elizabeth tenía fijado compromiso amoroso con un oficial de la Marina casi listo para partir, después de desposarla, en empresa militar hacia las Indias Orientales. Por esta vía ella obtuvo la primicia de que algo en grande se preparaba en Londres relacionado con la guerra contra España. Ella conocía la declaración que abrió las hostilidades y también que su hermano menor viajaría muy pronto rumbo a las Indias Occidentales. Aunque ella desconocía detalles que su curiosidad femenina no podía reprimir.

—Padre, ayer hubo una reunión en el Almirantazgo —saludó cariñosa a su padre—, en la cual se trataron asuntos de suma importancia. ¿Usted sabe algo?

—Nada en absoluto, hija mía —memorizó la confidencia condicional que le hiciera Lord Anson—. Recuerda, como siempre digo, que el Almirantazgo es sitio virtual del verdadero Gobierno en Inglaterra. Todo lo que allí suceda tiene sumo interés para los londinenses.

—Usted sabe que mi novio no propaga tonterías.

—Es cierto —tenía el deliberado propósito de cambiar de tema—. ¿Pudiste localizar a Thomas?

—Sí, padre, dentro de una hora llega su descabellado aventurero —en tono burlón manifestó su contrariedad por la decisión del hermano, convencida de que su padre nada le comentaría sobre la reunión del Almirantazgo.

Antes de lo previsto Thomas llegó para entrevistarse con su padre. Este se sentía estremecido ante la inminente partida de su hijo. Le molestaba de modo particular saber que el mes de marzo estaba a las puertas, y dispondría de pocos días para ver y hablar con el preferido de sus cuatro retoños. «Todos los hijos se quieren por igual —se reiteró otra vez la convicción impublicable que le apretaba el pecho—, pero Thomas es mi predilecto». Y mientras saludaba a este, el padre fingía ordenar papeles. En realidad, trataba de organizar sus ideas.

—¿Cómo van tus asuntos, hijo mío?

—Muy bien. No le niego que en la medida en que se acerca el día de la partida se acrecienta mi excitación. Una cosa en la vida es planificar una acción y otra es verse adentrado en la chifladura, como muy atinada la califica mi hermana.

—Pero no es una chifladura, sino una aventura muy seria para la cual pienso ya te estés preparando. Yo aún no lo estoy.

—Así es —pensó que no resistiría una pregunta directa de su progenitor sobre Hammond. En especial, el verse obligado a mentirle.

—Gracias por honrarme al poner mi nombre en tu falsa identidad. Ya sé que te harás llamar Eric Greene.

—Usted sabe cuánto lo amo. Por eso lo hice.

—¿Y el apellido?

—Un homenaje a mi abuela materna.

—Lo imaginé. De todas formas, siempre te llamarán Greene —dijo Sir Taylor, y cayó su parsimoniosa personalidad en el infantilismo—. Conozco muy bien las costumbres de los marinos en una larga travesía. Nunca pronunciarán mi nombre.

—Padre, ¿qué ocurre?

—Nada, hijo. Hasta me place tratar contigo estas tonterías de nombres y apellidos. ¿Sabes? Nunca sabré por qué los seres humanos soñamos tanto. Las visiones oníricas son para mí inexplicables. Anoche, como casi siempre, soñé contigo. Te contaré dos apariciones bien raras. En la primera te encontrabas corriendo de un lado a otro del navío de Sir Pockoc, con una camisa blanca ceñida al cuerpo por la lluvia que caía y recogidas las mangas más arriba de tus codos —se puso en pie y apoyó sus manos sobre el alto respaldo de la silla—. Corrías así porque había una revuelta de los marinos contra el jefe de la expedición. El buque insignia, no obstante, parecía que iba a ser tragado por las altas olas del mar y tú no te sostenías, o solo lo hacías apoyado sobre tus piernas. Defendías las decisiones adoptadas por Sir Pockoc. Gritabas desenfrenado contra los amotinados. Y defendías a la jefatura de la cruzada. Este lance me gustó, no te lo niego. Te veías defendiendo el honor de

Inglaterra. Solo me angustiaba verte con tus manos libres. Todas las cosas en el navío se movían inasibles de un lado a otro sobre la cubierta. Y tú firme sobre las piernas gritando a más no poder contra los revoltosos. Desperté convencido, hijo mío, de que eras un suicida. La otra visión fue mucho más rara. Tú escribías en el camarote contiguo al de tu jefe Milton. Este se tomaba el trabajo de leer tus escritos y te imploraba que los firmaras con tu verdadero apellido. Y tú le respondías que no. «Firmaré –le decías– con el de Greene». Aquí también me vino la convicción de que tú eras un perfecto suicida, como sucede con muchos escritores.

–Yo nunca acudiré al suicidio. Nada tengo que ver con ese misterioso escape ante la vida. Usted lo sabe. Acojo con cierta admiración ese imponente sacrificio por razones de honor o ante una grave enfermedad. Los de otro tipo me conmueven, pero al final siempre los rechazo como posible alternativa. ¿Cuál es esa opinión suya de que muchos escritores son suicidas? Nunca me lo había dicho.

–Cuando decidiste viajar enmascarado con otro nombre, me vino a la mente esa convicción. La primera tendencia de un escritor es trabajar bajo seudónimo literario. La transfiguración de personajes y situaciones a la que él se ve sometido lo exige. Como sabes, yo no soy aficionado a la filosofía. Mi fuerte es el mercantilismo y a este campo he dedicado toda mi vida. Sin embargo, sé que en la esfera de las artes, como ocurre en el terreno de la música, la pintura y la escultura, los artistas casi todos los días se enfrentan a sus histerias, obsesiones y otras desolaciones que responden a su misteriosa sensibilidad y otros apremios que hasta ellos mismos desconocen. Los escritores en la arena del arte son los mayores suicidas. O bien escriben una obra y luego deciden no escribir más y desaparecen. O bien dan infinidad de giros y al final se matan. Es como si estuviesen en presencia o involucrados en un duelo de esgrimistas entre el genio y la locura. Al final, el escritor cae al suelo herido o muerto.

–¿Cuál es el consejo, padre? –demandó admirado, sin descuidar la idea de que Sir Taylor le pudiera tratar algo relacionado con Hammond.

—Espero que Dios no me abandone en los últimos años de mi vida. No me importa que estés presente y hasta me ruborice por decirte lo que pienso. Creo que eres un joven excepcional. No importan nuestras desavenencias. Thomas, cuando veas que el combate es inminente y generalizado, sitúate siempre al lado de un oficial que por su sabiduría y valentía sea capaz de protegerte. Los hombres especiales en la guerra casi siempre caen en una escaramuza de poca importancia. Tú eres un joven singular. Participa en todo momento en los grandes combates. Cuídate de las reyertas insignificantes. Este es mi consejo, aunque te parezca absurdo.

—No me parece absurdo. Lo tendré presente. Nunca pude imaginar que me fuera a dar un consejo de esa naturaleza. ¿Y cuál es el favor que debe solicitarme?

—Nunca confieses a nadie tus dudas con relación a la religión. Esto puede acarrearte muchas dificultades. ¡Prométeme que lo harás!

—Se lo prometo. Usted en tal sentido puede estar tranquilo. Jamás confesaré a nadie tales inquietudes. Además de que puedo prescindir ante la gente de tales interrogantes, pero usted me habla en un tono como si fuera a ocurrirme el peor de los desastres. Padre, nos volveremos a ver. Se lo aseguro.

—Los jóvenes son jóvenes. Sueñan con grandes hazañas y con la heroicidad. En ese fervor y en su ignorancia reside el mayor de los peligros.

—Esté tranquilo, padre. Estoy convencido de que regresaré vivo de la expedición. No pierda su acostumbrada fe y ecuanimidad. ¡Por favor!

Thomas Taylor, ahora poseído y entusiasmado por el sugestivo seudónimo de Eric Greene, bajo cuya nueva identidad sabría aprovecharse según él de nuevas experiencias, se había despedido de su padre en ese instante dándole la mayor tranquilidad posible. Pero estaba consciente de todos los peligros que debería sortear en la expedición militar que partiría en los primeros días de marzo hacia

La Habana. Se sentía en el fondo, y a su manera, como un perfecto irreligioso, pero esa extraña convicción no era sinónimo de pobreza moral. Los misterios y las majestuosidades de la propia naturaleza lo sobrecogían quizás como a ninguna otra persona. Sabía que una guerra era una guerra. El magnetismo de una contienda bélica resultaba la invisible fuerza o el impulso ciego que espoleaba a unos hombres contra otros hasta eliminar la existencia misma del ser humano. ¿Cuál llamado al progreso así lo determinaba? Se preguntó él una y otra vez.

Ahora recordaba el juego de los soldaditos de plomo de su infancia, cuando agrupaba las diminutas figuras para el asalto a una fortaleza, y las hacía caer una y otra vez con sus propias manos. Ya en ese entonces examinó lo sugestivo que resultaba el diseño del uniforme blanco, de tonalidades negra, verde, oro y rojo escarlata; los impecables tricornios y los pabellones que deberían ser defendidos hasta el último aliento de vida. Cuando su padre le hizo dicho regalo ya él se encontraba estudiando música. Los instrumentos de base eran el órgano y el clavicordio; luego, el clavicémbalo. ¿Por qué su padre le obsequió en esa época un juego de guerra? ¿Para despertar en él alguna vocación oculta hacia la carrera militar? ¿O sería por el amor o fanatismo desbordado de su progenitor hacia el imperio británico y su afamado progreso? Estas y otras interrogantes contradictorias sacudían el cerebro del menor de los Taylor al llegar a las oficinas del almirante David Hammond, situadas en las cercanías de la Torre de Londres.

—¡Señor Greene! ¿cómo está? —el almirante, al pronunciar el falso apellido del expedicionario, demostraba que la vida para él era una diversión.

—¡Bien, muy bien! He venido porque usted me hizo llamar con mucha urgencia —ahora recordaba la opinión de su padre de que en lo adelante lo llamarían por Greene y no por Eric.

—En efecto. Hoy me veo en la necesidad de hablar con sobrada claridad. Mi jefe hace algunos días me comunicó que Lord Anson había instruido que a usted no se le involucrara en mis actividades.

Como sabe, nosotros dos ya hemos conversado mucho sobre el particular. No me gusta la indisciplina. Por tanto, le hago saber que cumpliré con la decisión del jefe del Almirantazgo. Como ya le había adelantado, esa decisión responde a una solicitud que hiciera su padre al amparo de la amistad que lo une con Lord Anson.

—Almirante Hammond —sonrió—, le propongo que deje los rodeos y me diga en específico qué quiere de mí. Creo que ya nos conocemos.

—¿Usted tiene una idea de los términos en que será repartida la presa que se obtenga y su distribución para la cabeza del león? —le agradó que su interlocutor con su intervención facilitara el logro de sus intenciones.

—No entiendo muy bien la pregunta, aunque imagino que esté relacionada con la expedición militar hacia La Habana.

—En efecto. La pregunta tiene que ver con la toma de La Habana. Ahora le explico cómo la nobleza ayuda en primer lugar a la nobleza. Luego, se ocupa de todo lo demás. La cabeza del león significa lo que corresponde a la alta oficialidad con relación al botín conquistado.

—Yo viajo en la cruzada por otras razones —aclaró—. Nada tengo que ver con esa cabeza de león.

—Lo sé joven, lo sé. Yo en realidad no tengo su fortuna, pero le aseguro que puedo vivir con lo que poseo. Nosotros en verdad no necesitamos dinero. En una palabra, ninguno de los dos necesitamos robar. Le confesaré un secreto muy personal. Pero, créame, lo que le propondré es por ambición personal y no por avaricia. Por eso esta conversación necesitaba hacerla con usted a solas. No hay ninguna otra persona en la expedición que pueda conocerla y mucho menos que posea su preparación para llevarla a cabo. ¿Paso a exponerle mi propuesta?

—¡Por supuesto! Aunque al final desearía que me explique cómo será esa repartición. ¿Puede ser? Viajo para cosechar experiencias y le aseguro que ese dato no será un estorbo en mi cabeza.

—¡Seguro! —agrandó sus ojos—. Mire, tengo la delicada información de que algunos de los asistentes del obispo Morell de Santa Cruz se apropiaron en La Habana de forma indebida de decenas de antiquísimas piezas de orfebrería confeccionadas por artistas mexicas. Todas son obras de alto valor. Pulseras, pectorales, collares, bezotes y orejeras confeccionadas en jade, oro y plata, y con piedras preciosas excelentes; y hasta se dice que se encuentra entre estas una deslumbrante escultura: la calavera de cristal. Hasta ahora han aparecido poquísimas, pero la que se robaron resulta fantástica; esta es la única que mueve la mandíbula.

−Pero, ¿quién pudo haber tenido la osadía de robarse tan relevantes piezas?

−¡O quiénes! Difícilmente un hurto de esa naturaleza lo realice una sola persona. El trayecto del tesoro fue de Veracruz hacia La Habana y luego debía continuar viaje a Sevilla. Según los controles de las autoridades españolas, deduzco que hay varios implicados.

−¿Tiene el dato de quiénes son los probables autores?

−En principio, un cura jesuita nombrado Carrazana que trabaja muy cerca del obispo.

−¿Un padre jesuita? Imposible.

−Joven, en este mundo todo se puede. Con relación a los sacerdotes franciscanos y dominicos, los jesuitas poseen mayor instrucción. Por mucho que intentemos abrir nuestros ojos, la corrupción en general se siente cercana, pero jamás esta puede apreciarse a primera vista.

−¿Y el obispo no tendrá conocimiento del hecho?

−En absoluto. Dicen que es severo y culto. Un hombre que se aproxima a los setenta años de edad. ¡No, no haría una cosa así!

−¿Y cuál debe ser mi trabajo?

−Nada fácil. Esas joyas deben estar bien guardadas por los manilargos. Al producirse el ataque a la ciudad no tendrán manera de sacarlas de La Habana. Confío en su destreza para encontrarlas. El padre Carrazana es la pista. Tenga por seguro que ese sacerdote, por sus funciones, no morirá en el asalto a la ciudad. Si usted, joven, localiza y trae consigo ese tesoro, se abrirán muchos caminos para mí; y para usted, reconocimientos y honores.

Greene pudo apreciar que los gestos del almirante, al expresarse en ese preciso instante, se expandían solemnes como si estuviera hablando con alguien en las alturas.

–Ahora le hablaré –continuó– de asuntos que en nuestro Almirantazgo fundamentan por qué la aristocracia sabe auxiliar a la aristocracia, y muchas veces para lograrlo juegan duro, créame, ¡bien duro! Y hasta pudiéramos pensar incluso que nada tienen que ver con actitudes corruptas como la del padre jesuita habanero. El comodoro Keppel, segundo al mando de la expedición, tiene dos hermanos que van en la cruzada. Ellos son el jefe del ejército, conde de Albemarle, y un general de división nombrado William. Como usted sabe, esta familia goza de alto renombre en la nobleza londinense, pero, en estos momentos, la familia Keppel está en plena bancarrota económica. Pues bien, gracias a la influencia del duque de Cumberland, quien como usted sabe es hermano del rey Jorge III, y con un favoritismo casi al desnudo, el Almirantazgo ha nombrado en puestos clave a los tres hermanos. De esa manera, los Keppel obtendrán la mayor parte de la cabeza del león, que como ya le dije es la parte que toca a la oficialidad con relación al botín capturado. ¿Qué le parece? Podemos afinar nuestras pupilas y eso no significa que veamos las variantes de la descomposición. Pero, apartemos por ahora los calificativos que pueden ser inapropiados –sonrió con cinismo–. Es mejor decir que los poderosos primero benefician a los poderosos y, luego, con migajas, al resto de los mortales.

–¿Por qué me comenta esto? –se extrañó de que Hammond hiciera tales confidencias.

–Es una manera de aliviar lo que a veces me martiriza por dentro. Joven, le he tomado un gran aprecio y felicito a su padre por tener un hijo como usted. He perdido dos familiares cercanos en las últimas guerras. En especial un hermano. Le confieso que hacia mi persona por parte del Almirantazgo no han existido deferencias especiales. ¡Mucho menos, reconocimientos que yo merecería!

–Con todo respeto, debe borrar esos resentimientos de su alma –sugirió con aplomo al constatar los resquemores de su interlocutor–.

Luego no solo sentirá odio hacia las personas que lo rodean, sino también hacia usted mismo. ¡Créame!

«¡Es atrevido este hijo de Sir Taylor! —se dijo impactado por la inesperada acotación del teniente—. ¡Ojalá, pichón engreído, te devore la corrupción habanera! Sin embargo, parece el más raro de todos los Taylor. ¡Ay! ¡Si supiera que su padre vende las mercancías que no tiene a su disposición! Es su regla de oro. De todas formas, ya lo tengo comprometido con la búsqueda de las joyas mexicas, mi gran objetivo en esta entrevista. Luego, a mi manera, proseguiré con los otros asuntos.»

—Muy bien, teniente —se desdobló rápido como pocos sabrían hacerlo—, le prometo que voy a meditar sobre lo que me aconseja su sabia juventud.

—Usted, y se lo digo con la mayor consideración, debe olvidar los agravios sufridos. De lo contrario vivirá de modo permanente en el pasado —añadió para redondear su advertencia—. Mi padre tiene esa virtud y no dude que por eso en la vida le ha ido bastante bien.

—Tenga joven —el almirante entregó con gesto conciliatorio un sobre—. Ahí están los códigos que emplearemos para enmascarar nuestras informaciones. Como le dije en conversaciones anteriores, tanto nosotros como los españoles y los franceses somos los mejores interventores de la correspondencia para leerla en secreto.

—¿De dónde procede la información acerca del robo?

—Preferiría que en La Habana se lo explicase el oficial español que trabaja para nosotros. Dentro de ese sobre que usted tiene van descritas sus generales. ¡Le hemos prometido todo el oro de Londres! —lanzó un rugido sarcástico—. Es un agente secreto que opera dentro de las filas españolas y que vale por dos ejércitos nuestros. Por razones obvias, en dicha descripción oculto su verdadera identidad. Cuando usted invierta las tres primeras letras de su apellido sabrá enseguida de quién se trata —transformó su sonrisa en una mueca, y añadió con voz grave—. Estos son los gajes de la profesión que administro.

—Me alegra que así sea —comentó animado—. No apreciaría como efectiva que dicha información se hubiese obtenido a través de chismografías en los puertos, hosterías, tabernas y burdeles.

—Ahora al escucharlo —sonrió de nuevo—, pienso que es una verdadera pena que una decisión de Lord Anson me prive de un joven tan prometedor como usted. No obstante, me siento más que complacido con el hecho de que me ayude a encontrar el tesoro mexica. Estoy convencido de que usted lo logrará.

Ambos continuaron conversando por largos minutos. Hammond reclamó con suficiente elegancia ante el menor de los Taylor la promesa de que a nadie comentaría las opiniones vertidas por él sobre los ardides de la aristocracia, la quiebra de los Keppel, la cabeza del león y, mucho menos, la existencia del importante espía español. Greene, al retirarse, había comprobado, gracias a la plática sostenida, que la ambición personal del diplomático era ilimitada. Encontrar el tesoro mexica y traerlo a Londres significaría para el almirante un ascenso seguro en el escenario del poder británico. Constató que el aspecto ostentoso de la dependencia reflejaba el vivo espíritu de su ocupante. El almirante la tenía poblada con sinnúmero de pequeñas piezas y objetos militares. Detrás de su escritorio, abigarrado también de figurillas disímiles, se encontraba una pintura al óleo del polémico poeta inglés Alexander Pope; rezaba al pie del cuadro uno de sus versos: *Errar es humano, perdonar divino*. En una de las paredes se exponía una colección de espadas y diversas armas de fuego. La oficina era más que todo un museo personal de guerra de David Hammond.

«Este funcionario, escudado en sus sucias faenas, es una presa auténtica de las bajas pasiones —se dijo el menor de los Taylor mientras se retiraba—. Cree más en los ornamentos externos que en su fuerza interior. Actúa con aires de superioridad, tal vez, para ocultar el pánico que reina en su alma. ¡Aunque al parecer se divierte un mundo al manipular los secretos!»

VI

¡Jamaica está muy tranquila!

López-Parro, luego de enfrentar innumerables peligros, llegaba a La Habana procedente de España. Transcurrían los días finales del mes de marzo de 1762. Su tenacidad y sus iniciativas desarrolladas en la travesía oceánica habían superado de forma amplia su experiencia en los gajes diplomáticos y hasta los había transferido a las astucias del farsante y el embustero. Saber sobornar para el embajador madrileño era sin dudas una de sus mejores prácticas. López-Parro tuvo con dolor y resignación que emplear todo el oro que traía consigo, e incluso joyas personales de mucho valor, para engatusar a los piratas ingleses y así poder proseguir su camino hacia las Indias Occidentales. El navío comercial que había zarpado de Sevilla hacia la Florida, en el cual viajaba disimulado el enviado del rey, fue interceptado por un buque pirata inglés bajo el mando de un tal capitán Auster. Los habituales malandrines británicos ya estaban enterados de la declaración de guerra de Inglaterra contra España y saquearon la embarcación española hasta llegar al codaste de la nave.

El eterno enamorado de París dio muestras de elevada paciencia y tenacidad. Las primeras y más importantes consistieron en sostener largas pláticas con Auster. Después de varios días de cautiverio a manos de su carcelero, el diplomático pudo persuadir de modo convincente al forajido británico. La mayor sorpresa para López-Parro fue cuando, presa de justificada costumbre, en una de las pláticas calificó las acciones del capitán como típicas del clásico pirata.

—¡Señor, yo no soy un pirata! —Auster rectificó insultado—. ¡Soy un explorador del imperio británico!

«Este rufián es capaz de aseverarme ante mis narices que no es un pirata, sino un explorador. ¡Dios mío!», caviló con resignada resistencia. Experto en la pericia del engaño, el emisario del Monarca pudo, venciendo una dificultad tras otra, finalmente arribar a la Florida. Había podido comprobar que los mares estaban infestados de naves inglesas y que nadie desde España podría llegar a La Habana. Es por ello que se jugó todas las cartas. Una goleta de dos palos capturada a los españoles, esquilmada también de forma previa por Auster, llevó a López-Parro a su destino por obra y gracia de sus puntillosas negociaciones con el contrabandista inglés.

Una vez que el diplomático llegó a la Florida, pudo comprender, después de los primeros intercambios con las autoridades peninsulares de esa posesión española, que estas no tenían la menor noticia del comienzo de las hostilidades entre España e Inglaterra. Él debía violentar y acelerar su tránsito hacia La Habana. «Yo no sé por qué nuestro imperio —se dijo aniquilado por los mosquitos y la pesada humedad del lugar— tiene que colonizar estos horribles pantanos». En la misma embarcación de dos palos prosiguió rumbo hacia la cercana ciudad Reina de las Indias.

El azaroso enviado del rey, tan pronto llegó al Castillo de la Real Fuerza de La Habana, hizo llamar al capitán García, secretario del capitán general Prado Portocarrero. Luego de los saludos de rigor en el umbral de la puerta principal de la majestuosa construcción, el secretario guio al recién llegado por las escaleras de madera hasta alcanzar la dependencia y también residencia del gobernador. En la antesala había varias personas. El señor García tuvo la cortesía de presentar al enviado de Su Majestad al señor José Antonio Gómez, regidor de Guanabacoa, conocido por todos como Pepe Antonio, que allí se encontraba en espera de audiencia.

—¿Cómo fue su viaje? —curioseó el alcalde.

—Señor regidor, yo merecería condecoraciones y ver mi nombre consignado en la historia de España con letras grandes —opinó risueño y sarcástico—. Pero en estos tiempos que vivimos solo los militares y los súbditos del rey las reciben, ¡y bien merecidas que las tienen! Pero ahora, señor mío, no dispongo del tiempo requerido para explicarle.

—Si es oportuno —reparó amable Pepe Antonio—, pienso que tendremos la posibilidad de vernos más adelante.

—Con toda seguridad. Usted está esperando por el gobernador. ¿No es así?

—Exacto —sonrió—. Pero pienso que con su llegada quedaré relegado para otro turno. Es obvio.

—Muchas gracias por su cortesía.

En esos momentos irrumpió el asistente del gobernador, quien invitó a López-Parro a acompañarlo. Asimismo, solicitó al alcalde de la Villa de Guanabacoa que esperara un poco más debido a la imprevista llegada del enviado del rey.

—Ningún problema, señor García —dijo Pepe Antonio—, no tengo prisa. Esperaré todo el tiempo que sea necesario.

López-Parro entró al amplio despacho del gobernador. Prado Portocarrero se levantó de su asiento y le extendió la mano al enviado. El madrileño sintió que la acogida del gobernante resultaba, para su gusto y costumbres, demasiado gélida. Sin embargo, ya contaba con sobradas referencias sobre el anfitrión que tenía ante sí gracias a los agrios comentarios de su exjefe, el político Jerónimo Grimaldi. Por tanto, el diplomático, frente a tal acogida, no se extrañó en absoluto y se dispuso con su mejor ánimo a sostener la entrevista. Mientras que el gobernador sacaba una vejiga con pipa y picadura de tabaco, el recién llegado pudo observar con detenimiento la amplia oficina. Desde las ventanas se podían apreciar algunas partes sugestivas de la boca y del canal de la bahía de La Habana. El gobernador estaba sentado detrás de una robusta mesa de roble y a sus espaldas se encontraba colgada una pintura al óleo alegórica al rey Carlos III, de pésima calidad, según valoración inconfesable de López-Parro. «Me alegraría que un buen día el Monarca pudiera ver su rostro en esa horrenda pintura», se dijo. «El Soberano enviaría unos cuantos a la horca y yo no me opondría!». A la derecha, un enorme escudo pendía en medio de los pabellones del Reino de España.

—¿Cómo dejó la esplendorosa ciudad de Madrid? —demandó el anfitrión.

—Dejé a Madrid en plena preparación de la guerra. Su Majestad ha trabajado sin descanso.

—¿Cuándo fue la declaración de las hostilidades por parte de Inglaterra?

—En los primeros días del mes de enero. Mi viaje a La Habana precisamente es para alertarlo sobre la necesidad de que se aceleren las labores para reforzar la defensa de esta plaza. Con toda seguridad, esta ciudad será atacada por enormes fuerzas británicas para ocuparla y...

—¿Para ocupar La Habana? —lanzó una media sonrisa socarrona—. Eso se dice fácil, señor mío, pero hacerlo es imposible. A mí me han llegado por otras vías algunos indicios, pero yo no le doy crédito alguno. Dígame una cosa, ¿usted vio algún movimiento de la armada naval británica en el trayecto que sugiera tales propósitos?

—No. En realidad yo no me atrevería a decirle una cosa por otra. Sin embargo, los navíos piratas sí están por doquier. Los malhechores británicos se jactan, y lo hacen con elevada prepotencia, de que La Habana muy pronto estará en poder de Inglaterra y de que...

—¡Jamaica está muy tranquila! —otra vez cortó con pedantería los comentarios del madrileño. Ahora se daba a la tarea de encender su pipa, y agregó con voz solemne—. La Habana solo podrá ser atacada a partir de Port Royal. Para Inglaterra, no existen otras vías marítimas.

López-Parro descubrió de forma rápida que en el cerebro del capitán general estaba desterrada la hipótesis de que se realizaría la toma de La Habana. «¡Grimaldi y Pertini, este gobernador no solo es un galápago, sino también un engreído! ¡A buenas manos me enviaron! ¡Qué espanto!», pensó.

—Con su permiso y el mayor respeto —intervino enérgico, con deseos de darle un carácter más concentrado a la charla—, no creo haber venido desde tan lejos en nombre de su Majestad...

–Señor, para entendernos mejor –interrumpió una vez más las palabras de López-Parro. Tal vez como reproche, dado que el enviado del rey alteraba sus concebidas reglas, o quizás no se comportaba como todos los súbditos ante su presencia–. «¡Estos señoritos –pensó irónico– que viven en París!». Prado Portocarrero se puso de pie y exhalando humo de su pipa, preguntó despacio: ¿usted habló personalmente con Su Majestad?

–No, señor gobernador.

–No se lo tome como una ofensa. ¿Usted ha conocido en el plano personal al rey Carlos III?

–No es un agravio –aclaró–. En realidad no he tenido ese privilegio.

Ahora López-Parro, en primera persona y contrariado, constataba que el avinagramiento de las otrora relaciones existentes entre Prado Portocarrero y Jerónimo Grimaldi se le venía encima. Asimismo, imaginó en ese breve instante que el gobernador de un momento a otro agarraría la horrenda pintura del Monarca situada a sus espaldas y furioso se la lanzaría al rostro. «Siempre los gobernantes envanecidos –pensó con rabia– cuando se enfurecen, si no pueden clavarte en la cabeza sus argumentos erráticos, se aprestan a desplomar sobre tu alma el espíritu del rey, y si se les antoja, toda la historia grandiosa de España. ¡Y esta, cada vez que pueden, te la restriegan en las narices como si esa tradición admirable no te perteneciera!».

–Señor, si así están las cosas, le ruego que usted escuche mis razonamientos. Le ofreceré un solo argumento que para mí es el más poderoso. Mire, mientras no exista concentración de tropas inglesas en Jamaica no habrá peligro de ataque para La Habana. Debemos observar lo siguiente. Contamos con las torres-vigías de La Chorrera, la de San Lázaro y las de Cojímar y Bacuranao; con el imponente Castillo de los Tres Reyes del Morro, que allí se exhibe ante nuestra mirada, y el Castillo de San Salvador de la Punta; con unas murallas que protegen toda la ciudad desde la Punta hasta Atarés; con este Castillo de la Fuerza, donde ahora estamos conversando; y con fuerzas navales de guerra que en número significan la quinta parte de todas las tropas del Reino de España en el mundo. ¡La Habana posee una fortificación inexpugnable! ¿Me hago entender?

—Perfectamente —comprendió que el gobernador estaba poseído por aires de grandeza y optó por desplomarse en su asiento para distender su sistema nervioso hasta los tobillos, en espera de que algún acontecimiento fortuito, o alguien, viniera en su auxilio. «¡Grimaldi tiene sobre usted una excelente opinión!», meditó, mirando con desprecio al gobernador.

—Señor López-Parro, ¿tendría usted la amabilidad de entregarme la comunicación?

Al tomar la plica entre sus manos, Prado Portocarrero frunció el entrecejo al observar su estado deplorable. López-Parro no hallaba casi el modo de reponerse. La monserga del capitán general acerca de la indómita defensa militar de La Habana rayaba a su juicio en una estupidez demasiado elevada. Todavía no salía de su asombro. De momento no se explicaba dos cosas. Por una parte, que el anfitrión aún no le hubiese preguntado nada con respecto al viaje; y por otra, no podía comprender su embestida tremebunda con relación a su persona, so pena de que lo imaginara como el hermano carnal de Grimaldi. El diplomático sentía que toda la ofuscación de su naturaleza ahora se agolpaba en su semblante, mas no temía. Estaba habituado a presenciar el abuso de los políticos en las esferas del poder. Gracias a una cultura personal que cultivaba con esmero, cuando el azar colocaba ante sí a un personaje como el que ahora tenía ante sus ojos, acudía a una de sus reflexiones predilectas. Estaba persuadido de que Dios creaba ese tipo de Caín y otros derivados del género humano en el poderío político; pero, por fortuna, el Todopoderoso a la par instauraba también a otros individuos que serían los encargados de vengar a los injustos. Esta convicción formaba parte de su técnica infalible para preservar el buen ánimo y la serenidad ante tales situaciones disparatadas.

—Al leer esta instrucción de Su Majestad —comentó el gobernador como el que sale de sufrir altas temperaturas—, comprendo que su misión en La Habana es de amplia complejidad. Por adelantado le digo que usted podrá contar con todo mi apoyo. Para ello pondré a mi secretario, el señor García, y a otros funcionarios a su entera disposición.

«¡Acabaríamos! –se dijo el diplomático–. ¡Por fin, este señor comprende que para alcanzar la última letra del alfabeto se debe comenzar por la primera!»

–Muchas gracias –aliviado comprobó que el gobernador había desbloqueado su discernimiento, y añadió con enormes deseos de escapar de la presencia del indeseado anfitrión–. Señor gobernador, deseo comenzar mi trabajo cuanto antes.

De repente, el capitán general discursó sobre la complejidad de gobernar la Isla. Acerca de la capital y las costumbres de los habaneros y sus problemas –como el jefe que ante todo lo que más disfruta es escuchar de forma interminable su propia voz– mostró, ante la observación del interlocutor mudo, sorpresivos cambios de personalidad.

Al concluir la entrevista, López-Parro, al retirarse, saludó de nuevo en la antesala al regidor de Guanabacoa. Le prometió una visita inmediata a su Villa, y sobre todo, le expresó el deseo, dicho de modo algo sinuoso en sus palabras, de que la audiencia con el gobernador transcurriera bien.

–Señor mío, aunque no comprenda e incluso se ría –murmuró Pepe Antonio en tono cómplice al enviado del rey–, de esta audiencia en verdad no espero mucho. ¡Nos veremos pronto! Adiós.

Para López-Parro el comentario de doble sentido del regidor en la despedida estaba despojado de intriga y arropado por la simpatía. Al parecer, Pepe Antonio, al contemplar su lastimoso talante –seguramente tan devastado como cuando en alta mar sostuvo largas conferencias con el pirata Auster–, tuvo la intuición de crear, mediante sus palabras, una rápida empatía con el mensajero de Su Majestad, sin llegar a exponer, por supuesto, su propio pesimismo con relación a los resultados de la audiencia que aguardaba por él. «¿El regidor no será una de las creaciones del Todopoderoso en esta

Isla para vengar a los tiránicos? —meditó con deleite López-Parro, aún resentido con el gobernador—. Ya lo sabré a su debido tiempo. Simpatizo con el señor Pepe Antonio. ¡Dios mío! ¡Las piezas que destina este juego que llamamos vida!».

El madrileño ya tenía habilitada su oficina para el desempeño de sus nuevas funciones. García se había mostrado muy servicial en ayudar al enviado del Rey en todos los órdenes. Le presentó al capitán Martínez, oriundo de Galicia, quien sería su asistente por decisión expresa del gobernador. El diplomático, a primera vista, había simpatizado con el gallego, dado que era gran aficionado a leerse todos los documentos que cayesen ante sus narices. Lo único que le molestaba era que el capitán andaba con una pequeña lupa en sus bolsillos para despejar cualquier tipo de caligrafía por muy complicada que fuese. Por otra parte, era sumamente introvertido y al admirador de París le complacían las largas conversaciones.

El enviado del rey, tres días después de haber llegado a La Habana, decidió encaminarse a la casa del inglés Morphy para sostener con este el primer encuentro. La vivienda estaba ubicada en la calle Compostela. Tocó varias veces la aldaba del portón. Al abrirse, un mulato de estatura pequeña y con cara asustadiza indagó con frases cortas para tratar de precisar las intenciones del visitante. Hizo pasar a López-Parro al vestíbulo y aquí este esperó por la llegada de Morphy. El británico, naturalizado español, al bajar las escaleras expandió una sonrisa y apretó con distancia formal la mano del diplomático. Lo convidó a que lo siguiera. Ambos subieron a la segunda planta y muy pronto entraron al gabinete de trabajo del inglés.

—Perdone que haya venido de forma tan intempestiva, pero tengo apremio en conversar con usted —de inmediato le hizo entrega de la misiva de Pertini.

Morphy abrió el sobre para leer la comunicación con extrema atención.

—Veo que ahora se suman otros intereses —sonrió con ironía—. Dentro de poco tendrán que pagarme un poco más. No sé, voy a necesitar ayudantes.

El británico, luego del comentario, lanzó una carcajada algo chillona. El emisario del rey sonrió también, pero sin dejar de estudiar la conducta de su interlocutor.

—Bien, tan solo era una broma —aclaró—. Trataré de averiguar lo relacionado con el hurto del tesoro y los otros asuntos. Sería bochornoso para España que esas joyas mexicas se perdieran.

—¿Conoce bien al padre Carrazana?

—Somos amigos. Hasta cree que me está convirtiendo al catolicismo. Debería intuir que a mí solo me interesa el oro, pero no lo logra, a pesar de que es un vasco. Jugamos mucho al ajedrez. A él le apasiona ese juego. Aunque yo siempre le gano, últimamente lo he dejado vencer algunas partidas para que el desánimo no lo desplome.

El madrileño observó en ese momento que a la derecha de la mesa de trabajo del inglés estaba emplazado un hermoso tablero de ajedrez de madera preciosa con admirables piezas de marfil. El diplomático iba a comentarle a Morphy que él también jugaba ese complicado juego, pero este no le dio tiempo.

—Señor López-Parro, quiero advertirle una cosa...

Tocaron a la puerta y el propio anfitrión, después de interrumpir sus palabras, se puso de pie haciendo pasar al mulato que traía en sus manos una bandeja con una botella de whisky y una vajilla para tomar el té.

—¿Qué desea tomar?

—Té, muchas gracias.

—Le decía, señor, que tengo por fuerza que hacerle una advertencia. Mire, esta es una de las ciudades de las Indias Occidentales en la cual se ejerce el mejor control sobre la vida de todas las personas. No sé en realidad cómo logran hacerlo. ¡Claro! Aquí las autoridades están por todos lados y a seguir están sus informantes. Y los habitantes de esta Villa tienen una lengua muy suelta. Sobre todo los criollos hablan demasiado. Ya todos, por ejemplo, conocen que a La Habana hace unos días llegó un enviado de Su Majestad, y hoy me atrevería a confirmar que muchos ya dominan quién es ese emisario. ¿Comprende?

—Creo que sí, pero termine de exponer su idea.

—Bien, algunos asistentes del rey están muy comprometidos conmigo al contar con mi ayuda. Y seamos sinceros, la ofrezco por pura conveniencia. Yo vivo del tráfico de esclavos, una de las actividades comerciales que más dividendos me aporta. Pero, resulta recomendable en mi quehacer, y eso me gusta mucho, llevar siempre las mayores ventajas —bebió whisky—. ¡Ah! ¡Me apasiona el juego, señor! —bajó el tono de su voz y se inclinó hacia el visitante, y guiñando un ojo, musitó—, y me divierten mucho las mujeres, sobre todo las mozas; y mientras más guapas, mejor. Y eso cuesta, señor mío. Tengo familia, dos hijos varones. En fin, solo me gusta la buena vida. Con esta larga explicación, quiero decirle una sola cosa: no me gustaría que me vieran con usted en mi casa. ¿Comprende?

—Perfectamente. ¿Dónde preferiría que nos viéramos?

—Bien, un día yo lo visito en su oficina. Otro día nos vemos en casa de García o acompañados de personas que dicen ser amigos, o en una taberna, que aquí en La Habana las hay muy buenas. Pero no quiero que todos los cañones apunten hacia mi espléndida casa, que alborota los ojos y el cascabeleo de los lengüilargos que habitan esta ciudad. ¿Comprende?

—Muy bien, señor Morphy, me ajustaré a sus reglas de juego. Mas quiero que no olvide que yo también tengo las mías. Más que apretar su mano, lo que deseo es recoger excelentes resultados de su actividad, la cual, según mi comprensión, está muy bien remunerada. ¡Solo eso! ¿Cree que los ingleses lleguen a atacar La Habana?

Ante las palabras proferidas por López-Parro, el inglés frunció el ceño por primera vez.

—Por las noticias que me han llegado desde Port Royal, puede informarlo a su Majestad como un hecho seguro. Aunque pienso que más tarde o más temprano ellos abandonarán esta plaza.

—¿Por qué lo piensa?

—Los ingleses, ante todo, actúan como grandes negociantes, y esta Isla para ellos no constituye la excepción entre las Indias Occidentales. La cultura española aquí está muy arraigada y para el imperio británico representaría algo así como pretender colonizar el Virreinato de la Nueva España o el de Perú o el de La Plata. En fin, resultaría demasiado escabroso. Pero cuando usted me pregunte jamás olvide que yo existo como comerciante. Esa es mi verdadera vocación. A mí en realidad me da lo mismo que Inglaterra se quede con La Habana o la abandone. ¿Comprende?

López-Parro en su interior discrepaba con Morphy en relación con esa opinión de que los imperios abandonaban las plazas conquistadas por disentimientos culturales y que solo lo hacían por absoluta conveniencia, pero optó por no comentar nada al respecto. No resultaba de su agrado conversar con personajes algo antipáticos. La despedida de López-Parro del inglés se expresó distante y glacial. El madrileño no se sentía en absoluto disgustado. Apreciaba que, al conocer a un hombre, fuera quien fuere, al mostrar sus naipes de esa manera, pudiera avanzar grandes trechos sin tropezar con alguna que otra piedra escondida. Acababa de tratar a un británico sumamente cínico pero lúcido, que, a su juicio, hubiera producido en los grandiosos Dante, Shakespeare o Cervantes, de haberlo podido conocer, enormes sobresaltos creativos. En pocas ocasiones, paradójicamente, había visto a un hombre tan cargante y aguafiestas. Ahora López-Parro rememoró el dictamen de Pertini acerca de las jugadas sucias que tendría que enfrentar en La Habana. Aún no podía, mientras regresaba al Castillo de la Fuerza, borrar de sus primeras impresiones el rostro asustadizo del mulato, que trabajaba como el criado sumiso del británico. Este pormenor le sugería que en esa casa tan suntuosa, tal vez sus moradores pudieran estar viviendo embriagados de un pánico bien arraigado en el alma.

La labor diplomática desempeñada durante largos años le había enseñado a López-Parro una variante velada y muy práctica en su oficio –y eso de seguro, se dijo, nunca lo sabría Morphy–. «Puedo llegar a una casa y exclamar: ¡Señor mío, qué hermosa casa tiene! Y luego de manera fría hacerla saltar por los aires», pensó vengativo el madrileño al entrar a su dependencia, y concluyó: «Pero hombres como Murphy, sin duda, dan aliento y sostén al cuestionable progreso del imperio británico».

VII

Tal vez ese sea su único desenlace

Casi al borde del comienzo de la estación primaveral, el 5 de marzo de 1762, la enorme flota naval inglesa partía con destino a La Habana. Greene navegaba en el buque insignia de setenta cañones. Miles de remeros y luego hinchadas velas desplazaban sobre el mar los pequeños y grandes navíos de la expedición. A la partida el teniente se mantuvo media mañana sobre la popa del buque hasta que los contornos de la ciudad de Portsmouth desaparecieron de su vista. Unas gaviotas en cantidad gregaria giraban en torno a las embarcaciones. El teniente en medio de su agitación las contemplaba. «No deberían estar por aquí en fecha tan temprana —pensó—. Faltan cuando menos de dos a tres semanas. ¡Tal vez adelantaron su paso para despedirme! ¿Será de buen presagio o signo de mal agüero? No sé. Dicen que las gaviotas descuidan y confunden a sus pichones porque están absortas por sus largos trayectos migratorios».

A sus espaldas el teniente escuchó la voz del capitán Milton que lo saludaba.

–Señor Greene, ¿vio su camarote?

–Apenas, capitán –el teniente giró sobre sus talones–. He permanecido aquí casi todo el tiempo.

–Eso suele ocurrir en la arrancada de un primer largo viaje. Por lo pronto tenemos la suerte de que un tiempo inmejorable nos acompaña en la partida. Ojalá que así suceda por largas semanas.

–Capitán, ¿ha viajado mucho a las Indias Occidentales?

—Sí. Tantas veces que ya he perdido la cuenta. Dígame una cosa, teniente. ¿De dónde sacó esos botines que lleva? —sonrió el oficial cuarentón de mediana estatura.

—Un regalo de un hermano que tengo en la marina. Me pareció prudente usar botas ya estrenadas. Así logro despejar ante mí la imagen del novato que en buena medida me molesta.

—Usted es ingenioso. Su hermano fue el oficial que trabajaba bajo las órdenes del barón Robert Clive, ¿no?

—Sí, capitán. ¿Lo conoce?

—En una ocasión navegamos juntos, aunque no intercambiamos palabra alguna. Él no tiene su alta estatura, pero por lo demás se parecen bastante. Y otra diferencia, él no es conversador.

—Imagino que usted habló con mi padre, ¿sí?

—Por supuesto. Puede que para su padre usted nazca por segunda vez. Insistió en su seguridad personal y en que el camarote reuniera las mínimas condiciones para el desarrollo de su trabajo.

Al escuchar las palabras del capitán, Greene confirmó la convicción de que su padre estaba invadido por malos presentimientos con relación al viaje. No olvidaba que su progenitor, según sus propias confesiones, tuvo sinnúmero de pesadillas relacionadas con la expedición. Además de que Sir Taylor no se explicaba el misterio de soñar tan a menudo, trataba de buscarle en contrapartida algún significado premonitorio a sus visiones oníricas. En ese preciso instante, y en medio de estas reflexiones, el teniente miró hacia las gaviotas que ya se alejaban prosiguiendo su trayecto y dejando atrás, incluso, pedazos de tocino que un marinero les tiraba al mar.

—¿Capitán, viajamos directo a La Habana o iremos primero a algún sitio? —apuntó, a modo de escapar de sus meditaciones acerca de Sir Eric.

—Nunca un viaje de esta naturaleza se realiza de forma directa. Se estima por parte del Almirantazgo que La Habana constituye una plaza inexpugnable. Ni siquiera el explorador Drake hace muchos años pudo tomarla. Por tanto, y a usted puedo decírselo, el plan consiste en llegar a las inmediaciones de Barbados, luego al cabo San Nicolás sobre el estrecho de Maisí. Anherst, gobernador general de las colonias de la América del Norte, deberá enviar un fuerte contingente para reforzar las tropas de desembarco. También arribarán refuerzos de las Antillas Menores. El primero, con los navíos al mando del almirante Rodney y el segundo con tropas de Jamaica a las órdenes de Douglas.

—¡Cómo! ¡Además de las fuerzas que llevamos ahora! —exclamó asombrado—. ¿Cuál será entonces la cantidad total de medios a los que se aspira para atacar La Habana?

—¡Descomunal! Sir Pockoc deberá contar con ocho mil marinos y diez mil soldados para el desembarco bajo las órdenes de Albemarle. Cuarenta y cinco buques de línea y fragatas de guerra, las cuales viajarán acompañadas por más de ciento cincuenta embarcaciones de carga. En total, una flota aproximada de doscientos navíos. ¡Creo que usted es un privilegiado con relación a su hermano Brian! Estoy seguro de que él jamás ha visto tal fuerza sobre alta mar. Pero me falta decirle que en las proximidades de Martinica se nos reunirá el almirante Hervey, que viene al mando de navíos que en estos momentos vigilan la escuadra francesa de Blenac. También deberán llegar dos mil negros esclavos desde Jamaica. Bueno, un aproximado de veintidós mil hombres conformarán el asalto a La Habana. ¿Sabe que en Martinica usted y yo nos subordinaremos al oficial Hervey?

—No, no lo sabía —mentía, pues ese particular Hammond se lo había revelado en las conversaciones sostenidas en Londres.

—¡Alegrémonos joven! Hervey se cataloga por todos como un oficial extraordinario. Ya lo conocerá.

El teniente vio cómo el capitán, luego de despedirse, se alejó hacia la proa. Observó que cojeaba de la pierna derecha, pero lo hacía con fuerza y desprovisto de dolor, como si el saltillo al andar estuviera incorporado a su constitución. Como continuidad a las primeras sensaciones, Milton continuaba produciendo en el menor de los Taylor una buena impresión. Al encaminarse por la cubierta hacia su camarote, Greene detuvo su paso a estribor para contemplar el impulso y la cadencia uniforme de las tres largas filas de remos en el agua, superpuestas una encima de la otra, lo cual debería ocurrir de manera idéntica a babor. Al llegar a su pequeño aposento reordenó sus pertenencias personales: cinco libros y unas quince partituras de música barroca de su preferencia e impresas por él mismo, un millar de hojas en blanco, tinta y varias plumas de cálamo para escribir. Observó las indicaciones de Hammond relativas a la calavera de cristal y el tesoro mexica, y trató de imaginar cómo sería el rostro del padre jesuita Carrazana. También revisó el apellido a la inversa del espía británico que operaba en las filas españolas. Vio el largo mosquete recostado que le fuera asignado con larga bayoneta calada y dos pistolas, una de rueda y la otra de ignición. La primera, regalo de su padre y la segunda entregada de forma simbólica por Elizabeth en nombre de Brian. Recordó sus prácticas de tirador en Londres. El tricornio le parecía disfuncional ante la enorme daga situada en la punta del mosquete.

¿Por qué no se inventan uniformes militares más prácticos y funcionales? Uno se siente encartonado, rígido, molesto. Aunque si dependiera de mí, todos los uniformes y armamentos de guerra, ¡yo los haría desaparecer!

Eran las primeras palabras que Greene escribía en su diario de campaña. También se dio a la tarea de redondear el revestimiento y foliar el diario para su mejor protección y desempeño. Pudo leer algunas partituras de música. Milton, cuando se despidió al final de la mañana, le había dicho que en la noche se verían de nuevo para conversar en cubierta después de comer con los oficiales.

La cena fue la primera sorpresa del teniente debido al zarandeo del navío sobre las aguas. Observó que las copas de vino y los platos se estremecían ligeramente sobre la estrecha y larga mesa. Los pórticos cerrados, para evitar que las velas encendidas se apagaran, hacían sudar a los comensales como si el comedor dispusiese de chimenea francesa para el invierno. Greene no veía el modo de que llegara el momento de la estampida ante la vana formalidad que profesaban los oficiales a través de sus palabras y ademanes. Por fin, al levantarse Milton, listo para retirarse, Greene sintió el mayor de los alivios. El capitán y su protegido subieron a cubierta y se situaron en la popa del buque para charlar.

—¿Por qué se utilizaron hoy en la navegación velas y remos durante algún tiempo? —preguntó Greene.

—A Sir Pockoc le interesa en el primer día de travesía probar todas las fuerzas. Solo por eso. Forma parte de su escuela. Es uno de los mejores navegantes con los cuales cuenta el imperio británico. A partir de mañana todo regresa a la normalidad.

—Capitán, tengo un frío que cala mis huesos. ¿No iremos navegando hacia el norte?

—De ninguna manera. Mire hacia arriba. ¿Observa aquella estrella brillante? —precisó el capitán elevando su brazo derecho hacia lo alto y tratando con su dedo índice de orientar la mirada del teniente.

—La veo —asintió, fijando su mirada hacia las estrellas, y complacido comentó—. Allá están las dos estrellas denominadas los punteros de la Osa Mayor.

—Exacto. Esas estrellas ayudan a localizarla. Allí está la Estrella Polar. Durante siglos ha significado la guía para todos los navegantes. Es la más cercana al punto hacia donde se dirige el eje de la tierra e indica la situación del polo norte celeste. Dentro de unos días usted la verá algo más alejada como si ella, digamos, contemplara nuestras espaldas. Eso indica que estamos atravesando el Atlántico en dirección a las Indias Occidentales. ¿Conoce algo sobre las constelaciones?

—Un poco. Aunque me confieso torpe a la hora de orientarme y me siento incapaz de localizarlas.

—Cuestión de práctica. Se trata de una disciplina del saber que me apasiona como pocas —Milton sintió regocijo al descubrir que su protegido tuviera inquietudes por la astronomía—. Teniente, si es de su interés, me comprometo a ayudarlo.

—Muchas gracias por su ofrecimiento. Mi mayor placer, sin embargo, es meditar acerca de lo que descubrieron los grandes hombres en esa enseñanza tan recóndita para el entendimiento humano. Tolomeo, con sus visionarios descubrimientos y grandes errores. Y luego Copérnico, generoso con sus predecesores y subsanando las fallas que lo antecedieron. Cuando uno contempla con periodicidad la luna, comprueba que ese astro pequeño posee una impresionante personalidad. Muchas aves y animales son perseguidos por sus sobresaltos continuos, que los obliga constantemente a mudar de hábitat para poder sobrevivir. Mi padre cuenta en su biblioteca con libros de Copérnico, Galileo y otros autores sobre astronomía —deseaba extender la plática, pero no podía soportar el entumecimiento de las manos—. Si alguna vez nos vemos en Londres, usted podrá leerlos. Es una promesa, capitán.

—No olvidaré su ofrecimiento.

Milton invitó al teniente a dirigirse a los camarotes para protegerse ambos del frío y allí proseguir el diálogo. Al caminar en compañía de Greene, el capitán se dijo para sus adentros: «¿Qué rayos hace este joven en esta expedición? ¡No sé cómo Sir Taylor pudo permitirlo!».

Luego de concluida la larga plática con Milton, el teniente regresó sobre su diario de campaña a fin de proseguir con sus primeras anotaciones.

Milton, mi oficial protector, aparenta ser, y ni siquiera deseo adelantarme en hacer apresuradas apreciaciones sobre su persona, experimentado en la navegación y en otros conocimientos. Me impresionó cuando al escuchar mis lamentos acerca de los propósitos dañinos de esta expedición militar, dictaminó: «Joven, se podrán resolver algunos problemas de este mundo, pero le aseguro que jamás, aunque queramos, todos se podrán solucionar. De todas formas, me complace ver cómo usted sueña con un mundo que demanda cambios y mejorías. Observe y escriba, pero lo que usted describa y haga en nada podrá modificar esta misteriosa naturaleza que nos ha tocado vivir».

El pesimismo de Milton cuando habla, para mí es paradójico y atractivo. Me puso un ejemplo, en tono aleccionador: «Cuando vivo una pesada tormenta en alta mar, solo tengo una convicción: nunca debemos esperanzarnos de que las cosas van a mejorar. Todo lo contrario. Hay situaciones que, cuando se comportan violentas y caóticas, sin remedio empeoran. Tal vez ese sea su único desenlace. Teniente, ¡no lo olvide!».

Yo contraataqué con el optimismo que ciega mi juventud: «¡Este mundo está así gracias a los crueles poderes de los monarcas y los pontífices!» Milton replicó: «Falta un tercero que no es desalmado: el de Dios, que aunque yo no estoy preparado para juzgarlo, vivo convencido de que Él sí sabe enjuiciar mi conducta y la suya». Tuve intenciones de lanzarme en los brazos de la imprudencia, pero el compromiso contraído con mi padre con relación a mis ideas sobre la existencia de Dios, me obligó a contenerme, y el capitán supuso que yo abrigaba al igual que él sus creencias religiosas.

Milton se echó a reír cuando le dije que el futuro del arte militar no sería otro que el de su propia extinción. Y ante otras quejas que pudo escuchar de mí, me sentenció: «Teniente, observe la bóveda celeste. Verá grandes cintillos de estrellas que se muestran relucientes, y algunas, se lo aseguro, se hacen pedazos y desaparecen para siempre sin dejar siquiera explicaciones de por qué lo hicieron. Yo quisiera ver todos esos milagros explosivos bien de cerca. ¡Es como un reflejo lamentable de este mundo en que vivimos!».

Hoy adelantaron su paso algunas gaviotas para despedirme. Yo hasta diría que sobrevolaron el buque insignia de manera especial y atenta. El pórtico de mi estrecho recinto está a unos metros sobre el nivel de

flotación y por encima de los remos que por momentos no parecían dete-
nerse. Su ritmo, a veces vulgar por la monotonía, no dejó de ser musical.
Y una rara melodía acompañó los intermitentes rumores armoniosos
del mar sobre el navío y el rugir del viento contra las velas y los mástiles.
Hoy mis sentidos inauguraron un extraño concierto, y la custodia del
timbre mágico de Händel, maestro del barroco puro y uno de mis músi-
cos preferidos, se escuchó desde mis ojos hasta mi alma y me llenó de
infinito placer.

VIII

No se pone fuera lo que no se tiene dentro

A media mañana de un domingo radiante y en el lugar acordado se encontraron el regidor y el veneciano con la familia Ondarribi Smith. Pepe Antonio estaba acompañado de su asistente Romero y de algunos guanabacoenses que también habían sido invitados para ir a la finca en la cual se llevaría a cabo la fiesta religiosa de los congos. El carruaje procedente de La Habana era guiado por Chamblín y junto a este venía el mayordomo Euclides. Al saludar Pepe Antonio y Antonelli a la comitiva, y en especial a las hermanas, ambos se percataron de que además de la nana se encontraba dentro del carruaje el señor Nalón. El asturiano, al enterarse de la excursión dominical al río Cojímar, se había invitado para observar la ceremonia litúrgica sin ningún tipo de miramientos. El vasco no hubiese querido que él se incorporara, pero le resultó imposible impedirlo. Solo pudo advertirle con vehemencia que no tratara nada con Pepe Antonio relacionado con la francmasonería. Nalón así lo prometió.

El regidor, tan pronto vio el brillo de los ojos de Eva, decidió con apremio la partida de la caravana rumbo a la finca de su amigo Gilberto el andaluz, donde residía Tartabull junto con su familia. El cortejo viajaba con destino a la costa nordeste de La Habana. Pepe Antonio iba delante con su caballo árabe. Lo acompañaban en el trote Romero y Antonelli. Tres carros de camino completaban la expedición. Los primeros días de abril ofrendaban a La Habana un día hermoso. La tupida y verde vegetación, contrastante con el mar azul verdoso que asomaba en la costa, y la brisa extasiaban los sentidos de todos los excursionistas. Muy pronto los viajeros divisaron dos largas hileras de palmas reales que bosquejaban la entrada de la finca. En la portilla un par de muchachos negros abrieron una talanquera endeble de pino. Al llegar la comitiva al fondo del camino, se encontró con una casa de madera rústica de pórtico estrecho y alargado. La estancia estaba rodeada de algunos bohíos con flacas cobijas de palma y paja. Los perros ladraban como si hubieran llegado los peores enemigos. En la casa del centro, erguido de pie en la puerta, se hallaba un negro vestido de blanco. Una sonrisa iluminó su semblante cuando cruzó saludos con Pepe Antonio. Tartabull, amable, recibió a los recién llegados. Solo se puso serio cuando vio a Chamblín. Lo miró fijo, pero no dijo nada. Fue tan llamativo el cambio en el semblante del negro religioso que Pepe Antonio se volteó para estudiar la figura del esclavo, quien, luego de despedir a Froyla, se mantenía quieto al lado del carruaje. Chamblín, al cruzar la mirada con Tartabull, se llevó el puño de la mano derecha a la altura del corazón en señal de respetuoso y solemne saludo.

Pepe Antonio y sus invitados fueron recibidos también con suma deferencia por Gilberto el andaluz, propietario de la finca, y por Azcuy, hijo mayor de Tartabull y percusionista de los tambores litúrgicos. Froyla y sus acompañantes, al entrar a la casa se percataron de que estaba llena de cestas de frutas y flores, en especial con muchas margaritas, girasoles y lirios blancos del campo. También apreciaron los dulces caseros por doquier: boniatillo, dulce de calabaza, harina de maíz, raspaduras de caña de azúcar, pedazos de panal y potes de miel de abeja, e infinidad de coquitos blancos y prietos, coñac y jugos de frutas caribeñas.

En compañía de los invitados y la curiosidad de Antonelli, Froyla supo, gracias al hijo mayor, que Tartabull era el babalao, padre del secreto y la adivinación, de la fiesta religiosa regida por la sagrada Regla Ochá Ifá. «Hoy celebramos el aniversario de Tartabull, de su santo» les dijo Azcuy, que tenía cerca de los pies tambores, caja, cachimbo, mula y palos percutientes, instrumentos que servirían para acompañar a solistas y coros en los cantos rituales que se ejecutarían durante la ceremonia. A preguntas de Antonelli, Ascuy habló acerca del carácter de la fiesta religiosa: «Señores, como pueden ver, nuestras deidades no están en ningún altar sino en el piso, eso nos aproxima mucho a ellas y ellas siempre nos hermanan y protegen; esa es la divisa de nuestra religión que vino de África, y con el mayor respeto a los creyentes presentes de otras religiones, debo aclarar que nuestras creencias no provienen de la Biblia ni del Corán». Seguidamente Ascuy levantó el brazo y señaló para un grupo de negros entre los cuales se encontraban hijos, hermanos, ahijados y amigos del babalao Tartabull. Ascuy expresó que en esa mañana se encontraban en la finca muchos religiosos que eran seguidores de su padre y que vivían en otros asentamientos. Luego agregó con mucha solemnidad: «Señores, sean bienvenidos a nuestra ceremonia religiosa. Nosotros llegamos de la Nigeria meridional. Mi padre es hijo de la tierra sagrada de Ifé». Casi todos los asistentes vestían de blanco, que para ellos constituía el color de la pureza.

Lita se mantenía atenta a la fiesta de los congos. Aunque influida por los preceptos del catolicismo, presentía que además de encontrarse entre mulatos, negros libres y esclavos, participaría obligada por las circunstancias y por orden expresa del vasco, en una liturgia, para ella, demoníaca. Pero, por sobre todas las cosas, Lita no dejaba de vigilar a Eva según indicaciones precisas de Ondarribi. Ahora cuando la observaba la veía dando pasitos y giros alrededor de Pepe Antonio. «¿Por qué ella no sabrá —se preguntó Lita— darse su lugar?». Sin embargo, las maniobras de Eva eran entorpecidas por Nalón. El asturiano no desatendía ni pie ni pisada del regidor, y se le veía algo perplejo al constatar el prestigio y cariño de que gozaba el alcalde por parte de los campesinos blancos, mulatos y negros que allí se encontraban congregados. Nalón se mantenía a su lado, e indagaba para ganarse la atención y estima del regidor.

—¿De qué viven estos pardillos y morenillos? ¿Quién es el dueño de esta finca? —preguntó Nalón a Pepe Antonio.

—Las reglas de la esclavitud —miró al asturiano como si este por sus interrogaciones algo atontadas hubiera llegado de otro planeta— no les ofrece a estos hombres espacio alguno para escoger cómo y dónde comer. Viven de lo que sus amos les dan. Hoy, por ejemplo, les otorgaron permiso para asistir a esta fiesta religiosa. Si son libres viven del corte de la caña de azúcar, como vegueros, panaderos, peones de albañil, en las labores de la cría porcina, de ganado vacuno, aves y así en innumerables faenas. El dueño de la finca se nombra Gilberto, es quien nos saludó junto a Tartabull, el babalao –el alcalde lo buscó con la vista, pero, al no divisarlo, prosiguió–. Dentro de poco se lo presento. Gilberto se relaciona con los mulatos y negros a su manera, y la producción agrícola no le marcha demasiado bien, así como tampoco la cría de ganado porcino y vacuno. Lo que lo irrita es que por lo que produce y vende debe pagar fuertes tributos a la Corona española –y agregó con sarcasmo–. Señor Nalón, tal vez usted, desde su posición en la Real Compañía de Comercio, pueda ayudarlo en cómo él pudiera aliviar esa carga tributaria. ¿No le parece?

–¿Yo? No me haga reír. ¡Ojalá pudiera! Esas cosillas del pago de impuestos nos afecta a todos. ¿Sabe? A estos pardillos y morenillos, y hablo por experiencia propia, no se les puede dar mucha ala. Sería muy peligroso y así se lo advierto todos los días a Ondarribi.

–¿Usted cree de verdad que ellos puedan controlarse como se hace con los objetos?

–Esos animalillos, señor regidor, siempre deben estar vigilados –reiteró Nalón en tono presuntuoso y abusando como de costumbre en su discurso de los diminutivos–. ¡No lo dude!

Pepe Antonio hizo una señal a Romero. El alcalde deseaba descansar del asedio, de la petulancia del asturiano y de su discurso acerca de los negros. Romero se ocupó rápido del mercader de Veracruz. El asistente, contrariado, al escuchar las impertinentes acotaciones del mercader veracruzano, que al parecer no tenían fin, caviló para sus adentros: «Siempre hay alguien en la noche que en lugar de hacerlo en la manigua lo hace en la vereda. ¡Este asturiano es un caga trillo!».

Lo invitó a que lo acompañara al patio con el argumento de que en el arbolado del fondo se escenificaría gran parte de la ceremonia.

Romero guio a Nalón hacia el lugar donde se erguía una imponente ceiba, prometiéndole que él tendría la primicia de la celebración atávica de los congos. Froyla se había compenetrado ya con los integrantes de la ceremonia, con la casa y sus alrededores. En medio de esa adaptación que le resultaba agradable, sentía sobre sí la mirada y la galantería del veneciano. Este comenzó a cortejarla y a examinarla con relación a sus gustos musicales, obras y compositores. Para ella el italiano resultaba un hombre delicado. Sin embargo, para su gusto tenía dos carencias. Poseía una constitución física de mediana estatura y a ella le atraían los hombres altos. En sus reclamos a su «príncipe de los jardines» se lo imploraba con ardua periodicidad: «¡Qué mi hombre apuesto tenga estatura alta!» La otra carencia tenía que ver con su edad. A su juicio Antonelli estaba entrado en años. Por estas razones vivía persuadida de que en el músico veneciano no se escudaba el hombre de sus sueños. Por lo demás, le parecía simpático, gentil y educado. Froyla había comprobado que las opiniones de Antonelli sobre los pardos y morenos resultaban equilibradas e inteligentes. Una opinión la había cautivado sin reservas. Fue el momento en que le dijo: «Señorita, estos negros se caracterizan por ser serviciales, pero nunca expresan el tono de la sumisión. Sus miradas me hacen recordar la de los gatos de Venecia, se manifiestan recelosos e independientes».

Mientras Froyla conversaba con Antonelli vio cuando este le hizo una señal con sus ojos, advirtiéndole que algo importante acontecía a sus espaldas. Froyla, al voltearse, casi tropieza con Tartabull. El babalao la saludó con una sonrisa afable y distinguida.

–Mija, tu familia que cuide a Chamblín, como él cuida la casa —sentenció Tartabull a la par que señalaba con su mirada hacia el esclavo calesero que en ese instante conversaba con su hijo Azcuy–. Dígale a don Ondarribi, por favor, que si usted no se quiere, nadie lo puede querer. Y que si usted no se respeta, no puede transmitirle a otros el cariño, porque no se pone fuera lo que no se tiene dentro.

Froyla quedó intrigada por el inesperado consejo de Tartabull. Recordó que ella había tenido sobre Chamblín una certidumbre especial cuando lo conoció, como si un joven enigmático hubiese llegado a su casa; y ahora de manera imprevista Tartabull se lo reiteraba con vocablos raros.

—Señor, con todo respeto. ¿Por qué debemos proteger a Chamblín? —preguntó Froyla.

—Mija, Chamblín viene de la otra tierra grande del mar —miró hacia el horizonte—, y es hijo de rey que no miente. Tiene fuerza de árbol sagrado, de roca vieja. Yo miro a su pueblo aunque aquí no se ve.

Al pronunciar estas palabras y hacer un gesto de reverencia ante Froyla, Tartabull se retiró. Levantó el brazo derecho y una decena de mujeres se dieron a la tarea de atender a los invitados. Los agasajaron con las comidas, los dulces y los jugos de frutas que yacían sobre largos tablones de palma apoyados sobre burros de madera. Antonelli, a pesar de dominar el español, no había podido entender con exactitud las expresiones de Tartabull debido a que este al hablar se tragaba las sílabas finales de las palabras. Sin embargo, vio que Froyla lo había comprendido porque no dejaba de mirar asombrada hacia el babalao. En ese momento llegó hasta ellos la nana Lita. Con mucho sigilo agarró por el brazo a Froyla y se la llevó consigo.

—No sé dónde está tu hermana —susurró Lita alarmada—. Hace mucho rato que no logro verla.

—Nana, venga conmigo —musitó Froyla sin abandonar su suave compostura—. La encontraremos.

Entretanto, en las cercanías del río y al borde del final de una arboleda, Pepe Antonio, embriagado por la sensualidad de la música litúrgica que provenía de la lejanía y llegaba a su ser, abrigada en coros de improvisados cantantes y repiqueteo de tambores, tenía en los brazos a Eva, que ahora gemía de placer y le musitaba imperante: «¡Hace mucho que estaba loca por estar contigo!» «¡Yo también, aunque más desquiciado que tú!», musitó Pepe Antonio. «¡Dime que soy tuya!… ¡coño!… ¡dímelo!… ¡dime que soy tu puta!…». Eva lanzaba ahora vocablos sucios y los reiteraba con los ojos cerrados, como una auténtica sonámbula, sin importarle absolutamente nada más.

«¡Sí!... ¡eres mi puta salvaje!...», Pepe Antonio susurró en el oído de Eva, mientras con las manos le agarraba fuerte las nalgas y le penetraba el sexo suavemente, una y otra vez; luego, acompañado de experimentadas embestidas, se lo clavaba hasta el fondo. Eva ahora gritaba con rabia en lugar de gemir y Pepe Antonio tuvo que taparle la boca para que nadie pudiera escucharla. Poco después los amantes, como forajidos en breve y abrupta fuga consumada, quedaron de golpe extenuados, y poco después, afiebrados por haber violado lo inviolable, se dieron a la presurosa tarea de recomponer sus ropas para regresar a la ceremonia.

En la infructuosa búsqueda, Froyla se encontró en varias ocasiones con la mirada de Antoneli, pero insistía y trataba de avistar la figura del regidor. «Eva siempre hace de las suyas —pensó, mientras buscaba con justificada discreción a su hermana—. Ella parece estar poseída por los demonios. Este daño no puede hacérselo a nuestra familia». Froyla acudió a su último recurso. Dirigió los pasos hacia Chamblín, que se encontraba junto al carruaje; mientras lo hacía, los cantos rituales proseguían en el concierto. Sus oídos comenzaron a escuchar cantares a capela entre solista y coros. Luego otros a capela con la misma intensidad, pero arrebujados con ritmo impecable de palmadas humanas y cantos apoyados en la percusión. Las voces, junto con los rudimentarios instrumentos musicales, inundaban la tarde y los sentidos de todos los presentes.

—Chamblín, ¿sabes dónde está Eva?

El esclavo dio un salto atrás y abrió los ojos. Ninguna sonrisa apareció en su semblante. Miró a su alrededor y dirigió a su manera vocablos cortos a Froyla.

—No sé, *Banita*, no sé.

Del interior del carruaje emergió la figura del mayordomo Euclides. Este, mirando a la cubanita pero sin decir palabra, con el brazo indicó hacia una tupida arboleda que se encontraba detrás de un platanal algo alejado del magro caserío en dirección al río.

Froyla giró la cabeza y a su izquierda vio el cerrado arbolado que le había indicado Euclides. «¡Ahí debe estar!», pensó Froyla, con una pesada sospecha que le anudaba el alma. Después de ordenarle a la nana que regresara al caserío, se encaminó hacia los árboles. Ahora Chamblín, luego de mirar con reproche a Euclides, no apartaba los ojos de Froyla que se alejaba acompañada de cantos litúrgicos esparcidos por los aires. Cuando le faltaban unos pasos para entrar, apareció Eva. Asomó sonriente con las ropas algo estrujadas y el semblante desacoplado. Todavía trataba con las manos de componerse. Froyla, al ver el aspecto inocente y el desenfado de Eva, sin poderse contener, le largó una corta e hiriente bofetada.

–¿Por qué haces esto a nuestros padres? –gruñó.

–¡Qué dices, hermanita! ¿Qué bicho te ha picado? –replicó Eva sonriente–. Yo no hice nada malo. Estaba paseando. Me fui al río.

Eva protestó a su manera y hasta con aire jocoso empujó a Froyla. Para Eva, sin ponerlo en duda, ella no había escapado a ninguna parte. Si bien la señal reveladora de que había cometido una imprudencia fue su inercia con relación al sopapo que le había propinado Froyla. Ambas se encaminaron en busca de la nana, y se incorporaron al lugar de la ceremonia donde aún no se dejaba de cantar y tocar. Al llegar, Froyla comprobó que Pepe Antonio se encontraba al lado de Tartabull contemplando el ritual. Sin poderlo evitar, se sintió desanimada en ese instante por lo acaecido, y por la intriga y la desorientación que no la abandonaban. Según el porte del alcalde y sus ropas, pensó Froyla, todo indicaba que Pepe Antonio no había estado con Eva en la presumible refriega. Siguió observando a todos los invitados tratando de precisar y descubrir con su mirada al cómplice de la trasgresión, pero a la larga le resultó imposible individualizarlo. Antonelli apenas pudo percatarse del arribo de Froyla. Este se encontraba absorto y concentrado ante los cantos rituales como transportado en cuerpo y alma, sin conexiones explicables, al lejano mecenazgo atávico de las cortes venecianas pródigas ante la ópera y la música barroca. Pepe Antonio miró hacia Froyla con la misma deferencia y amabilidad. Su actuación no se había modificado. Ella, ante esta conducta del regidor, se hundió en una amarga reflexión en medio de la festividad que no detenía su sobrecogedora música. La reflexión más apesadumbrada se adueñó de su alma. Una deliberación que jamás había aflorado en su delicado espíritu irrumpió con fuerza en su mente. «Tal vez en el Asilo de San Juan Nepomuceno –pensó con desvarío– se encuentren mejores muchachas que mi hermana».

–¡Ave María Purísima!

–¡Bendito sea su nombre y líbranos de todos los pecados!

Froyla se confesaba con el padre Juvenal. Le habló sobre lo ocurrido en Cojímar. Se reprochaba haber asistido a esa ceremonia litúrgica de orígenes extraños al catolicismo. Subrayó la bondad personal de Pepe Antonio con relación a los negros libres y esclavos, y de cómo ella lo había involucrado de modo injusto ante la imprudencia cometida por Eva. Prosiguió amonestando ese proceder suyo con relación al alcalde. Comentó el asedio del veneciano y otros pormenores. Habló también acerca de la autoridad de Tartabull ante sus seguidores y de que este sin duda era una persona generosa.

–Recuerda, hija mía, que todos los hombres somos hijos de Dios. No tienes nada que reprocharte por haber asistido a esas festividades. No olvides la vida y obra de Bartolomé de Las Casas, que bendijo en estas tierras la noble historia de nuestra fe católica. Él siempre fue guiado por el Señor y después se distinguió como el protector de todos los indios que habían sido aniquilados por la brutalidad y la ignominia de aquella época.

–¡Gracias, padre!

–El señor Pepe Antonio es un feligrés asiduo de nuestra iglesia y hasta muchas veces se confiesa conmigo. Yo conocí a su padre, que en paz descanse. Te puedo asegurar, para tu tranquilidad, que el regidor posee un alma elevada.

–¡Gracias Padre! Por favor, le ruego que no vaya a comentarle nada de lo que le dije sobre mi hermana.

El sacerdote sonrió al escuchar la súplica de Froyla.

–Hija mía, nunca olvides que el secreto confesional es sagrado e inviolable.

–¡Usted no sabe cuánto alivio siente mi alma! Padre, hoy hablé con mi «príncipe de los jardines». ¡Estaba radiante! Estoy segura de que escuchó mis deseos. Le pedí que protegiera a mi hermana.

El fraile tuvo que sonreír de nuevo y escuchó con placer las confidencias habituales sobre el diminuto pajarillo que, de modo místico, y según ella en nombre de Dios, la visitaba todos los días. Antes de despedirse le confesó también las opiniones vertidas por Tartabull con relación a Chamblín. Cuando Juvenal quedó a solas en el confesionario, en espera de las urgencias de otros feligreses, meditó: «¡Ojalá que Eva no haya cometido una locura! ¡Dios mío! ¡Protege el bienestar y la tranquilidad espiritual de la familia Ondarribi Smith!».

IX

Primera y última palabra: la propia

Hoy se cumplen setenta días de navegación. Hace un par de días que arribamos a las cercanías de Martinica. Sir Pockoc está muy irritado ante el hecho de que no han llegado a este punto según el plan delineado en Londres todos los buques de línea y las fuerzas de desembarco que él esperaba. No arribaron los navíos de las Antillas, bajo el mando del almirante Rodney ni las fuerzas desde Jamaica para reforzar el ejército de desembarque. Se desconocen los motivos. Sin embargo, Sir Pockoc tomó la decisión de salir mañana con los medios que se cuentan hacia el cruce del Canal Viejo de Bahamas. Es el cruce impensable desde el cual La Habana no espera el gigantesco ataque.

Hervey dio instrucciones a Milton de que no perdiera de vista a la alimaña de Aram, quien viaja en el buque insignia porque se dice práctico del paso del Canal Viejo. El moro es un joven con la pinta del que dice muchas mentiras. Dijo haber nacido en Berbería. Casi nadie cree en sus historias, excepto, y por oculta conveniencia de todos, la de su reiterado conocimiento del peligroso cruce. Milton me explicó que la propuesta del traficante Aram fue de David Hammond. Espero que tal iniciativa, esta vez, no precipite al diplomático en el abismo. Aunque imagino que este, de caer, sonría y sepa al final cómo hacer para no despeñarse hasta el fondo. En la fauna de los personajes de Shakespeare, el almirante conspirador sobreviviría como un personaje incompleto, defectuoso, ambicioso y observador de las sombras. Me acompañan algunas de sus obras y lo sigo pensando: Shakespeare, émulo de Dante, no contempló el sol y la luna desde la muerte sino desde la tierra. Representa una de sus grandes enseñanzas que mejor disfruto. Shakespeare

113

es el dueño del azul y la ebullición de todas las estrellas. No fue el Todopode-
roso, ni quiso imitarlo. ¿Y el malhechor de Aram? ¿Qué lugar ocuparía en sus
tragedias? Jamás había visto ni disfrutado un mentiroso tan elocuente. Hace
unos días dijo que tenía un alazán que bebía poca agua y que por ello podía
competir con un camello en el cruce de un desierto. Contó que un día atrave-
só sobre sus ancas el caudaloso Nilo y que el océano lo obligaba a recordar su
bestia extravagante. Su relato resultó tan desbordado que me hizo pensar que
hablaba de un hipocentauro. Aram todo lo que hace es para no morir. Solo eso.
Lo que ocurre a su alrededor debe aprovecharse y a como dé lugar.

El toque en la puerta del camarote interrumpió la escritura de
Greene. Decidió cerrar su diario y guardar el cálamo. «Debe ser
Milton». Se dijo mientras abría la puerta.

—¡Hola teniente! —sonrió el capitán—. ¡Demos un paseo!

El menor de los Taylor, al salir del camarote, vio que al lado de
Milton caminaba Aram como si fuese una presa canina. El moro sonriente saludó afectuoso a Greene. Desde la cubierta se divisaban los
otros navíos de mayor y menor calado en formación de conserva. La
jungla de mástiles y paños con los marinos y soldados era, ante la mirada de Greene, un espejo pictórico nunca antes visto por él. Los
colores del mar antillano avivaban todos los matices de la escuadra
militar que ahora reposaba tranquila sobre las aguas. En la tarde serena iba muriendo la luz. En el cielo se divisaba la luna en cuarto men-
guante anunciando para próximas jornadas su mayor solemnidad. La
conversación entre Milton y su protegido pasaba alrededor de temas
astronómicos. Durante los días transcurridos de la travesía, Greene
había podido aprender mucho acerca de las constelaciones con el capitán. Muchas veces ya era capaz de identificarlas. Ambos no comen-
taron detalle alguno sobre el inminente ataque a La Habana debido a
la presencia de Aram. Aunque este, a pesar de su dominio algo precario del idioma inglés, no perdía el sentido de la charla. «¡Allá en lo alto
está Alá! ¡Él todo lo sabe!» Murmuraba el moro a intervalos con su
mirada elevada hacia las alturas. Con sus exclamaciones hacía una

especie de eco ante la charla de los dos oficiales. Greene vio que el almirante Hervey se acercaba y hasta el pillo de Aram se puso en posición de atención para saludarlo.

–Milton, recuerde. Este moro es el marino más ilustre de esta travesía –dijo Hervey, mordaz–. Vigile su sueño y sus comidas. Mañana proseguimos hacia la ruta del Canal Viejo.

–Descuide –Milton se incorporó al buen humor de Hervey–. Como ya le dije, después del cruce este excelso traficante será el hombre más decente de la tierra.

–Aram, ¿conoces bien ese paso? –Greene miró de lleno al traficante.

–¡Yo soy el mejor perito de esos mares! –repuso–. Ese difícil canal lo atravesé muchas veces para comer. Ahora lo haré para proteger mi vida y, con la ayuda de Alá, que nunca me abandona, recibir mi libertad.

–Almirante, ¿se le prometió a este truhán la libertad? –Milton hizo un guiño a Hervey–. Hay personas que creen que todo lo que un jefe promete luego se cumple al pie de la letra. ¿Este moro no formará parte de esos ingenuos?

–Capitán, su comentario es atinado –observó Hervey para rematar la escena, que ya ensombrecía el semblante de Aram–. Pero si este rufián no nos ayuda a cruzar el Canal Viejo de Bahamas, como él no se cansa de asegurar, tendríamos que reconsiderar esa promesa de darle la libertad.

–De lo contrario, almirante –dijo Greene con osadía–, usted sabe que cualquier tripulante puede tener un accidente sobre cubierta, no sé, tropezar y caer al mar. Creo que los tiburones tendrían un buen festín con este moro.

Por su reacción, Hervey aprobó la chistosa acotación de Greene. El almirante sonreía y no dejaba de mirar el semblante del teniente.

–Teniente, su opinión no parece surgir de un calificado escribano, sino de un experimentado oficial de la marina.

Hervey lanzó el elogio muy calmado. Miró hacia el menor de los Taylor y luego hacia los ojos de Milton. Con su mirada, en medio del ocaso, se puso a repasar el mar tranquilo y la arboladura de la inmensa flota. Después de mantenerse quieto por largos segundos, el almirante, de repente y sin nadie esperarlo, transformando su habitual apariencia tranquila en ira compacta, se aproximó al rostro de Aram casi hasta sentir su respiración.

–¡Hijo de perra, yo sé que eres un mentiroso! –gritó Hervey muy contrariado al semblante del moro–. ¡Tú nunca has navegado por ese maldito cruce!

–Almirante, muchas veces –aclaró Aram tembloroso–. ¡Muchas veces! ¡Juro por Alá que no miento!

–¡Eres un mentiroso despreciable! –Hervey estaba fuera de sí–. Hay un marino que me ha confirmado que tú nada sabes del Canal Viejo. ¡Ya verás lo qué haré con tu cabeza!

–Señor, ¿quién es ese marino? ¡Juro por Alá que no miento! –gritó Aram al semblante iracundo de Hervey, sin retroceder.

–Almirante, si lo ordena ahora mismo a este moro lo lanzamos al agua –propuso Milton airado–. Si usted lo ordena.

Greene pudo apreciar en ese breve instante que el capitán no estaba para bromas. Milton ya tenía al traficante bien agarrado con sus fuertes brazos y lo sostenía en el aire como si fuera un madero; tan solo esperaba por la orden de Hervey para arrojarlo al mar.

–¡Milton, no es necesario! –sentenció el almirante. Giró sobre sus talones y, mientras se alejaba, exclamó–: ¡Ese moro dice la verdad! ¡Cuídenlo mucho!

Cuando el capitán lo soltó, Aram, abatido por la sorpresa, cayó de hinojos sobre cubierta. Ahora comprobaba que Hervey lo había engañado de forma lastimosa. Su semblante comenzó a reflejar una curiosa y lenta recuperación. Una mueca arropada en largos suspiros comenzó a dibujarse en su talante. Empezó a recapacitar sobre lo ocurrido y el modo en que el almirante le había tomado el pelo; se preguntó con requiebro, y tal vez hasta con secreta altanería, cómo ello había podido ocurrirle. Aram, inmerso en la mitomanía del pícaro, se creía un encumbrado espadachín de la intuición y la argucia de los hombres. Una absoluta frustración le había robado todas las palabras.

El teniente también se había creído la actuación teatral de Hervey. El final de la escena le había demostrado que toda la aparente furia del almirante solo apuntó para hurgar si el moro decía o no la verdad. El menor de los Taylor comprendió que en los mares los hombres ejercían sus propias leyes. La dilatación del tiempo en la travesía era casi incalculable, pero esa prolongación en cuanto a la toma de las decisiones, los jefes la laminaban, la fragmentaban y la hacían reestrenarse de modo sorprendente. Greene ahora meditaba acerca de su padre, de sus palabras en la despedida: el consejo de que se mantuviera al lado de sabios oficiales y de cómo los hombres excepcionales casi siempre se inmolaban en una suerte de escaramuza y no en los grandes combates. Su mente en esos instantes rondaba tratando de adivinar La Habana desconocida, apoyándose en las anécdotas de David Hammond acerca de su gente y sus costumbres. El bisoño teniente constataba la admiración que sentía por Hervey y el cojo Milton. Después de la enloquecida comprobación ejercida sobre Aram, ahora Greene, con relación a los dos oficiales, se sentía más seguro y estimulado.

—Teniente, ¿en cuál estrella se encuentra ahora? —demandó Milton para sacar al joven de su estado meditabundo—. ¡Vamos a cenar!

—Reflexionaba acerca de lo ocurrido y que nos faltan a lo sumo veinte días de navegación para llegar a nuestro destino.

—¡Hervey es único! Yo se lo había pronosticado. No obstante, por conocerlo bien sé que procurará conseguir otros prácticos que ayuden en la difícil navegación con más de nueve mil metros de largo que configuran el difícil cruce del Canal Viejo hasta llegar a Cayo Sal. Pero Aram de todas formas será la quilla del cruce.

Después de la cena, Greene se retiró a su camarote. Todos lo hicieron excepto los hombres encargados de la vigilancia. El descanso prolongado era necesario. El siguiente día deparaba el itinerario y arribo al Canal Viejo de Bahamas, coronado al final por el angosto cruce nocturno, preñado de antorchas, fogatas y peligros. A la mañana la expedición naval, con los buques de línea y de carga, se dirigía hacia el escabroso paso. A bordo de la crecida flota viajaban finalmente ocho mil marinos y diez mil soldados de desembarque, además de dos mil negros para el peonaje y unos sesenta hombres de la sanidad militar. Llegaba la jornada más tensa del itinerario realizado por la expedición militar. Hervey, teniendo a su lado a Milton, a Greene y al imprescindible Aram, bajo precisas indicaciones de Sir Pockoc, se dio a la tarea de abrir proa lenta y paciente por el Canal Viejo.

Las órdenes del jefe de la expedición hicieron de la flota una daga perfecta que navegaba con calma y precisión el cruce. Milton a veces desconfiaba de las indicaciones de Aram, pero Hervey actuaba sin recelo al amparo de los reparos del moro. Los primeros tramos indicaban que el traficante conocía a la perfección el angosto trayecto. Las antorchas y fogatas de paja situadas en los cayos configuraban carrileras luminosas a ambos lados del Canal, que guiaban la lenta navegación. Los candiles improvisados, diseminados en medio de la noche, fueron quedando detrás de la enorme y larga cruzada conformada por siete divisiones.

El final de la madrugaba anunció un merecido regocijo británico. Era la primera vez que una colosal expedición militar de esa envergadura cruzaba el Canal Viejo de Bahamas. En La Habana nadie sabía de la osadía inglesa que pondría en acecho su tranquilidad. La travesía válida y acostumbrada hubiese sido la de siempre: desde Jamaica bojear el sur de Cuba, luego Isla de Pinos y proseguir hasta bordear el cabo de San Antonio con dirección a La Habana. Los ingleses habían logrado el itinerario descartado por los entendidos. La expedición en pocos días divisaría la ciudad Reina de las Indias.

A la noche siguiente de haberse consumado el arriesgado cruce en su parte más dificultosa, Hervey celebró con Milton y Greene el acontecimiento. Aunque faltaban algunos tramos, ya todos presentían que se avistaría en pocos días La Habana. Luego de retirarse Hervey a descansar, el capitán se quedó conversando con su protegido. Aram, que ya no estaba aprehendido ni hostigado, permanecía en las cercanías de Greene. Ante un cielo alto y estrellado, Milton, disgustado, tuvo que marcharse por sentirse indispuesto. Gracias a su propia efusividad por el éxito alcanzado, se había descuidado e ingerido más alimento de la cuenta. Hubiese querido permanecer al lado del menor de los Taylor para platicar sobre astronomía y, en especial, sobre los incidentes de la navegación del Canal Viejo, pero le resultó imposible. Su malestar se acrecentó y se retiró para examinarse con los hombres de la sanidad. Aram con brío gatuno se mantuvo durante toda la noche muy cercano al teniente y, aprovechando la retirada del capitán, se avecinó.

–Señor Greene, usted pudo comprobar que era yo, y no otro, el verdadero práctico del Canal Viejo –aseveró jubiloso.

–Así es, Aram. En realidad estuviste muy bien.

–Usted siempre creyó en mí. También el oficial Hervey. Pero el capitán Milton, no.

–Ese es su trabajo. Por eso contigo se mantuvo desconfiado.

–Usted, ¿lo conoce bien?

–¿Por qué lo preguntas?

–Teniente, ¡todos los cojos son malas personas!

–No diga disparates.

–Como le digo mi teniente. Tenga mucho cuidado con ese hombre. Yo conozco el mundo. ¡Y que Alá me perdone!

–Si conoces el mundo hablemos de otro asunto. Siento mucho aprecio por el capitán y tú, aunque tuvieras siete piernas y cinco cerebros, jamás podrías compararte con él.

–Teniente –dijo sentado en cuclillas–, aquí tengo conmigo varios regalos con los cuales yo quisiera festejar con usted mi libertad. Me gustaría brindárselos. Usted es un hombre especial. Cuando usted atraviese la lluvia de pólvora y el acero en La Habana, nada malo le sucederá. A usted lo protege un manto invisible.

—Además de inventarte una mentira tras otra, también haces de profeta y adivinador, ¿al final a qué te dedicas?

—Teniente, yo medito mucho. Hubo un británico que me enseñó el budismo y el yoga.

—¿Islam o budismo? ¡Rayos!

—No —aclaró—. Yo me debo al Islam. Pero sucede que un inglés me enseñó el budismo y la meditación. Viví en su casa unos meses en Gibraltar. A usted le digo la verdad. Su maldita mujer le dijo que yo había querido seducirla. Una gran mentira. Ella solo lo hizo para perjudicarme.

—¡Yo sin meditarlo te hubiera colgado dos veces! —exclamó sonriente, disfrutando las prodigiosas invenciones del moro.

—Sí, le creo. Pero, mire, tuve que matarlo y me vi obligado a desaparecer. ¿Sabe? Por culpa de la gente tengo que escapar de todos los lugares.

—Sí, puedo imaginar.

—Usted, ¿quiere brindar conmigo por mi libertad?

—¡Por supuesto!

—Bueno, aquí tengo una bebida que cuando se quema despoja los lugares de los malos olores. A mí me limpia por dentro.

—¿Ginebra?

—¡Usted es un sabio! ¡Por eso lo estimo tanto!

Aram le extendió al teniente una cantimplora forrada de paño. En el navío reinaba la calma después del cruce del Canal Viejo. El traficante y el menor de los Taylor platicaban en un sitio a babor que casi siempre era el escogido por Greene para contemplar la navegación y las noches. Dejándose arrastrar por la curiosidad y los embustes del traficante, el joven bebió más de lo debido. Greene se regalaba un merecido esparcimiento en la postrimería de una larga y agotadora travesía.

—¿Cómo la conseguiste?

—Señor, con todo respeto, yo nunca digo a nadie cómo consigo ciertas provisiones.

Al bajar la ginebra por la garganta del teniente, este sentía un placer que de modo progresivo ascendía exaltado desde sus venas.

—Teniente —susurró—, aquí tengo una cosa maravillosa. Es el vicio de los hombres sabios.

—¿De qué se trata?

—Pruebe y verá.

Aram sacó de sus ropas una pipa y, luego de aspirar varias bocanadas de un humo nebuloso, la extendió al teniente.

—¡Señor, fume y sueñe!

Ambos fumaron varias pipas y la conversación entre los dos se fue apagando hasta un silencio total. El teniente creyó consternado que se había sumergido en el fondo del océano dentro de una bóveda. El humo vigoroso y pestífero agudizó su sensibilidad y otras dimensiones de sí mismo. Todo se le encimaba, lo cubría e instigaba de manera desconocida. La oscuridad de la noche, el mar, la luna, las estrellas, las nubes escasas, el leve ruido del agua contra babor, el semblante del moro, los buques cercanos, los mástiles, los trapos recogidos, las sogas, los cables, las cadenas y la respiración invisible de la tripulación lo atenazaban plácidamente. Una melodía nunca escuchada por él provenía desde el interior de su cerebro. Los brazos no eran sus brazos y las piernas solo lo conducían al reposo infinito. Era como apreciar y sentir la propia existencia desde un ángulo secreto e inasible. Su mente se había desprendido de su cuerpo.

A la mañana siguiente, el teniente despertó como si se hubiese apropiado de toda la náusea del mundo. Por el pórtico del camarote entraba una fuerte claridad que él solo atinaba a odiar con todas sus fuerzas. Se prometió a sí mismo una y otra vez no volver a probar el opio en toda su vida. La experiencia lo había lanzado por un precipicio insondable y casi letal para desentrañar enigmas que deambulaban áridos detrás del enérgico humo. «Para vivir en las garras de esa hechizada humareda —pensó él— se requiere poseer el mayor de los rencores o la más profunda frialdad ante los seres humanos o estar herido por una faena diaria, cruel y miserable».

La única compensación de Greene ante su horrible y aborrecible estado físico y mental fue que, en los festejos de su libertad, el moro le había dado la oportunidad de acopiar un ensayo único sobre el cual tendría para siempre una primera y última palabra: la propia.

X

Cerca navegaba una gigantesca cruzada británica

Los días del mes de mayo esparcían una luz especial sobre La Habana. La humedad y el calor, sin embargo, hacían transpirar a Paolo Antonelli de forma brutal. Mientras las ruedas de su coche daban vueltas, con latoso esmero él trataba de remediar la sudoración incontenible y meditaba sobre Froyla. No solo la ropa veneciana que portaba lo torturaba, sino también, y él lo sabía, el inminente y deseado encuentro con la hermosa joven. Al llegar a la casa de la calle Mercaderes, Antonelli fue recibido por el mayordomo Euclides. Segundos después apareció Ondarribi en el zaguán y lo saludó de forma cálida. Al ascender por la escalera hacia la segunda planta, el veneciano sintió una brisa leve sobre su rostro. En el fondo del vano se divisaban el brocal del pozo y muchas plantas a su alrededor. La vivienda de alto puntal comenzó a aliviar el calor que notaba. El vasco solícito guio los pasos del visitante hasta llegar al salón principal. Por fortuna, Antonelli vio con agrado que la puerta y las ventanas que daban al largo balconaje estaban abiertas de par en par. La corriente de aire se hizo más agradable. El anfitrión brindó algo de beber al visitante. El italiano esta vez declinó la invitación y casi no lograba escuchar las palabras de Ondarribi debido a su ansiosa espera por la aparición de Froyla.

–Ondarribi, dígame una cosa que quiero saber. ¿Por qué a su hija menor se le dice «la cubanita» si nació en esta Isla?

—¡Ah, muy sencillo! En esta Isla se les llama cubano solo a los nacidos en Santiago de Cuba. Los demás son habaneros, trinitarios, guanabacoenses y así sucesivamente, en correspondencia con el lugar donde nacieron. Esa es la costumbre.

El veneciano se quedó en silencio, y Ondarribi, al ver su mutismo, tuvo la impresión de que el forastero había preguntado acerca de un asunto que ya conocía. Para sacarlo de su aparente pasmo, le preguntó:

—Antonelli, ¿cómo se encuentra nuestro amigo, el señor Pepe Antonio?

—El regidor está muy bien. Desde mi llegada a esta ciudad he abusado mucho de su tiempo. Mañana se verá con el señor López-Parro, el enviado de Su Majestad que hace poco arribó a La Habana.

—Hacía mucha falta que al señor alcalde le mandaran un nuevo interlocutor. ¡Ya era hora! El señor Pepe Antonio, como otras personas importantes en La Habana, no tiene con el gobernador comunicación posible. Prado Portocarrero es un ambicioso que quiere llevarse para España una fortuna como hizo Güemes, la cual adquirió gracias a todo lo robado en esta Isla. Así se compró a su regreso a España el nombramiento de Virrey. ¡Este capitán general es tan avaro como el anterior!

—¡Cuánta novedad! ¿Sabe? En esta posesión se revela que España vive estancada y atrasada con relación a los otros imperios. Aquí la gente se ve afligida y asediada por innumerables dificultades.

—¡Tiene que ser! —acotó su frase recurrente con la cual acomodaba de modo habitual sus parlamentos—. España tiene abandonada esta Isla a su suerte. Aquí la gente trabaja muy duro para subsistir. La iglesia se inmiscuye en todo. Los jesuitas se adueñan de la Real Compañía de Comercio. La Corona fustiga y acorrala el comercio y los cobros de impuestos son desmesurados.

El vasco iba a continuar su perorata, pero en ese instante Froyla hizo su aparición. El veneciano se puso de pie y con atenta delicadeza dio la bienvenida a la joven, que le tenía el corazón embriagado de ilusiones. La nana Lita, agarrotada en sus movimientos de solterona, entró detrás de la sobrina y, luego de saludar al italiano, se sentó a prudente distancia con clara intención de practicar su vigilante rol. Al sentarse extrajo de una bolsa que ya tenía en el salón agujas y bolas de estambre para tejer. Ondarribi, con la promesa de regresar después, se despidió de Antonelli.

Ahora el veneciano presentía que no le alcanzaría el tiempo para contemplar la belleza de Froyla. Ante la ciudad bulliciosa que devoraba su curiosidad, el forastero había examinado muchos acontecimientos y lugares, pero la muchacha amante de la música barroca significaba el mayor hallazgo de sus paseos habaneros. El color de la piel de Froyla resultaba impresionante y nunca antes visto por él. En el semblante y la elocuente figura de la esfinge que ahora contemplaban sus ojos residía el armonioso resultado de la mezcla de razas coronada por la mejor combinación del ingenio. Para él no había en toda la ciudad una joven más bella que la criolla.

−¿Usted no extraña Venecia? −preguntó ella.

−Por ahora no, señorita. Esta ciudad es más atractiva de lo que mi abuelo dejó escrito en sus memorias.

Antonelli sentía el impulso de comentarle ideas y sentimientos directos, pero la nana estaba allí, muy próxima a los dos y él no tenía, y era en ese instante su deplorable lamento, la capacidad de desdoblarse en el centro de esa difícil escena. En estas circunstancias tenía que buscar y escoger las palabras adecuadas, y al final disfrazarlas, distorsionarlas, desampararlas de su esencia, para evitar los malos entendidos y la vulgaridad. Hubiese querido desarrollar toda su galantería ante esa belleza que le fustigaba los sentidos, pero no encontraba el modo de hacerlo. En su interior cobró fuerza contemplarla hasta tragarse la memoria y recurrir al lenguaje de la música para que ella fuera capaz de adivinar sus emociones. Los cuarenta años de vida del veneciano −con experiencias en las cortes de la ciudad Reina del Adriático, su relación con damas aristocráticas y mundanas, las galerías separadas de la catedral San Marcos donde había trabajado, la simetría y el equilibrio de la música que obsesionaban su existencia– se detenían desarticulados e inocentes ante la cubanita.

–¿En qué está pensando?

–En nada, señorita –confesó–. Pensaba en la simetría y el equilibrio de la música. ¡Tonterías!

–Según mi maestro Esteban Salas –opinó con absoluta soltura–, estos representan los presupuestos más escabrosos de la música. Él dice que constituyen la coronación del timbre y sus diferencias.

–¿Su maestro dijo eso?

–Sí. ¿Por qué lo pregunta tan asombrado?

–Nunca pude imaginar que en esta Isla alguien reflexionara con esa sabiduría.

–No me obligue a pensar que los venecianos son como los españoles –reparó con voz satinada–. Ellos siempre nos discriminan y en la marcada diferencia va implícita la subestimación innata hacia los criollos.

En ese instante llegó Euclides con una bandeja con café, té y licores para el caballero. Junto a él hicieron su entrada Savanna y María Cruz. La esposa del vasco, luego de saludar a Antonelli, ofreció las infusiones. Lita, rígida e incrédula, había levantado sus ojos del estambre y miraba atónita a su sobrina y al italiano, impactada por la plática que ambos sostenían. Savanna tuvo que pronunciar el nombre de Lita en dos ocasiones para sacarla del embobamiento.

–Estoy ansiosa por escucharle interpretar música italiana –apuntó María Cruz avivada y con aire presuntuoso de mujer aristócrata–. ¡Usted no puede imaginar cuánto se sufre en esta ciudad tan atrasada! ¡Doy gracias al Señor por haberme dado una sobrina como Froyla! –comenzó a mover su cabeza para exhibir su peinado de cabellos dorados y una hermosa gargantilla de oro–.

Ella es la única en esta casa que domina la belleza del arte y sus refinamientos.

María Cruz sostenía abierto su abanico de nácar sobre su pecho y hablaba como si Savanna y Lita no estuviesen presentes. Solo miraba hacia el veneciano. Froyla se movió disgustada en su silla. La jamaiquina, después de saludar de nuevo con extrema amabilidad al visitante, decidió retirarse de la escena porque no podía soportar los estúpidos desplantes de su cuñada. Entretanto, Antonelli comparó la actuación y las expresiones de María Cruz con las insoportables señoronas de la nobleza que habitaban Venecia. «¿De dónde habrá salido esta bella y veleidosa solterona?», pensó él, mientras se percataba de que la irritación nublaba el hermoso semblante de su esfinge. Al beber el café observó los aros de oro con estampas diversas aderezadas en el salón principal, los muebles de madera oscura y barnizada, el clavicémbalo de Froyla y tres jarrones con rosas rojas e imponentes girasoles. El color azul de los marcos y las puertas, y un blanco en las paredes, le hizo rememorar con nostalgia el color nevado veneciano. Antonelli se dio cuenta de que la casa era similar a otras que había visitado de familias pudientes en La Habana. Sin embargo, la de la cubanita tenía peculiaridades que no escapaban a su sensibilidad. Se palpaban las señales de que el buen gusto de la criollita asistía con esmero hasta el último resquicio de la morada. En un ángulo detrás del clavicémbalo colgaban de la pared dos pedazos de cuero repujado que imitaban el papiro. Uno de menor tamaño que el otro. En cada uno se recogían versos.

En el primero pudo leer:

¿Cómo de muchos Tántalos no miras
Ejemplo igual? Y si codicias uno
Mira al avaro, en su riqueza pobre.
(Fragmento. «La Avaricia», D. Juan de Arguijo.)

En el segundo:

A mis soledades voy
De mis soledades vengo
Porque para andar conmigo
Me bastan mis pensamientos
¡No sé qué tiene la aldea
Donde vivo y donde muero
Que con venir de mí mismo
No puedo venir más lejos!
De cuantas cosas me cansan
Fácilmente me defiendo
Pero no puedo guardarme
De los peligros de un necio.
(Fragmento. «A mis soledades voy», Lope de Vega.)

Eva llegó y saludó afectuosa al veneciano. Luego de formular al forastero preguntas formales, con interés disimulado en sus verdaderos propósitos, indagó sobre el regidor. En la fiesta ritual de los congos en la finca de Cojímar, Antonelli quedó intrigado al percatarse de la tensa relación entre las dos hermanas y el nerviosismo de la nana; pero en aquel domingo, quizás abstraído por la música de los negros y la perturbadora Froyla, no pudo asociar que en dicho escenario estuviera involucrado, sospechoso o cómplice, su amigo Pepe Antonio. Antonelli sabía que Eva coqueteaba con su amigo y decidió entonces, de forma ligera, comentarle algunas novedades sobre el alcalde.

—Mi hermana, siéntate, por favor —sugirió Froyla con voz amable y susurrante.

De forma rápida, el veneciano observó que la joven de sus sueños lideraba la familia con suaves palabras y ademanes delicados. Con sus ojos dulces guiaba a los demás. Sin embargo, también vio alejarse, y al parecer sin remedio, la posibilidad de departir a solas con ella. Deseaba con todas sus fuerzas que esta situación hubiese sobrevenido de manera espontánea y no por una planificación premeditada de su esfinge habanera. Esta segunda posibilidad le comprimía el corazón. ¿Ella no estaría interesada en intimar con él? —se preguntó— ¿Sería obra de las costumbres habaneras y no de su creciente deslumbramiento ante Froyla? Se dijo que aún era prematuro poder definir este dilema. Así decidió atemperarse a la plática colectiva y dejar para otras ocasiones la expresión de sus intereses más profundos. «Cuando me sea posible ejecutaré en el teclado algunos madrigales —concluyó en reflexiones febriles— y composiciones de Domenico Scarlatti para seducir y rendir su corazón».

—¿Quién es el maestro Esteban Salas? —quería reanudar la conversación con Froyla.

—Un sacerdote prominente. Colaboró hasta hace muy poco con el obispo Morell de Santa Cruz en la Parroquial Mayor. ¡Gracias a Dios, fue mi primer maestro de música! ¡Es único como músico!

—¿Pudiera un día llegar a conocerlo?

—¡Cómo no! Solo que en estos momentos se encuentra en Santiago de Cuba. Tan pronto visite La Habana, hablo con mi padre para que puedan conocerse.

—¡Muchas gracias! —dijo el italiano esperanzado de poder intercambiar acerca de una de sus grandes obsesiones: la simetría y el equilibrio en la música.

Eva con su doblez característica y devota del movimiento perpetuo, mientras pensaba en Pepe Antonio no dejaba de contemplar a Antonelli. «Tal vez ella sería un poco más alta de estatura», pensó, pero se divertía al verse de modo imaginario haciendo pareja con el veneciano. «¡No estaría mal! —se dijo—. ¡Qué ilusa es mi hermana! El italiano se derrite por ella y eso le resulta indiferente porque no le atraen los hombres de mediana estatura. ¡Qué estupidez, Virgen mía! Si yo estuviese en su lugar, Venecia sería mi residencia futura.

Yo no soporto esta horrorosa Isla que por desgracia tanto le gusta a Pepe Antonio».

–¿Y usted, señor Antonelli, no dejó ninguna novia en Venecia? –Eva dejó sin aliento a Froyla e incluso boquiabierta a María Cruz. La nana, que escuchaba atenta, detuvo otra vez la faena del bordaje.

–Hubiese querido, señorita, pero en el amor a veces hay que esperar con suma paciencia –Antonelli comprendió, al ver la reacción extraverbal de la familia, que Eva y María Cruz en esa casa eran el soplo del caos, casi como la caída de un recipiente que, luego de volcar vasijas y líquidos al suelo, estos se esparcen trepidantes hacia todos los rincones.

Froyla no perdió tiempo. Para remediar las liviandades de su hermana y de su tía se dirigió diligente hacia el clavicémbalo. Luego de abrir partituras sobre el atril inició la ejecución de obras de Esteban Salas. Un «Ave María Stella» y los villancicos: «Quien ha visto que un invierno», «Vengan todos presurosos» y «Astros luminosos». Ella sacaba lo mejor de sí. Sentía la presencia de Antonelli pero tocaba persuadida de que se encontraba en la mayor soledad. Así se lo había enseñado el maestro Salas. «No importa dónde estés ni cuántas personas te escuchen –le había dicho el mentor–, cuando toques el clavicémbalo debes sentirte sola como en el desierto e, incluso, en el palacete más distinguido».

Ondarribi, sigiloso, desde que comenzaron a ejecutarse las primeras notas musicales, se hundió extasiado en su sillón. Antonelli había imaginado de muchas maneras el concierto que ahora arropaba sus sentidos, pero la tarde de ese maravilloso sábado desbordaba sus propias expectativas. Las manos de Froyla lo maniataban en una monodia perfecta junto a ella. «Las composiciones de Esteban Salas –pensó el veneciano al escucharlas– tienen la impronta familiar del barroco harto conocido, aunque sostienen un hálito peculiar que emerge del timbre de su talento. Y hay un raro contrapunto en sus obras que resulta maravilloso».

Savanna había regresado al salón. Su semblante estaba impactado al ver el brillo de los ojos de Antonelli ante la ejecución de su pequeña. Los pregones de vendedores ambulantes que provenían de la calle e irrumpían por el balconaje, lejos de perturbar, creaban una atmósfera difícil de lograr en cualquier recinto veneciano. Así lo interiorizó admirado el italiano, quien ahora se sentía invadido por inolvidables asombros.

Luego de besar la mano de Froyla con visible éxtasis, tomó lugar frente al clavicémbalo. Desde la primera sonata de Domenico Scarlatti hasta las siguientes, los sentidos de la criollita, de Ondarribi y de todos los presentes fueron apresados por una obra musical envuelta en la perfección y la exuberancia. La ansiedad de Eva quedó reducida al ver aquellas manos del veneciano que se desplazaban a gran velocidad sobre el teclado. La tarde siguió su curso hacia la noche que tardaba en arribar. Los Ondarribi Smith y Antonelli vivían momentos que solo disfrutan los privilegiados de vez en cuando en la vida. Savanna no dejaba de pensar en El Salvador y en una de sus súplicas más célebres: ¡Amaos los unos a los otros! Ondarribi en sus adentros felicitaba a su princesa y admiraba al italiano, y se transfiguraba, sin poderlo evitar, en el esclavo voluntario, como suele sucederle casi siempre a los idólatras insalvables. Froyla se descubrió inquieta en sus convicciones con relación al carismático veneciano. Ella nunca había escuchado en primera persona cómo el sujeto y la respuesta musicales se desarrollaban a tal velocidad y excelencia.

Ondarribi ahora no abandonaba al forastero y le ofrecía vino y coñac. Ambos intercambiaron elogios mutuos. Antonelli no detenía sus congratulaciones hacia Froyla. El vasco se expresó desmedido sobre el virtuosismo del italiano y, como embrujado ante el visitante y abrumado de euforia, sin poder contenerse, le lanzó una pregunta más intuitiva que atrevida.

–Señor Antonelli –musitó–, ¿usted ama la francmasonería?

Sin salir de su estupor, el italiano se dijo para sus adentros: «No solo descubro en esta ciudad a una esfinge prodigiosa que toca música barroca sino también a un vasco masón. ¡Esto es demasiado!».

–Con verdad, hermano –dijo en tono cerrado y cómplice, subrayando en voz baja la frase secreta de la hermandad con la cual sus seguidores podían reconocerse con inicial certidumbre.

El veneciano extendió la mano abierta al vasco. La aproximación de los pulsos de ambos en el saludo se hizo ajustando un premeditado movimiento. Con estas dos señales, la verbal y la física, ninguno de los dos tuvo la menor duda de que habían descubierto esa tarde un correligionario de la incipiente francmasonería. Esta vez Antonelli aceptó brindar por el inesperado acontecimiento, y aceptó, incluso, otro trago de coñac. «Así que el nieto del italiano que construyó los castillos del Morro y de La Punta es un masón –pensó Ondarribi con satisfacción–. Hoy siento sobre mí la bendición del Todopoderoso». Mientras conversaba con el vasco, el veneciano no dejaba de mirar a Froyla. Y esta, por primera vez, desde que se habían conocido, le correspondía con una mirada cálida, quizás hasta de nueva valoración y aprecio. Así, al menos en esa tarde inolvidable, ilusionado, el italiano quiso abrigar ese presentimiento. Antonelli se acercó a ella.

–Señorita, esos poemas detrás del clavicémbalo –comentó, embriagado por la aproximación física y queriendo fisgar sus sentimientos– ¿fueron seleccionados por usted?

–Sí. El fragmento que trata sobre la avaricia es un regalo que le hice a mi padre, quien no soporta ese pecado –ella con sus explicaciones aparentaba tener más edad–. El segmento del poema del admirable Lope de Vega es para mi disfrute. Amo mucho a La Habana.

Froyla y Antonelli continuaron conversando, a pesar –en especial para el veneciano– de la fastidiosa cercanía de la familia. Pero nadie podía sospechar en ese crepúsculo sabatino, en ese encuentro placentero de diversas culturas que se fraguaba en casa de la cubanita, que muy cerca de La Habana navegaba indetenible una gigantesca cruzada británica.

XI

La envidia y la traición amarran
tu cabeza

Pepe Antonio aguardaba en compañía de Romero por la llegada del señor López-Parro frente por frente a la parroquia de Guanabacoa. La audiencia que el regidor había sostenido semanas atrás con Prado Portocarrero aún lo mantenía contrariado. Los resultados precarios que él había pronosticado para el mencionado despacho desbordaron frustrantes sus propias previsiones. El menosprecio con el cual la máxima autoridad insular examinaba los problemas de la Isla era tan autoritario que anulaba espacios para el buen juicio. Ahora esperaba por el enviado de Su Majestad con la esperanza de que al menos habría una persona inteligente con la cual podría conversar y de esa manera aliviar en alguna medida su decepción.

Mientras el regidor atendía el arribo de López-Parro vio pasar una familia de campesinos que le dirigieron un saludo afectuoso agitando sus manos. En la saga de la numerosa prole caminaba una muchacha que, al voltear su cabeza para mirarlo, le hizo recordar los ojos chispeantes de Eva. Irrumpió en su mente, por inconexa asociación, la imagen de la hija mayor de Ondarribi y luego los incidentes de la fiesta ritual de Cojímar. Sobre esos hechos él todavía no se había perdonado a sí mismo su osadía. Esa tarde actuó atraído por dos fuerzas contrapuestas que casi cortan a la mitad su espíritu. La investidura de alcalde y el deber público fueron la primera firmeza que lo impulsaron a mantener su pundonor. La otra pujanza contraria había sido Eva, al incitarlo a cerrar los ojos por encima de personas y costumbres puritanas; lo que lo provocó a satisfacer deseos que, por encubiertos y prohibidos a la usanza, no dejaban de resultar extraordinarios. Él sabía que esas palabras de incitación punzante las dijo Eva, y avivó con sus ojos traviesos el movimiento de su cuerpo, sus labios y sus manos libertinas, que después se le adentraron por todas partes. «No tengo nada que reprocharme —se dijo precipitado y confuso—. Aunque lo que más quisiera en este instante es que se repitiera otra vez aquel domingo raro y maravilloso».

—Jefe, ahí llega el enviado del rey —advirtió Romero, sacando a Pepe Antonio de su transitorio delirio.

—¡Señor alcalde, qué bueno verlo! —dijo al descender de su carruaje.

—¿Cómo van sus asuntos? —preguntó afectuoso el regidor mientras conducía al visitante a su oficina.

—¡En esta ciudad hay demasiado calor! —secaba con un pañuelo su frente sudorosa—. Mis años ya no resisten este terrible fogaje que parece salir de nuestras vísceras.

—¡Amigo, ya se acostumbrará! —sonrió—. Todos al llegar a Cuba dicen lo mismo.

—En mi trabajo hay tanto por hacer que ni siquiera sé por dónde empezar. Aquí hay muchos problemas y el gobernador Prado Portocarrero habla como si esta Isla fuera un paraíso intocable. Creo que esa pintura reina solo en su imaginación. Este capitán general no se mueve como debería hacerlo. Y La Habana, señor alcalde, con el mayor respeto, es un verdadero desastre.

—Usted me respeta cuando así habla. Estoy de acuerdo con sus opiniones. Mi audiencia con el gobernador fue tan deplorable que aún no me repongo. Prado Portocarrero no entiende que los trabajos de la defensa de La Habana están atrasadísimos. Tengo un amigo italiano que vino hace poco de Jamaica. Me dijo que el mayor rumor en esa Isla es que muy pronto los ingleses atacarán a La Habana. ¿Sabe usted lo único que preguntó el gobernador? —levantó sus manos a la altura de su rostro en gesto de asombro—. ¡Indagó si en Port Royal había concentración suficiente de buques y medios para tomar La Habana! Hasta tuvo el desliz de decirme que esos rumores le habían llegado por otras vías y que no les daba el menor crédito.

—Conmigo ocurrió lo mismo. ¡Menos mal que en mi viaje no me deshice ni perdí el mensaje de Su Majestad! De haberme sucedido esa desgracia el capitán general no me hubiese creído una sola palabra. Pero sé, señor mío —se sentía como en casa propia y recordó la advertencia de Pertini—, que las decisiones de Su Majestad están por encima de las leyes de los hombres. ¡Esta sabiduría me impide rebuznar como un asno y hasta tranquiliza mi espíritu! —se inclinó hacia el regidor y susurró—. Aunque al leer su correspondencia he podido constatar que miente a la Corona. Habla de falsos trabajos constructivos en La Cabaña y subraya con demasiada exageración los estragos del vómito negro en las tropas.

—Prado Portocarrero cacarea cuantos datos les sirvan a sus intereses personales. Yo pienso que si los ingleses atacan tendremos muchos muertos y pesadas calamidades. La defensa de la ciudad está en condiciones pésimas. Impedir la ocupación enemiga de La Habana será una empresa muy difícil. Puede ser protegida de eventuales ataques piratas, pero una agresión británica a gran escala... no sé... Nuestras fuerzas militares se han visto disminuidas por epidemias ocurridas el año pasado. Eso es cierto —aclaró—, aunque como ya le dije, no me asombra que el gobernador por pura conveniencia suya exagere los daños. Y lo peor, no se prepara a los criollos y peninsulares como se debe para enfrentar esa probable y difícil contienda. Ya deberíamos convocar y preparar a todas las fuerzas para defender la plaza. Estudiantes, campesinos, pardos y morenos. A los esclavos, por ejemplo, se les puede prometer la libertad y sé que pelearían de modo salvaje por obtenerla. Sin embargo, el gobernador está muy lejos de estos presupuestos. Tengo un amigo vasco que considera a esta la Isla como un depósito de gente almacenada y que está abandonada a su suerte, y pienso que tiene absoluta razón... —ahora regresaba la imagen de Eva al cerebro del regidor para entorpecer sus razonamientos—. Habría que cambiar muchas cosas.

—¿Quién es ese amigo?

—Se nombra Ángel Ondarribi. Vive en la calle Mercaderes. Es comerciante. Posee acciones en la Real Compañía de Comercio y se le considera excelente persona.

—¿Funge como propietario de la vivienda que se conoce en La Habana como la casa de Froyla la cubanita? ¿No?

—Exacto.

—¿Cuáles cosas se deberían cambiar?

—Muchas —precisó, mientras pensaba de nuevo en Eva—. Por ejemplo, modificar las reglas de juego de la omnipresente Real Compañía de Comercio. Cambiar la actual política fiscal de la Corona, que resulta asfixiante. Dar mayor amplitud al comercio. Extender las relaciones del puerto de La Habana que ahora solo se relaciona con Cádiz y Veracruz. ¿Por qué no vincularse también con los de La Coruña, Barcelona, Cartagena, Santander y otros puertos importantes ibéricos? También con otros de Tierra Firme. Diría que hasta con Nueva York. Mejorar la fluidez de la correspondencia entre España y la Isla. Buques veloces cada dos semanas mejorarían mucho el panorama. Diversificar la producción. Ahora solo se depende del tabaco y la Corona desarrolla una política errada e irritante con los vegueros, que están obligados a destruir la producción sobrante —detuvo sus palabras para encender un puro. Luego de exhalar una gruesa bocanada de humo, prosiguió—. Mejorar la producción de azúcar, en la cual contamos con alrededor de ciento veinte ingenios deficientes, y unas quinientas parcelas para la producción agrícola y de ganado porcino y vacuno...

A López-Parro, de todas las personas que había conocido en sus primeras semanas en La Habana, el regidor le resultaba una de las de mayor magnetismo. Sabía que Pepe Antonio era una autoridad transparente y precisa en sus observaciones. Al escucharlo comprendía por qué el alcalde atesoraba prestigio y ascendencia ciudadana. Su experiencia en los avatares diplomáticos le permitía evaluar rápidamente a las personas, en especial, a las que representaban mando e imperio. El enviado de Su Majestad, en conversaciones precedentes con distintos militares y funcionarios, y luego con la paciente lectura de legajos de administración diaria de gobernación, comprobó que en dichos arqueos siempre sobresalía la figura del regidor de Guanabacoa, polémica, crítica, respetada, incluso odiada por algunos, pero nunca ignorada. Por esta razón, el madrileño intercambiaba sin recelos temas delicados con Pepe Antonio. En el universo de sus relaciones habaneras veía en el alcalde un apoyo importante para el cumplimiento eficaz de las encomiendas del Soberano.

–El gobernador Prado Portocarrero no está preparado ni motivado para impulsar esas reformas.

–Hace mucho tiempo que lo sé. No obstante, usted pudiera estimular desde su posición iniciativas que desarticulen esta inercia de cangrejo que nos abruma.

–Muchas gracias por su confianza. Trataré de hacerlo, se lo prometo. Pero, tengamos juicio, no puedo alcanzar con mis funciones lo imposible. Dígame, señor alcalde, pasando a un asunto que me interesa. ¿Usted conoce al inglés Morphy?

–Creo que sí. No lo conozco bien porque jamás he simpatizado con él. Sé que su ocupación principal es el tráfico de negros esclavos. Se considera muy amigo de García y de su asistente Medem –sonrió–. Bueno, toda persona que encaje a sus propósitos para él significa un amigo. Juega largas partidas de ajedrez con el sacerdote Carrazana. Mire, yo no sé cuál fue el milagro, pero ese inglés un buen día devino naturalizado español. A mí me parece que a Morphy le da lo mismo vivir en La Habana que en Jamaica. Lo único que desea es que lleguen grandes cantidades de negros a la Isla y venderlos, aunque aquí mueran por el peso del trabajo duro y humillante.

–Perdón, alcalde, debería ahorrarse esas opiniones sobre los negros esclavos.

–Sabe, se les trata peor que a las bestias.

–Con el debido respeto y aprecio a su sinceridad, no concuerdo con usted en este punto. Eso ocurre en todos los lugares del mundo. Mire –se inclinó de nuevo hacia delante–, usted tiene fuertes enemigos que trabajan junto al gobernador. Critican su conducta hacia los negros. ¿Me hago entender?

Pepe Antonio de inmediato se dio cuenta de que se estaba extralimitando en sus opiniones ante López-Parro. Simpatizaba con el enviado del rey, pero eso no significaba que abriera todas las compuertas de su pensamiento hasta el punto de pretender persuadirlo de que los negros fuesen tratados como seres humanos. Presentía que no era el momento oportuno para dilucidar ese delicado diferendo. Ahora pensaba en todas las pláticas sostenidas con el padre Juvenal al respecto. Decidió, a propósito, desviar el rumbo de sus palabras.

—Tal vez usted tenga razón —llevó el habano a la boca y fumó—. Deben ser las influencias de un fraile franciscano de La Habana a quien respeto mucho.

—Pepe Antonio, deje tranquilo el tema de los negros —aconsejó—. Le reitero, ellos se tratan tal como se hace en todas partes. ¿No le parece?

—Correcto —asintió, muy contenido.

El regidor se percató —a riesgo incluso de estar equivocado— de que, acerca de los esclavos, López-Parro compartía la misma convicción reinante en la conciencia de casi todos los colonos peninsulares e, incluso, los criollos de la Isla. La gran excepción era el padre Juvenal, sacerdote que no solo elogiaba la vida de Bartolomé de Las Casas, sino que condenaba también a los jerónimos y dominicos que otrora lo traicionaron. Sobre la base de esa convicción religiosa, deploraba el modo atroz con que se trataba a los negros traídos a la Isla, cada vez en mayores cantidades. «¡López-Parro, a fin de cuentas, no es ningún jerónimo ni tampoco un dominico!», se dijo el regidor, irónico y resignado. Ahora solo pensaba en la frase pronunciada por el diplomático referente a los que criticaban su actuación.

—Amigo, yo sé que junto al gobernador cosecho adversarios —advirtió—, pero, ¿quién en este mundo no los tiene?

—¿Adversarios? Señor mío, debo decirle que hay algunos oficiales en torno al gobernador que hablan muy mal de usted —confesó, articulando ahora uno de sus ardides preferidos para dominar las relaciones con cualquier interlocutor de su interés. Esta vez lo hacía para despejar la curiosidad del regidor y así poder desempeñar mejor su función de dominio y ascendencia–. Leí un informe del coronel Carlos Caro dirigido al señor Prado Portocarrero. Usted sabe que este oficial se encarga de atender toda esta zona. Lo tilda a usted de no saber darse su lugar como alcalde en los vínculos con los negros. Esto se lo digo porque creo tener en usted a un leal súbdito del rey. Le ruego, por tanto, la mayor discreción.

Pepe Antonio se puso de pie. Preguntó con amabilidad a López-Parro si deseaba otra taza de té. Entretanto pensó sobre la revelación del diplomático. Veía innecesario, quizás, contar con esa confidencia. Al escucharla, se había sentido ofendido. Sin embargo, cuando reflexionó sobre la personalidad del coronel Carlos Caro, pudo tranquilizarse y una sonrisa apareció en su semblante.

–Mire, cualquier opinión desfavorable que provenga de ese personaje con relación a mi persona no deja de ser elogio –dijo muy calmado–. Ese militar conoce el arte de las armas y cómo combatir a la europea, pero no sabe nada de los hombres ni de la tierra que pisa. Y, lamentablemente, como otros oficiales españoles, siente menosprecio hacia los hombres que hemos nacido en Cuba.

El diplomático madrileño pudo comprobar el carácter singular de Pepe Antonio. «Grimaldi, por ejemplo, en una situación similar hubiera dado un fuerte puñetazo sobre la mesa o de una patada hubiese derribado una silla, o vociferado hasta difamar a la madre del militar que se atreviera por escrito a desacreditar su persona». De forma definitiva, el enviado de Su Majestad había decidido apoyarse ya en el alcalde para alcanzar más adelante a los señores Morphy, al padre jesuita Carrazana y a otras personas de raro proceder ciudadano.

–Señor mío, las traiciones siempre sobrevienen de quienes uno subestima. Se lo digo por experiencia propia.

–Amigo, las traiciones en las esferas del poder son difíciles de prevenir –contraatacó sonriente, exhalando otra bocanada del aromático habano.

López-Parro, mientras bebía el té, reflejó en sus ojos el brillo del que admira la conversación con un interlocutor inteligente. Ambos continuaron su charla sobre otros temas. La Habana, la Villa de Guanabacoa y la Isla fueron examinadas en sus múltiples facetas. El enviado del rey pudo notar la tendencia del regidor a querer resolver los problemas de la gente humilde y cómo sin reservas hacía esfuerzos por mejorar la vida de todos los pobladores.

—¿Conoce al padre Carrazana?

—En lo personal, muy poco. Se comenta que él pretende imitar la personalidad del obispo Morell de Santa Cruz. A mi juicio eso resulta imposible. El obispo posee una cultura muy refinada y una personalidad que yo califico de impar.

—¿No se comenta nada más sobre el padre jesuita?

—No —sonrió y añadió irónico—, aunque imagino que todas sus preguntas se hacen en nombre del rey. ¿No es así?

El diplomático no pudo contener una abierta sonrisa al escuchar la acotación que hacía el regidor. No obstante, persistió en sus preguntas.

—¿Carrazana no se diferencia en nada del resto de los sacerdotes de su orden? Hábleme con toda franqueza.

—Sí. Ambicioso. Eso se dice sobre su persona y que además de obstinado pretende liderar una corriente que combata las pretensiones de silenciar la oposición y la expulsión definitiva de los jesuitas de La Habana. Algunos comentan que le gusta inventarse los enemigos y fantasmas malignos porque cree que todos le quieren hacer daño, a él y a sus correligionarios, pero en realidad no puedo aportarle más elementos sobre esa persona —el regidor de repente encontró una solución a su visible bloqueo mental—. Mire, visite cuando pueda la taberna La Coruña que se encuentra en la Plaza del Viajero. Su dueño, originario de Galicia, se nombra Manuel Gutiérrez. Buen amigo mío. Dígale que va de mi parte. Ese gallego sabe callar, pero con él puede enterarse de muchos cotilleos que palpitan en la ciudad, y pueden al final resultarle interesantes y útiles.

Al concluir la conversación, el regidor invitó al diplomático a visitar algunos lugares de la Villa, pero este rehusó con suma cortesía y se comprometió a hacer el recorrido en una próxima y cercana oportunidad. Pepe Antonio despidió a López-Parro y le reiteró su empeño en colaborar con él en la formación de la Junta de Defensa de la ciudad, así como también en otros aspectos relacionados con los intereses especiales del diplomático en favor de Su Majestad el rey Carlos III.

Luego de la despedida entre el diplomático y Pepe Antonio, este se encaminó a realizar lo que tenía previsto desde semanas atrás. Tomó las bridas de su caballo árabe y, escoltado por Romero, se dirigió presuroso a la finca del río Cojímar donde lo esperaba Tartabull. Sabía que al enviado del rey no le había dicho toda la verdad sobre Carrazana, aunque suponía que, al igual que López-Parro, tal vez por razones distintas, también le había ocultado elementos de juicio sobre el padre jesuita. Ya le habían llegado rumores sobre su posible implicación en el atrevido hurto de un tesoro mexica proveniente de Nueva España con destino a Madrid, pero al abrigar tantas dudas sobre ese delicado asunto, decidió con firmeza no proferir ningún comentario que fuese dañino al sacerdote jesuita. No gustaba el alcalde de propagar rumores ante los cuales carecía de propiedad y argumentos probados.

A Tartabull, padre de los secretos, le había solicitado, en aquel domingo de la fiesta ritual, verlo más adelante para conversar a solas. Mientras trotaba sobre su corcel, el regidor recordó en ese instante a Eva y los cantos congos, el repiqueteo de la percusión, la fuerza y el color de la tarde cubriendo la arboleda de mangos y, sobre todo, la fuga hacia la espesura distante con su mulata de carnes duras y piel suave; sí, se decía entretanto cabalgaba, muchacha provocativa de veinte años de edad, explosiva e indetenible, que lo había incitado a consumar el éxtasis sexual que aún perseguía en su memoria en una evocación deliciosa, entremezclada, y juzgada por el decoro y los tormentos de conciencia.

En la casa rústica lo recibía Tartabull con la sonrisa de siempre y su mirada afable en compañía de Azcuy y Gilberto el andaluz. Después de los saludos afectuosos, Romero se quedó conversando con el dueño de la finca y el hijo del babalao; Pepe Antonio siguió los pasos del hombre religioso hasta llegar al cuarto del fondo, que tenía colgado un saco de yute haciendo de puerta. En su interior, sobre el apisonado suelo de tierra, yacían esparcidos en sus ángulos velas encendidas, recipientes de barro tapados con plumas de aves, esteras de paja tejida, jícaras, collares, cocos secos, figuras raras de artesanía rústica, y caracoles grandes y pequeños. En este sitio permaneció el alcalde con Tartabull por largo tiempo. Él había pedido hablar con el babalao por aquel extraño cambio de semblante cuando este vio al negro Chamblín. Ese detalle quedó en la pupila del regidor como un dato intrigante sobre el cual él debía y deseaba regresar. También otras interrogantes inconfesables, asociadas a Ondarribi y a Eva, nublaban sus emociones.

Los dos conversaron de modo extenso hasta que fueron sorprendidos por la noche. La mirada de Pepe Antonio escapó por la ventana del cuarto y descubrió la luna llena en lo alto. Una nube pasajera que la cubría como un velo asemejaba la figura de un espantajo nunca visto por él. En su diseño pudo imaginar y apreciar que las cavidades de los ojos ausentes devenían perfectas. En la memoria del alcalde retumbaron apacibles e inquietantes las lentas palabras del babalao. Este le había dicho que Chamblín era un joven hijo de rey africano que no mentía, que actuaba como un árbol sagrado o una antiquísima roca, y que su padre soberano nunca falseaba por contar con un pueblo sabio que fue aniquilado por los conquistadores; de ahí la causa de la inesperada transformación de su expresión ese domingo. Pero el padre de los secretos, sin pedir permiso, habló también sobre el regidor. Disertó largo, concentrado y a veces disperso. Del complicado torrente de vocablos que emitía paciente, devorados en sus sílabas finales y algo enredados en sus significados, Pepe Antonio pudo deducir por sí mismo unas cuantas profecías. La primera lo dejó impresionado: «La historia de Chamblín en esta tierra devendrá grande como el cielo, pero mañana imaginada como la otra tierra grande del mar». Luego, para diferenciarla de la del alcalde, añadió: «La tuya, enorme como el sol, mañana llegará imaginada, pero quedará tatuada en los árboles y en el espejo de las aguas de la Isla». La segunda alcanzó a festejar su propio ego, no sin dejarlo algo borroso en sus calificativos: «Eres hijo de Changó: la popularidad y la hombradía adornada con rostro de mujer. El afán del sexo opuesto te persigue, te impulsa y así rodará toda la vida». Acto seguido Tartabull se escudó en un silencio prolongado. En ese momento se acrecentó la impaciencia del regidor. El babalao parecía poseído por un mutismo que le había robado el contingente de sus códigos atávicos. Pepe Antonio, ante esa prolongada pausa, preguntó algo incisivo, y el negro religioso le respondió por fin, sin titubeos: «¡Mijo, Changó te jala!; tú no mueres en la guerra, pero la envidia y la traición amarran tu cabeza».

«¿Qué pasaría en ese instante por la mente de Tartabull que le paralizó el habla y le hizo cerrar los ojos varias veces?» Se preguntó insistente el alcalde a sí mismo al salir de la casa rústica, ya casi persuadido de que quizás jamás lograría develar esos enigmas. Antes de partir de regreso a Guanabacoa intercambió apresurado algunas palabras con Gilberto el andaluz. Este era criollo, pero por la forma de canturrear sus palabras se le había colgado ese mote, el cual tenía que ver con los orígenes de sus padres andaluces, fallecidos años atrás en Trinidad.

—Pepe Antonio, siempre logras lo que quieres, ¿eh? —curioseó el propietario de la finca en tono muy amigable.

—No siempre, Gilberto, no siempre. Tenía que saber algunas cosas.

—¿Y ya las sabes?

—No creas, te entregas a los brazos de las raras predicciones, pero al final sales algo desamparado. No sé.

—¡El Altísimo es el único que sabe! —advirtió con energía el dueño de la finca—. Mira, desde que hablé hace años con Tartabull, me dijo tantas cosas extrañas que no me las creí, pero me sentí mareado, y yo aquí sigo sembrado en esta finca. Alcalde, ¿sabes una cosa? Creo que de aquí yo solo podré salir el día que muera —lanzó al pie de una flor el cabo del habano que fumaba—. Oye, para que no te vayas desamparado –sonrió al pronunciar afectuoso estas últimas palabras en compañía de Tartabull y Azcuy–. ¡Qué el Altísimo siempre te bendiga y proteja!

Cuando el regidor cabalgaba junto a Romero hacia Guanabacoa envuelto en una noche plateada, asaltaban su mente algunas certidumbres y dudas. Respetaba a esos negros que habían sido arrancados de sus lejanos parajes, quienes solo llevaban sobre su humilde humanidad mucha tristeza y fuerzas para poder renovar su alegría marchita, y al final poder sobrevivir. Estos habían llegado ya en cantidades apreciables, mas él sabía que en el futuro arribarían partidas mayores. Elogiaba la belleza de la Isla donde había nacido y a todas las personas, fueran quienes fueren, que ahora la tenían de morada. Comprobaba día tras día que sus pobladores tenían que bregar duro, muy duro. Muchas veces la perplejidad lo asaltaba en el sentido de que los hombres en el poder peninsular no podían imaginar la rudeza con la cual sus habitantes –en medio de un calor y una humedad indescriptibles– enfrentaban sus oficios y labores, ante una realidad rígida y extremadamente cargada de carencias y privaciones. Panorama atrasado y decadente que reclamaba cambios urgentes por parte de las autoridades monárquicas. Ahora, de nuevo, Eva, imprudente y amorosa, rondaba su memoria –e incluso su autorreproche moral de hombre casado que esgrimía en su imaginación de modo amargo ante su amigo Ondarribi–. Y también, por encima de todo, los misteriosos vaticinios recién enumerados por Tartabull relacionados con el posible ataque británico y su propia persona. «¡Será difícil defender nuestra tierra del ataque de los agresores –concluyó en sus meditaciones–, pero antes de que la ocupen, les arrasaremos el corazón!».

XII

Casi aniquilado y siempre suyo

«¡Ahí está! ¡La Reina de las Indias! ¡La principalísima Puerta de las Indias Occidentales!», pensó el teniente sobreexcitado. Ante su mirada aparecía la ciudad que había imaginado desde que se articularon los planes bélicos en Londres. Luego, de modo progresivo y con mayor intensidad, trató durante toda la travesía de adivinar sus contornos, su fisonomía, el panorama circundante que la rodeaba. Divisaba a los lejos la Villa que erguía de modo frugal elevados campanarios eclesiásticos. Las torres destacaban sobre un sinnúmero de tejados color terracota, esparcidos en techos irregulares, avistados como un horizonte accidentado. La neblina londinense en la memoria de Greene ahora era sustituida por la leve humareda de carbón que brotaba de las chimeneas habaneras. Confirmaba, gracias al acceso que tuvo a los planos militares para el ataque, El Castillo de los Tres Reyes del Morro y El Castillo de San Salvador de La Punta. Entre ambas fortalezas se veía la estrecha boca de la bahía. A la derecha, bordeando la ciudad, levantada y proyectada hacia lo profundo, una muralla defensiva se perdía ante su mirada. La ribera preñada de rocas y arena, y la espuma del mar sostenían en pedestal una tupida vegetación tropical de un verde tenue y brillante bajo los rayos solares. Muy diferente, a su juicio, a la verde esmeralda saturada de la vegetación de Inglaterra.

David Hammond había sido el encargado de hablarle de la plaza, de su gente y sus costumbres. Ahora con sus ojos la escudriñaba tratando de fijar y profundizar sus primeras impresiones. La veía enorme con relación a todo lo que él había leído sobre ciudades de las Indias Occidentales. Observó la muchedumbre esparcida en la costa que, sin duda, contemplaba pasmada e incrédula la formidable escuadra naval británica recién arribada. Más de doscientas embarcaciones y alrededor de veintidós mil hombres –marinos, soldados, peones y hombres de la sanidad– ya estaban anclados frente por frente a la afamada plaza del imperio español.

Greene vio que Hervey se aproximaba con paso lento.

–Milton, usted acompañará al comodoro Keppel a La Habana –ordenó en tono bajo y confidente–. Exhortaremos a los españoles a la rendición pacífica de la ciudad. Lleve con usted al teniente Greene en calidad de traductor y también al capitán McDowell, que de ahora en adelante actuará bajo sus órdenes. Aquella embarcación pequeña con bandera blanca espera por ustedes. El comodoro Keppel será el encargado de enfrentar las conversaciones. ¡Tengan buena suerte! ¡Ojalá que con la ayuda de la Providencia podamos evitar innecesarios derramamientos de sangre!

Greene, sin contar con experiencia alguna en lo militar ni en lo diplomático, presentía en ese instante que por mucho arte que esgrimiera Keppel en su persuasión, las fuerzas españolas optarían por el desacato. Los españoles eran famosos por su gallardía y terquedad. Al recordar las conversaciones con Sir Taylor, rectificó: «Arrojo, honor, sería mejor decir». El teniente descendió del buque insignia junto al comodoro y los capitanes McDowell y Milton, y minutos después navegaban en el ancho bote en dirección al puerto habanero.

–Capitán, ¡este calor es insoportable! ¡Hasta la brisa resulta caliente! –comentó Greene a Milton cuando ya se avecinaban a la entrada de la rada. En un caprichoso giro de la naturaleza, los inicios del mes de junio se estrenaban ahora como los días más calurosos vividos por el teniente.

–¡Hay mucho calor, ciertamente –murmuró el capitán sin mirar para el menor de los Taylor–, pero los nervios constituyen nuestra peor compañía!

El sol bien ubicado en ese extenso mediodía y la humedad de gruesa implosión hacían estragos en el ánimo de la improvisada embajada militar. Ahora por la imaginación de Greene sobrevolaban otra vez aquellas gaviotas que, al partir de Inglaterra, adelantando su viaje migratorio de inicio primaveral, lo habían despedido con una misteriosa cortesía. A la izquierda el joven divisó la imponente fortaleza militar del Castillo del Morro y decenas de galeones de guerra españoles esparcidos dentro de la bahía. Desde estribor vio apiñados a los pobladores a lo largo de la orilla y también muchos carruajes, calesas y carretillas. La curiosidad de la gente había desbordado las murallas de la ciudad.

El teniente divisó en la ribera a una muchacha de cabellos abundantes que llamó poderosamente su atención. Su cabellera armoniosa y la esbelta figura resaltaban en medio de la muchedumbre, arropada por una luz solar que parecía pertenecerle. Ella se movía de un lado a otro, y a sus flancos una señora mayor y un atlético negro se agitaban presurosos con aires de sobreprotección. Mientras la pequeña embarcación de la endeble acción pacífica se avecinaba a la entrada de la ensenada, el joven excursionista solo atinaba a contemplar extasiado a la joven inquieta que ahora no dejaba de mirar hacia la embarcación inglesa. Había muchos pobladores que hacían señales de desprecio hacia los forasteros británicos sin importarles que vinieran enarbolando bandera blanca. Greene se balanceaba y detenía su cuello solo para contemplar a la enigmática muchacha que se le antojaba en su fantasía como emergida de un proscenio shakesperiano. Tal vez influido por la lectura de innumerables novelas, imaginó que muy pronto él se vería atravesando La Habana en dirección a algún que otro palacete donde serían recibidos con cierta pompa los emisarios del rey Jorge III. Fantaseaba con que en esa irrupción ella se aproximaría y de ese modo él podría observarla con mayor detenimiento y osadía. «Para mí lo más importante de esta Habana que examinan mis sentidos es haber descubierto a esa hermosa y misteriosa joven», pensó inflamado y presa de una devoción desconocida. Ella no dejaba de avistarlos, y Greene estaba persuadido, en su afiebrada excitación, de que solo su mirada se concentrara en la suya. Se quitó el tricornio y arregló con la mano derecha los cabellos rubios y lo hizo exprofeso para llamar la atención de la joven. Creía que lo estaba logrando...

Sin embargo, no pudo proseguir en sus febriles fantasías. De repente, unas largas y gruesas cadenas surgieron en la apertura de la bahía. El bote británico tuvo que detener la navegación. En sentido contrario bogaba una similar embarcación de pabellón español para encontrarse con los forasteros beligerantes. El oficial que llegó al frente de la delegación española se identificó ante Keppel con el nombre de González pronunciando un inglés deplorable. Entre los dos botes solo mediaba la diminuta distancia de los gruesos eslabones y el intercambio de altisonantes palabras.

—En nombre del rey Jorge III, solicitamos la rendición de la plaza de manera pacífica —dijo Keppel con el pergamino enrollado en sus manos.

—¿Rendición pacífica? —clamó furioso González y con sobrada energía—. ¡Ustedes no podrán pisar esta tierra!

—Señor oficial, aquí le traigo un pergamino del jefe de nuestra expedición naval en el que se pide la rendición pacífica de La Habana. ¡Por favor! ¡Qué la Providencia nos ayude para impedir derramamientos de sangre! —Keppel entregó el pliego al jefe español—. Para hacer este pedido se tiene muy en cuenta que nuestras fuerzas de combate superan en proporción tres veces a las suyas. Prometemos que su oficialidad y sus soldados serán tratados con suma dignidad.

—¿Superan en qué? —gruñó González, tal vez deseando esclarecer la frase de la proporcionalidad, o por no haberla entendido o por sentirse ofendido.

—Por cada mil hombres suyos, nosotros contamos con tres mil —aclaró Greene en limpio idioma español, impulsado por el deseo de que se entendieran de modo perfecto las palabras del comodoro Keppel.

—¡Dígale a su jefe que su propuesta la interpretamos como una afrenta hacia Su Majestad el rey Carlos III! —gritó González, al mismo tiempo que devolvía a Keppel el manuscrito de Sir Pockoc–. ¡Y no se crean ese asunto numérico de nuestras tropas con relación a las suyas!

El pergamino, debido a una imprevista torpeza en la manipulación o presa de los nervios de los interlocutores, casi cae al agua. Greene, con ágil movimiento, logró atraparlo. González añadió amenazante:

–¡Regresen ahora mismo por donde vinieron! ¡Sus soldados podrán apreciar cómo se defiende con honor una posesión del Reino de España! ¡Los números no les alcanzarán para contar sus cadáveres!

La decepción a Greene le llegó tan veloz que solo atinó a mirar el semblante arrogante de Keppel ante la sacudida. Habían sido recibidos como se atiende a los forajidos que traen en las manos los mensajes del oprobio. El pergamino le fue regresado al comodoro sin siquiera haber sido abierto por los militares ibéricos que despacharon en un instante a la exigua delegación inglesa. El teniente había presenciado por primera vez en su vida un intempestivo intercambio verbal de humillaciones mutuas. Keppel ni siquiera pudo pronunciar las palabras que tenía concebidas de antemano. Casi no tuvo interlocutor a tono con el semblante intratable de González. En lugar del palacete con el que había fantaseado el joven excursionista, apenas sobre las aguas tranquilas de la entrada de la rada se había llevado a cabo el atolondrado diálogo. Greene tuvo la impresión de que el desaire sufrido por Keppel se mezcló con la temeridad del enemigo. Hubiera podido configurar en su cerebro todas las variantes posibles de la traducción en un cruce de interpelaciones, gestos, pero jamás ese plomizo intercambio que presenció con sus propios ojos. El tono altisonante de González había sido categórico. Haber intentado intimar a la rendición de la plaza por vía pacífica resultaba un soberano fracaso.

El teniente afanoso volteó su mirada a la ribera en busca de la muchacha del proscenio shakesperiano que ya se había apropiado de su atención más aguzada. «¡Allí permanece mirándome!», verificó con regocijo cuando pudo visualizarla de nuevo. A voz en cuello los habaneros gritaban vivas al rey y con sus brazos diseñaban gestos ofensivos hacia la derrotada embajada británica. En medio de tal algarabía, los ojos de la joven eran en ese instante el único bálsamo del excursionista. Así él prosiguió mirándola hasta constatar que la señora protectora la halaba por uno de los brazos, tal vez obligándola al regreso. El atlético negro, por su corpulencia especial, ahora entorpecía con sus anchas espaldas que el menor de los Taylor prosiguiera disfrutando de su ninfa habanera. «¡Tan pronto termine todo este criminal desatino que inventan los monarcas depredadores —pensó con determinación y desvarío sobre su emocional hallazgo—, no descansaré hasta encontrarla!».

Al regreso, acosado por el calor inclemente, la humedad y la ofensa sufrida a costa de los anfitriones españoles, Greene verificó con amargura cómo unas pocas personas en el poder eran capaces de elevar y sostener la voz de mando, en aras de provocar un inmenso homicidio colectivo. Luego vendrían los narradores del asedio, de la batalla y de las calamidades, pero ninguno se detendría con suficiente hondura sobre los jefes que determinaron con sus respectivas dosis de delirios de grandeza que la gente fuera demolida por el tronar de los cañones, la pólvora, el acero y un enemigo neutral y brutal: las consiguientes e inevitables epidemias. El decoro de los españoles no cedió un ápice ante el gesto esperanzador que mostraron los británicos. «Detrás de ese despropósito —concluyó Greene en sus desbocadas reflexiones— llegarán la destrucción y la muerte».

Cuando Sir Pockoc fue informado en el buque insignia, por boca del propio Keppel, de los resultados negativos de la iniciativa diplomática, el jefe de la expedición mantuvo el silencio típico de la flema inglesa por largos segundos. Se volteó y contempló La Habana. Miraba con la vista fija hacia lo lejos sabiendo que todos a su alrededor esperaban por su reacción. Nadie en ese instante se hubiera atrevido ni siquiera a estornudar. «¡Es una pena! —manifestó Sir Pockoc con voz grave—. Keppel, dígale a Albemarle que se dirija con las fuerzas de desembarque hacia el este de la ciudad. Nosotros iremos hacia el oeste según el plan de ataque previsto. Desde este momento solo impera la orden de atacar la ciudad hasta lograr su rendición. Impóngase esta orden a todos los niveles de mando, a marinos y soldados. ¡En pocos días y con la ayuda de la Providencia, que está de nuestra parte, tomaremos La Habana!».

Al teniente, las palabras pronunciadas por el jefe de la expedición le parecieron adecuadas, excepto la frase «en pocos días», la cual giraba inaceptable en su cabeza. En la arenga de Sir Pockoc, esos vocablos le habían sonado huecos. Era la manera de lograr que los marinos y soldados la llevaran clavada en su cerebro y en la voluntad de manera inspiradora. En el combate y la penuria que esperaría por ellos siempre pensarían en ese dictamen triunfalista. Greene sabía que ese presupuesto de principio a fin resultaba engañoso. El Castillo del Morro, con sus elevados y gruesos muros, poblado de decenas de cañones, y la forma en que él había podido apreciar las condiciones defensivas de la plaza, a primera vista le sugerían que la toma de la ciudad no resultaría, para llamarle de algún modo, un paseo por el Támesis. Los nueve baluartes de la muralla que circundaba la ciudad se erguían inoperantes, y sus paredes bajas; mas el mando militar tenía el derecho de hablar hasta en nombre de los cielos para alcanzar la victoria, pensó él, aunque en lo alto no se dieran por enterados. Significaba el eufemismo al que acudían los jefes para que las fuerzas bajo su mando emprendieran el combate con la sensación de alcanzar el triunfo indiscutible. «En el futuro los cronistas de esta guerra hablarán de Sir Pockoc y otros oficiales de alto rango —se dijo—, pero jamás de los soldados y marinos. ¡Esa es la magia paradójica de esa alusión en su arenga para alcanzar, sobre todas las grandezas, su gloria personal! ¡Los tontos, entre los cuales yo me encuentro, no podrán tener la suya!».

Sin embargo, más allá de la ribera, la ciudad de La Habana era un hervidero de idas y venidas en todas direcciones. Personas, carruajes, calesas y caballos se disputaban nerviosos el paso en las estrechas calles. Aunque llegaba por diversas vías el rumor del arribo de los ingleses para atacar la plaza –en especial a los militares, así como a otros componentes importantes de la sociedad habanera–, se había hecho caso omiso de tales cotilleos amenazadores.

–El gobernador y su séquito, a partir de este momento –dijo Pepe Antonio estrechando la mano de López-Parro–, llegarán a comprender que la improvisación en una guerra solo conduce a que se cometan errores tras errores.

–Usted ha sido invitado a la reunión de la Junta de Guerra –advirtió el madrileño, al observar que el regidor disponía de su carruaje para partir cuanto antes hacia su villa.

–Creo que lo primero que tengo que hacer es irme para Guanabacoa –sonrió–. Y, lo segundo, regresar otra vez a mi villa. No hay que estar en la cabeza de los jefes ingleses para saber que una de sus primeras acciones será ocupar Guanabacoa y la costa este. De esa forma cortarán los suministros a La Habana. Por tanto, le ruego que le comunique de mi parte al coronel Carlos Caro esa conjetura y que luego él se encargue de imponerme las decisiones de la Junta de Guerra. Por el aprecio que profesa hacia mí –ironizó–, sé que dichas decisiones las tendré muy pronto en mi poder. ¡Yo me voy a lo mío, señor López-Parro! ¡Ahora no sirve de mucho estarse en reuniones! Si puede, hágale saber al coronel Caro esta valoración que hago sobre la posible estrategia enemiga de ataque –elevó su mirada hacia lo alto del Castillo de la Real Fuerza–. Aunque es casi seguro que él la califique de irrelevante. ¡No me extrañaría en absoluto! Y perdone amigo, esta monserga de parte mía.

–Creo que usted debería participar en la Junta, al menos...

–Con todo respeto, no lo haré. Usted, ¿puede darle mi recado al coronel?

–Por supuesto. Cuente con ello.

–Ahora espero, señor López-Parro –comentó afectuoso y picante al montar en su carruaje–, que sus encumbrados espías no se escondan debajo de la cama. ¡Eso hacen los traidores cuando sienten tronar los cañones!

—¡Eso espero también! —asintió, sin más remedio que sonreír—. ¡Ojalá, querido amigo, que podamos vernos pronto!

El diplomático se sintió embriagado por la admiración al escuchar la elocuencia del discurso y las mordacidades del alcalde. Cuando López-Parro pronunció el calificativo de «querido amigo», quedó sorprendido al comprobarse en ese instante desbloqueado en su autocontrol personal; sabía que no era dado a esas entregas en sus afectos, pero la frase le había surgido espontánea y sincera. Al despedirse del alcalde, este partió raudo en su galera. El diplomático siguió con su mirada el carruaje donde iba el osado criollo hasta perderlo de vista.

Al amparo de los sobresaltos habaneros y al ver la enorme escuadra naval frente al litoral, el madrileño se dio a la faena de tomar medidas a fin de tensar sus propios medios, para impedir o alargar la llegada del desastre. A los pocos minutos de encontrarse ordenando sus legajos junto a Martínez, el enviado del Monarca y su asistente fueron llamados a participar en la Junta de Guerra. Al entrar localizó de inmediato al coronel Carlos Caro para imponerlo del mensaje de Pepe Antonio.

—No sabía que ese regidor había sido citado para esta Junta —comentó Caro sin mirar a López-Parro.

—Fue convocado por García —aclaró el diplomático, ahora resentido por la forma despectiva en que el coronel se refería a Pepe Antonio.

—Es muy raro. Yo no lo sabía.

—Cuando uno ve la enorme flota enemiga que está frente al litoral —ironizó con énfasis—, puede imaginar que a partir de hoy podrían ocurrir muchas extrañezas en La Habana. ¿No le parece?

—exprofeso, el enviado del rey descargó su autoridad con todas sus fuerzas sobre el insolente oficial.

—Sí, la confusión se nos encima —admitió con hipocresía—. Mas yo no creo que el enemigo se ocupe primero de la costa este, sino que sus primeras acciones se dirigirán a la ocupación de La Habana. Para los ingleses ese desvío en el ataque sería como una innecesaria pérdida de tiempo.

El diplomático reeditó en su memoria el vaticinio de Pepe Antonio sobre cuál sería la reacción del coronel al conocer su conjetura acerca de las intenciones del adversario con relación a la Villa de Guanabacoa y sobre el litoral este habanero. Ahora veía atestado el salón de toda la alta oficialidad española en espera de que el capitán general abriera la reunión. Entre otros, se encontraban Dionisio Soler, Hevia, Madariaga, Luis de Velasco, Vicente González, Pedro José Calvo, Recio de Oquendo, Dionisio de Berroa, Carlos Caro, Luis de Aguiar, Laureano Chacón, Martínez y García. Aunque ya debilitado por su propia y veterana obstinación, Prado Portocarrero intervino enérgico tratando de anular la indiferente conducta desplegada por él durante muchas semanas ante los gruesos rumores de la inminente embestida británica. «¡Parece que el gobernador en su mente ya va saliendo de su isla paraíso!», López-Parro meditó con sobrado sinsabor.

Las disposiciones para emprender la defensa de la ciudad se configuraban ahora a toda velocidad. Se decidió organizar a los estudiantes universitarios en batallones voluntarios de milicias; prometer la libertad a los esclavos, si estos decidían combatir contra los ingleses; reorganizar las fuerzas para defender el Castillo del Morro, el Castillo de la Punta, los torreones de La Chorrera y de San Lázaro, situados en el oeste; y reforzar la defensa de la ciudad por los flancos de la extensa Muralla y algunas importantes elevaciones como la loma de la Cabaña —por encontrarse esta en las inmediaciones del Castillo del Morro—, las de Aróstegui y la de San Antonio, ubicadas al este de La Habana. López-Parro propuso reforzar la defensa de

Guanabacoa sobre la base de la conjetura de Pepe Antonio, pero la Junta en general valoró de errática esa variante y ahora únicamente ganaba terreno el concepto de concentrar todas las fuerzas para las urgentes protecciones habaneras. Solo decidieron, a modo de excepción, que el coronel Caro destinara una partida de granaderos y milicianos para defender el largo flanco del este de la ciudad.

El gran diferendo de la reunión apuntó a cómo utilizar los navíos de guerra españoles estacionados en la bahía. La mayoría de las propuestas reclamó bogar a la mar para combatir de frente y sin pérdida de tiempo a la flota enemiga. Otros consideraron que esa acción sería inútil y suicida. López-Parro y otros oficiales vieron, sin poderlo remediar, que la indecisión reinaba con relación a cómo utilizar las fragatas de combate españolas estacionadas en el puerto. Los militares principales en toda la cadena de mando se expresaban paralizados. «¡Faltará liderato! ¡Y el concepto prusiano de guerra tendrá predominio sobre la necesaria táctica irregular combativa, la cual se ajusta mejor a las condiciones de la Isla!», había pronosticado Pepe Antonio en las conversaciones con el enviado del rey. Solo uno de los oficiales españoles hablaba en la Junta como si hubiese sido destinado a La Habana por el Todopoderoso, pensó López-Parro al escucharlo, para defender por sí mismo todo el honor de España. Era el comandante don Luis de Velasco, jefe de la fortaleza militar del Morro. El diplomático madrileño sintió un respeto súbito por la forma en que dicho oficial no dejaba que nadie metiera narices en sus decisiones.

—¡Defender La Habana —propuso Velasco con atrevimiento— es sacar nuestros buques de guerra a la mar y atacar a los ingleses! ¡La costa habanera no puede quedar a merced de la voluntad británica sin enfrentar combate!

La propuesta de hundir tres navíos en la boca de la bahía se impuso como regla de oro en oposición de zarpar y combatir en alta mar al enemigo. Esta decisión se adoptó más por la caprichosa y desacertada voluntad de Prado Portocarrero que por la lógica del arte militar. Se dio la orden por parte del gobernador de que los galeones Asia, Neptuno y Europa fuesen hundidos en la entrada de la rada. Los oficiales y marinos de estos navíos pasarían a engrosar las defensas del Castillo del Morro y otros puntos defensivos. Velasco volvió a intervenir y advirtió con vehemencia que la flota española quedaría atrapada dentro de la bahía sin posibilidad alguna de poder salir al combate. López-Parro habló y quedó desconcertado ante la insólita y obsesiva resolución de que se hundieran los navíos en la boca del puerto. Por su parte, el enviado del rey verificó que muchas preocupaciones de Pepe Antonio, sin remedio alguno, se hacían patentes al ir en una sola dirección —como él sabiamente en persona hubo de profetizarle—: hacia una repugnante cobardía por parte del mando español. Las propuestas formuladas por Laureano Chacón para la resistencia de todos los habaneros fueron rechazadas, de forma sutil, por el taimado Carlos Caro y bautizadas por el irresoluto gobernador. Se habló también de constituir un comité de damas habaneras para colaborar en la defensa de la ciudad. Mas esta iniciativa, a pesar de la perorata del secretario García, al diplomático madrileño le pareció más inútil que irrisoria. Aguiar, Chacón y Velasco pidieron que se reclutaran con apremio negros esclavos y se remitieran sin pérdida de tiempo para el Castillo del Morro y otros puntos defensivos de La Habana.

«Los acontecimientos —López-Parro, al concluir la Junta de Guerra, recordó las opiniones de Pepe Antonio— rebasarán la real efectividad de reuniones y análisis apresurados para proteger la ciudad. La faena que se avecina será de un sobresalto tras otro. ¡Nuestra debilidad no está en los hombres que sin duda combatirán con honor, sino en la carencia de un jefe que guíe con destreza todos los combates! ¡La Habana así es indefendible!»

La fuerza naval británica, sincronizada en sus desplazamientos con la exactitud de la maquinaria de un reloj, se dirigía hacia los puntos indicados por Sir Pockoc. Albemarle con sus tropas de desembarco navegaba hacia la zona de Cojímar y Bacuranao. Esta acción se había concebido para asediar el Castillo del Morro con la ulterior ocupación de la loma de la Cabaña y, de paso, distraer a las fuerzas españolas hacia aquel flanco ubicado a más de cinco millas al este de La Habana. Los navíos, capitaneados por el propio jefe de la cruzada, Sir Pockoc, se dirigieron hacia La Chorrera. El plan se desarrollaba tal y como había sido concebido por el Almirantazgo británico años atrás, aún bajo la égida de Pitt el Viejo.

«¡Todos los días de junio en esta Isla parecen idénticos!», pensó el teniente y, aunque no quiso hacerlo, lo comentó con Milton, McDowell y Hervey. Estos sabían que la expresión del joven se debía a estar abatido por el calor y la humedad: un verdadero escarnio sobre su naturaleza, a pesar de contar a su favor con veinte años de edad. Los tres experimentados oficiales estaban acostumbrados a los nuevos escenarios, aunque tampoco podían soportar los primeros indicios de un verano tropical que, sin saberse el porqué, se estrenaba demoledor. Habían pasado varios días desde el comienzo de las hostilidades, y Greene estaba intranquilo y algo contrariado. Milton se hallaba mucho más disgustado que el menor de los Taylor y no lo aparentaba, porque con los años que traía a cuestas y que duplicaban los del joven, hacía tiempo que aprendió la lección de escudarse, pasara lo que pasase, en la buena apariencia. En tal sentido, el oficial Hervey pudiera dar las mejores muestras de dispersión y contrariedad personal, pero se contuvo. Sus responsabilidades eran enormes. El almirante en su interior arremetió contra Albemarle. Le parecía que las faenas de desembarco por Cojímar y Bacuranao iban en extremo lentas y desconcentradas. «¿Por qué las tropas del jefe del ejército todavía no han llegado a las espaldas del Castillo del Morro?» –se pregunta Hervey día tras día–. Creía que los cuarenta años del conde, hermano mayor de los Keppel, no eran suficientes en acopio de experiencias de la ciencia militar para asaltar la fortificación del Morro. Y presintió que el jefe de la expedición, Sir Pockoc, lo pensó también, pero no lo dijo. Este tenía junto a él, además de la responsabilidad de toda la cruzada, al comodoro

Augusto Keppel como segundo jefe, hermano del conde de Albemarle. «La academia del conde de Cumberland, donde el jefe del
ejército estudió, posee la adicción de enseñar que los navíos de
guerra deben estar bien ordenados uno junto a otro —se dijo Hervey–, y de ese modo embellecer el panorama, pero no se ataca como
se debe al enemigo. Por eso Albemarle no avanzaba y no alcanzaba
el punto estratégico: la cima de la Cabaña, altura desde la cual el
Castillo del Morro tendría la rendición como única salida».

Cuando Hervey se encuentra rumiando consigo mismo estos reproches con relación al conde y lamentando que su propuesta de
asalto aún no hubiera tenido respuesta, recibe la orden de Sir Pockoc
de que avanzara al frente de tres navíos y atacara la fortaleza del
Morro. El almirante ahora se siente muy estimulado. Milton,
McDowell y el teniente se mantienen a su lado. Los cañones del
Castillo no enmudecen. Los tres buques del asedio tampoco. Greene
comienza a sentir por primera vez cierto pánico en sus adentros. A
veces piensa que no es así y que pronto todo pasará, pero minuto tras
minuto descubre que está equivocado. Sometidos sus sentidos al
rugir interminable de los cañones, y al observar cómo caen sobre su
cabeza los mástiles y los cables, el menor de los Taylor recordó cuando, al partir de Inglaterra, veía de modo muy remoto la guerra. Ahora la estaba presenciando en primera persona. Las advertencias de
Sir Taylor acerca de su naturaleza endeble, por haberse dedicado a
los estudios de la música y de la imprenta, retomaban renovada presencia en su memoria. Trataba de fortalecer su espíritu, pero las
explosiones, los muertos, los heridos y los gemidos no le daban tregua. Le dio por pensar en una frase estúpida de Aram acerca de la
heroicidad y sonreía nervioso en sus adentros: «¡Los valientes en una
guerra son los que en la huida generalizada no pudieron escapar!».

El teniente veía que el cojo de Milton se desplazaba algo inclinado
sobre cubierta y que corría veloz por todo estribor para cumplir las
órdenes de Hervey. En ocasiones Milton doblaba su cuerpo al sentir

las estruendosas detonaciones. Observó que a babor estaba la figura espigada del oficial McDowell encorvada y casi enrollada, presa tal vez de un miedo incontrolable. Sin embargo, Greene observó que Hervey se movía como si los fragores no le estuvieran silbando los oídos y rozando su tricornio. Se mantenía en posición horizontal casi rígida como si nada anormal estuviese ocurriendo a su alrededor y proseguía sin detenerse impartiendo las órdenes. Hervey miró con encono hacia el Castillo del Morro y juró que él apresaría personalmente al osado jefe militar de esa fortaleza española. «¿De dónde saca tanta energía? ¿De dónde tanto apresto para el combate?». Hervey se preguntó a voz en cuello y luego demandó que quería saber el nombre de ese jefe español que combatía obstinado y con gran maestría. De los tres navíos que dirigía el almirante, uno se alejaba imprudente, en acción pusilánime, del cañoneo que provenía de la fortaleza. Hervey ordenó a Milton que sustituyera de inmediato al capitán de ese buque que maniobraba sin decoro. Milton obedeció y reemplazó *in situ* al cobarde oficial. Ahora los tres navíos se aproximaban al Morro como lo ordenó el arrojo de Hervey. Greene participaba al lado de Milton, su oficial protector, si bien se sentía en realidad desprotegido. El joven excursionista casi toca con sus manos las amenazas que fueran pronosticadas por su progenitor. El teniente, cuando vio la riesgosa e increíble aproximación de los buques al Castillo del Morro, se convenció de que la muerte vendría pronto por él. La única señal que lo mantenía con vida en medio del temor que aguijoneaba su conciencia era Hervey. McDowell no resultaba el mejor ejemplo porque se manifestaba, aunque tratara de disimularlo, medroso y desorientado. Hervey parecía haber nacido en un pesebre en medio de una guerra violenta. Cuando el teniente consideraba que su naturaleza pasaba desapercibida ante todos, Hervey a través de McDowell, reclamó su presencia en el buque de línea. Greene se despidió de Milton y le imploró que se cuidara. No sabía todavía cómo pudo abordar el navío de Hervey. Con Milton permaneció ahora McDowell.

–Teniente –dijo Hervey–, lleve este comunicado a La Chorrera y entréguelo al comodoro Keppel. Cuando cumpla la misión permanezca allí y espere por nuestro regreso. Usted no puede permanecer en ninguno de estos navíos. ¡Sir Taylor no me lo perdonaría ni estando yo muerto! Este ataque no ha decorrido como previmos. Parta enseguida en aquella embarcación auxiliar y cumpla con la orden. ¡Si quedamos con vida —sonrió con ironía—, nos vemos en La Chorrera! ¡El maldito y admirable jefe español de esa fortaleza no permitirá que hoy ni mañana la ocupemos! ¡Vaya con Dios!

Greene abordó la barcaza que lo llevaría hasta La Chorrera. Sintió menos desasosiego porque el ejemplo de Hervey era un enigmático paradigma y viajó convencido de que este le asignó la encomienda para apartarlo del peligro. En el trayecto, al repasar algunos de los atributos que desdeñaba de su profesor Hammond, el menor de los Taylor no se pudo resistir, persuadido de que la disciplina no formaba parte de su naturaleza. Desdobló el comunicado que llevaba consigo. «Hago esto por curiosidad personal —debatió consigo— y no como un vulgar espía». Con esta discutible tranquilidad de conciencia procedió a hacer lo indebido y leyó el mensaje antes de entregarlo a su destinatario. Al descifrarlo, comenzó a dibujarse una sonrisa en su rostro.

Comodoro Keppel:

He sufrido enormes pérdidas, pero mis cañones truenan. No puedo percibir el efecto de nuestro decreciente fuego. Temo que el castillo está demasiado alto para el fin que nos proponemos. Muchos de mis hombres están fuera de combate y tengo oficiales heridos. Mis mástiles y muchos de los cables han sido cortados; solo dispongo de un ancla. Permaneceré aquí mientras pueda; aguardo sus órdenes. El humo hace imposible ver el efecto que hemos logrado; ignoramos en qué momento avanzará Albemarle.

Casi aniquilado y siempre suyo,

Hervey

Después de entregar el mensaje, el teniente buscó un sitio en las inmediaciones de La Chorrera, a la orilla de la desembocadura hermosa del río para regalarse un merecido descanso a la espera del regreso de Hervey, Milton y McDowell. Acostado en la hierba, a la sombra de un frondoso árbol, su mente comenzó a transitar por parajes inesperados. Entonces rememoró el hallazgo visual de la joven habanera que le dejó sobrecogido todos sus sentidos. Las desavenencias con su padre y las áridas discusiones sostenidas con él. Sir Taylor, mercantilista de nacimiento, había vaticinado crudas realidades cuando le dijo que se mantuviera en los combates al lado de sabios oficiales. La parsimonia de su padre muchas veces lo contrariaba, pero comprendía que el viejo tenía momentos de extremada lucidez. Pensó sobre Hervey, Milton y McDowell. Sonrió de nuevo cuando recordó la lectura del comunicado entregado a Keppel. El buen sentido del humor del almirante era proverbial... «casi aniquilado y siempre suyo…». Esta frase quedaría escrita en su diario de campaña y, sobre todo, estaría destinada a acompañar y a remediar los tensos momentos que de seguro aún le aguardaban en la guerra que ya había comenzado de forma violenta; teniendo conciencia, además, de que jamás sabría cuándo y cómo esta terminaría. «La frase de Hervey es como una proyección burlona ante la muerte que se mantiene al acecho siempre», pensó él, mientras un sueño apacible lo atrapaba y distendía poco a poco. Las aguas tranquilas del río y una brisa suave que movía las ramas en lo alto bajo la luz solar –que esparcía movedizas sombras sobre su rostro–, llevaron muy lejos los pensamientos del exhausto joven hasta quedarse semidormido. Tal vez esas reflexiones viajaron a Londres, al mensaje de Hervey, al resbaladizo Hammond o a las constelaciones que había aprendido a identificar con Milton durante la travesía, o hasta a la obsesión que se acrecentaba día tras día: ¡Encontrar a como diera lugar a su bella ninfa habanera!

Greene, sobresaltado, despertó del profundo sueño. Unos golpes ligeros en una de sus piernas lo sacudieron. Al abrir sus ojos divisó ante sí la figura del capitán McDowell.

—¿Qué pasa?, dígame —preguntó mientras se levantaba.

—Teniente, nada en particular —aclaró—. Deseo conversar con usted. Desde que estamos juntos no hemos platicado. Me gusta conocer a los hombres que están a mi lado. Vi que en el combate usted se puso un poco nervioso.

—Perdone capitán, no estuve un poco nervioso, creo que estuve aterrado.

—Sí, me di cuenta. Eso siempre ocurre al principio. Luego verá que sus nervios se van acostumbrando.

Greene se pudo percatar de que el oficial que ahora lo estaba evaluando, al parecer, por el filo de sus comentarios, no tenía intención alguna de juzgar su propia actuación. Recordó que hubo momentos en que McDowell parecía estar enrollado como un caracol sobre la cubierta del navío Dragón, y no lo hacía precisamente para acometer actos de valentía. El estreno del capitán ante Greene era fatal. La antipatía comenzó a tironearlo por los cabellos en sus primeras impresiones sobre el oficial.

—Veo que usted nunca abandona la compañía de Milton.

—Me complace estar bajo sus órdenes. Es un jefe admirable.

—¿Y usted qué hacía en Londres?

—Prepararme para esta expedición —sintió que la irritación se le encimaba.

—Veo que usted habla poco —bostezó—. Yo quería conocer de dónde proviene, academia de estudios, preparación alcanzada. ¿O no puedo saberlo?

—Claro que sí. Por supuesto —comenzó a idear el modo de salir cuanto antes de la presencia de McDowell—. Soy graduado de Oxford.

—¿Oxford? ¡Hermosa universidad!

—Capitán, ¿cómo terminó el ataque al Castillo del Morro?

—Mal, muy mal. Creo que mañana regresaremos.

Greene no se detuvo en preguntas ni hacer comentarios sobre el final de la batalla escenificada frente a los altos muros de la fortaleza del Morro, y comprobó con alivio que McDowell había detenido su andanada de indagaciones transgresoras acerca de su procedencia. Luego de inquirir sobre el paradero de Milton, con el pretexto de tener urgencia en reencontrarse con este, Greene pudo escapar al fin del capitán averiguador. Para su propio albedrío, este era más preguntón que conversador, y también algo pedante.

XIII

¡Dios mío, dígame que esto no es cierto!

A la mañana Chamblín era movilizado para combatir contra los invasores, y su despedida por parte de los Ondarribi Smith y la servidumbre resultó especial. Froyla la cubanita estaba conmovida. «*¡Banita*, yo regreso como pajarito chiquito!», prometió el esclavo mirándole de lleno a los ojos y levantando las manos hasta llevarlas al pecho, deferente. Nadie en la casa tenía dominio de ese secreto tan suyo con relación al zunzún y por eso Froyla en el adiós miró con afecto renovado a Chamblín. Lo contempló con tal fuerza que a la par rogó al Todopoderoso que lo hiciera regresar con vida y libre para siempre de la esclavitud.

–¿Qué quiere decir Chamblín cuando te dice «como pajarito chiquito»? –preguntó Ondarribi.

–Nada, padre –Froyla esquivó decir la verdad–. Ellos viven con muchas fantasías en la cabeza.

–¿Fantasías? –exclamó asombrado el vasco– ¡Las cosas que debo escuchar de mis hijas!

–¡Ondarribi, por favor! Ustedes despiden a ese negro como si fuera un príncipe –reprochó Nalón, quien ahora se encontraba refugiado en la casa del vasco para esconderse del conflicto bélico. Había abandonado el hospedaje de La Marina.

–¡Froyla en eso de los pardos y morenos es como Savanna! –comentó María Cruz con desdén–. Enseguida se encariñan con esas bestias ¡Y mi hermano nunca podrá cambiarlas!

–Ondarribi, si su padre Mikel, que en paz descanse, estuviera vivo –opinó el asturiano–, estoy seguro...

—Nalón, por favor, ¡deja tranquila la memoria de mi padre! —gruñó el vasco—. Y tú María Cruz, ¡cállate! Cada vez que abres la boca es para decir sandeces.

Sin abandonar su donaire de señora aristocrática, la hermana del vasco giró sobre sus pasos y se encaminó airada hacia su recámara.

—Disculpa, amigo, mi comentario iba camino del mayor cariño —el asturiano trató de remediar su inoportuna acotación.

—Lo sé, pero deseo que no invoques tanto la memoria de mi difunto padre.

—Así se hará. No nos preocupemos por cosillas sin importancia, ¿no? ¡Hombre, que yo era el mejor amigo de don Mikel!

Savanna abrazó a Chamblín; los ojos del asturiano al contemplar esa escena parecían escapar de sus órbitas. El vasco estaba muy extrañado de que Eva aún no había pronunciado palabra alguna. Luego quedó perplejo cuando la vio aproximarse al esclavo para darle un sentido abrazo. Nalón, al observar la escena, desapareció de inmediato del zaguán. Froyla, admirada, observó a su hermana. «¡Creo que mi "príncipe de los jardines" está escuchando mis ruegos!», pensó ella con regocijo ante el delicado gesto de Eva.

Euclides y Coyol despidieron con afecto al esclavo calesero. El indio, con los ojos humedecidos por un lagrimeo que no podía disimular, le entregó a Chamblín un pequeño ramo de girasoles. El mayordomo cubano sabía lo que estaba haciendo el cocinero veracruzano. Coyol era descendiente de una antiquísima tribu tolteca denominada Xochicalco. Esta remota ascendencia en sus creencias religiosas solo ofrecía flores a sus deidades, a diferencia de todas las demás estirpes prehistóricas mexicas, que practicaban la cruel ofrenda de sacrificios humanos a los dioses para detener el sol. Por esa razón, Coyol era un indio tan noble y en especial reacio a la violencia. Ondarribi sonrió porque sabía lo que en ese instante estaba viendo. Euclides un día se lo había explicado al vasco cuando en el fluir de unos meses tenía verificado que el amo había perdido la horrible costumbre de abofetear a los distintos cocineros que

166

habían desfilado por su casa. Todos erraban en la cocción de las comidas que indicaba Ondarribi como un obseso. Hasta que un buen día Coyol entró al fogón y, a partir de ese acontecimiento, casi traducido en sortilegio, no hubo más protestas ni reprimendas debido a que el indio veracruzano era el mejor cocinero que el vasco había conocido en toda su vida.

Chamblín partió junto a otros negros hacia un punto en las cercanías del Castillo de la Real Fuerza, lugar escogido por el jefe de milicias don Luis Aguiar para agrupar esa fuerza y después distribuirla con la mayor premura hacia los puntos defensivos. Su partida, de modo inadvertido para los moradores de la casa, con independencia de lo que cada cual sentía y pensaba sobre él, agregó un tono de desazón al estado de aflicción de la familia y la servidumbre. El asedio y la agresión británica a la ciudad estacionó, sin pedir licencia, una nube perturbadora en el ánimo de todos sus residentes, y empezó a alterar las costumbres y la manera en que cada uno veía y enfrentaba su particular existencia.

Una de las personas más afectadas era Froyla. La tristeza la asediaba y ella todavía no podía comprender por qué la ausencia de Chamblín la tenía tan afligida. Ahora estaba apoyada en la baranda de la segunda planta contemplando en el vano a su diminuto zunzún. Dialogaba en silencio con el pajarillo mientras este libaba las flores y al final revoloteaba de frente a la oculta jicarita. Ella, al ver que las ramas se movían ligeras ante la brisa, descubrió un par de camaleones que en gesto activo disputaban el manjar del zunzún. De repente, comprobó que sus pensamientos, sin pedir permiso, se iban a la ribera, cuando junto con Lita y Chamblín escapó para ver por sí misma a la flota inglesa gigantesca que había arribado al litoral. Ahora ella no podía acreditarlo, pero sus recuerdos sin vacilación marchaban veloces hacia el bote británico donde había podido observar a un joven militar de alta estatura que se quitó el tricornio y se pasó la mano por la cabeza. Ese instante había sido como una irrupción de luz que penetró por sus ojos para anidarse en su alma. Memorizó el importante desempeño del joven en la delegación británica que no se apartó del comodoro cuando cruzó palabras con el oficial español. Recordó que el pergamino estuvo a punto de caer al agua y cómo las manos rápidas del teniente lo alcanzaron en el aire y se volvió para buscarla. Ella sabía que él se había girado para ubicarla y mirarla de nuevo, y ahora Froyla, en medio de sus extrañas quimeras, se autorreprochaba todos los horrores que pensó sobre su hermana cuando desapareció en la fiesta litúrgica en las cercanías del río Cojímar. ¿Acaso sus emociones con relación al joven militar no eran mucho más deplorables por tratarse de un soldado enemigo? —se preguntó— ¿Sería porque su desconocido abuelo materno fue inglés? Ciertamente ese joven británico la había impresionado hasta lo indecible. Era incluso la primera vez en su vida que sentía una emoción tan fuerte y avivada que en modo alguno podría confesar ni siquiera al padre Juvenal. Prosiguió mirando hacia las flores que circundaban el brocal del patio y meditó con cierto alivio: «¡No tendré que hacerlo! ¡Por suerte no volveré a ver a ese joven!» Dirigió sus pasos hacia la recámara de Eva; al entrar y cerrar la puerta se dijo para sí con desatino: «Tengo que hablar con la señora Septimina. Ella forma parte del comité femenino de apoyo a la resistencia habanera ante los agresores. ¡Auxiliaré sus trabajos, aunque tenga que hacerlo a espaldas de mi padre!».

Nalón había visto recostada a Froyla sobre la baranda de la galería y pudo percatarse de que se hallaba completamente abstraída. «¡No creo que ella piense en ese negro!» Meditó intolerante el asturiano al ver que Froyla ya se alejaba. Sin embargo, el vasco, al subir las escaleras, entró a la sala principal y abrió de par en par la puerta y las ventanas que daban al balconaje. «¡Carajo, qué me está pasando con ese negro! —se reprochó con un cierto desasosiego que lo embargaba al comprobar que Chamblín había partido—. ¿Le habré tomado cariño? ¡Debo dejarme de mariconadas!».

El asturiano había seguido los pasos del vasco, y ahora en la sala un silencio pesado reinaba entre los dos. Ondarribi reflexionaba envuelto en un raro mutismo. Al mirar a Nalón pensó que tal vez había sido un poco duro con él cuando este evocó la memoria de su difunto padre en la despedida de Chamblín. El asturiano también se mantenía callado. Solo lo abrumaba el ataque de los ingleses a La Habana y el consiguiente peligro de sus propiedades, su barco, el comercio de las velas, las mieles y otras mercadurías.

—Ondarribi, ¿en qué terminará toda esta historia? —deseaba reponer el diálogo.

—¡Cómo puedo saberlo! —bebía a deshora un sorbo de vino—. Dice el padre Juvenal que estas son pruebas que nos pone Dios para examinarnos a todos. ¡Tiene que ser! ¡La Habana está desolada! Nunca pude imaginar que un día la vería así. Veré qué hago cuando todo esto termine.

—Yo estoy muy preocupado. A veces pienso, aunque tengo duda, que muy pronto los ingleses estarán caminando por estas calles. Y mi gran incertidumbre es cómo se comportarán esos británicos en el pillaje. Porque creo que arrasarán con todos los valores de esta ciudad. ¿Y nuestras propiedades?

—Tenemos que esperar. El asedio en el Castillo del Morro es muy fuerte, y se dice que ya desembarcaron por la zona de Cojímar y Bacuranao.

—Dime una cosilla, ¿cómo estará el hijo de puta de Carrazana con esta guerra? —se expresó con encono—. De seguro está implicado en el robo del tesoro mexica. Me dijeron que él fue uno de los primeros en manipular el cofre. Ahora no tendrá otro remedio que esconderlo bien. Quizás lo haga de forma tan complicada que luego ni él mismo sea capaz de hallarlo.

—¡No sé nada de su vida! Yo atiendo al padre Juvenal porque solo creo en él. Y no por su origen, porque también Carrazana es vasco —observó que por primera vez el asturiano hacia un comentario sobre el tesoro desaparecido. Este detalle llamó su atención.

—Ayer él conversaba con ese Morphy. Dentro de poco ese Lucifer de Carrazana, disfrazado de representante del Pontífice, metido en el comercio del azúcar, de los negros esclavos y en la inmundicia, les besará el culo a los ingleses.

–¿Y él nunca te pidió disculpas por negar que le habías entregado el dinero? –demandó el vasco a pesar de conocer la respuesta.

–¡Jamás! –el desprecio ensombreció el rostro del asturiano–. ¡Antes de hacerlo, ese desgraciado jesuita preferiría verse crucificado! Yo, como sabes, soy un gran distraído y no le hice firmar ningún papel.

En su interior, el vasco ya tenía decidido no ir más lejos en los reproches con relación a Carrazana. Ahora como nunca antes veía con suficiente claridad la probable causa de la irritación explosiva del padre jesuita con respecto al asturiano. De seguro había sido la comprobación de que Nalón era desmedido en sus ambiciones. Cuando el comerciante itinerante de Veracruz en una ocasión insistió con el vasco en que este consolidara y ampliara su influencia en el seno de la Real Compañía de Comercio, le aconsejó: «Tienes que practicar la expansión desde que ingreses y no después. Al intentar hacerlo, en el futuro atraerías mucho la atención sobre tu persona». Luego Ondarribi, pero sobre todo a raíz del diferendo suscitado entre Carrazana y Nalón, pudo discernir que el término *expandir* en la cabeza del asturiano era sinónimo del verbo *robar*; en otras palabras, lo había exhortado de forma velada: «¡Comienza a robar desde el primer día que ingreses en la Compañía!». En la disputa con Carrazana, el asturiano había aprendido la lección de que los jesuitas se apoderaban de la Real Compañía de Comercio. «En su conflicto contra esos sacerdotes, Nalón desea arrastrar detrás de sí a todos los masones –pensó el vasco–, y eso en La Habana, tan solo pretenderlo, resultará al final más peligroso que atrevido. La francmasonería en esta Isla es demasiado embrionaria». Ondarribi, por demás, tenía excelentes relaciones con los franciscanos, con los dominicos e, incluso, con algunos jesuitas, y presentía los riesgos de llevarse mal con los correligionarios de Carrazana. «Tal vez –meditó–, hasta los señores Morphy, Medem y mi amigo Jiménez el canario se estén acomodando por esa vía en la Real Compañía de Comercio ayudados por ese sacerdote conflictivo, no sé».

—Nalón, creo que ese asunto del agravio de Carrazana deberías ponerlo de lado —el vasco estaba resuelto a no inmiscuirse en modo alguno en la contienda.

—¡De ninguna manera! —intervino congestionado de ira— Ese hijo del diablo un buen día la paga. ¡Te lo aseguro! Y no puedo creer que me dejes solo ante la ofensa sufrida. Recuerda que esa afrenta la hizo contra los masones, pero sobre todo contra nuestros intereses comerciales. ¡No lo olvides!

—¿Cómo supiste que Carrazana está involucrado en ese asunto del robo de las joyas mexicas?

—En los hospedajes y tabernas sin quererlo uno se entera de muchas cosillas.

—Pero, ¿por qué lo acusas con tanta precisión?

—Por la gentuza que siempre está a su lado.

—Si no tienes pruebas, no deberías hacerlo.

La plática de los dos, que iba subiendo de tono, fue interrumpida por el arribo de Euclides que anunciaba la llegada de un visitante. A los pocos segundos apareció Antonelli en el salón. El veneciano se mostró afectuoso en los saludos, pero algo sobresaltado, como le sucedía a todos los sitiados. Al recién llegado se le veía distraído, ansioso; y tal vez esa dispersión respondía también al deseo de que apareciera Froyla.

—Ondarribi, ¿cómo está su familia en medio de esta tragedia? —indagó Antonelli.

—Mi familia está bien, aunque preocupada y afligida como otras muchas por todo lo que está ocurriendo. ¡Tiene que ser!

—Con la esperanza de que le sirva de algún consuelo —el veneciano deseaba tranquilizar el ánimo del vasco—, le diré que los ingleses no se comportarán como unos vándalos. Por ser italiano conozco sus costumbres después que ocupan una plaza como esta.

—¿Usted cree que La Habana será ocupada por ellos? —preguntó ansioso y con ingenuidad el asturiano, preocupado sobre todo por sus negocios y deseoso de que las palabras del forastero produjeran un milagro.

—¡Por supuesto! —el veneciano se expresó rotundo, y en ese instante rememoró las pláticas sostenidas con su amigo Pepe Antonio.

—¿Y por qué no actuarán como unos desalmados? —Nalón redobló su curiosidad.

—Porque son equilibrados —aclaró Antonelli—. Además de que como invasores ellos saben que aquí la gente no los quiere. Así que buscarán otras alternativas, luego de alcanzar la victoria actuarán con suma prudencia. Se llevarán todo el botín, ¡eso está claro! Pero, repito, sin cometer actos de barbarie.

—Al final constituyen los vencedores —sentenció el vasco mientras encendía un habano—. Mi padre siempre me advirtió que los ingleses eran una plaga infernal. ¡Tiene que ser!

—Miren, los británicos no podrán actuar de otra manera —insistió el veneciano—. Reinará la prudencia, lo aseguro. La Habana se reconoce como la Reina de las Indias. Tiene mayor cantidad de habitantes que Nueva York o Filadelfia y no la pueden concebir como un pueblucho. Y si los británicos llegaron hasta aquí significa que este punto estratégicamente les interesa mucho. Mire, yo pienso que Carlos III hizo mal en aliarse con el rey Luis XV de Francia. ¿De qué sirve meterse en una guerra entre Inglaterra y Francia que ya está terminando y en la cual están venciendo los ingleses? Este ataque a La Habana lo decidió el rey Jorge III de Inglaterra asistido de una dosis de buenas razones. Creo que de no haber firmado España ese pacto secreto con Francia, la guerra se hubiese concentrado y mantenido solamente en Norteamérica. El rey Carlos III es el culpable de que hoy esa colosal fuerza naval esté atacando a La Habana. ¡Créanme!

—¿Desea tomar otra taza de té? —ofreció Ondarribi, impresionado por la explicación del veneciano, que ahora, además de músico, se le estrenaba con otros atributos.

—Sí, ¡muchas gracias!

Las opiniones del veneciano aliviaron en cierta medida las preocupaciones de sus interlocutores. Antonelli ahora bebía su té y pensaba en Froyla. Sin poder contenerse, tal vez incluso persuadido de que los conflictos bélicos triplican la ansiedad de las personas, preguntó directo por ella.

—Ondarribi, ¿cómo está Froyla?

—Está bien. Dentro de poco debe venir a nuestro encuentro. Ahora atiende a su hermana que hoy no se siente bien.

—¿Qué tiene Eva?

—Nada en particular. Tiene esa jaqueca que de vez en cuando les da a las mujeres —Ondarribi se puso de pie—. Señor Antonelli, si me lo permite lo dejo en compañía del señor Nalón. Voy a ver cómo están mis hijas. Dentro de unos momentos regreso.

—¡No faltaba más! —asintió el italiano.

Cuando el vasco llegó a la habitación de Eva pudo apreciar con alivio que las dos hermanas conversaban animadas sentadas en la cama junto a Savanna. Después de interesarse el padre por el estado de su hija mayor, Froyla volvió sobre el pedido que reclamaba ante su progenitor.

—Padre, ¿ha pensado usted sobre todo lo que le dije?

—Mi princesa, aunque me duela, ya te he dicho que no apruebo que te inmiscuyas en ese comité de mujeres para colaborar en la defensa de la ciudad. ¡Eso me parece una rotunda payasada!

—Padre, no es una payasada —replicó Froyla con mucho atrevimiento—. Esta ciudad debe defenderse con todos los medios a nuestro alcance. Yo puedo ayudar mucho en la atención a los heridos y auxiliar en otras muchas cosas. Usted, y con el mayor respeto se lo ruego, debe autorizarme. Yo no quiero quedarme aquí con los brazos cruzados.

—Eres muy joven —comenzó a contrariarse—. Tienes que hacer lo mismo que todas las muchachas de esta ciudad: estar en casa y esperar hasta que termine este conflicto que nadie sabe cuándo acabe.

Vine para saber cómo estaba tu hermana y decirles que en la sala está el señor Antonelli. Creo que ustedes deben salir a saludarlo.

Al pronunciar estas palabras el vasco giró sobre sus pasos para regresar al salón principal de la casa. Cuando atravesaba la galería alcanzó sus espaldas la penetrante e insultada voz de Eva.

—¡Hermanita, si hubiese sido yo, su hija saltimbanqui y aventurera, seguramente Ondarribi me hubiera dicho que sí, que me incorporara al comité femenino!

El vasco continuó su camino, pero escuchó las palabras de Eva detrás de sí como agujas letales. «Eva siempre se expresa hiriente —pensó Ondarribi— contra mí.» Pero esta vez, en lo más hondo de su corazón, el vasco sabía que Eva tenía razón. Y volvió a reiterarse el dictamen de que Eva debió haber nacido varón.

Eva y la madre fueron hacia el salón a saludar a Antonelli. Froyla decidió quedarse unos minutos a solas. Aún no podía comprender la negativa de su padre ante su deseo de incorporarse al comité. Veía en esta resolución una actitud egoísta, en la que sobresalía el hecho de que él no había nacido en Cuba. Por primera vez ella sentía desprecio por esa actitud asumida por Ondarribi. Ahora Froyla pensaba en Chamblín y cómo este, hábil y misterioso, había podido descubrir su secreto. Ella preparaba una jicarita con agua azucarada, la cual colgaba con hilos entre los jazmines y otras plantas que rodeaban el brocal del patio. Allí, de modo invariable, acudía el zunzún que, girando y revoloteando se alimentaba del pequeño recipiente todos los días. Mientras el pequeñísimo pájaro se sostenía en el aire y se nutría, ella conversaba en silencio con él. El zunzún constituyó con el tiempo su oculto talismán e íntimo resguardo. Ahora hubiera querido, bajo el embate de la contrariedad, tener a Chamblín a su disposición, al negro que, armado de una sensibilidad muy acusada, había descubierto su ángel de los cielos. Era admirable también, se dijo una vez más, que el calesero no lo hubiera comentado con nadie en la casa y ni siquiera con ella misma. La otra persona que conocía de la existencia de su angelillo equilibrista era el padre Juvenal. Froyla no quería, pero se puso a llorar en silencio. No podía entender que ella no pudiera hacer algo por defender La Habana, la ciudad que tanto amaba. Al secar sus lágrimas y darse a la faena de reponer su semblante, Froyla se dijo a sí misma: «¡No me daré por vencida!».

Entretanto, en el salón, Antonelli se mantenía muy impaciente. Ondarribi y Nalón le hablaban, pero él apenas escuchaba, y si lo hacía no podía seguir el curso de la conversación. Deseaba con apremio que apareciera Froyla cuanto antes. Del ataque británico a la ciudad el único ser que para él corría peligro era su esfinge. Ahora, de repente, al veneciano le importaban un bledo La Habana, los ingleses, el asedio de los habaneros, la intranquilidad de Nalón, los muertos, los heridos y las calamidades. Solo le interesaba verla lo antes posible. Poco después asomó Froyla e hizo su entrada en la sala. Antonelli descubrió que, a pesar de que ella estaba radiante como siempre, en sus ojos residía la tristeza. Tuvo deseos de ir a su encuentro y abrazarla con ternura, pero se contuvo al saber que aún no lo asistía el derecho de poder hacerlo. Con mucha elegancia la saludó y comprobó en la aproximación que ella estaba afligida, aunque quería aparentar absoluta normalidad. Por fin, Antonelli ya podía escuchar a los presentes. La mirada de Froyla le hizo rememorar aquel sábado en que ella lo había contemplado de manera distinta. Ahora, en medio de la tragedia habanera, según sus propias ilusiones, lo estaba mirando casi igual, con una mirada dulce pero algo patética en el fondo.

—Señor Antonelli, ¿cómo está su amigo Pepe Antonio? —precisó Eva sabiendo que el veneciano gracias a su hermana ya retornaba a sus cabales.

—No lo veo desde el comienzo de la invasión de los ingleses. Creo que esté bien —respondió con calma renovada debido a la proximidad de Froyla—. Me han dicho que duerme poco de día, y que se mueve y combate de noche junto a sus seguidores. Cuentan que las tropas británicas en Cojímar y Bacuranao maldicen a Pepe Antonio, que ya tiene cientos de hombres bajo su mando. Dicen que los ingleses se lamentan de que él combate ignorando las reglas del arte militar prusiano y articulando acciones irregulares. Ven en Pepe Antonio y su gente a una jauría de perros salvajes. Ataca de noche, y según los británicos, de modo traicionero. A caballo, a pie y con machetes de calabozo. Yo, que lo conozco bien, creo que el ejército inglés tendrá en el jefe criollo un duro castigo. Mis padres y abuelos fueron amigos de su progenitor y siempre elogiaron la hombradía de los Gómez.

Eva no fue capaz de continuar escuchando las palabras de Antonelli. Escapó presurosa sin despedirse de nadie hacia la galería en busca de su recámara. Savanna y Lita con perentoria discreción acudieron veloces en su auxilio. Al alcanzarla, vieron consternadas que ella vomitaba incontenible y sin haber ingerido siquiera un bocado de comida en largas horas.

–¿Qué tendrá mi niña? –Lita estaba alarmada y envuelta como siempre en sus movimientos rígidos.

–¡Ruego al Señor que así no sea! –Savanna, luego de persignarse, entrelazó sus manos y las llevó a la altura de su frente en señal suplicante al Todopoderoso–. ¡Dios mío, dígame que esto no es cierto!

Romero, Gilberto el andaluz y Azcuy conversaban con Pepe Antonio en las cercanías de la finca. Enumeraban la cantidad de hombres que estaban enrolados y calculaban los que debían sumarse a las tropas. Más de ochenta caballos estaban a disposición de los rebeldes. Romero esclarecía los puntos a donde él se dirigiría según instrucciones que ahora impartía el regidor. Procedimientos de intendencia para la alimentación de los insurrectos e, incluso, de los prisioneros enemigos que tenían en su poder hasta tanto fuesen entregados al mando español. Azcuy, con el hermano y un tío paterno, ya se encontraba enrolado en las huestes del alcalde criollo que, a partir del ataque británico, fustigaban sin tregua a las partidas enemigas.

—Pepe Antonio, sabes que no tengo buena salud, si no me fuera contigo —aclaró Gilberto.

—Lo sé, no te preocupes —aseveró—. Solo te pido un favor. Atiende a mi familia en la medida de tus posibilidades. Los extraño mucho. Sobre todo, trasmíteles tranquilidad. Diles que me encuentro bien.

—Cuenta con eso. Puedes irte tranquilo —aseguró—. ¿Cuándo nos vemos de nuevo?

—Yo te aviso.

—Me parece increíble, pero tú sabías que los ingleses lo primero que harían sería ocupar el este de La Habana.

—Sí, pero eso al final ya no tiene la menor importancia. Ahora por nuestra parte tenemos que atacar a los invasores a nuestro modo y sin darles descanso. La plaza que no se puede perder es La Habana. Y, si la perdemos, la recuperaremos más adelante.

—¿Has visto al coronel Carlos Caro?

—Sí, varias veces. Ni él ni el gobernador aprueban lo que yo estoy haciendo. Nos califican como una tropa descontrolada. Ayer me encontré con un mensajero que me envió el amigo López-Parro. Me alertó de que el coronel Caro, en los partes diarios que rinde ante la Junta de Guerra, reduce o desaparece los números cuando refleja los muertos y prisioneros que mis tropas hacen al enemigo y, por otra parte, que ya tiene decidido arrebatarnos los caballos —Pepe Antonio detuvo sus palabras porque tenía intenciones de enviarle algún mensaje a Eva, pero enseguida recapacitó. Miró hacia las aguas del río y continuó—. ¿Sabes? Yo, de ese coronel, como tampoco de Prado Portocarrero, espero nada bueno con relación a mi persona. Nunca pensé que en mi vida tuviera un día que enfrentar a dos enemigos al mismo tiempo. Uno sin máscara, que son los agresores británicos, y otro a mis espaldas disfrazado de súbdito del rey Carlos III.

Pepe Antonio ya estaba sobre la montura de su corcel y ahora se despedía de Gilberto. «¡Un fuerte abrazo para Tartabull y su compañera Francisca!», exclamó antes de espolear su caballo. Detrás del alcalde ahora trotaban sus hombres. Muchos de ellos eran campesinos, mulatos, negros libres y esclavos. Cuando el regidor dio la voz de mando para la partida, de la garganta de sus guerreros brotaron nuevos y enardecidos gritos que impresionaron la humanidad de Gilberto: ¡Viva Pepe Antonio! ¡Viva la Virgen! ¡Viva La Habana!

«¡Dios mío! ¡Estos hombres están tan ofendidos que hasta se han olvidado en sus invocaciones de la existencia del rey!», pensó impactado el andaluz.

El alcalde fustigó su caballo y ahora uno de los vaticinios de Tartabull lo hacía reflexionar acerca de la deplorable actitud del coronel Carlos Caro y de Prado Portocarrero: «¡Tú no morirás por la pólvora de la guerra, la envidia y la traición te amarran la cabeza!».

XIV

¡Ahórreme este calvario!

—Albemarle pregunta todos los días quién es ese maldito regidor nombrado Pepe Antonio. ¡Está furioso!

—Debería sentirse furioso con él mismo. No se pueden cometer tantos errores en un corto espacio de tiempo. ¿Y qué hacen ustedes para combatir a ese señor? —preguntó Hervey al almirante Elliot, quien fungía como segundo al mando de Albemarle y acababa de concluir despacho con Sir Pockoc en La Chorrera.

—¿Qué se puede hacer ante un enemigo que no te da la cara? Sus ataques son irregulares. Hasta nuestros viejos guerreros, sorprendidos en la noche, no saben qué hacer.

—Sí, por acá tenemos en las cercanías de La Chorrera a un tal Chacón que hace lo mismo. Creo que la mejor manera de ahogar esas acciones ajenas al arte militar es avanzar con arresto hacia las espaldas del Castillo del Morro y hasta, por qué no, atacar también a La Habana de forma directa. Ese Pepe Antonio no habrá estudiado en academia militar alguna, pero, por lo que me dices, es diestro en la persecución.

—Dicen que ya resulta legendario en eso de perseguir y capturar a bandidos y piratas.

—Ya voy entendiendo.

—Ahora, después del desastre ocurrido en la loma de la Cabaña, Albemarle decidió tomar los bosques de Guanabacoa y Bacuranao, y llegar incluso hasta los asentamientos que circundan Santa María del Rosario. Quiere bloquear desde ese villorrio y otros sitios del este posibles suministros a La Habana. Mañana yo parto al frente del destacamento. Y quiere al final capturar a Pepe Antonio y a su jauría salvaje.

−¿Ocupar los sitios del este de la ciudad para cortar suministros? ¡Esto parece un juego de muchachos! −gruñó Hervey contrariado−. Resulta que atacamos la fortaleza del Morro y otros puntos de la costa, y a La Habana se le trata como si estuviera lejana y ubicada en el centro del Virreinato del Perú. ¡Esto es increíble! La cosecha de fracasos nuestros en estos días ha sido gigantesca. ¡Qué pérdida de tiempo!

−Amigo, ¡te felicito por tu proeza! −Elliot intentó desviar el curso de los comentarios perjudiciales del amigo y reordenó sus pertrechos para marcharse−. Todas las tropas no hacen más que hablar de tu arrojo. ¡Se estimulan por tu ejemplo!

−¡Gracias! De todas formas, no pude alcanzar mi objetivo. Ese jefe del Morro actúa como un sabio, pero sobre todo con mucho coraje.

−Bien. ¡Adiós y que pronto nos veamos en La Habana!

−¡No creas que será pronto! −contraatacó Hervey, afectuoso e irónico−. ¡Hasta para cometer errores no abandonamos nuestra afamada flema!

Milton, McDowell y Greene escucharon con atención el intercambio verbal de los almirantes amigos. Ambos comprobaron una vez más que Hervey proseguía arremetiendo contra Albemarle sin la menor conmiseración. El menor de los Taylor se quedó con algunas interrogantes sueltas. Cuando observó que el almirante se retiró junto a McDowell, al ser convocados con urgencia por sir Pockoc, Greene decidió ir al grano con Milton.

−Capitán, ¿cuál fue el desastre ocurrido en las cercanías del Morro?

−Un destacamento de los nuestros desembarcó y transportó por la maleza, congestionada por rocas y espinas, los cañones para emplazarlos en la elevación de la Cabaña. La faena resultó extenuante. Luego de combatir con los españoles que huyeron, que dejaron sus cañones abandonados e inexplicablemente inutilizados, un sorpresivo cañoneo hizo blanco en las baterías y destrozó a nuestros bravos soldados. En medio de la confusión reinante, nadie supo de dónde provenía la cerrada y gruesa artillería. Más adelante se supo con pavor que los buques de línea británicos, apostados en el mar, habían sido los responsables de la destrucción. ¡Un imperdonable error!

—¿Cómo pueden ocurrir esos desastres? —preguntó, alarmado—. ¿Quién tiene la culpa? ¿Cuántos soldados murieron?

—¡Decenas! —Milton lanzó al agua una piedra que tenía en sus manos—. ¿Culpable? Teniente, nuestra propia contención y el conde de Albemarle que, al parecer, se resiste a reconocer y rectificar sus propios errores.

Ahora Greene, estupefacto, se burlaba para sus adentros del juego de los soldaditos de plomo de su infancia, que con las manos hacía y deshacía a su antojo. Este era el instante en que su espíritu reconocía la guerra en toda su devastación. Pensaba cómo el pánico y la ironía, como dos fuerzas ciegas y sin control, se apropiaban a su manera del conflicto bélico. Veía cómo al enemigo sitiado se le sumaban cómplices imprevistos para protegerlo. Reflexionaba acerca de la sorprendente falla y las terribles consecuencias del cálculo de tiro, y ahora repasaba con sus propios ojos a los otros adversarios imparciales que se encimaban discretos a la contienda: la escasez de agua para aliviar la sed de las tropas, el azote del calor, la impiedosa humedad, el ir y venir de los hombres de la sanidad, que no bastaban para curar a los heridos y enfrentar los estragos de las epidemias que ya se erguían más feroces que la pólvora. Transido por esas meditaciones irrumpió ante su estado meditabundo la figura arrolladora de Hervey en compañía de McDowell.

—¡Navegaremos hacia la zona del este del Morro! —anunció Hervey—. Tenemos que apoyar el desembarco de los mineros para hacer explotar los muros y la albacara de ese Castillo. Creo que es una excelente decisión de Sir Pockoc. ¡Síganme!

El teniente, al abordar junto con Hervey, Milton y McDowell el bote que los llevaría al buque de línea, divisó en la desembocadura del río a Aram. Este, con harta efusividad, levantó el brazo y lo blandía al aire saludando a Greene desde lejos. Al arribar, Hervey dio la orden de enfilar proa hacia el lugar convenido. El menor de los Taylor contempló desde estribor la altura de la fortaleza militar que protegía la boca del puerto. Ya se podía observar a simple vista su desgaste ante tantos días de combate. Pudo apreciar la gran agitación de los soldados españoles que se avistaban en los altos muros. Había lugares pintorescos donde los cañones asomaban sus negros hocicos sobre ruinas. Al contemplar desde lo lejos la ciudad, y extrañado consigo mismo, recordó a la hermosa muchacha que había descubierto en la ribera. Ahora examinaba La Habana y pensaba en la joven que se había adueñado de todo su espíritu. «Esta famosa Habana es más populosa y extendida de lo que pude imaginar –pensó él–. ¿Estará preñada de tesoros como afirma la imaginería de los navegantes? A mí se me antoja que esta ciudad es como una bella mujer intrigante, con un pasado preñado de saqueos, seductora, tal vez hasta despiadada. Y en ella habita la muchacha que no descansaré hasta encontrar, como ya me comprometí conmigo mismo». El trepidar de la cadena del ancla, al desplomarse hacia el fondo del mar, indicó a Greene que ya se había llegado al punto previsto para iniciar el desembarco de los mineros.

–Teniente, usted permanecerá en el buque conmigo –dijo Hervey y sacó al menor de los Taylor de su estado meditativo.

–Señor almirante, con el debido respeto, quisiera acompañar al capitán Milton –disintió Greene con atrevimiento.

El almirante se volteó hacia el joven. Meditó por algunos segundos sin dejar de mirarlo. Pensó en las advertencias de Lord Anson con respecto a la seguridad del hijo menor de Sir Taylor. Mas sabía también que Milton era uno de sus mejores oficiales; y de repente vinieron a su mente los recuerdos de su juventud.

–Muy bien, teniente, acompañe a Milton –asintió Hervey–, pero no se separe de su lado.

—Entendido, almirante. ¡Muchas gracias! —Greene presintió que ahora una responsabilidad ignota y torpe se apropiaba de su naturaleza.

—¡Adelante! —dio la orden Hervey, y agregó con puntillosa ironía—. Milton, McDowell y Greene, apoyen confiados el desplazamiento de los mineros. Muévanse desenvueltos y serenos. Mis cañones solo lanzarán fuego contra la fortaleza. ¡Yo jamás yerro cuando se trata de cañonear al enemigo! Capitán Milton, vigile que los zapadores realicen bien su trabajo. ¡Quiero ver saltar en pedazos los cimientos de esa intolerable fortaleza! ¡Al atardecer nos veremos en tierra!

Cuando el teniente escuchó la frase de Hervey «al atardecer», por asociación inesperada pensó en la arenga de Sir Pockoc y su dictado de «en pocos días». Había una similitud gramatical esperanzadora entre las dos arengas, pero en la pronunciada por el jefe de la expedición comprobaba un inconsciente despropósito. Sin embargo, al montar en el bote junto con los capitanes Milton y McDowell, él sabía que Hervey sí cumpliría con la suya. Greene observó atónito la tupida escabrosidad que circundaba la ruta terrestre hacia el Morro. La escasa tierra y las espinas en un durísimo y cerrado ramaje acrecentaban la agresividad de las rocas. Delante iba Milton, a pesar de su cojera, más veloz que los mineros. Los zapadores avanzaban en dos grandes grupos. El primero cargaba pólvora, mechas y otros accesorios; el segundo cavaba zanjas en dirección al Castillo. En la fortaleza los españoles se habían dado cuenta de cuáles eran las intenciones de los recién llegados. Con todas sus armas se disponían a contraatacar el asedio británico, que en su maniobra parecía profetizar el fin. El teniente pudo ver cuando el buque al mando de Hervey se avecinaba al Morro para cañonearlo como solo él sabía hacerlo. Otras fragatas británicas venían con sus velas expandidas en el viento a sumarse al ataque que iniciaría el almirante. Las baterías españolas del Morro comenzaron un cañoneo defensivo intermitente. Cuando los buques de línea ingleses abrieron fuego, Greene reeditó en su memoria el tronar infinito de la batalla de junio y la inolvidable heroicidad de

Hervey. La gran diferencia esta vez era que él no se encontraba en el mar, sino en tierra, y que los días de julio se mostraban mucho más calurosos que los de junio.

—¿Cómo es posible que por estas malezas hubieran podido avanzar los soldados arrastrando cañones cuesta arriba para emplazarlos en esa colina? —preguntó el joven a Milton sin salir de su admiración, mientras recordaba la tragedia de la Cabaña.

—El ánimo de los marinos y soldados en esta contienda supera al de los mandos —aclaró Milton—. No tenga duda, teniente. Ellos tienen mayor urgencia que sus jefes en terminar con este rabioso infierno.

El cañoneo entre ambos bandos fue intenso; llegó luego a amortiguarse porque la tarde mortecina anunciaba el ocaso. El fragor de los mosquetes prosiguió su curso. Los mineros no detenían su labor. La decisión había sido continuarla hasta completarla de forma resuelta. Milton, tal vez en acción engañosa y protectora, se escabulló ante la vista de Greene y de McDowell por algún tiempo. Después este supo que el capitán había trepado hasta lo alto de la Cabaña para proteger del fuego enemigo a los zapadores, que ya estaban próximos a las murallas del Morro. Cuando transcurrieron largos minutos, que no parecían tener fin, de repente y sin darse cuenta, Greene sintió a sus espaldas la respiración fatigosa de Milton. Al capitán lo acompañaban algunos soldados envueltos en la impronta del agotamiento.

—Teniente, ¿se aburrió mucho sin mi compañía? —comentó jocoso Milton.

—¡Bastante, mi capitán! —Greene confirmó con sinceridad y de soslayo verificó una mueca de McDowell al escuchar su parecer.

—¡Gracias! ¡Lo tomaré como un cumplido! —dijo afable Milton—. Veo que su mosquete está humeante.

—Así tiene que ser —Greene se sentó sobre una pequeña roca imitando los gestos de Milton y sus acompañantes.

—Capitán, ¿hasta cuándo estaremos aquí? No falta mucho para que llegue la noche —dijo Greene.

–Aquí esperaremos por Hervey –aseveró Milton–. Aunque antes de su arribo pienso que podremos aún hostigar un poco más a los españoles que no se resignan al trabajo de los mineros. ¿De acuerdo?

–Correcto –dijeron casi al unísono Greene y McDowell, a pesar de su cansancio.

–Teniente, beba un poco de agua de mi cantimplora. Casi seguro la suya está vacía –sugirió Milton extendiendo el recipiente–. Sé lo que usted sufre con este calor.

–¿Yo solo, capitán?

–Sí, es cierto. Creo que los españoles no aparecen para la lucha cuerpo a cuerpo por este calor tan horrible.

Greene bebió agua de su cantimplora y refrescó su naturaleza. Se quitó el tricornio y pasó la mano derecha por la frente y los cabellos bañados de sudor. En esos momentos escuchó un extraño crujir de la maleza a sus espaldas. Era como el ruido de animales o personas cuando caminan sigilosos para pasar desapercibidos. Se volteó con movimiento rápido. Descubrió entre los arbustos unos hombres que no vestían uniforme militar y otros en posición encorvada como fieras que van a saltar sobre su presa. Pudo escuchar incluso que todos exhalaban un jadeo comprimido. El menor de los Taylor, luego de divisarlos, sintió un fuerte empujón a sus espaldas que lo lanzó de bruces contra el suelo. Un machetazo llegó cerca de su cara y rechinó sobre la roca que tenía frente a sus narices. Cerrados disparos y ruidos de arma blanca se escucharon en un radio muy cercano. A Greene le pareció el bullicio de varias detonaciones a la vez, y el choque de sables y machetes. El ataque fue sorpresivo y confuso; el joven intentó levantarse para repeler el asalto, pero un pesado cuerpo que tenía encima se lo impedía. Recordó en ese breve instante lo dicho por Elliot a Hervey sobre el regidor de Guanabacoa, y su método de lucha anticonvencional para hostigar y provocar el lento desplazamiento de las tropas inglesas. Ahora el joven en su memoria reunificaba las características del accionar de la jauría salvaje entre disparos y quejidos. Greene vio botines de soldados británicos a su lado. Estos lo ayudaron a remover el cuerpo que yacía sobre él. Hasta creyó que sobre sus espaldas estaba algún forajido herido. Cuando se levantó giró su cabeza y verificó con espanto que se trataba del capitán Milton.

—Me hirieron, teniente —musitó Milton cubriendo con una mano su rostro ensangrentado—. No logro ver nada. Creo que me dejaron ciego. ¡McDowell, persígalos de inmediato! —gritó dolorido, pero con suficiente carácter—. ¡Lleve con usted los hombres necesarios!

A McDowell se le veía boquiabierto ante la escena y Greene a gritos intentó que el oficial reaccionara para ir en la persecución de los asaltantes. Al fin este regresaba al mundo de los vivos y con un grupo de hombres corrió a la captura de los rebeldes. El menor de los Taylor observó que a su alrededor había varios hombres heridos y algunos sin vida. Sus ojos ahora se concentraban en el semblante ensangrentado de Milton. Vio que también el capitán tenía heridas de machete sobre uno de los brazos. No preguntó nada porque aún no podía salir de su estupor. De inmediato —con el residuo de agua que restaba en la cantimplora, mojó un pañuelo y limpió la cara de Milton—, e imaginó lo que presumiblemente había ocurrido. Un arma estaría apuntando a su cabeza o un machete vendría desde lo alto para darle un tajo mortal, y por eso Milton se le abalanzó encima para proteger su vida. De seguro, había tenido la habilidad de hacerlo mientras disparaba o lanzaba cortes con su bayoneta, porque él era muy rápido en sus reflejos. El capitán sostenía con una de sus manos el semblante destrozado por la pólvora. La noche llegaba tenue y eso agudizó la desdicha en los sentimientos de Greene.

—Joven, ¡ayúdeme a terminar con mi existencia! —suplicó Milton.

—¡No se rinda, capitán! —sentía su propio corazón desbocado al observar que su jefe tenía el semblante desfigurado.

—Sin mis ojos soy hombre muerto, ¡por favor! —murmuró Milton con una voz que brotó sin vacilación alguna—. Cuando el infortunio se lleva el sentido que uno más aprecia, vivir deja de tener significado. ¡Ahórreme este calvario!

—Capitán, dentro de poco llega Hervey —Greene sabía que esgrimía una esperanza frágil–. Además, nadie puede quitarle la vida a un amigo. No me pida lo imposible. ¡No se rinda! Ahora trataré de buscar a los hombres de la sanidad. Regreso enseguida.

El teniente, desesperado por auxiliar al capitán cuanto antes, vio que regresaba uno de los soldados de la cacería.

—¡Atrapamos a uno de esos malditos! —anunció el soldado–. ¡Es un negro!

Pero Greene no escuchaba lo que le estaban diciendo. Sus ojos afanosos trataban de localizar a los hombres de la sanidad. Luego de indicarle al soldado que cuidara de Milton, el teniente dio unos pasos en dirección a la costa. Buscaba a los sanitarios, pero no daba con ellos. Pronto divisó el navío de Hervey. «De seguro, ya el almirante está en camino», caviló aún con la esperanza de salvar la vida de su capitán. Al regresar sobre sus pasos y llevarse las manos a la cintura, Greene, alarmado, pudo percatarse de que faltaba la pistola que le había regalado su hermano Brian. Enseguida pensó en las habilidades de Milton. Sintió angustia ante su propio descuido y corrió veloz hacia el lugar donde se encontraba el cuerpo de su oficial protector; esta vez, por pura intuición, previa lo peor. Al aproximarse, sintió la detonación de un arma de fuego. Greene, al llegar, escuchó el lamento histérico del soldado que custodiaba a Milton: «¡El capitán se disparó en la cabeza! ¡Increíble! ¡Increíble!» El menor de los Taylor cayó de hinojos ante Milton, que de modo brusco se había quitado la vida. «¡Sir Taylor! ¿Por qué su Dios permite que yo reciba este golpe?», se preguntó el joven con rabia. Con los brazos levantó el cuerpo de Milton y lo arrimó contra su pecho. Ahora, en medio de una honda soledad, rediseñaba en su memoria, de modo fugaz, la cojera del capitán, sus actitudes heroicas, las constelaciones y su mirada cósmica, el fuerte pesimismo con el cual avistaba la vida, y que, paradójicamente, lo convertía en el ser más optimista. Greene se desplomó para sus adentros. Los recuerdos sobre Milton irrumpían intrusos, punzantes, bajo el manto oscuro de la noche. En la proximidad comenzó a escucharse la voz estentórea del almirante Hervey que localizaba a sus hombres.

McDowell en la persecución a los forajidos había capturado a un negro. Por mucho que le preguntó de dónde provenía y quién era su jefe, este solo respondía con el silencio más absoluto. El capitán abofeteó al prisionero infinidad de veces delante de sus hombres y lo trató todo el tiempo como se intimida a las fieras salvajes. El negro escupió el rostro del oficial para desbocar su furia. Al no poder extraerle un mínimo vocablo, McDowell, sin previa consulta ni hacer comentario alguno, y presa de la ofensa sufrida, con su pistola le dio un tiro en la nuca al cautivo. Luego ordenó a los soldados el regreso. Al llegar el capitán al sitio de la reciente refriega, vio que Hervey estaba junto a Greene al pie del cuerpo inerte de Milton.

—Almirante, ¡ha muerto el capitán Milton! —exclamó alarmado McDowell.

Ni Hervey ni Greene se voltearon hacia McDowell. Ambos continuaban contemplando la inanimada complexión del capitán de Portsmouth. McDowell enseguida comprendió que el silencio de los dos estaba remolcado por una profunda meditación, la cual no debía ser disturbada. Por esa razón, McDowell no comentó nada más y optó por detenerse a esperar la reacción del almirante.

—Capitán, ¿dónde está el forajido atrapado? —precisó Hervey.

—Almirante, por mucho que le pregunté no quiso hablar —aclaró, algo inquieto—. Le di algunos golpes y continuó en su mutismo. Tuvo intenciones de escapar y le metí un tiro en la cabeza. ¡Era un negro asqueroso!

—McDowell, ¡usted es un miserable! —exclamó Greene lleno de ira.

—Teniente, ¡mida sus palabras! —reparó Hervey, contrariado—. ¡Usted se está dirigiendo a un capitán de nuestra marina!

—Almirante, esto no puede quedarse así —advirtió McDowell, con enojo—. Este estúpido teniente tiene que ser...

—¡Basta! —gritó Hervey insultado—. ¡Basta! Y escúcheme bien capitán, y usted también señor Greene, no quiero oír una palabra más de ninguno de los dos. Los hombres de la sanidad y el peonaje se encargarán de los fallecidos y heridos. ¡Nos vamos!

El menor de los Taylor viajó enmudecido hasta La Chorrera. Una pena profunda por Milton lo mantenía sobrecogido y un repulsivo desprecio hacia McDowell también se le clavó en el alma. Pasaron muchas horas hasta que el sueño cobijó el agotamiento del teniente poco después de romper la medianoche.

–¿Cómo está Azcuy? –preguntó Pepe Antonio a Romero.

–Mal. Está deprimido, pero ya se irá recuperando.

–Que alguien lo acompañe en la mañana a la finca de Gilberto el andaluz. Tartabull y Francisca deben saber cuanto antes que uno de sus hijos cayó como un valiente –indicó el regidor.

–Jefe, Azcuy no quiere ir –Romero estaba muy atento a la reacción del alcalde–. Me dijo que jamás abandonará su puesto de combate y pide que usted le asigne una misión especial para vengar la muerte de su hermano.

–Así que no quiere ir a la finca –Pepe Antonio se hundió en su hamaca dispuesto a dormir algunas horas–. Estos hijos valientes de Tartabull... A Quimbo por su destreza con el machete... así lo apodaban... Pero, ¿cuál era su verdadero nombre?

–Jefe, nadie daba un doble golpe como él. Ya había mandado a unos cuantos británicos al otro mundo. Bárbaro, se nombraba Bárbaro. ¿Sabe, jefe? Hubo que agarrar fuerte a Azcuy. ¡Terrible! Persiguió a los ingleses para vengar a su hermano con sus propias manos. Pero sus compañeros lo agarraron fuerte. Sabían que iba a un seguro suicidio.

–Bien, Romero, vamos a dormir un poco. Mañana hay cosas muy importantes que hacer. Quiero hostigar a esa caravana enemiga que trae pertrechos y alimentos hacia Bacuranao. De todas formas, designa a un hombre para que lleve nuestras condolencias a Tartabull. Ese noble viejo y Francisca van a sufrir mucho.

Echado en su hamaca, Pepe Antonio pensaba ahora en varias personas, entre las que se hallaban Tartabull, López-Parro, Antonelli, Velasco, su esposa y sus hijos, y la siempre deseada Eva. Se sentía sumamente fatigado, pero su mente se detuvo mucho tiempo en Velasco, el comandante del Morro, rumiando un reproche rotundo: «si Prado Portocarrero hubiese hecho caso de la propuesta del comandante, ahora los ingleses tuvieran mayor cantidad de problemas»; recordó que Velasco había sugerido antes del rompimiento de las hostilidades que se organizaran partidas de milicianos, conformadas por campesinos, pardos y morenos duchos en el uso del machete de calabozo para hostigar a los invasores y, en especial, a los artilleros enemigos. Pero esa iniciativa, como muchas otras, fue descartada por el mando español. El alcalde sabía que su amigo Velasco, gracias a la ineptitud de sus jefes, se encontraría muy pronto abandonado a su suerte y también estaba persuadido de que el comandante español únicamente muerto abandonaría el mando del Castillo del Morro. En la medida en que avanzaban los combates, comprendía el regidor que en la Junta de Guerra tendrían que encontrarse por fuerza algunos oficiales renegados. Casi semidormido, sus pensamientos al final viajaron hacia Eva, y con una leve sonrisa en sus labios quedó rendido.

Apenas una hora después, Pepe Antonio sintió que alguien le sacudía el hombro para sacarlo de su sueño reparador. Abrió los ojos y de un tirón se sentó en la hamaca. Comprobó que la madrugada aún cubría el campamento y escuchó cuando Romero le susurró al oído:

—Jefe, hay un enorme convoy británico que viene derecho hacia nuestra posición.

—¿Hacia acá? ¡Imposible!

—Sí, mi jefe. Vienen para acá y ya están muy cerca. Son más de mil soldados.

—¡Vamos! Diles a los jefes de las compañías que iremos hacia el sur y que nos reuniremos en el punto que se encuentra en las cercanías de San Miguel del Padrón. ¡Solo los traidores de la Junta han podido indicarles a los británicos dónde estamos pernoctando!

–Jefe, ¿de veras piensa eso? –se expresó asombrado.

–¡Seguro, no tenga duda! ¡Los ingleses no son adivinos!

Con destreza original las tropas de Pepe Antonio desaparecieron del acantonamiento como veloces destellos. Sin embargo, el regidor, arropado en la bruma matinal, cabalgó hacia una elevación desde la cual pudo comprobar que la columna enemiga estaba conformada por más de mil soldados y que marchaban sin duda alguna hacia el campamento en su búsqueda para apresarlo o asesinarlo. «Los confidentes perjuros de la Junta de Guerra –pensó con amargura y saña, mientras trotaba al frente de su tropa– están interesados en mi eliminación física. He ido acopiando muchas evidencias, pero esta última ya me resulta demasiado clara».

XV

¡El mar debería tragarse a los traidores!

Desde que Chamblín llegó al Castillo del Morro se pudo percatar de que el comandante don Luis de Velasco era la inspiración moral de los hombres que defendían con arrojo la fortaleza. Las únicas palabras del atlético negro desde su arribo fueron trabajar y trabajar sin descanso. En pocos días la oficialidad española y los soldados de la sitiada fortificación descubrieron las cualidades del esclavo envuelto en un mutismo invariable, y movimientos fuertes y rápidos. A Velasco día tras día le iban llegando novedades acerca de las proezas de Chamblín e, incluso, el comandante las iba comprobando por sí mismo. Ya lo había conocido en la disputa amigable que él sostuviera en los alrededores de la Plaza de Armas con el coronel de milicias don Luis Aguiar y con Laureano Chacón a la hora de escoger a los esclavos. Los jefes criollos, designados para combatir junto a sus tropas con trescientos esclavos en La Chorrera contra Sir Pockoc, insistieron en llevarse al forzudo negro. La sorpresa de Aguiar, Chacón y Velasco se produjo cuando vieron a Chamblín dar un salto atrás y con los puños cerrados a la altura del pecho hacer larga reverencia ante el jefe de la defensa militar del Morro. Aguiar y Chacón, por la actitud teatral del esclavo, tuvieron que sonreír sin remedio y dar por zanjada la querella con Velasco. Ellos, por su larga experiencia, sabían que perdían en el fornido esclavo como a veinte hombres de un solo golpe. El comandante marchó con su negro trofeo para el Castillo de los Tres Reyes del Morro, pero ni siquiera él sospechaba en ese instante la calidad del escudero que llevaba consigo.

—¡Ojalá que todos los pardos fueran como ese gigantón! —dijo González a Velasco.

—Imposible —discrepó—. Sin duda es más fuerte y eso se ve a simple vista, pero los otros esclavos lo hacen muy bien. Todos saben que están luchando por alcanzar su libertad personal.

—Entre los ingleses también se ven muchos negros.

—¡Cientos! —aclaró—. Pero tanto esos como los nuestros son al final de cuentas unos desgraciados. Ni siquiera saben lo que les está ocurriendo.

—Comandante, todos esos negros son seres inferiores. Esperemos que los nuestros sepan que estamos combatiendo contra los ingleses.

—¿Contra los ingleses? —reparó Velasco, apuntando con su catalejo en dirección a la flota inglesa—. ¡Por favor, no diga disparates! Para ellos es como si lucháramos contra los moros. ¡Les da lo mismo!

—Con todo respeto, aunque a esos pardos y morenos se les ponga mantel blanco —dijo con desdén—, siempre comerán con las manos. No saben hacer otra cosa. ¡Son animales!

—González, abandone sus teorías, ahí vienen avanzando varios navíos hacia nosotros —alertó enérgico—. Usted, cubra el lado convenido con sus hombres y yo voy para el sitio de siempre. ¡Tenemos que destrozarlos!

El cañoneo, las explosiones y la humareda cubrían ambas posiciones en pugna. Las aguas azulosas y tranquilas del mar, y los altos muros del Castillo diseñaban un arco magnífico de fuego que pronosticaba la mutilación y el horror. Unas veces parecía que las armas de los buques ingleses eran inagotables; en otras ocasiones, las del Morro vomitaban contra los navíos enemigos mortíferas explosiones. Los mástiles de las embarcaciones agresoras saltaban, se desplomaban y en las cubiertas caían abatidos los marineros. Chamblín así lo apreciaba mientras presuroso y seguro corría de un lado a otro desplazando la carga explosiva y haciendo todo lo que se le indicara con urgencia; pero no comprendía por qué los navíos enemigos continuaban aproximándose a la fortaleza con sino testarudo. Observó cuando pedazos de piedras enormes saltaban por los aires y, en ese instante, atónito, miró caer a Velasco por el empedrado. El calesero cautivo constató con súbito enfado que los oficiales aún no creían, con la velocidad que él esperaba, que el comandante hubiera sido derribado. Chamblín corrió y cargó el cuerpo herido del jefe y se abrió paso sin pedir permiso en dirección a la boca de la rada para cruzarla en cualquier barcaza que allí se encontrara disponible. González ordenó al capitán Berroa que se ocupara con urgencia de la situación, porque él tenía que proseguir al frente del cerrado combate. Ni el segundo jefe de la fortaleza, ni Berroa, ni nadie pudo detener la veloz carrera de Chamblín. González contempló cómo el cuerpo del comandante era trasladado en los brazos del fornido negro. Para mayor sorpresa, observó que el esclavo, con absoluto desplante, halaba detrás de sí a los oficiales que corrían como arrastrados por una fuerza magnética. Las descargas enemigas en ese instante eran violentas y muchas alcanzaban el aire y las aguas de la entrada de la bahía.

–¡Negro, sal de aquí! –clamó Berroa al abordarse la pequeña embarcación en la cual se trasladaría el herido comandante.

–¡Déjenlo! –ordenó Velasco–. Chamblín y estos sanitarios que me acompañen. Los demás regresen al Castillo a combatir por la gloria de España.

El comandante se manifestó contrariado por haber sido alcanzado por la andanada enemiga. Apreció sus heridas notables. Sin embargo, presentía que en pocos días él tomaría de nuevo las riendas de la situación en el Morro. Le molestaba la torpeza de algunos sanitarios en su cuidado. Uno de ellos parecía no haber visto nunca la sangre y Velasco pensó varias veces que el enfermero se desmayaría de un momento a otro. Sabía muy bien que quien no reposaba con relación a su cuidado era Chamblín. Actuaba como en el Castillo, con absoluta confianza en sí mismo y sobrada serenidad. Velasco pudo apreciar que no importaba que el negro llevase consigo ropas raídas. Su porte era solemne, como si fuerzas viscerales, profundas, lo obligaran a expresarse de esa manera. Chamblín no había consultado con nadie la decisión de mantenerse junto al comandante. Daba la impresión de que obedecía a leyes y costumbres que desde niño había visto practicar en África. Estas y otras conjeturas se hizo Velasco sobre el esclavo, pero en el fondo sentía placer en que el negro, con obstinación y rompiendo todas las reglas, se mantuviera a su lado. Por fortuna, el jefe del Morro estuvo en todo momento consciente y nadie pudo decidir otro destino con relación a su exótico acompañante.

Velasco fue llevado con prisa al hospital de San Felipe y Santiago. Allí fueron a verlo de inmediato el gobernador Prado Portocarrero, el alguacil mayor don Pedro José Calvo y el alférez mayor Gonzalo Recio de Oquendo.

—Comandante Luis de Velasco, ¡qué bueno verlo a salvo, usted es nuestro héroe! ¿Cómo se siente? –dijo Prado Portocarrero.

—Gracias, señor Gobernador, por su inmerecido elogio. Sí, gracias a Dios, dentro de lo que cabe mi vida está fuera de peligro, pero me hallo contrariado. En realidad, esa salva tenía que haber ido en otra dirección, mas eso no importa. Regresaré a la fortaleza tan pronto hayan sanado mis heridas.

Ahora Velasco pensaba en el grave error cometido por su interlocutor al decidir semanas atrás hundir tres navíos en la boca de la bahía. «Creo que hasta Chamblín –pensó, vengativo– hubiera ordenado a la flota salir a la mar para combatir a los invasores. ¡Qué estupidez, Gobernador Prado Portocarrero!».

—Usted, debe recuperarse, solo eso –Prado Portocarrero intentaba persuadir al comandante–. Despreocúpese de todo, ahora para nosotros su salud es lo más importante. González está al frente de las operaciones defensivas de la fortaleza.

—Gobernador, hay que decirle a González que refuerce el flanco del Castillo que da para el este –advirtió Velasco–. Por allí avanzarán peligrosos en próximas horas los mineros británicos. Debemos prepararnos para combatir en esa área cuerpo a cuerpo, si fuese necesario. Esos zapadores no pueden llegar a la zanja de los muros de Terracota. ¿Entiende, señor Gobernador?

—Perfectamente, comandante. Pierda cuidado, así se hará –Prado Portocarrero guio su vista a la puerta de acceso a la sala–. Comandante Velasco, ¿quién es el negro que está de pie a la entrada como si fuera una estatua?

—Es mi ayudante, señor. No quiero que nadie lo moleste.

—Comandante Velasco, ¿un ayudante esclavo? —objetó mordaz el Gobernador— ¡Por favor! Estoy viendo cosas que nunca imaginé. Debe ser una broma.

—Señor Gobernador, no es una broma —precisó Velasco, irónico—. Yo también he visto hacer cosas en La Habana que nunca imaginé. Sin embargo, si usted pudiera observar a ese negro en el combate, no tendría la menor duda acerca de mi decisión.

—Recuerde, comandante Velasco —el gobernador estimó que no era el momento de discutir—. No puede moverse de aquí hasta tanto no esté completamente reestablecido —hizo ademán de retirarse y dirigiéndose hacia el alférez Recio de Oquendo, agregó—. Usted, Recio de Oquendo, ocúpese de que mi orden se cumpla. ¿Entendido?

Al salir Prado Portocarrero de la nave atestada de camas con heridos, se topó con la figura de Chamblín. Se detuvo y examinó al negro por unos segundos. «Es la primera vez —se dijo el Gobernador al proseguir su camino— que un negro me mira con tanta insolencia».

Recio de Oquendo y Calvo continuaron platicando con Velasco acerca de los pormenores de las furiosas batallas de Bacuranao y La Chorrera. Ambos oficiales no economizaron elogios hacia la actitud mantenida por el comandante Velasco en el nudo central de las acciones: el Castillo del Morro.

—¡Usted, señor Velasco, es un héroe! —Calvo se expresó sincero—. Usted significa la figura militar que más aviva la resistencia de los habaneros ante la agresión ¡Dios permita que restablezca muy pronto sus heridas! ¡Nos hace mucha falta!

—Muchas gracias por sus reconocimientos. Yo tan solo cumplo con mi deber. Díganme una cosa. ¿Qué se dice de mi amigo Pepe Antonio?

—Los ingleses que están por Cojímar y Bacuranao comentan que es la maldición de los infiernos —opinó Calvo.

—¡Ya sabrán los británicos quién es Pepe Antonio! —aseveró Velasco.

De repente se aproximó un hombre de mediana estatura con toda la traza del médico. Su rostro reflejaba el cansancio.

—Por favor, señores, necesito que se retiren —ordenó el galeno sin mirar siquiera a los oficiales—. El paciente tiene que descansar.

—Doctor, unos minutos más —dijo con altivez Recio de Oquendo—. ¡Por favor!

—Ni un minuto más, señores —reiteró con determinación el médico; y esta vez, mirando fijo a los ojos del alférez mayor, agregó—, deben retirarse ahora mismo.

—Doctor —trató de corregir Recio de Oquendo—, usted se está dirigiendo al alférez mayor...

—Señores, ¡por favor! —interrumpió contrariado el médico—. Estamos en guerra. Aquí en esta sala el que manda soy yo. Ya bastante tengo con ese negro que no se mueve de la puerta.

—¿Y por qué no lo aparta de ahí, doctor? —indagó Calvo sonriente y lanzando una mirada cómplice a Velasco.

—¡Creo que habría que matarlo! —murmuró el clínico, impasible—. Mira con ojos amenazantes e ignora todo lo que se le dice.

Mientras los oficiales eran desalojados, Velasco sonrió para sus adentros ante la actitud intransigente del galeno y ahora con su mirada observaba a Chamblín que permanecía en posición estática junto a la puerta de la sala. «¿Qué fuerza extraña abriga en su interior? —reflexionó el comandante Velasco—. Además de la guerra con la cual podrá alcanzar su libertad y de las atenciones descabelladas que tiene hacía mí, ¿qué otras ideas reposan en su cerebro? ¡Ojalá pudiera saberlo!».

A la mañana siguiente, cuando Velasco despertó, guio su mirada hacia la puerta de acceso a la sala. Allí estaba Chamblín. «¡No puede ser!», se dijo el jefe de la fortaleza del Morro, que ya se sentía más recuperado.

—Sanitario, por favor —ordenó en voz baja Velasco, como gustaba de dar las órdenes—, haga venir a aquel pardo que está en la puerta.

Chamblín no apuró su paso. Se acercó al comandante como si unos minutos antes hubiera estado departiendo con él.

−¿Dormiste algo?

El forzudo negro respondió negando con la cabeza.

−¿No has comido nada?

−Nada, jefe. Comida mala.

−Debe ser desastroso para ti comer esa porquería de perros. ¿No?

Chamblín asintió con la cabeza, abrió las manos y las expandió abiertas hacia los costados de la cintura. Un gesto que para Velasco era expresión de hombre inteligente.

−Mira, debes irte a descansar a algún sitio cercano. Ten la seguridad de que aquí nada malo me sucederá. ¿Entiendes?

El negro negó otra vez con la cabeza manteniendo una seriedad imperturbable.

−Además de lograr tu libertad y cuidarme como lo haces, ¿en qué piensas tanto? ¿Se puede saber?

Chamblín, como nunca antes, meditó consigo mismo qué responder ante la pregunta del comandante que él admiraba tanto dentro de sus códigos religiosos. «¿Entendería Velasco?», pensó. Ahora recordaba las palabras de su padre en África, cuando en una solemne ocasión le dijo: «Hijo mío, tú eres hijo de Oggún, Dios de la guerra, del trabajo, de todo lo que es acción, y donde se someten a prueba la voluntad y el carácter del hombre. Callado y fuerte, cuando otros hombres corran despavoridos ante el combate y las pruebas de la muerte, tú te mantendrás sereno como los metales y las rocas. Y velarás por que tu espíritu no quede mancillado. Y darás protección a todas las personas que invoquen y refrenden a nuestras deidades. No importa dónde ni cómo. Eres hijo de Oggún».

−*Banita* −dijo Chamblín mientras escapaba por el brillo de sus ojos una alegría al asociar en su mente las palabras de su padre en Nigeria con Velasco y Froyla.

−¡Ah! Piensas en tu gran amor. ¿Es tu mujer? ¿Ella está aquí en La Habana o en África?

El negro negó con la cabeza y sonrió.

—Mira, eres más afortunado que yo. A mí en el amor las mujeres no me corresponden. ¿Qué te parece?

Chamblín no abandonaba su sonrisa.

—¿Negro, sabes qué haremos? Te lo digo rápido. Alcánzame mis botas y la ropa. Nos vamos al Morro. Oficial que se atraviese en el camino para impedirlo, te autorizo que lo apartes. ¿Quieres saber una cosa? Muchos oficiales de la Junta de Guerra son un bando de afeminados. ¿Entiendes? Son afeminados —musitó Velasco y representó ante Chamblín un pavoroso gesto femenino con los brazos—. ¿Sabes? Cuando lleguemos al Castillo te ofreceré una buena comida. ¿Listo? ¡Vamos!

Chamblín al parecer había entendido toda la perorata íntima y afable de Velasco. Todavía sonreía al recordarlo intentando mover los brazos como una mujer para que comprendiera lo que quería decirle. Ahora el corpulento negro caminaba junto a su jefe con la clara resolución de quitarle todos los obstáculos que surgieran en el trayecto de regreso al Castillo del Morro. En el camino hacia la fortaleza, Chamblín se percató de que Velasco por momentos se quejaba de sus recientes heridas. Al llegar, los oficiales y soldados estaban sorprendidos por el retorno inesperado de su comandante. Había regresado el jefe que los alentaba como nadie en la defensa del Castillo, que, para asombro de los ingleses, aún no se había podido reducir.

—Comandante —informó el capitán Berroa—, acaba de llegar un soldado inglés con bandera blanca trayendo este comunicado dirigido a usted. Dijo que esperaría para regresar con su respuesta.

Velasco, con calma, leyó el comunicado.

Comandante Don Luis de Velasco, Jefe del Castillo de los Tres Reyes del Morro.

Distinguido y admirable señor Velasco:

Por este medio le expresamos nuestro desinteresado ofrecimiento de nuestros servicios médicos para sanar sus heridas. Ante un militar tan valiente y digno como usted todo lo que hagamos para restablecer su salud será insignificante ante el reconocimiento y la gloria de su hombradía. Rogamos a usted no tome este ofrecimiento como una ofensa a su honor. Aseguramos que, una vez recuperado, tendrá la garantía de poder reincorporarse a su misión de proseguir el combate. En ello va el empeño sagrado de nuestra palabra.

Con la mayor consideración y respeto,

Conde de Albemarle,
Jefe del Ejército.

Con la misiva en sus manos, Velasco se volteó hacia el mar. Contempló los buques británicos que estaban fondeados frente a la fortaleza. Ahora entendía el porqué del silencio de sus cañones. Después de reflexionar algunos minutos, se dirigió hacia el puesto de mando para dar respuesta de su puño y letra a la misiva de los ingleses. Debía dirigir un mensaje amable al enemigo.

Conde de Albemarle, Jefe del Ejército británico.

Distinguido señor:

Muchas gracias por su ofrecimiento. Rehúso su gesto, el cual ha sido recibido por mi parte sin entender agravio alguno en sus propósitos. En mi vocación militar, que es deber ineludible y escogido por libre albedrío mío, continuaré en mi puesto por la hidalguía y el honor del grandioso Reino de España. Solo me debo al rey Carlos III.

Con el mayor de mis respetos por su noble acción hacia mi persona.

Comandante Luis de Velasco,
Jefe del Castillo de los Tres Reyes del Morro.

El jefe militar de la fortaleza entregó el escrito al capitán Berroa para darlo sin pérdida de tiempo al mensajero inglés. En seguida se dio a la tarea de inspeccionar las endebles posiciones defensivas del Castillo. Aseguró repeler hasta donde fuera posible a los mineros que se avecinaban cada vez más a las murallas. El comandante sabía que, después del intercambio de los mensajes, el combate se reiniciaría con mayor crudeza. Al final del recorrido, ordenó que uno de los cocineros preparara la comida que prometiera a Chamblín. Este, cuando fue llamado por el propio Velasco, estaba en la cima de uno de los muros que daba a la bahía. Chamblín miraba el lugar de la boca de la rada donde semanas atrás viera con asombro y enojo cómo, en acción para él inexplicable, se hundieron tres fragatas de guerra españolas. Ese día, Chamblín expresó iracundo una frase de condena que nadie a su alrededor pudo entender: «¡El mar debería tragarse a los jefes cobardes!» Trató de ubicar con su pupila la calle Mercaderes y la casa de Froyla la cubanita, quizás, pensando en la jicarita con agua azucarada y en el zunzún equilibrista que atendía los pedidos de su *Banita*.

Don Luis de Velasco, a pesar de los reclamos a su alrededor, observó que Chamblín continuaba inmóvil sobre la muralla con la mirada clavada en la lejanía. «¿Qué debo hacer? —caviló el jefe español—. Ese negro ahora debe estar pensando en su gran amor. ¿Qué haré? Cuando el enemigo envía un comunicado así es porque la victoria ya la tiene por segura. A nosotros solo un milagro de Dios nos podrá salvar. Pero Chamblín nada tiene que ver con esta guerra entre españoles y británicos. Yo le daré la libertad antes de que llegue el desenlace final».

Pepe Antonio había tenido noticias de que las tropas británicas habían esquilmado el villorrio de Santa María del Rosario. Aún no salía de su disgusto al comprobar por sí mismo que su campamento había sido delatado al enemigo por algunos oficiales españoles de la Junta de Guerra. En la mañana había enviado un propio a la finca de Gilberto el andaluz para que comunicara a Tartabull y a su mujer la amarga noticia de la muerte de uno de sus hijos. Reunido con los jefes de sus casi trece compañías de milicianos, dispuso las acciones principales que ese día se llevarían a cabo. Su gran objetivo era demoler la columna enemiga que venía procedente del extremo este de La Habana con abundantes pertrechos y avituallamientos. Abastecimientos que habían sido robados en Santa María del Rosario a los campesinos. Eran cientos de soldados ingleses, pero el factor sorpresa, pensó el regidor, estaría a su favor para alcanzar la victoria. Antes de partir con todas las compañías bajo su mando, el regidor llamó a Azcuy.

—Escucha, ¿ves aquel navío británico que está algo alejado de los otros buques? —le precisó Pepe Antonio.

—Sí, mi jefe —Azcuy dirigió su mirada hacia el mar—. Lo veo.

—Bien. Fíjate, ese navío está, además de alejado de los otros, muy cerca de la costa. Sé que eres un excelente navegador de ríos, aunque te ayudarán siete pescadores que están aquí con nosotros y que conocen ese litoral como la palma de su mano. Quiero que esta noche ese buque sea devorado por las llamas. Cuando regresemos de nuestro hostigamiento a un convoy británico que ayer cometió abusos y devastó a Santa María del Rosario, deseo constatar que ese buque esté ardiendo sobre el mar. Para que los ingleses no tomen La Habana hay que atacarlos todos los días y a nuestro modo, como se persigue y fulmina a los piratas y ladrones. Ellos no son otra cosa que una plaga de rateros. Y si acaso llegan a ocupar La Habana, nosotros continuaremos combatiéndolos con todos nuestros medios hasta que un buen día abandonen esta Isla que nos pertenece. Azcuy, ¿crees que puedas hacerlo?

—Sí, mi jefe. ¡Lo haré!

Pepe Antonio hablaba con el hijo de Tartabull, pero sabía que los cabecillas de las compañías y los milicianos estaban escuchando su parlamento.

—Romero, usted, apoyado por un pelotón, se ocupa de atender a Azcuy y a los pescadores para que lleven consigo la pólvora y realicen su difícil cometido —ordenó. Montó sobre su caballo y advirtió—. En la madrugada nos vemos en este mismo sitio. ¡Qué Dios los guarde y proteja!

Cuando el alcalde partió al frente de los milicianos, Romero permaneció algo inquieto. No le gustaba separarse de su jefe, a quien acompañaba desde hacía tiempo. Miró el navío enemigo que en la noche debería ser víctima del impensable y atrevido sabotaje. Reexaminó las palabras y la sorprendente decisión del regidor. «Pepe Antonio es así —pensó Romero—, imprevisible, y habla con tal naturalidad sobre lo imposible, que los hombres quedan subyugados por su arrojo. Si todos los jefes españoles actuaran como él, los invasores no tendrían otra alternativa que retirarse de esta tierra».

Romero tomó las previsiones pertinentes y con sus subalternos se fue en busca de los botes para en la noche llevar a cabo la misión incendiaria, que al parecer solo podría ser concebida por la inquieta mente del regidor.

Unas horas después, Pepe Antonio, al mando de sus compañías de milicianos, se encontraba al acecho del convoy británico que ya se divisaba avanzando en las cercanías de Bacuranao. Traían consigo no menos de cien reses y carros tironeados por caballos. Los carretones estaban cubiertos por gruesas y anchas lonas.

El alcalde reordenó las compañías para que fuese atacada la columna enemiga en orden escalonado. Dispuso una vanguardia con los mejores y más experimentados campesinos y negros que supieran manejar de forma rápida y tajante el machete de asalto. El arma criolla, conocida como quimbo o machete de calabozo, poco tenía de común con la herramienta de labranza procedente de las Canarias, por sus características especiales para la refriega. Su filo y espesor acerado eran singulares.

—Quiero que apliquen el doble golpe con maestría —habló muy despacio, en medio de un silencio que solo era disturbado por el rebuzno de las bestias y por una tarde que ya iniciaba su entrega a la noche–. Cuando el enemigo vea las primeras mutilaciones correrá aterrorizado dado que no está preparado para enfrentar ese tipo de embestida irregular. Minutos después de que nuestra vanguardia entre en acción, lanzaré la segunda y tercera partidas. Son como setecientos británicos; nosotros, algo más de trescientos. Estoy seguro de que el enemigo quedará enmudecido por la sorpresa.

Los invasores venían avanzando fatigados y casi con la cadencia de los que esperan de un momento a otro escuchar de su mando el alto para descansar. Traían consigo, además del ganado vacuno y abastecimientos, heridos y enfermos.

En la zona del centro del convoy británico comenzaron a brotar verdaderos gritos de horror ante los golpes de los filosos machetes de la carga criolla. Cuando la avanzada y la retaguardia enemigas quisieron responder con prontitud, otras compañías de milicianos cayeron sobre la presa invasora como si fuese una jauría homérica vestida de forma frugal; inauditos hombres de piel diversa y contrastante, esgrimiendo técnicas ignotas en las cuales los machetes eran manejados en forma transversal, desde lo alto y de izquierda a derecha, y viceversa, trozando el aire y el cuerpo de los enemigos como si estos estuviesen a merced de portentosos cortadores de caña de azúcar o de manglares enmarañados.

Pepe Antonio vio cuando un capitán inglés se aprestaba para descargarle su mosquete. La reacción del alcalde no se hizo esperar y derribó de un disparo al oficial. Luego, un teniente inglés intentó vengar con arma de fuego a su capitán, pero, antes de que el regidor respondiera el inminente ataque, unos machetazos criollos, que arribaron a manos de un negro por la parte derecha, lo seccionaron. Todavía el lapso del crepúsculo permitía verificar cómo los ingleses eran víctima del más absoluto desconcierto. Y en ese pasmo, muchos dejaron caer sus armas y corrieron aterrorizados porque la amputación a su alrededor resultaba desconocida. Aunque decenas de soldados británicos pudieron escapar en un radio de fuga enloquecido, casi una centena fueron hechos prisioneros.

El alcalde dividió en tres grupos a los prisioneros, los pertrechos, el ganado vacuno, las cajas de azúcar y los sacos de alimentos. Ordenó que, por rutas distintas, fuesen llevados esa misma noche a las cercanías de la ciudad para ser entregados al mando español. Después, en la madrugada, se reunirían en el punto convenido. Los criollos en la contienda habían tenido el saldo de seis bajas y diez heridos. Los británicos contaban con más de treinta y cinco bajas, decenas de heridos y más de cien prisioneros. La victoria se había alcanzado gracias al coraje de los criollos liderados por el incansable e intrépido veterano jefe de las milicias guanabacoenses.

Al reagruparse las tropas en el nuevo acantonamiento escogido, Pepe Antonio, con satisfacción, vio a lo lejos que el navío inglés estaba envuelto en llamas. Al voltearse, observó que venían a su encuentro Romero, Azcuy y tres pescadores.

–Jefe, perdimos nueve hombres, pero la misión fue cumplida –comunicó Romero con el rostro distendido.

Pepe Antonio se acercó a su fiel asistente, a Azcuy y a los otros guerrilleros, y los fue felicitando uno a uno con sobrada efusividad. «Con acciones como esas, los invasores más temprano que tarde tendrán que abandonar nuestra tierra». Dijo el alcalde con evidente regocijo. Los hombres de la intendencia ya preparaban una cena especial, la cual consistía en un suculento ajiaco. El regidor comió con gusto. Conversó mucho rato con Romero y Azcuy, quienes le narraron todas las peripecias del original ataque al buque británico. Cuando el alcalde se recostó en su hamaca apreció con sorpresa que su pierna izquierda no le respondía como era habitual. Sintió mucha extrañeza de esa inmovilidad corporal, pero no dijo nada. Más adelante, sin embargo, pudo constatar que el brazo izquierdo también se entregaba a la parálisis. Decidió entonces llamar a Romero. Este llegó con un mechero en sus manos y, al contemplar el rostro del alcalde, expresó:

–¿Qué pasa jefe? –comprendió enseguida que el regidor estaba mal porque el labio inferior lo tenía desencajado.

—No me siento nada bien —Pepe Antonio habló con voz tropelosa—. Escucha, llévame a la finca de Gilberto el andaluz y manda a buscar al médico de Guanabacoa, que es amigo mío.

Romero presuroso ordenó preparar una parihuela para trasladar urgente al regidor. «¡No puede ser!», se dijo una y otra vez el asistente, mientras acompañaba el cuerpo de su jefe con rumbo a las cercanías del río Cojímar. Ahora Pepe Antonio sentía sobre sí los sobresaltos de la marcha. Apreciaba cómo los hombres se iban turnando para cargar sobre sus hombros los extremos del tronco sobre el cual colgaba la hamaca que transportaba la resentida humanidad del jefe criollo.

Una brisa fuerte vino desde el mar y golpeó suave su rostro, por lo que pudo comprobar con enojo que la mitad de su cuerpo estaba inerte. Pensó que tal vez ese era el último soplo de aire, casi misericordioso, que refrescaba su naturaleza. Rememoró en ese momento a la madre de sus hijos y a la traviesa Eva.

XVI
Había arrancado el velo del enmascaramiento

El vasco, de manera consciente, asociaba el asedio de los ingleses a La Habana con la fastidiosa presencia de Nalón en su casa. En los primeros días del comienzo bélico no pudo sospechar que la situación se dilatara tanto y atendía al antiguo amigo de su padre a tono con una ciudad que había quedado paralizada en todos los órdenes. Nalón con sus miedos no hacía otra cosa que molestar de forma continua la precaria paz familiar. Quien ayudaba a Ondarribi a soportar ese calvario era Savanna con su irrenunciable vocación religiosa. Ayudar, sostener el aliento debilitado del asturiano, era la divisa de la madre de Eva y Froyla.

Savanna al mismo tiempo estaba espoleada en sus adentros por el oculto estado de gestación de su primogénita. Todavía Eva no quería decir quién era el padre de la criatura que tenía en sus adentros. La jamaiquina, auxiliada por Lita y Froyla, controlaba la terrible novedad y se ocupó espantada de que el vasco no supiera nada de tal suceso. Ella con apremio localizó a varias comadronas en La Habana y sus alrededores. Tres fueron consultadas y en la más absoluta reserva hicieron lo imposible para que su hija mayor abortara el indeseado intruso. Ninguna, a pesar de las inveteradas experiencias que dijeron poseer, pudo remover al bastardo de su sitio.

María Cruz, debido a su naturaleza de mujer solterona enclaustrada y creerse la única dama aristocrática de la casa –ya rondando los treinta y cinco años de edad– era dada, más que todo, a dormir hasta altas horas de la mañana y lamentar su inaceptable desarraigo. Luego de comer se encerraba en su recámara a dejar pasar el tiempo. Luchaba contra todo y contra todos por no distanciarse para siempre de San Sebastián. Por este aislamiento voluntario del asedio inglés solo escuchaba las detonaciones y nada sabía de lo que estaba ocurriendo en las entrañas de Eva. El cortejo de Nalón tan cercano, por demás, le daba náuseas y acrecentaba su encierro. Ya tenía decidido regresarse a Europa tan pronto se cerraran las hostilidades.

La jamaiquina no sabía si La Habana, amedrentada por las explosiones continuas de la guerra, al final protegía o empeoraba su inconfesable zozobra. Daba gracias al Señor que Ondarribi ocupara su mayor tiempo en atender a Nalón y sus paralizados negocios. Aunque también presentía que las visitas de las comadronas, al menos la última, ya no debían transcurrir tan inadvertidas para el vasco. Savanna se encomendaba al Todopoderoso. Nunca en su vida había enfrentado un dilema tan mayúsculo.

–Muchas gracias, amigo –Nalón bebía una taza de café–, por permitirme pernoctar en tu casa. ¿Sabes? A pesar de que la situación en el lugar donde resido frente al puerto es por ahora relativamente tranquila, confieso que estoy atemorizado porque de un momento a otro yo sé que de esas calles enmudecidas, tan pronto se tengan los primeros indicios del desenlace final, saldrán los vándalos a robar todo lo que encuentren a su paso.

–Vamos, es mi deber.

El vasco rogaba a los cielos que el asturiano detuviera la reiteración de sus pánicos y decidió no comentarle nada más acerca del presumible bandidaje porque era ya un tema demasiado agotado. Fuertes aldabonazos provenientes del vestíbulo interrumpieron la conversación de ambos. Ondarribi descendió al zaguán. Al abrir la puerta, ante su vista apareció Antonelli muy agitado.

–No, muchas gracias. Esta vez no entraré –el veneciano habló en tono muy confidente–. Mi amigo Pepe Antonio está muy enfermo y quiere tener un encuentro con usted. Él quiere verlo esta noche. Si no tiene inconveniente vendré por usted a la hora que acordemos. Allá en la esquina está Azcuy, el hijo mayor de Tartabull.

–No, de ninguna manera. No tengo inconveniente alguno –aseguró, muy sorprendido por la mala noticia.

Entretanto, el ansioso Nalón se había aproximado a la entrada y ahora presenciaba las últimas palabras del intercambio entre Antonelli y Ondarribi. El asturiano enseguida se percató de que alguna novedad levitaba sobre los dos caballeros. El vasco se disgustó al ver que el asturiano se les encimó de modo imprudente. «¿Cómo es posible que él haga estas cosas? –se preguntó el vasco al despedir al veneciano–. ¡Debe ser la guerra que está enloqueciendo todas las buenas costumbres!».

–¿Qué ocurre? –curioseó Nalón–. El señor Antonelli ni siquiera se despidió de mí y lleva encima un tremendo hedorcillo de manigua.

–Trajo la penosa novedad de que nuestro amigo Pepe Antonio está muy enfermo.

–Mira, en la esquina está ese negro que toca los raros tambores –comentó disperso–. ¿Y qué tiene Pepe Antonio?

–Tiene paralizada la parte izquierda del cuerpo. Debe ser una apoplejía –precisó, al tiempo que se encaminó para la sala hacia el sitio donde lo esperaba su acostumbrado coñac.

–¡Terrible! ¿Y qué quiere de ti?

–Quiere verme.

–No cometerás la locura de adentrarte en la zona del conflicto –advirtió con apremio–. Dime que no harás una cosa así.

–Con Antonelli nada malo me sucederá. Solo te pido que tú permanezcas aquí hasta mi regreso. ¿Puede ser?

–¡Por supuesto! Pero te reitero que no debes hacerlo. Piensa en tu familia.

–No insistas porque iré. ¡Tiene que ser! –se manifestó con una gran determinación.

—¿Qué dirás a Savanna y a tus hijas?

—Nada. Últimamente ellas no me dirigen la palabra. Al parecer están disgustadas porque yo decidí que Froyla no se podía incorporar a esa payasada del comité femenino. En todo caso te agradeceré que si preguntan les digas que regreso enseguida. Diles que me fui a visitar a Jiménez.

—Creo que hiciste muy bien en no permitir que Froyla se incorporara a ese comité. Pero ahora pienso que cometes una locura en acompañar al veneciano.

—No insistas. Ya decidí hacerlo. Reclamo tu apoyo —dio fuego a un habano y bebió otro trago de coñac.

Mientras, en la habitación de Eva eran otras las palabras y las preocupaciones que surcaban el aire y el ánimo de las personas.

—Madre, al parecer Eva no reacciona ante el último brebaje de la comadrona —Froyla escuchó el rugir de un cañoneo que no se detenía.

—No reacciona, hija mía. Yo espero que el Señor escuche mis ruegos y no nos abandone —Savanna observó que Lita no dejaba de rezar con un rosario entre las manos.

—Tengan cuidado con Ondarribi —alertó Eva, con el semblante demacrado por los vómitos y las infusiones—. Si llega a saber lo que me ocurre, saldrá de su interior toda la brutalidad de los vascos.

—Hermana, por ahora no debes preocuparte —aconsejó Froyla—. Él piensa que apenas le hablamos por haberme negado la incorporación al comité femenino. Por tu situación yo me he quedado algo resignada, pero nunca le voy a perdonar su egoísmo. ¡Nunca! Ahora lo más importante es que salgas de tu problema. ¡Qué Dios nos ayude!

—Froyla, no hables así de tu padre —censuró Savanna, a pesar de conocer bien a su hija menor—. Imaginas todo lo que sufriría si llegara a saber lo que le ocurre a tu hermana.

La jamaiquina que le había parido dos hijas a Ondarribi sabía que detrás de la frágil y armoniosa figura de Froyla se escondía, a diferencia de Eva, la fuerza de un volcán. Conocía de sobra el carácter de la alumna inusual del maestro Esteban Salas. Y recordaba que tanto este como los frailes Camilo José y Juvenal habían sabido apreciar esa telúrica pujanza que estimulaba su carácter. Savanna había pasado mucho trabajo para educar a sus hijas en la enseñanza de las letras. Ella misma se autoimpuso el papel de institutriz y arrastró detrás de sí a diversos tutores, tanto en Santiago de Cuba como en La Habana. El color de la piel de las hijas, a pesar de ser una tez mucho más clara que la suya, siempre había sido la dificultad principal para desarrollar y cultivar la naturaleza de ambas. Pero Savanna no se había rendido ante nada ni ante nadie. Por fortuna el sacerdote dominico, y luego el franciscano, habían sido un apoyo determinante para alcanzar sus anhelos maternales en esa dirección. Naturalmente, ello le costó a la jamaiquina muchas lágrimas y callados sufrimientos. Eva aparentaba ser la más fuerte y atrevida. En Froyla se escondía la profunda devoción por los sentimientos humanos, que la hacían sobresalir, y ese era su sello emblemático. Ahora Savanna solo se ocupaba del problema de su hija mayor.

–Madre, ¡quiero que me dejen sola! –reclamó Eva con el semblante escuálido y soñoliento.

–Como quieras, hija mía. Descansa. No te preocupes.

A la noche y según la hora acordada Ondarribi salió al encuentro con Antonelli. Esperaban por él, junto al veneciano, Gilberto el andaluz y Azcuy. Tenían un caballo preparado para el vasco. El dueño de la finca ultimó detalles con Antonelli sobre la manera en que los cuatro jinetes se desplazarían hacia el sitio donde se atendía la quebrantada salud de Pepe Antonio. El vasco vio que a su lado cabalgaba Azcuy con el pelo revuelto, que parecía, ante el reflejo lunar, una planta trepadora. Las calles estaban desiertas, polvorientas, semioscuras e irreconocibles. De forma lenta los caballos trotaron hasta dejar el pavimento empedrado. El barrio Campeche fue quedando detrás de los jinetes. Al llegar a los caminos de tierra más allá de las murallas, el galope de las bestias se fue tragando la penumbra y la vegetación en dirección al lugar donde yacía convaleciente el alcalde.

Sobre su alazán, Ondarribi pensaba en el gesto amigable del regidor en quererlo ver a toda costa. En realidad le tenía mucho aprecio a Pepe Antonio y se arriesgaba consciente de lo que hacía. Delante iba, además, su hermano masón, quien se lo había planteado también como un pedido fraternal. Para nadie era un secreto la amistad entre el alcalde y el músico Antonelli, transformado por las circunstancias en jinete de manigua con toda la pinta del contrabandista nocturno. El vasco había conocido varios casos de hombres que, aquejados por una embolia, se habían podido recuperar en pocos días. Por la fortaleza de Pepe Antonio abrigaba la esperanza de que el valiente regidor se restableciera en forma rápida. Ahora pensaba en el dictamen de Juvenal: «¡El Señor sabe reordenar nuestras vidas!»; e imploraba a Dios con todas sus fuerzas que le devolviera la salud al valeroso jefe criollo. Cuando llegaron a una choza escondida y ubicada en las inmediaciones de la finca de Gilberto el andaluz, a Ondarribi le presentaron a Tartabull y, seguidamente, a un padre franciscano nombrado Valdivia, quien se dijo el párroco de la iglesia de Guanabacoa. También le hicieron saludar a un médico que, por su gestualidad y esmero, no desmentía ser amigo del regidor.

—Espere un momento, Ondarribi —advirtió Antonelli—. Nuestro amigo ha empeorado. En la tarde lo dejé todavía balbuciendo algunas palabras. Ahora me dicen que apenas puede hablar. Enseguida regreso.

El vasco observó a unos cuantos criollos, campesinos, mulatos, negros libres y esclavos que allí se encontraban esparcidos en actitud celadora. Apreció un ambiente de sobrecogimiento en las personas que atendían al héroe emergido de la pugna bélica. El silencio se hacía omnipresente. Vio a algunos negros con los brazos vendados. En ese instante el olor de la guerra insensata invadía todos sus sentidos.

—Ya puede venir conmigo —indicó Antonelli al vasco—, pero Pepe Antonio no logra reaccionar.

Ondarribi siguió los pasos del veneciano hasta entrar a un cuarto pequeño. En un camastro deplorable yacía el cuerpo del regidor. El vasco pudo ver que el rostro de Pepe Antonio estaba demasiado pálido y desencajado. A su alrededor estaban el padre franciscano, Tartabull, una mujer negra y otra blanca, y unas diminutas velas encendidas. El sacerdote rezaba palabras en latín con una Biblia en una mano y tocaba con la derecha la frente de Pepe Antonio. Ondarribi, por iniciativa propia y sin poderse contener, tomó la mano izquierda del regidor. Estaba fría y fláccida. Cuando no lo esperaba sintió un leve aprisionamiento en sus dedos y acto seguido apreció que el brazo del alcalde caía inerte. El vasco imaginó ese gesto imprevisto como la última despedida del criollo, que para él había destacado siempre entre todos los demás. Las palabras del cura franciscano se elevaron algo de tono, y las dos mujeres se abrazaron y comenzaron a gemir. Todos en el aposento supieron enseguida que Pepe Antonio había fallecido. La nefasta noticia se esparció rápido desde el interior del bohío en todas direcciones. El llanto de la gente comenzó a sentirse confundido, entremezclado y profundo. El vasco sintió un nudo en la garganta y, cuando vio el rostro afligido de Antonelli, no pudo evitar que unas lágrimas asomaran en sus ojos. «¡Tiene que ser!» En su entorno observó que todos los presentes, mujeres y hombres, estaban consternados. «¡Ha muerto el hombre que le mordía el corazón a los invasores! —musitó Tartabull— ¡La envidia y la traición lo dejaron sin vida, pero su memoria siempre reposará en el espejo de las aguas!». Las mujeres lloraban y rezaban. Muchos oraban de hinojos y otros lo hacían a su modo. Antonelli tomó por el brazo a Ondarribi y lo instó a salir al escampado.

—Hermano, a Pepe Antonio la muerte le sobrevino por sus enojos con la Junta de Guerra —murmuró el veneciano conmovido—. Romero me dijo que el alcalde fue traicionado por el coronel Carlos Caro que atendía la zona. Todos aquí culpan al mando español. Han perdido a su líder y con él se van todas las esperanzas.

—¡Y así lo harán todos los habaneros cuando sepan que Pepe Antonio ha muerto! —Ondarribi estaba contrariado—. Y de seguro esa traición provino de las propias manos de ese maldito gobernador. ¡Esas son las mariconadas del poder! ¡Tiene que ser! —dio un fuerte puntapié sobre la tierra—. No pude hablar con él. Dígame una cosa, Antonelli. ¿Usted sabe para qué querría verme? ¿Nada le dijo?

—No, no me dijo nada, hermano. Solo sé que quería verlo, decirle algo, no sé. Profesaba gran estima por usted.

—Yo soy el que lo admiraba y respetaba muchísimo —aclaró—. Jamás conocí a un criollo, y perdone la expresión, con esos cojones. ¡Los de la Junta de Defensa y el señor gobernador, salvo algunas honrosas excepciones, son una vergüenza para España!

—Ondarribi, en realidad ya no importan ni la Junta ni el gobernador —reparó—. Ya todo está decidido. Usted debe regresar a su casa cuanto antes. Lo acompañarán Gilberto y Azcuy. Vaya tranquilo. Yo me quedo para ayudar en las exequias de nuestro amigo.

El regreso sigiloso y veloz de Ondarribi a su casa transcurrió normal y sin incidente alguno. Cuando el vasco llegó a su morada, de inmediato se dio cuenta de que allí nadie dormía. Todos, menos Eva, se encontraban en el salón principal esperando por su regreso.

—¡Ángel mío! ¿Dónde has estado? —indagó Savanna temblorosa—. Dijo Nalón que fuiste a visitar a Jiménez y yo mandé a Euclides a su casa cuando vi que era tan tarde y...

—Hermano mío, ¿qué haces? ¡Quieres destruir nuestras vidas! —reprochó María Cruz iracunda.

—¡Cállense! —censuró Ondarribi con su vozarrón despiadado—. Fui llamado por el señor Pepe Antonio. Antonelli vino por mí —sintió de repente y sin poderlo evitar que el silencio lo maniataba.

—¿Antonelli? ¿Antonelli estuvo aquí? —inquirió Froyla sorprendida.

El semblante ensombrecido del vasco tenía aturdida a la familia. Savanna comprobó enseguida que su compañero no tenía encima el olor de coñac y que estaba, más que todo, arropado en el desconcierto. Ella lo miró y descubrió en su expresión que había enfrentado experiencias nuevas. Y lo que más la impactó era que lo veía inmerso en uno de esos momentos dramáticos que ella conocía bien: sereno por fuera, pero azotado en sus adentros por una violenta tormenta. Savanna presentía que el vasco traía consigo una tragedia que lo tenía desolado. Esa era su corazonada, aún sabiendo que la posible zozobra de su compañero sería distinta a la suya. Froyla, quien no había recibido todavía una respuesta a su pregunta, permanecía cerca de sus padres esperando por pura intuición el desenlace de una rara situación. María Cruz, con su frivolidad característica, musitó contrariada: «¡Hermanito, si no dices nada, yo me voy a dormir!» Así lo hizo de inmediato, aunque por pura curiosidad se quedó rondando la galería. Luego de un silencio prolongado, que nadie se atrevió a cortar, Ondarribi murmuró:

–Pepe Antonio, murió esta noche... Todavía no me resigno a creerlo...

–Ondarribi, ¡dígame que eso no es cierto! –gritó Eva impactada con una voz que brotó rabiosa en las espaldas de todos.

Poco antes de que el vasco anunciara la espantosa noticia, ella de forma cautelosa se había aproximado a las puertas del salón principal. Ahora Eva alzaba los brazos hacia lo alto y exclamaba sin tino su acostumbrada frase «¡Virgen mía!». Mas, esta vez, ella parecía dirigirse a la Virgen María.

–Sí, hija mía, es así –reiteró el vasco y vio cuando Eva envuelta en lloros incontenibles escapaba por la galería hacia su recámara.

Ondarribi, de pie, inmovilizado, sentía que Nalón le hablaba, pero él no lo atendía. Dos hechos incompresibles en pocas horas le tenían el cerebro impactado. La convocatoria de Pepe Antonio y no haber podido escuchar ni una sola palabra de sus labios. Y ahora, el inesperado exabrupto de su hija mayor. Al repasar en su mente los dos acontecimientos, sintió un profundo mareo. Se sentó y pidió a Nalón que le trajera un vaso de agua. El asturiano no tuvo que moverse, porque a su lado apareció de repente el fiel mayordomo con el líquido en sus manos. Coyol sin pedir permiso asomó su cabeza por una de las puertas. Sus ojos achinados estaban bañados de un lagrimeo que él secaba con la ancha manga de su vestimenta mexica.

Desde el fondo de la galería emergían los gemidos de Eva. Era en realidad un lamento incontrolable cargado de dolor y desamparo. Nalón pensó que en ese instante se encontraba en un monasterio de locos y en su interior se puso a conversar de forma imaginaria con Mikel, su difunto amigo. María Cruz se encerró en su cuarto asustada por un pánico que agudizó su desarraigo. Froyla asistía, junto a su madre, a Eva, y mientras lo hacía vino a su memoria en ráfagas veloces aquella tarde en el bosque de Cojímar, su afanosa búsqueda del cómplice. Para ella su hermana no necesitaba decir una sola palabra aclaratoria. Y Savanna sabía que ya la suerte estaba echada. El descontrol inconsolable de Eva había arrancado el velo del enmascaramiento y los secretos.

Ondarribi estaba inmerso en profundas meditaciones. Junto a él permanecían Nalón y Euclides. Los acontecimientos se le habían volcado encima impiedosos, y su mente, experta en tareas de trampas comerciales, le auguraba que su familia estaba envuelta en la vergüenza y el oprobio. Había visto en el semblante de Eva un raro parecido con el rostro convaleciente de Pepe Antonio. Ahora recordaba las mujeres traídas por Savanna a la casa, los muchos días sin ver a su hija mayor, las palabras que no pudo escuchar del regidor, visiones fragmentadas que en ese instante se le agrupaban en un tropel de malos presagios.

«¡Dios mío, por qué me diste esta hija!», se dijo Ondarribi, convencido de que ese día de finales del mes de julio quedaría grabado para siempre en su memoria. Había intuido por sí mismo una inesperada revelación. Era la primera vez en su vida que la ira le apretaba el pecho en medio de sentimientos contrapuestos, sucios y elevados.

«No sé qué hacer», reflexionó el vasco sin escuchar a Nalón que no detenía su perorata; «¡algo haré!, yo no merezco esta confusión que me oprime el corazón. ¡Tiene que ser!».

XVII

¡Ni partiéndoles las muñecas!

«¡Cuánta razón tenía Grimaldi sobre Prado Portocarrero!», se dijo López-Parro una vez más cuando se encaminaba al despacho del gobernador para participar en una Junta de Guerra, convocada más por los rastrojos de la contienda bélica que por la propia decisión del capitán general. El diplomático, como muchos, sabía que ya era demasiado tarde. Ahora conocía –porque el comentario de todos los habaneros así lo precisaba– que la vida del comandante Velasco estaba en peligro y que la noticia de la muerte de Pepe Antonio se había esparcido como irreparable dolor por toda la ciudad. Los fatales acontecimientos de las últimas horas resultaban irrevocables. Resguardar la mayor cantidad de elementos necesarios para actuar en medio de la zozobra que se avecinaba, para López-Parro significaba la palabra de orden. La ocupación de La Habana por los ingleses se materializaría en cuestión de pocas horas. El semblante patético de Prado Portocarrero lo decía todo. El gobernador estaba peor en su apariencia que la pintura horrible que pendía al fondo en honor del rey Carlos III.

–Señor gobernador, ¿qué respondemos? –preguntó cuidadoso el secretario García a Prado Portocarrero, que ahora permanecía inamovible en su soledad, y agregó sin querer adivinar su respuesta–. Dice el comandante Velasco que la situación es perentoria, que ya en el Castillo del Morro solo funcionan dos cañones, y que los hombres y las municiones están...

–¡Dígale que actúe según lo que le dicte su conciencia! –interrumpió desconcentrado el capitán general como invocando un honor, una disciplina o una conducta que ya nadie reconocía a su alrededor.

«¿Su conciencia?», meditó López-Parro. «¿A cuál conciencia se refiere? ¿A la del Monarca? ¿A la del imperio español? ¿A la suya? ¿A la de Velasco, que ya por su arrojo está siendo aniquilada? ¿A la de Pepe Antonio, traicionada por Caro y por él mismo? ¡Qué estupidez! Si yo estuviera en la piel del comandante del Morro sacaría bandera blanca y así podría ver cómo este lastimoso gobernador entrega la ciudad a los ingleses. ¡España mía, qué deshonor! De seguro, Prado Portocarrero ya tiene bien protegido su caudal personal. ¡Qué espanto!»

—¡Señores, ahora yo seré el responsable de esta enorme derrota! —gruñó Prado Portocarrero, y esto desarticuló los últimos reductos morales de los jefes de la Junta de Guerra. La luz solar que entraba desbordada por las ventanas daba de lleno en el rostro del gobernador. Sin embargo, sus facciones parecían estar en la penumbra o en la más rotunda oscuridad.

Los oficiales que rodeaban al gobernante guardaron silencio absoluto. Nadie se atrevía a perturbar el mutismo impertinente que se había apropiado de todos los espíritus allí reunidos, disturbado solo por el fragor indetenible del cañoneo británico. López-Parro nunca pudo imaginar que Prado Portocarrero expresase en ese instante una frase tan deplorable. El madrileño sentía que lo tentaba el demonio y tenía temor de cometer una colosal trasgresión de su propia personalidad al experimentar en su interior una ligera e indeseada piedad hacia el capitán general; pero se contuvo. Ahora despojaba de sus razonamientos las opiniones negativas de Grimaldi. Todo lo había comprobado por sí mismo. El gobernador había sido designado por el rey Carlos III y nunca nadie, meditó López-Parro, sabría cómo un Soberano nombraba a sus representantes. Ahí, en el capitán general, estaba la prueba tangible del error cometido por el monarca español. La mayoría de las veces un rey hacía los nombramientos de personas que eran prisioneras de su entorno e intereses. Nadie en La Habana odiaba al rey Carlos III ni le era indiferente, ni siquiera al enemigo agresor, pensó el madrileño, pero todos sentían un rencor especial hacia Prado

Portocarrero, quien era su delegado en la Isla. «El rey desvía el odio hacia su persona —concluyó— a través de un blanco loable e insustituible, el de sus comisionados. La sucesión de los nombramientos a manos de Su Majestad jamás entorpece su propio mandato y sus ciegos anhelos de gloria. Es como si cayeran las hojas que desencajan en su libro personal, que debe apuntar, más que cualquier otra conjetura, a inmortalizarlo».

El madrileño no podía olvidar cómo fue recibido por el insultante gobernador cuando a duras penas pudo llegar a La Habana a riesgo de su propia vida; y la forma fría y distante con la cual se habían conducido los acontecimientos bélicos que nunca había imaginado presenciar en su vida. Sin embargo, observó que el rostro del secretario García estaba consternado. Este hubiera querido, pensó el diplomático con cierto desprecio, encontrar las palabras adecuadas para estimular a su jefe, quien, ante los ojos de todos los presentes, se había incrustado en la mayor desolación, que en particulares circunstancias ofrece el poder. Ambos, ante los ojos de López-Parro, parodiaban a Don Quijote y a Sancho Panza, más en el ridículo que en los sueños, la burla, la temeridad y la ironía españolas. Todavía García no había acabado de entregar el comunicado que debía enviarse a Velasco cuando irrumpió en el despacho la figura de don Aguiar, el jefe de las milicias habaneras, que combatía con sus tropas junto al valeroso Chacón contra Sir Pockoc en La Chorrera.

—Señor gobernador, en la planta baja hay un moreno nombrado Chamblín que trae la terrible noticia de que Velasco acaba de caer en combate, y que nuestros hombres se han tirado a las aguas de la bahía para alcanzar la ribera —dijo pesaroso Aguiar—. ¡Todo se acabó, señor gobernador, todo se acabó! ¡Velasco ha muerto! ¡El Castillo del Morro está en poder de los ingleses! ¿Qué haremos, señor, para que nuestro honor no caiga en la ignominia?

El madrileño estaba persuadido de que Prado Portocarrero no sabría qué responder ante las interrogaciones de don Aguiar. «¿Qué se estará preguntando en estos momentos el capitán general? —caviló el

diplomático sin apartar su mirada del abatido rostro del gobernador–
Tal vez... ¿Por qué todos admiran mucho a Velasco y sienten tanto
dolor por su muerte? ¿Por qué los habaneros expresan tanta rabia y
devastación por la muerte de Pepe Antonio, que según él y Carlos
Caro siempre estuvo relacionado en Guanabacoa de manera indigna
con los muertos de hambre? ¿Por qué la gente de manera inequívoca
odia al gobernador? ¿Por qué él puede leer ese rencor contra su persona en la mirada de todas las personas? ¡Dios mío! De seguro, aunque pueda sentir esa aversión en su piel, su conciencia le dice que
siempre supo actuar bien y con sobrada mesura en todos los momentos. Con seguridad él culpa a los que siempre desobedecieron y cues-
tionaron sus órdenes: ¡Los malditos jefes criollos indisciplinados, que
jamás supieron interpretar sus órdenes! ¡Seguro! Como este propio
don Aguiar que ahora él tiene frente a sus ojos diciéndole que todo
acabó y que espera por una decisión prodigiosa inexistente. Es muy
probable que ahora se esté diciendo que ahí están archivadas todas las
comunicaciones en las que se pidieron los refuerzos desde Nueva España, que nunca llegaron. ¡Y la revelación inconsolable de que una
plaza como esta no se defiende con un puñado de soldados inexper-
tos! ¡Y que la cultura militar en el combate fue desatendida por el
ataque irregular de los ineptos jefes criollos! Mas, estos razonamientos, señor gobernador, ya no interesan. Ahora usted representará
para la historia la infamia de esta derrota ante el imperio británico.
¡Su cabeza será el cálamo con el cual se firmarán las negociaciones
con el enemigo!».

–Don Aguiar, es muy lamentable, pero no hay otra salida, tenemos
que capitular –aseveró con gravedad Prado Portocarrero. Sentía en lo
más profundo de su ser que una mezcla de dolor y rencor lo inundaba;
quizás, este último sentimiento llegaba en auxilio de su deteriorada
catadura moral.

–¡Yo estoy de acuerdo con su decisión, señor gobernador! –opinó
Recio de Oquendo–. ¡Debemos evitar más derramamiento de sangre!

Al escuchar las palabras de Prado Portocarrero y de Recio de
Oquendo, todos los presentes se voltearon hacia Aguiar. El viejo jefe

de milicias, con más de sesenta y ocho años, tenía un justificado historial prestigioso entre los habaneros. López-Parro observó que el rostro del criollo estaba agarrotado por el disgusto más profundo.

—¡Señor gobernador, yo no firmaré ninguna capitulación ante el enemigo! —dijo con ira Aguiar, giró sobre sus pasos y se encaminó hacia la puerta; al llegar a esta se volteó y exclamó despiadado—. ¡Y como yo, estoy seguro, no lo harán otros oficiales dignos! ¡Siento pena por su destino, señor Prado Portocarrero! ¡Qué Dios se apiade de su alma!

La empinada y brusca salida del jefe de milicias del recinto acrecentaron la tragedia de todos los reunidos. Solo el secretario García miraba con suma compasión al capitán general. López-Parro ya estaba persuadido de que, incluso la sumisión del secretario, le resultaba normal. Ahora en su mente se agrupaban las urgencias que debía enfrentar antes y después de que los ingleses tomaran posesión de La Habana. Carlos Caro no dejaba de mirar hacia toda la oficialidad con unos ojos invadidos por la decepción, y Medem fue uno de los primeros en escapar del recinto en compañía de otros militares.

López-Parro, al salir del despacho del gobernador, apresurado entró a su oficina y, al mirar de allí hacia las calles, pudo comprobar con cuánta rapidez se esparcía entre la gente la noticia —como presa de palomas mensajeras invisibles— de la rendición humillante, que se adelantaba, incluso, a las disposiciones finales que emitiría el propio Prado Portocarrero.

El Castillo de los Tres Reyes del Morro, destrozado, irreconocible, aparecía ahora ante los ojos del madrileño flameando al aire el pabellón británico bajo una luz amarillenta que cubría sus muros. Ahora los ingleses con sus tricornios y uniformes escarlatas estaban campeando sobre sus murallas.

—¡A esos endemoniados hay que negarles hasta el agua! —gruñó una voz autoritaria a las espaldas de López-Parro.

Al voltearse, el madrileño pudo ver la figura del obispo Morell de Santa Cruz, acompañado de los sacerdotes Carrazana y Juvenal. Las autoridades eclesiásticas de forma sorpresiva habían irrumpido en el despacho del enviado del rey. El obispo ahora no parecía la máxima autoridad del catolicismo en la Isla, pensó súbito el diplomático, sino el jefe de los verdugos del infierno. Su semblante estaba contraído por el enojo y, auxiliado por el catalejo de López-Parro, contemplaba el Castillo del Morro.

–Ilustrísimo obispo, usted ya tendrá oportunidad de tratar con ellos –advirtió el diplomático.

–Lo sé –confirmó Morell–. Mas le juro por Dios que jamás esos hijos de Satanás podrán olvidar mi trato inamistoso. Señor López-Parro, ¿puedo pedirle un gran favor?

–Eminentísimo, estoy a su entera disposición. Tengo muchas cosas que hacer como usted bien puede imaginar, pero estoy a su acomodo.

–¿Muchas cosas? –curioseó el obispo algo asombrado.

–¡Por supuesto! –aclaró con empuje–. ¡La Habana más temprano que tarde tendrá que regresar al Reino de España!

–¡Qué sus sabias palabras sean escuchadas y protegidas por El Santísimo! –sentenció Morell–. Comprendo que ahora usted estará muy ocupado, pero le ruego que me auxilie en las conversaciones que deberé sostener con esos enemigos de Cristo. Confío en su experiencia. Si los dejamos, créame, estos británicos saquearán los templos de La Habana y hasta arrancarán sus campanarios. ¿Puedo contar con su ayuda?

–Con muchísimo placer –asintió–. Daré prioridad a su solicitud por encima de todas las urgencias de mis actividades.

–Agradezco su disposición. A mis oídos solo han llegado elogios sobre su persona y por eso confío en usted. Yo me mantendré en la Parroquial Mayor. Nuestro enlace lo será el padre Carrazana y en su defecto el padre Juvenal, quienes se encuentra aquí a mi lado. ¡Muchas gracias! ¡Dios lo proteja!

En cuanto López-Parro quedó a solas en su despacho, sintió que el cerebro lo tenía congestionado. Esa inesperada irrupción del obispo y los padres Carrazana y Juvenal en su oficina no era gratuita.

«¡Los hombres cambian con la guerra! Cayó el gobernador y solo queda en pie desde una posición más cómoda el representante de la Iglesia católica. Y ahora el obispo acude a todos los medios para preservar su dominio ante las amenazas de los intereses ingleses. ¡Claro! Mi primera misión en la Reina de las Indias falló de modo completo. Prado Portocarrero sabe muy bien el porqué, y por todo ello tendrá que responder ante el rey y ante las cortes españolas. Entretanto, con dedicación me ocuparé de las otras tareas que debo cumplir. La Habana cautivante, ahora deteriorada en su alma, y que no parece ser el emporio de las pestilencias que me vaticinaron en París, volverá a manos del Reino de España. ¡Lo juro ante Dios!».

Al pasar por el despacho de Prado Portocarrero dos imágenes permanecían en la mente del diplomático amante de París y de la pintura: la luz solar naranja, rara, calma, casi rojiza, diseminada sobre el Castillo del Morro; y el cuadro horrible y alegórico al rey Carlos III, colgado al fondo de la poltrona del gobernador de La Habana, que sería ocupada de inmediato por los vencedores.

Cuando salió del Castillo de la Fuerza vio a un costado a su ayudante Martínez, que platicaba como lo hacen las monjas de un convento con Medem y Morphy. Este pormenor perturbó el espíritu de López-Parro. «¿A qué se debe ese exceso de mi asistente? —se preguntó con justificada inquietud—. Tendré que averiguarlo con mucho tacto, pero de manera efectiva. No soy dado a perdonar ciertas liviandades de mis subordinados».

Sir Pockoc, el conde de Albemarle y sus tropas exhaustas celebraban la dispendiosa victoria del imperio británico por la toma de la principalísima llave de las Indias, invocada de este modo en la costumbre de las esferas de poder monárquico para calificar la importancia de La Habana. Greene, bajo indicaciones de Hervey, estuvo trabajando toda la noche en la propuesta de los Artículos de Capitulación, la cual había sido enviada al mando británico por parte del gobernador

Prado Portocarrero. El teniente intuyó enseguida, al examinar tales artículos, que estos no eran hijos de la improvisación, sino que sobre ellos se había trabajado con puntillosa felonía y sobrada calma por la parte española. A los veintitrés apartados se les efectuaron modificaciones minuciosas en la contrapropuesta inglesa. Algunos artículos fueron denegados en su contenido de forma irrefutable y casi todos despojados de las inaceptables condicionantes.

Greene, luego de concluir su faena con relación a los Artículos de Capitulación, escribió en su diario de campaña con particular excitación.

Hoy trece de agosto se firmó la rendición de La Habana. Mañana entran a tambor batiente a la ciudad las tropas británicas. Infinidad de datos se agolpan en mi mente. Por ejemplo, aún yo no puedo identificar a los oficiales traidores de España que trabajaron desde las sombras para hacer emerger, cuanto antes, la felonía. La historia ofrecerá en el futuro muchos e irreconciliables puntos de vista y de razón. Los vencedores no cejarán en el empeño de demostrar la grandeza de la victoria alcanzada. En especial sus jefes, proveídos de sus respectivos delirios de grandeza; y otro tanto harán los vencidos... La desidia y los errores de los jefes fueron sus principales enemigos, y el calor, la humedad, la sed, las epidemias y las impredecibles penurias humanas fueron (y son) los verdugos inesperados que arrasaron las tropas y la población. Más de la tercera parte de las tropas inglesas ha sido exterminada y esta cifra diabólica, lamentablemente, debe aumentar en las próximas semanas. Yo sé muy bien el alto precio que Inglaterra pagará en vidas por el asedio y la toma de La Habana. Ahora recuerdo las palabras de Hammond cuando me habló con relación a la repartición del botín conquistado. Los soldados británicos recibirán casi cuatro mil libras cada uno y los jefes más de ciento setenta mil libras. Esta suma en manos de los hermanos Keppel se triplica, según las previsiones de David Hammond. Los Keppel se enriquecen para reparar su quiebra familiar. Me pregunto: ¿A esto se le llama progreso del imperio británico?

Los restos de Milton se hundieron en el mar: «¡Quiero que los astros me contemplen desde lo alto en la enigmática profundidad de las aguas con sus múltiples géneros de vida, porque no podré contar con otro tipo de sepultura ni fama histórica! ¡Los grandes hombres son los enviados de Dios, y yo no estuve en su alquimia para tales designios!» Eso me dijo en la travesía, sospechando la probabilidad de la muerte que acecharía a todos los expedicionarios. (Y nunca le dije que yo pienso lo contrario: el pensamiento humano es la fragua donde se gesta esa grandeza que él enajenaba en sus comentarios). Cuando recuerdo sus palabras, me invade una admiración enorme por el capitán que protegió mi vida como singular guardián. Cuando cada noche contemplo las constelaciones, recuerdo su pasión por las estrellas. ¡Milton solo será recordado por mí! ¡Ahora en su oscuridad solo podrá brillar con su propia ausencia, que es la añoranza que no soporto!

Mañana comenzaré a conocer La Habana por dentro. Me daré a la faena de encontrar el tesoro mexica y de entrevistarme con el espía de Hammond. Hervey me dijo que tiene para mí importantes tareas y eso me alegra porque de ese modo estaré activo y me daré afanoso a la búsqueda de la muchacha desconocida que espera por mí. ¿Acaso la ninfa del proscenio shakesperiano habanero? ¡Ojalá! ¡Sé que la encontraré!

Golpes pausados sobre la puerta de su camarote sacaron a Greene de sus reflexiones. Cuando abrió, su vista tropezó con la del almirante Hervey.

−¡Joven, vengo a conversar con usted! −anunció de buen ánimo−. Démos un paseo por cubierta.

Greene siguió los pasos del almirante hasta detenerse a estribor del buque insignia. Cuando caminó detrás de Hervey, la cojera de Milton vino a su memoria. Recordó que durante la travesía había seguido infinidad de veces la corpulencia del finado capitán. La luz solar de mediados de agosto se diseminaba hasta achicar las pupilas. La humedad reinante hacía la incursión habitual en la humanidad de Greene. Ya se sentía casi habituado, pero aún inadaptado. La Habana estaba extendida, iluminada, ahora con movimientos presurosos que intentaban reiniciar su vida ciudadana. Las recomendaciones de Hammond incursionaron su cerebro: «El mayor cuidado deberás tenerlo en las noches. Armas blancas de marinos o traficantes borrachos pueden acabar con tu vida en un instante. No importa la forma o la justificación. Te pueden estrangular o aniquilarte incluso con arma de fuego. Hay mujeres bellas y poseen una piel tersa, limpia y suave como la de las infantas. Son seductoras y misteriosas, desde la forma de mirar, de vestir y hasta el modo en que manipulan sus abanicos de nácar. ¡Mucho cuidado con los lupanares, cantinas u hostales en los alrededores del puerto! ¡Esa zona es muy peligrosa!». Estas y otras sugerencias de Hammond inundaban ahora la mente del teniente al contemplar a lo lejos la afamada ciudad.

—Teniente, sé que todavía su corazón lamenta la pérdida del capitán Milton —se expresó solemne—. Era uno de mis oficiales más valiosos. Yo lo conocía muy bien. Él sentía por usted un gran aprecio, una gran admiración, y varias veces me dijo que su padre no debió permitir que usted viniera en esta cruzada. Pero ese reproche lo expresaba por el cariño que sentía por usted y no como una crítica a Sir Taylor. ¿Me comprende?

—Perfectamente. Usted no se resigna y debo decirle que yo mucho menos, dado que a él le debo la vida.

—¡Todos moriremos, teniente! Y no tenga la menor duda, lo que Milton hizo por usted lo hubiera hecho por cualquiera de sus hombres. Por eso, cuando evoque su memoria disfrute la vida como él lo hacía al contemplar las constelaciones. Mañana entraremos a La Habana. El gobernador Prado Portocarrero entregará el poder de la plaza a Albemarle.

—¿A Albemarle? —Greene manifestó, por el tono de su voz, indudable desagrado.

—Sí, no se alarme. Nosotros los ingleses planeamos los asuntos con una profundidad tan pormenorizada que luego ningún acontecimiento puede modificarlos.

—Entonces somos capaces de premiar incluso a los jefes erráticos —ironizó, ante la inesperada noticia—. Si se hubiese atacado La Habana por tierra, la proporcionalidad de medios a nuestro favor hubiera abreviado el camino para alcanzar la ocupación de la ciudad. Usted mismo dijo varias veces que no podía entender esa obsesión con relación a la toma del Castillo del Morro.

—Los militares siempre aspiran a tomar una colina y luego todo lo demás. No lo olvide. En Europa los castillos son los lugares destinados por los asediados para proteger a los pobladores. Esa iniciativa no se inventó en esta guerra —puso la mano sobre el hombro del teniente y reparó—. Es hora de que abandone esa honestidad al hablar y enjuiciar al mando inglés. Eso puede acarrearle muchos problemas. En efecto, yo incluso en varias ocasiones me expresé categórico en tal sentido, pero en medio del conflicto uno dice cosas que después no deben mantenerse como verdades absolutas.

Greene comprendía que el asedio por La Habana había concluido y que las personas regresaban a su recinto espiritual anterior. Sabía que Hervey fustigó sin recato alguno la manera errónea en que Albemarle había dirigido las acciones, pero ahora otros intereses ocupaban la mente del almirante. El teniente no dudaba que el llamado a la corrección lo hacía Hervey con el limpio propósito de evitarle conflictos innecesarios. Sin embargo, ahora los vencedores caminaban por el precipicio del triunfo o por el abismo de la victoria alcanzada. Y el almirante ocultaba, a juicio de Greene, algunas primicias.

—Joven, usted acompañará a mi amigo el almirante Elliot, quien se encargará de llevar a cabo las conversaciones con el obispo Morell de Santa Cruz —se tomó su tiempo, y agregó—. Dicen que el carácter de ese prelado católico es más agrio que el peor vinagre del mundo. Sir Pockoc desea dos cosas: las campanas de los templos —hay más de veinticinco iglesias en la ciudad— y cobrar impuestos a los comerciantes nativos y peninsulares.

—¿Remover las campanas de los templos?

—Así como lo oye.

—¿A eso no se le llama vandalismo?

—No, teniente. Son las reglas de la guerra. Nosotros vencimos y ahora tenemos derecho a las campanas de los templos y a todas las requisiciones que estimemos pertinentes. A eso se le llama Derecho de Conquista. Dígame una cosa. ¿Estoy hablando con Greene o con el hijo menor de Sir Eric J. Taylor? —reclamó, con una ironía que llegó punzante a la sensibilidad del joven.

—Soy el hijo de Sir Taylor —precisó sin vacilación alguna.

Ahora el teniente comprendió con suma rapidez que las reflexiones que regularmente él escribía en su diario de campaña lo estaban traicionando.

—Bien, caballero. Sí usted es el hijo de Sir Taylor, como es mi convicción, entonces acoja con disciplina las instrucciones que se le encomienden. Estas tareas se le asignan por los méritos personales que usted ha sabido granjearse en esta guerra, además de la incuestionable preparación académica que posee. El dominio de varios idiomas...

—Y por todo lo que usted de forma amable ha dicho sobre mi persona —interrumpió—. ¿No?

—¡Por supuesto! Pero tenga por seguro que sobre su persona solo he dicho la pura verdad. Por eso hace unos instantes discutí sus vehementes críticas con relación al ataque a La Habana. ¡Yo nunca quedo mal ante el mando! A su lado trabajará un oficial que se nombra Van Leight. Es especialista en finanzas y contabilidad. Más adelante se lo presentaré. Usted queda subordinado al almirante Elliot. Yo debo partir para Inglaterra cuando todo el botín esté recopilado. Usted, joven, constituye el primer subordinado en saberlo —sonrió—. Me acaba de comunicar Sir Pockoc que me van a condecorar como héroe del imperio británico. ¿Qué le parece? Eso no me lo esperaba.

«¡Hervey lo merece! —meditó Greene, al escuchar la buena nueva en boca del propio almirante—. Sin embargo, yo hubiera querido que lo hubiesen nombrado gobernador de La Habana, pero tal vez mis deseos sean desproporcionados. Quizás su personalidad resulte demasiado excesiva para tal investidura. Le gusta retorcer su flema.

Se expresa irónico en extremo. Es un hombre muy original. Nada tiene que ver con la retórica vigente en la fauna de los militares.»

—¡Milton, de estar vivo, hubiera celebrado junto conmigo esta maravillosa noticia! Usted lo merece como ningún otro.

—¡Muchas gracias por su reconocimiento! Y le doy las gracias porque sé cuánto usted odia la insensatez de la guerra. El imprescindible de Milton me puso sobre aviso.

—Así que parte hacia Inglaterra —apartó exprofeso los comentarios de Milton sobre su persona y sus opiniones sobre la guerra—. Almirante, esa noticia no me place. Me hubiera gustado seguir bajo sus órdenes. ¡Lo voy a extrañar!

—Teniente, lo sé. Milton tenía mucha razón cuando comentaba que usted era un joven especial. Estaba convencido de que en usted habita un poeta, un artista. No se cansaba de proclamarlo. Y yo también lo creo. Usted, joven, exagera y aumenta las cosas cuando las ve y describe. Los demás no pueden hacerlo, aunque quisieran, porque tienen una mirada normal. ¡La suya se caracteriza por ser rabiosa!

—¿Rabiosa? Nunca nadie me había dicho eso. Me ruborizo al escucharlo.

—Sí, pero no tiene de qué abochornarse. Su mirada resulta iracunda. Por cierto, yo me incluyo en la contemplación apacible que posee el resto de los mortales.

—Pero usted en el combate hace enloquecer la envidia de los mortales. Su compostura al combatir, no sé, significa un rebato permanente. Da la impresión de que no le teme a nada.

—Joven, es mucho más sencillo de lo que puede imaginar. Cuando los jefes en la batalla proceden como yo, los hombres no titubean un segundo en cumplir las órdenes. Por esa razón, siempre trato de actuar de ese modo. No hay nada de extraordinario en lo que hago —miró hacia la ciudad con su catalejo negro. Quedó en silencio por algunos segundos, y añadió—. Pero hablemos de cosas prácticas. Mire, tenga cuidado con La Habana. Sus muchachas tientan a los demonios. Y no baje la guardia en las noches, ¡eh!

—Ahora usted me habla como David Hammond.

—¿Usted trató con ese almirante?

—Sí, mi padre le pidió que me hablara sobre las características de La Habana y las costumbres de sus pobladores.

—¿Sabe por qué lo apodan el «diplomático ponzoña»?

—Sí, puedo imaginar. Por sus funciones y los rasgos de su personalidad.

—¡Y porque es un tramposo, además de ser un ambicioso incorregible! —aclaró y aconsejó con severidad—. Debo alertarlo. Desconozco el grado de compromiso que usted tenga con Hammond, pero asigna tareas y un buen día usted descubre perplejo algunas serpientes despreciables en la misma dirección y con las mismas urgencias suyas, y no tenga duda, capaces de envenenarlo si fuese necesario.

—No tengo compromisos con él —mentía, al no contar de momento con otra alternativa—. Mi padre estima que sus funciones son infames.

—¡Y su padre lleva mucha razón en lo que dice!

Greene no quiso indagar ni comentar nada más cuando vio la reacción casi explosiva del almirante al referirse a Hammond. Comprobaba que tal vez Hervey y Sir Taylor pertenecían a una misma raza. Eso le resultaba suficiente. A su memoria llegaron de golpe las encomiendas acerca del tesoro mexica, la invaluable calavera de cristal, el espía y el padre Carrazana.

—Debo persuadirlo sobre una cuestión de suma importancia —puso de nuevo y muy afectuoso su mano encima del hombro de Greene—. No exprese sus verdaderas opiniones acerca de la forma en que se condujo la guerra. ¿Sabe una cosa? Le pondré un ejemplo. Situamos una copa de agua y otra de vino ante las narices de Albemarle y de Elliot. No se ilusione, ellos siempre escogerán la copa de agua. ¿Entiende? Esto que le voy a decir queda entre nosotros dos —se acercó y musitó—. Yo comparto sus puntos de vista sobre los errores cometidos en la contienda. Los verdaderos héroes de esta beligerancia han sido los soldados y las clases. El alto mando solo merece críticas y el destierro del perdón. Recuerde el ejemplo imaginario de las copas y aprenda a preservar sus opiniones. Quiero viajar con la tranquilidad más absoluta hacia Inglaterra. ¡No haga concesiones a la ingenuidad! Los jóvenes, cuando defienden sus verdades, se abrazan a la vehemencia. Quiero pensar que esta guerra ha hecho madurar lo suficiente al menor de los Taylor. Elliot es mi amigo y él en realidad se diferencia de Albemarle, pero los dos en el fondo poseen un fanatismo idéntico e ilimitado hacia las decisiones del Almirantazgo. ¿Comprende?

–Perfectamente.

Greene comprobaba una vez más que Hervey le había aplicado la misma coartada, aunque diferente en su contenido, que hubo de accionar con relación a Aram el traficante, previo al cruce del Canal Viejo de Bahamas. El almirante verificaba la actitud del interlocutor al ir por caminos casi contrarios, sinuosos, falsos; y dar vueltas y vueltas a su modo, hasta arribar en la charla al punto que él deseaba. El respeto por Hervey se reavivó en la mente del menor de los Taylor. «Además de un héroe –pensó–, podría ser un personaje de novela».

–Almirante, ¡gracias por apartar de mi camino al capitán McDowell!

–¡Por nada! –exclamó mordaz Hervey al despedirse–. ¡Usted y yo pensamos lo mismo sobre sus excelsas cualidades humanas! ¡Nunca olvide que extrañamos mucho al capitán Milton!

A López-Parro ya no le importaba que las fuerzas enemigas estuviesen entrando a la ciudad. En su despacho ultimaba todos los detalles de las misiones que ahora más que nunca deberían llevarse a cabo por él a través de todos sus medios con la mejor destreza. Martínez observaba con asombro la calma de los movimientos de su jefe, como si afuera no se estuviese fundiendo el cielo con la tierra, y escuchó muy atento una a una todas sus instrucciones.

–Debe llegar a todos los asentamientos que le he indicado –comentó a su asistente–, y a cada una de las personas señaladas. Tiene suma importancia que alrededor de La Habana se haga un cerrado cerco a los invasores. Cero suministro de alimentos y ninguna ayuda que signifique que estos británicos puedan campear por sus respetos más allá de la muralla que acordona la ciudad. Diríjase también hasta Trinidad y luego al resto de la Isla. Todo lo que usted lleva consigo son órdenes secretas emanadas de la voluntad del rey Carlos III. ¿Ha entendido, Martínez?

—¡Sí, señor! —aseguró, aunque algo vacilante por el tono de sus palabras, y preguntó—. ¿Cuándo debo partir?

—¿Cuándo? ¡Ahora mismo! —gritó, dando un fuerte puñetazo sobre la mesa de trabajo—. ¿O acaso usted desea sostener alguna audiencia con el conde de Albemarle? ¿Sus ojos no comprueban a través de esa ventana que ya las tropas británicas están entrando en La Habana? ¿Capitán, qué le ocurre? ¿Por qué hace una pregunta tan estúpida? ¡Por favor!

—¡Perdone, señor! —se puso en pie, algo nervioso, sobre todo porque nunca había visto tales bríos por parte del enviado del rey—. Salgo de inmediato a cumplir con mis obligaciones. Sabe, hay mucha confusión.

—¡Usted no puede estar confundido! ¿Entiende? —López-Parro tenía contraído el rostro. Se asomó a la ventana y, luego de contemplar la marcha a tambor batiente de las tropas enemigas, largó un profuso escupitajo hacia abajo y exclamó—. ¡Malditos! —ahora girándose hacia el asistente, agregó—. Capitán Martínez, ¡estos son los momentos en que solo tiene cabida en nuestro espíritu todo el honor y la gloria de España! ¡Confío en que usted sabrá dar cumplimiento a la misión que lleva consigo!

—¡Señor, no tenga la menor duda! ¡Respondo con mi propia vida!

—Siéntese, por favor —dio pasos cortos por la amplia dependencia; después de largos segundos que no parecían tener fin para el capitán, preguntó—. Martínez, ¿qué hacía usted hablando con Morphy y Medem anteayer? ¿Podría yo saberlo?

—¡Por supuesto, señor mío! Ellos me preguntaron, a partir de la rendición, qué cosa haría su señoría y yo les sugerí que eso lo indagaran directamente con usted. Pero le aseguro que no les comenté nada más

—elevó el tono de su voz y aclaró–. ¡Con esas comadrejas yo no comparto ningún comentario! ¡Dios me libre, señor mío! ¡Conozco mis deberes!

López-Parro pudo apreciar que la respuesta de Martínez había sido, a su juicio, segura y precisa. Apreció, además, que el asistente expresaba ahora mucha serenidad en su semblante y compostura. Sabía que Medem y Morphy eran capaces de hacer tales indagaciones y otras muchas inimaginables.

—Martínez, si usted y los hombres que le acompañan fuesen interceptados por las autoridades inglesas, ¿qué argumentarán para proseguir camino?

—Que amparados en los Artículos de la Capitulación, nos hemos acogido voluntariamente a estos y...

—¡Exacto! ¡Muy bien! ¿Y en Trinidad?

—Navegar a Santiago de Cuba...

—Muy bien... ¿Hizo el resumen de todo lo relacionado con el tesoro mexica?

—Sí, señor. Aquí lo tiene.

—¿Alguna novedad?

—Se confirma la sospecha de que el padre Carrazana es uno de los principales autores del robo.

—¿Militares involucrados?

—Ninguno hasta ahora, señor.

El diplomático despidió a Martínez con un fuerte apretón de manos y le deseó éxitos en su nueva misión. Regresó de nuevo hacia la ventana y con su catalejo se puso a husmear la fisonomía de los oficiales y soldados británicos que, triunfantes, ya inundaban las calles de la ciudad. «¡Me gusta este Martínez, aunque sea introvertido! –pensó López-Parro–. A estos gallegos para que hablen o suelten lo que llevan consigo, ¡ni partiéndoles las muñecas!».

XVIII
Pero esas definiciones no me bastan

La Habana era un verdadero hervidero de tropas inglesas, españolas y curiosos de toda índole. El gobernador Prado Portocarrero y oficiales de su séquito recibían a los vencedores. Los Castillos de la Real Fuerza, La Punta y el Morro estaban inundados de uniformes escarlatas. Los únicos atuendos ausentes por doquier eran los de los clérigos, monjes y acólitos de las diversas órdenes católicas. Era sin duda la primera manifestación de repudio habanero determinado por el obispo Morell de Santa Cruz. Mas, mientras caminaba junto a Hervey, el propio Greene apreciaba una carencia aún mayor: los aplausos y hurras de la población no atravesaban los aires. «Este pueblo ignorante y no ilustrado, como todas las poblaciones del mundo —meditó el joven— no sale a las calles a vitorear al agresor. ¡Desde las primeras horas siento su odio sobre mi alma! ¡No imagino monumento u homenaje alguno hacia esta conquista inglesa que pueda ser capaz algún día de seducirlos!». Greene, a pesar de esta convicción, no dejaba de mirar hacia la muchedumbre; buscaba a la muchacha que con sus cabellos al viento se adueñaba de la luz y se había apoderado de su espíritu.

—Teniente, ¿en qué piensa? —preguntó Hervey.

—Compruebo que las construcciones de los Castillos del Morro y de la Real Fuerza fueron bien edificadas —sabía que mentía, pues esos detalles arquitectónicos realmente no ocupaban su mente—. Creo que tan solo falta levantar en el futuro una fortaleza significativa que defienda las espaldas del Morro y a su vez refuerce la defensa de La Habana. Ahora entiendo por qué Drake no la pudo tomar.

–Muy atinada su observación. Faltaría esa fortificación. Si Inglaterra decide cambiarle la piel a esta ciudad y a sus pobladores, pienso que se edificará de inmediato.

El teniente no pudo seguir el hilo de la conversación con el almirante debido a que una voz proveniente de la multitud gritaba su nombre. Al voltearse, vio el rostro de Aram. «¡Ahí está ese pícaro!», se dijo, al tiempo que con su cabeza hizo un gesto para saludarlo. Había tanta gente agolpada en la Plaza de Armas y sus alrededores que a Aram le resultaba imposible escapar de su sitio. Y Greene por fuerza tenía que avanzar junto a Hervey. Resultaba en realidad una avanzada militar algo desabrida y agotada. Solo un leve regocijo brillaba en los ojos de los británicos escudados detrás del tambor batiente, de los mosquetes y el pabellón identificador de los invasores. Había terminado el infierno del tronar de los cañones y la pólvora. Pero el júbilo era también algo intrascendente debido a que estaban circundados y acosados por el rechazo que se podía notar a primera vista en los semblantes de los nativos y peninsulares que estaban congregados por todas partes. «¡Camino junto al héroe –pensó Greene al desfilar al lado de Hervey–, pero para los habaneros somos un bando de forajidos!». El menor de los Taylor observó cientos de rostros, pero en ninguno pudo divisar al de la ninfa que buscaban sus ojos. Debido a su papel de traductor pudo ser testigo presencial del intercambio entre Sir Pockoc y Prado Portocarrero. Se nombró como nuevo gobernador de La Habana al conde de Albemarle. Y casi todos los Artículos de la Capitulación se rechazaron y modificaron en sus postulados iniciales formulados por la parte española.

La premura de los acontecimientos con relación a consolidar la ocupación de La Habana hizo que Greene, en compañía del almirante Elliot y el contador Van Leight, visitara de inmediato la Parroquial Mayor con vistas a entrevistarse con el obispo Morell de Santa Cruz. Al entrar, la delegación fue recibida por los padres Carrazana y Juvenal, y por el diplomático López-Parro, quienes después de presentarse condujeron a los británicos hasta la presencia del jerarca católico. Este los recibió, como era de esperar, con suma frialdad y distancia.

—Su Excelencia —Elliot se dirigió a Morell asistido en la traducción por Greene—, imaginamos que usted ya esté al corriente de los Artículos de la Capitulación acordados por los representantes de España e Inglaterra.

—Así es —apuntó Morell con aire seco y autoritario.

—Al amparo de su cortesía —puntualizó Elliot— necesitamos una relación de todos los templos existentes en La Habana y de todos los prelados de la iglesia católica que desempeñan funciones. Por otra parte, escogido por su Excelencia, precisamos de un santuario en la ciudad para que nuestras tropas puedan practicar sus oficios religiosos al abrigo de los postulados de la iglesia protestante.

—Eso de ofrecer un templo para la religión protestante no está contenido en ninguna de las partes de los Artículos de la Capitulación —dijo el representante del catolicismo en la Isla, y agregó con resolución—. La entrega de una iglesia para sus prácticas religiosas es inviable. Violaría las normas de nuestra Iglesia católica apostólica romana.

Por el enrojecido semblante de Morell, Greene se dio cuenta de que este, quizás, estuviera viendo en ese instante cómo ardían los Nuevos Testamentos de la Biblia, eje central y sostén del omnipresente poder secular del catolicismo. Elliot y Van Leight no quedaron muy distanciados en la contrariedad que atisbaba el inicio de la entrevista, cargada más de amenazas que de posibles comprensiones. También el rostro del padre Carrazana estaba contraído, excitado, y con el defecto de que nunca miraba a los ojos de sus interlocutores. Juvenal, sin embargo, sostenía un talante tan sereno que a cualquiera de los reunidos le venía el deseo de charlar con él. Greene contempló la gruesa figura de Carrazana y recordó las delicadas informaciones de Hammond. López-Parro, de seguro por su añeja experiencia en labores diplomáticas, aparentaba mayor tranquilidad en el intercambio verbal. La Parroquial Mayor, a juicio de

Greene, era una construcción –por la superposición caótica de sus naves– que en lo arquitectónico parecía haberse construido por un ejército de arañas en el medioevo. Para el menor de los Taylor no tenía el más mínimo atractivo arquitectónico, a pesar de ser el recinto matriz del catolicismo en la Isla.

–Excelencia –Elliot pidió a Greene que tradujera bien–, en el caso de que su autoridad no ofrezca una de sus iglesias para ejercer nuestras prácticas religiosas, nos veremos en la obligación de tomar una o varias por la fuerza.

–Ilustrísimo obispo –intervino López-Parro con mucha calma–, le sugiero que meditemos estas propuestas y mañana demos adecuada respuesta a las solicitudes británicas.

–La entrega de una de nuestras iglesias es por ahora imposible –opinó Carrazana ansioso–. Su designación debe aprobarse también por la orden correspondiente que efectúa en ella sus oficios.

–Excelencia, con el debido respeto –reparó Juvenal–, me inclino a favor de la propuesta que acaba de expresar el señor López-Parro.

–Almirante –Morell levantó una mano para detener a Carrazana, que de nuevo iba al ataque y que, a juicio del obispo, era hijo del sobresalto y la imprudencia–, haremos lo que propone el señor López-Parro. Mañana, Dios mediante, nos veremos de nuevo para saldar estas solicitudes, las cuales no dejo de calificar de excesivas al amparo de lo previsto en los Artículos de la Capitulación. Ruego que mi parecer se informe a Sir Jorge Pockoc, representante en esta ciudad del rey Jorge III.

«¡La pedantería de este obispo –meditó Elliot, mientras contenía en su parsimonia una ira bien disimulada– es ofensiva! No parece estar enterado de que esta ciudad ahora pertenece a Su Majestad Jorge III. Regresaremos mañana, pero nuestra conducta en la próxima junta y en las sucesivas si fuese necesario, tendrá de nuestra parte un carácter muy distinto.»

–Muy bien, señor obispo –dijo Elliot–. Nos retiramos. Mañana vendremos a esta misma hora.

Las palabras del almirante –cuya traducción Greene apenas pudo concluir– fueron interrumpidas por la caída al pavimento de algunos legajos que el padre Carrazana sostenía en sus manos. El jesuita, presa de los nervios, estrenó una complicada torpeza a la hora de recoger los documentos. El silencio pasmoso entre españoles e ingleses en la fría despedida dio un colorido burlón al ruido de las hojas esparcidas por el piso; Carrazana, con movimientos agarrotados, hacía por recogerlas.

–Greene, ¿qué opina de este obispo? –preguntó Elliot al caminar en dirección al Castillo de la Fuerza.

–Almirante, tendremos muchos problemas con él. ¡No lo dude! Es demasiado altanero. Pienso que defenderá lo suyo como si para él no hubieran terminado el asedio y la conquista de La Habana. Tal vez, tenga razón en obrar así.

Al escuchar la última frase dicha por el teniente, Elliot detuvo la marcha, giró su cabeza y miró de lleno por unos segundos al rostro del menor de los Taylor. Luego prosiguió sus pasos con idéntico ritmo. Van Leight todavía no alcanzaba a comprender las palabras finales de Greene, las cuales, para mayor asombro, había pronunciado delante del almirante, que en esos momentos era su jefe inmediato.

–¿Sabe una cosa, teniente? –dictaminó Elliot sin detener sus pasos, tal vez contrariado o irónico–. Usted de ahora en adelante se encargará de proseguir las conversaciones con el obispo y, de esa manera, ayudado por Van Leight, podrá discernir si al final le asiste o no la razón. Yo me retiro de esta misión. Espero que Albemarle haga suya esta decisión mía. ¡No puedo soportar el trato de un obispo tan estúpido y aburrido!

«¡Esto es un ultraje del infierno! –gritó Morell desafiante–. ¡Los ingleses son hijos de Satanás!». La reacción del obispo ante la novedad de que el teniente Greene presidía la comitiva británica resultó explosiva. El jerarca optó por retirarse de la junta. López-Parro y Carrazana lo siguieron para persuadirlo de que volviera.

—Su Eminencia, le ruego que regrese —propuso López-Parro, convencido de que había que tratar con el interlocutor británico fuera quien fuese su representante—. Impera que usted dilate lo más que pueda las conversaciones. Ahora debemos ganar tiempo y extraer el mejor provecho en favor de los intereses de la Iglesia católica. ¿Comprende? Ellos proceden así para humillarnos.

—Esta es una prueba demasiado fuerte a la que Dios me somete —dijo Morell reconcentrado en el agravio—. Regreso, señor López-Parro, regreso. Solo requiero de unos minutos para reponerme de esta afrenta. No desatiendo sus consejos. ¡Gracias por su ayuda!

Juvenal solícito brindó una copa de agua al obispo. Este la bebió completa y enseguida se le vio más tranquilo.

La humanidad de Morell con sus sesenta y ocho años retornaba ahora ante la mirada de Greene, quien disfrutó el modo brusco y magnífico en que el obispo había reaccionado ante el agravio. En realidad, la ofensa, bien calculada por Elliot y Albemarle, había dado en el centro de la diana. Sin embargo, ahora el teniente continuaba disfrutando la solemnidad del prelado. Su rostro redondo, las canas, su porte severo con el birrete y capote encarnados que parecían haber nacido con él; y su mirada que se expresaba más fuerte y activa que sus palabras.

—Su Eminencia —puntualizó Greene sin apartar la mirada de los ojos de Morell—, con el mayor respeto reclamo de usted dar respuesta a nuestros requerimientos, expuestos ayer por el almirante Elliot, y que hoy tengo a bien entregar a su Excelencia por escrito a fin de evitar posibles malos entendidos.

Morell tomó el documento que le habían extendido y leyó con mucha calma su contenido. El prelado católico reflexionó mientras leía. Los modales y las palabras del menor de los Taylor lo tenían casi seducido e, incluso, algo sosegado. Por su vasta experiencia en la atención de las almas pudo discernir con rapidez que tenía ante sí a un joven que había nacido entre paños de seda y que poseía indudable formación aristocrática.

–Señor… –deseaba iniciar la intervención Morell, pero se percató de que aún no había fijado el nombre del teniente.

–Eric Greene, su Eminencia –confirmó, observando que el semblante de López-Parro estaba tranquilo y atento, y el de Juvenal y Carrazana también, aunque este último, como siempre, escondía el pulso de sus ojos.

–Señor Greene –de forma muy pausada comenzó Morell su intervención–, no puedo permitir que las campanas se arranquen de los templos. Creo que eso es de fácil comprensión, incluso para ustedes los ingleses. A esta exigencia debemos buscarle otra salida. La lista del clero y los monjes se entregará tan pronto esta situación caótica de la ocupación se haya normalizado. También la relación de todas las iglesias y su consiguiente pertenencia a las congregaciones. Sin embargo, destinar uno de nuestros templos para la práctica de sus oficios religiosos resulta de imposible cumplimiento.

La acotación irónica de Morell: «incluso para ustedes los ingleses», molestó a Greene, pero comprendió que el obispo estaba, sobre todo, ofendido y, en especial, algo extraviado en su manera de ver el mundo. Decidió acudir a la convicción de no haber escuchado tal exclusión de los británicos del género humano y proseguir el camino de las negociaciones al amparo de los Artículos de la Capitulación.

–Su Eminencia –demandó Greene–, ¿qué cantidad de dinero la Iglesia católica estaría en condiciones de entregar para evitar la requisición de las campanas?

–Mil, o incluso dos mil pesos –aclaró Morell atento a la reacción del teniente.

–Su Eminencia –Greene no evidenció el menor asombro por la propuesta taimada del obispo–, le aseguro que el ofrecimiento que acaba de formular no llegará a los oídos de Albemarle, quien, en estos momentos, como su excelencia sabe, es el gobernador de La Habana. Esa suma, y se lo digo con el debido respeto, resulta ridícula.

El menor de los Taylor observó que el cuello de Carrazana era víctima de un tic nervioso incontrolable. Se le estiraban los tendones que ascienden del hombro derecho hacia la cabeza de modo brusco, con tirones continuos y sorpresivos. Los reunidos se percataron de lo que le estaba ocurriendo al padre jesuita, aunque presintieron que nada podían hacer. El obispo miró con reproche a Carrazana, pero debía ocuparse de lo que tenía que responder al teniente.

–En una palabra, joven. Ustedes, ¡han llegado a esta tierra para arrasarla! –clamó Morell con enojo–. ¡Qué Dios se apiade de sus almas! Yo reclamaré justicia ante los reyes Carlos III y Jorge III. ¡Qué atrocidad!

–Su Eminencia –opinó Greene queriendo llegar al fondo del diferendo, ante un jerarca que se expresaba intransitable y terco en el entendimiento–, yo no sé distinguir entre las mandíbulas del imperio español y las del británico. Ambas trituran muchas cosas que, sin lugar a dudas, reducen al ser humano. Esta ciudad, por ejemplo, está poblada de templos religiosos, pero desértica de escuelas que puedan dar instrucción a sus pobladores. Creo que Dios también debe enjuiciar tales incongruencias, que en su teología es la eficacia de su obrar sobre los hombres. ¡Multiplíquense los libros para que se expanda la sabiduría! Le puedo asegurar, señor obispo, y con el debido respeto, que este postulado de Jesucristo es bien desatendido en La Habana.

Las palabras de Greene dejaron sin aliento a Morell. También a Juvenal y a Carrazana; este último no podía controlar, aunque quisiera, su tic nervioso, cada vez más pronunciado. López-Parro ahora asumía una expresión pasmosa. Tal vez, el diplomático creía en esos momentos no encontrarse en La Habana, sino en París o Madrid, al escuchar la atrevida y subversiva opinión del improvisado representante británico.

–Señor Greene, por favor, ¿cuál suma de dinero pudiera satisfacer al mando británico? –inquirió el diplomático tratando de salvar el diálogo que ya para él naufragaba.

–Nunca por debajo de los setenta mil pesos –precisó Greene.

El enviado del rey sabía que el joven estaba en lo cierto. Sin embargo, aún no imaginaba a ciencia cierta cómo podría convencer al obispo de entregar esa enorme cantidad de dinero. El diplomático optó por distanciarse mentalmente del problema. «La Iglesia entregará el dinero –pensó el madrileño–. No importa si la suma resulta elevada o no. Un templo católico sin campanas significa la mutilación del Espíritu Santo».

–Joven –Morell estaba contrariado–, debo decirle que toda mi vida la he dedicado a luchar en esta tierra contra las injusticias que aquejan a los hijos de Dios. Aunque veo equidad en su crítica hacia los imperios, cuestión que mucho me asombra, pido que el Omnipotente perdone su exceso que raya en la blasfemia –se levantó–. Informe a sus jefes que yo apelaré a las cortes de España y de Inglaterra ante toda esta injusticia que aquí se comete contra el catolicismo. A partir de esta fecha usted podrá dialogar con los sacerdotes Carrazana y Juvenal, que me acompañan, y con nuestro amigo y fiel devoto de Dios y del rey Carlos III, el señor López-Parro.

El obispo se retiró sin dirigir siquiera un saludo formal de despedida a Greene; tal vez pensaba que en el teniente habitaba un hijo de Lucifer. Este, no obstante, se alegró de que el prelado hubiese adoptado esa postura. Ahora irrumpía en su cerebro el dictamen del almirante Elliot sobre Morell. En realidad, gracias a su imbatible engreimiento, el prelado, incluso asistido por justificadas buenas razones, era el menos indicado para negociar los intereses de la Iglesia católica ante la ocupación enemiga. Luego de retirarse el obispo, Greene pidió a los representantes de Morell que le entregaran por escrito sus decisiones para llevarlas al conocimiento del gobernador Albemarle.

Mientras Greene esperaba por Carrazana y Juvenal, conversaba con López-Parro. Por una confidencia de Elliot, el teniente sabía quién era el diplomático que ahora charlaba con él de manera apacible y educada. Conocía los motivos por los cuales había recibido instrucciones del ausente Prado Portocarrero para quedarse a residir en La Habana; él permanecería para atender los innumerables asuntos que el exgobernador español no pudo llevarse consigo en sus baúles. Otra de sus funciones importantes consistiría en ayudar a la Iglesia católica ante la embestida de la requisitoria de los vencedores. Pero Greene se preguntaba cómo el almirante Elliot había podido obtener esa valiosa información. «Tal vez se deba a los hilos que teje con paciencia desde Londres el diplomático ponzoña –pensó sobre Hammond–. ¿O será obra del espía que aún no conozco o de otros que viven en el entorno de López-Parro?».

–Teniente, al escuchar sus palabras sobre la instrucción pública me asaltaron muchas dudas –comentó el madrileño.

–¿Por qué? ¿Piensa que con ello las individualidades se extingan?

–Sí, más o menos –López-Parro quedó sorprendido ante las agudas acotaciones del joven–. No puedo imaginar a todos los pobladores recibiendo instrucción por igual. Eso podría guillotinar a nuestra civilización.

–¿Y porque usted lo piense, cree que están de su lado la razón y la verdad?

Ahora la insolencia liberal de Greene disparó la astucia y el divertimento intelectual del diplomático, cual si estuviese enfrentando una partida de ajedrez. Con todo, su oponente lo confundía. No lograba armonizar en su mente ese vocabulario preciso que se le encimaba, según tenía entendido, bajo eventuales enseñanzas recibidas en una academia tipo conde Cumberland. «Este joven parece poseer una educación que supera cualquier ilustración militar», concluyó el enviado del rey.

–No sé –contraatacó el diplomático–, toda la plebe con acceso a la enseñanza puede al final destruir un imperio.

–Pues yo creo que es lo menos que pueden hacer los monarcas y los pontífices en nombre de Jesucristo –expresó Greene, al tiempo que se ponía de pie para despedirse.

Ante la resolución y conducta final del joven, López-Parro tuvo la rápida impresión de que el teniente debía poseer alguna información sobre su persona. «Actúa como si ya me conociese, pero no precisamente por algún que otro efluvio de empatía. ¡Ya nos veremos de nuevo y más cerca, joven disfrazado de militar!», se dijo el diplomático en el adiós.

Al salir de la Parroquial Mayor, el teniente le dijo a Van Leight que después lo alcanzaría en el Castillo de la Real Fuerza. «Creo que debe hacerlo acompañado», sugirió el oficial contador. «No se preocupe, estoy armado», replicó él. Había una inaplazable obsesión en la mente de Greene: encontrar a la muchacha que sus ojos habían descubierto en la ribera. Con esa idea deambuló por las calles de La Habana. Comprobó que el trazado de las calles de la ciudad era apropiado. Un fuerte e inesperado aguacero lo obligó a cobijarse en un soportal estrecho de la calle Mercaderes. Ya podía divisar la enorme Plaza Nueva que abrigaba a comerciantes y vendedores de mercancías de variado tipo. El chaparrón inesperado hizo correr en urgente estampida a la gente; excepto a los vendedores que, sin tener otra alternativa, optaron por empaparse y tan solo cuidar de sus mercaderías.

Como en ocasiones anteriores, incluso cuando estaba sobre el navío, pudo constatar que la lluvia en La Habana caía de manera sorpresiva y torrencial, pero su duración resultaba más breve de lo imaginable. Además, cuando el torrente de agua se detenía, lo hacía de golpe. Este resorte de la naturaleza en el entorno habanero, varias veces llamó de forma poderosa la atención del joven. Ahora Milton regresaba a su memoria cuando contemplaba la caída de la lluvia. «¡Las nubes son –le había dicho el capitán en una ocasión– las ráfagas del mar en el cielo para bendecir a la tierra y los hombres!». «Milton, ¡cuánto desearía que estuviese aquí conmigo!», pensó con devoción, al tiempo que salía del soportal y se dirigía hacia la Plaza Nueva. Al pasar por el frente de una vivienda, escuchó con inesperada sorpresa agradables notas musicales que provenían de un clavicémbalo. Se detuvo de inmediato y miró hacia la segunda planta de la casa. Divisó que la puerta y las amplias ventanas que daban al balcón estaban abiertas. Greene permaneció varios minutos detenido en la acera escuchando la música barroca que él conocía en sus armonías y maravilloso desenlace. La música vivía permanente en su memoria y así la había disfrutado muchas veces al leer las partituras que viajaron consigo en la larga travesía. Lo hizo en el buque insignia de Sir Pockoc y después en el navío comandado por Hervey. Y ahora sentía que una fuerza recóndita refrescaba su existencia al escuchar el instrumento que estrenaba una pieza de Domenico Scarlatti que, a falta de dominio del ejecutante, algunos de sus pasajes se repetían una y otra vez. Greene pensó que ese inesperado acontecimiento era un premio para su espíritu agobiado, al haber confrontado tanta penuria por la guerra, la muerte y el lacerante sufrimiento de la gente.

De repente, la ejecución de la música se detuvo. Continuó con la mirada fija hacia los altos de la vivienda con la esperanza de ver a la persona que había estado ejecutando el instrumento, pero nadie aparecía en el balcón. Observó que el portón principal de la vivienda estaba cerrado. Momentos antes, la copiosa lluvia se había interrumpido de golpe. Del mismo modo, se había detenido la reconfortante música e intuía segundo tras segundo que debía proseguir su camino. Al llegar a la esquina giró sobre sus pasos para contemplar de nuevo el extendido balconaje, con balaustres torneados, pies derechos columniformes y capiteles de zapata, en el cual se apoyaba un tejaroz, algo más bajo que el tejado principal. La puerta y las altas ventanas se mantenían abiertas y de nuevo no pudo avistar ninguna figura humana. Impresionó a Greene el largo corredor de madera tendido sobre la calle. «Esos balcones —pensó él— solo existen en La Habana». De forma casi inverosímil se sintió incitado. Una vaga zozobra se apropió de su corazón y no sabía el porqué de esa sensación inexplicable. Por su mente otra vez transitó el recuerdo de la joven del proscenio shakesperiano que buscaba afanoso. «¿Será que La Habana en su misterio —se preguntó al atravesar la Plaza Nueva— me hará sufrir lo indecible hasta poder encontrarla?». Abandonó la calle Mercaderes y derrotado consigo mismo por no haber localizado aún a la joven que obsesionaba su memoria, se fue a cumplir las tediosas tareas que esperaban por él en el Castillo de la Fuerza.

Van Leight aguardaba por Greene. Ambos fueron en busca del almirante Elliot. La información acerca de los resultados de la vista con Morell no turbó en ninguna de sus aristas la personalidad del almirante amigo de Hervey.

—¿Pero el obispo no entregó la relación del clero y los templos? —demandó Elliot.

—No, almirante. Y creo que nunca lo hará. Tal vez, esté persuadido de que esa es la mejor manera en que la Iglesia católica impugne la capitulación —afirmó Greene.

—Pienso que esta vez nadie podrá detener la furia de Albemarle —sentenció Elliot.

El almirante amigo de Hervey, con la respuesta escrita del obispo en sus manos, se dirigió a entrevistarse con el conde británico. Elliot, al despedirse del teniente, le reiteró que él se mantendría al frente del intercambio con el obispo católico y que lo esperaba en la noche para tratar las decisiones de Albemarle con relación a las reacciones del insolente obispo.

Greene propuso a Van Leight dar un paseo por la ciudad. Continuaba con la obsesión de que un golpe de suerte lo hiciera reencontrarse con la joven que se había adueñado de su alma. Faltaba aún buen trecho para que cayera la tarde. Los dos se dirigieron hacia la Plaza Nueva. Iban observando las calles y sus pobladores. Veían cómo transitaban calesas, carretas, quitrines, y el modo en que los caballos y las ruedas removían los charcos de agua y tierra, y dejaban estelas de fango sobre el empedrado de las calles.

—La arquitectura de esta ciudad tiene que ver con trazos que provienen de un estilo donde el arte árabe se mezcla con elementos romanos y góticos —comentó Greene a la par que con sus ojos buscaba el lugar donde horas antes emergiera la música barroca—. Sin embargo, predomina la expresión castellana con vibraciones barrocas y fantasías andaluzas. Hay economía de recursos en la construcción. El clima y las costumbres, como suele suceder en todas las ciudades coloniales, apuntan a un estilo arquitectónico propio.

Van Leight desconocía los verdaderos propósitos de la caminata guiada por Greene. En realidad, hubiese deseado quedarse para atender a los militares que estaban destinados para el trabajo de las donaciones, las multas y los impuestos, pero el teniente, incluso con una gradación inferior a la suya, era en esos momentos su jefe por expresa decisión del almirante Elliot. En el contador de mediana complexión resaltaba su baja estatura mientras caminaba al lado del espigado excursionista. El menor de los Taylor con su discurso causaba en Van Leight cierta perplejidad, dado que este nada sabía de lo que su guía comentaba con profuso vocabulario. El oficial subordinado solo entendía de la marina, la contabilidad y las finanzas.

—En realidad, yo no domino diferencias arquitectónicas —murmuró, con el deliberado propósito de desviar las acotaciones que no resultaban de su agrado—. Lo que observo a primera vista es que en La Habana hay mucha pobreza y mendicidad.

—Los pormenores constructivos de esta ciudad me entretienen gracias a mi hermana —trataba de acortar con su mirada el balconaje que constituía el blanco final de su curiosidad—. Ella vive apasionada por la arquitectura; de encontrarse aquí enumeraría descripciones interminables en ese campo. Pero Van Leight, créame, no resulta tan difícil llegar a dominar algunas pinceladas para disfrutar de otra manera a la Reina de las Indias. No la imaginaba tan distinguida. El hambre y la miseria que aquí se palpan se deben a la endémica desatención de las metrópolis imperiales hacia sus colonias.

—Pero esta ciudad debe ser la plaza más importante que poseía el reino de España.

—Sí, pero España tiene en el mundo la adicción de sumar más posesiones a sus posesiones, y la trata de esclavos y las exenciones en la producción y el comercio acentúan la diferencia del modo de vida de Madrid con relación a esta ciudad. Ese mal también corroe a Londres. Calcuta, por lo que me han dicho, está peor que La Habana.

—Teniente, ¿usted se percata de cómo la gente evita cruzarse con nosotros? —observó—. No tengo duda de que los habaneros sienten gran desprecio hacia nosotros.

El acompañante del menor de los Taylor se había dado cuenta de que los habaneros, al verlos venir de frente por la misma senda, cruzaban a la otra para evitar el encuentro.

–Van Leight, tan solo se trata del comienzo. Perdieron gente en la guerra. Y sufrirán sin duda mucho más que nosotros.

De repente Greene avistó a lo lejos a Aram el traficante. Venía desde el fondo de la Plaza Nueva en dirección contraria. Al encontrarse con el moro, este lo saludó efusivo como siempre.

–¡Qué bien, al fin puedo verlo! ¿Cómo está? –Aram no dejaba de mirar hacia atrás con gesto nervioso.

–Bien. ¿De quién estás huyendo? –Greene preguntó burlón.

–De nadie, de nadie –aclaró–. No olvide que ahora soy hombre libre. Sabe, viajaré hacia Inglaterra con el almirante Hervey. Me tiene algunas propuestas de trabajo. ¿Qué le parece?

–Me alegro, de veras me alegro –se expresó con sinceridad, aunque receloso–. Pero me parece que estás nervioso. ¿Pasa algo que yo deba saber?

–Nada, teniente. En nombre de Alá, le aseguro que no me sucede nada –reiteró el moro sin dejar de girar la cabeza a intervalos para examinar los movimientos a sus espaldas–. Tengo que proseguir mi camino. ¿Dónde puedo verlo mañana?

–Aram, espera, te presento a un amigo.

Van Leight extendió su mano, pero sintió que la diestra de Aram no deseaba hacer otra cosa que irse a la desbandada.

–Me puedes localizar en el Castillo de la Fuerza –advirtió el teniente afectuoso.

–¡Adiós, señor Greene! ¡Qué Alá lo proteja!

La despedida del moro fue brusca y prosiguió su andar como una flecha. El menor de los Taylor constató que el traficante no había preguntado nada acerca de Milton. «Aram pertenece al bando de los pícaros –pensó otra vez– que viven el presente sin importarles nada más».

—¿Quién es ese moro? —preguntó Van Leight, que miraba aún hacia el árabe que ya desaparecía por una de las esquinas.

—Todo un personaje, Van Leight. Fue el perito que nos ayudó a pasar el Canal Viejo de Bahamas. No parece andar en cosas buenas, lo noté nervioso y de algo debe estar huyendo. Ese parece su sino.

—No tiene cara de bandido —murmuró Van Leight, algo afeminado en su descontrol—. ¿Será cierto que parte con Hervey?

Greene pudo constatar, debido al espontáneo comentario del contador, con sobresaliente amaneramiento, que de vez en cuando esa cualidad afloraba resuelta en su personalidad. Era evidente, pensó, que Aram había impresionado al contador de la Marina.

—No lo creo —de reojo pudo ver la excitación del oficial; sonrió y agregó—. Van Leight, Aram es un gran embustero. No tenga duda, puede que muy pronto se lo tropiece por ahí.

Ahora Greene observó el balconaje exterior de madera de la vivienda y comprobó que continuaba con la puerta y las ventanas abiertas. Al aproximarse vio frente a la puerta principal a un corpulento negro tocando el aldabón. Al abrirse el portón custodiado por fuertes pilastras, desde el interior de la casa brotaron interminables gritos de alegría en clara señal de darle jubilosa bienvenida al recién llegado. De repente, una muchacha apareció en el balconaje. Greene contempló su hermoso rostro y terminó inmovilizado. «¡Es ella! —se dijo perplejo—. ¡Es ella!» La joven, que había escuchado el vocerío que provenía de la planta baja, ahora se inclinaba sobre la baranda buscando con la vista la puerta principal. Al hacerlo, un nombre que brotó de sus labios alcanzó los oídos de Greene: «¡Chamblín, Chamblín, Chamblín llegó!». Ahora saltaba de alegría como una niña juguetona sobre la punta de sus pies. La joven, al intentar virarse para entrar, quedó paralizada al avistar la figura del militar inglés, literalmente erguida bajo sus pies y que sobresalía a la de Van Leight. Su rostro radiante de alegría se ensombreció de repente. El menor de los Taylor sintió que se clavaban sobre él unos ojos encantadores, que tal vez lo reconocían o quizás no podían comprender por qué ese talante de un militar invasor estaba tan próximo a ella. La joven, de forma brusca, desapareció del balcón. Cuando Chamblín atravesó el zaguán, la enorme puerta principal se cerró de un fuerte tirón.

«¡No puede ser! –se dijo Greene en sus adentros una y otra vez, asombrado–. ¡No puede ser!»

Van Leight vio al teniente paralizado sobre sus piernas casi frente por frente a la casa hacia donde este no dejaba de mirar como un zombi.

–Teniente, ¿qué ocurre? –inquirió el contador, quien a intervalos observaba la vivienda, sabiendo que de allí provenía la fuerza magnética que tenía inmovilizado a su jefe.

El menor de los Taylor no respondía. Al parecer una amnesia transitoria lo impulsaba a caminar por La Habana sin notar la presencia y escuchar las palabras de Van Leight. El teniente se sentía como un adolescente eufórico. Su imaginación se disparó y viajó hasta los elefantes de la India que cuidan a los niños mientras sus madres trabajan. Y pensó delirante que le bastaría uno solo de esos animales enormes, símbolos de la bondad, para atrapar a la joven y traerla a sus brazos. Van Leight desistió de hacerle preguntas al teniente, que continuaba caminando presa de un mutismo firme. Greene se dirigía hacia la Plaza de Armas en compañía del contador sin proferir palabra alguna. Sobre la pareja de militares británicos comenzó a desplomarse la noche. El menor de los Taylor, balbuciente y quedo por la emoción, declamó: «Noche es el día hasta que verte no consigo / Día las noches que soñando estoy contigo...».

–Teniente, ¿poesías? –indagó Van Leight, quien ya se estaba habituando al prolongado silencio de su jefe.

–Si, unos versos de Shakespeare –aclaró excitado, girando para entrar en el Castillo de la Real Fuerza, y agregó–. Es el final de uno de sus sonetos isabelinos.

«Hoy, este joven con sus palabras hizo enfurecer a un obispo –reflexionó Van Leight mientras escoltaba los pasos de Greene–.

Luego describió la arquitectura de la ciudad y se encontró con un moro traficante; se paralizó frente a una casa sin decir palabra alguna y ahora declamó unos versos de Shakespeare. ¡Cuidado! Hervey me podrá decir que se trata de un competente teniente de la Marina, de un graduado de Oxford, pero esas definiciones no me bastan. ¡Este joven, a mi juicio, es enigmático!»

XIX

Ver muerta a su hija

La guerra había modificado de modo evidente y sutil la vida de los Ondarribi Smith como la de otras tantas familias habaneras. Todo en la casa de Froyla la cubanita se mantenía casi en su mismo sitio, pero muchas aristas humanas en su seno tenían una nueva impronta. El regreso de Chamblín se transformó en el acontecimiento prodigioso que trajo un renovado estímulo a la familia. Concluía con su llegada el ciclo del monótono encierro de todos los moradores de la mansión. Ondarribi recibió al joven africano casi como se acogen a los héroes. Supo por veloces y fragmentados comentarios del vecindario y de integrantes de la Real Compañía de Comercio, y por su amigo Antonelli, que Chamblín había sido un verdadero coloso en la defensa del Castillo del Morro. Hasta el punto de habérsele otorgado la libertad por parte de don Luis de Velasco, legendario héroe y mártir de la resistencia habanera.

Savanna y Lita, e incluso la racista y desarraigada María Cruz, sabían que Chamblín, de nuevo en la casa, era sinónimo de seguridad promisoria; y las tres, cada una a su manera, se disponían a desempolvar las relaciones con el joven. Eva presentía que había regresado, como esperanzada en su disfrazada y resentida depresión, un posible apoyo ante su delicada situación. Y Froyla era la que sin dudas manifestaba mayor alegría por el acontecimiento. Al «príncipe de los jardines» —cómplice misterioso que visitaba con periodicidad una diamela de jazmines amarillos en el patio de la casa–, sumaba a su querido Chamblín, ahora trasformado de negro esclavo en héroe y hombre

255

libre; y de modo especial, al joven británico que perturbó su alma en la ribera y sobre el cual había profetizado no verlo nunca más, quien había reaparecido ante sus ojos en el mismo instante del regreso de Chamblín. Este inesperado acontecimiento significaba para ella un presagio paradójico que, al mismo tiempo, le acariciaba el corazón y le aguijoneaba la razón. Todavía Froyla no olvidaba el impedimento de su padre al no permitirle expresar su patriotismo ante el asedio de los ingleses. Ella, producto de esa decisión testaruda de Ondarribi, había mejorado mucho las relaciones con Eva, pero a costa de las tirantes relaciones de esta con su progenitor. También el vasco y Savanna habían discutido mucho y con virulenta fuerza en las últimas semanas, lo que obligó a Froyla, a pesar de su juventud, a tomar en muchas direcciones las riendas de la situación familiar. Nalón, morador provisional en la casa, que devino permanente por la guerra, agudizaba el cuadro general de la familia, en la cual ninguno de sus integrantes quería violar la secretividad de un asunto tan mórbido. Por demás, y para enojo de Froyla, el asturiano era el único que continuaba viendo en Chamblín a un negro esclavo. El cubano Euclides, mayordomo que acompañaba la vida de los Ondarribi Smith desde los tiempos de Santiago de Cuba, manifestó enorme alegría con el regreso del exesclavo. El cocinero Coyol, de personalidad retraída, reía con una alegría interior que sus ojos achinados no podían esconder.

En la tarde el vasco recibía la visita de sus amigos Antonelli y Jiménez el canario. Nalón, derretido por la curiosidad y el afán de preservar sus propiedades e intereses comerciales, participaba de la plática. Los cuatro charlaban en la amplia sala. Analizaban los miles de pérdidas de vidas humanas de los españoles y nativos, y otra cifra superior de los británicos. Los rumores del acoso inglés al obispo Morell trascendían en el coloquio gracias a las habilidades de Jiménez de haber conseguido con prodigiosa exactitud lo acaecido.

—Las personas con las cuales he podido conversar resaltan que la actitud del obispo ha sido muy digna —el veneciano miró hacia la galería en espera de que de un momento a otro apareciera Froyla.

—¡Tiene que ser! —el vasco encendió su habano—. Esos ingleses han complicado la vida de toda nuestra gente. Yo, después que resuelva algunos asuntos, me regreso a San Sebastián.

—Ondarribi, después de la capitulación tenemos que ser inteligentes y modificar hasta donde podamos nuestras relaciones con los británicos —opinó Nalón, algo caótico en sus razonamientos—. No debemos tomar decisiones precipitadas. No sé... Se dice, por ejemplo, que Albemarle tiene la intención de fijar gravosos impuestos. No sé... Si el obispo se enfrenta altanero a la autoridad de los ingleses muchas cosillas podrían empeorar...

La actitud oportunista del asturiano contrarió al vasco una vez más. Verificó por enésima ocasión que el amigo de su difunto padre solo se ocupaba de su desmedida avaricia. «¡Este Nalón por cuidar sus intereses es capaz de lamerle el culo y los pies al rey Jorge III!».

—Nalón —intervino Antonelli—. Nada ni nadie detendrá a los vencedores en sus propósitos. El denominado botín de guerra está fuera de cuestión. No actuarán como unos truhanes, pero creo que las requisiciones y el cobro de impuestos harán fuertes estragos en la vida de la Iglesia católica y en la de todos los habaneros.

—¿Usted piensa que ni los buenos modales podrán amortiguar la requisición y la política de impuestos de los británicos? —demandó Nalón en espera de la aclaración del veneciano.

—¡Con toda seguridad, señores míos! —afirmó Antonelli, al comprender que el asturiano estaba muy preocupado.

—Yo pienso que las cosas no serán tan malas —reparó Jiménez—. Pero debemos adaptarnos.

—¿Qué dices, Jiménez? —clamó Ondarribi—. ¡Muero por conocer tus razones!

—No tengo muchas —el canario bebió vino—. El comercio es el comercio, y yo soy comerciante. Además, no tengo la culpa de estar viviendo en La Habana. Yo no me invento guerras como estas. ¡Ha sido terrible!

El veneciano se puso de pie ante la llegada de Froyla. Al saludarla con extremada galantería se sintieron aldabonazos que se expandieron desde el zaguán hasta la segunda planta. Minutos después llegó Euclides para informar al vasco en voz baja que había dos oficiales británicos en el vestíbulo que solicitaban entrevistarse con él.

—Señores, les pido que continúen conversando. Están en su casa —dijo Ondarribi de pie—. Acaban de arribar dos oficiales ingleses que solicitan reunirse conmigo. Los recibiré en mi gabinete. Con su permiso.

El vasco, en medio de un silencio no planificado por los presentes, se encaminó a la puerta de la sala para alcanzar las escaleras.

—¿Quieres que te acompañe? —preguntó Nalón persiguiendo con su frase las espaldas del vasco.

—No, no es necesario —respondió, sin mirar atrás.

Al poco rato los reunidos sintieron los pasos del anfitrión y los oficiales que subían las escaleras. Al llegar a la galería, pasaron frente a la puerta abierta de la sala. Ondarribi iba delante hacia el gabinete; lo seguían un alto joven rubio y otro de mediana estatura. El espigado militar no apuró el paso y miró con suma curiosidad hacia el interior del salón principal. Sus ojos se concentraron en la figura de Froyla, porque su mirada la buscó con detenimiento y certidumbre, avasallador en el gesto, casi señoril. Ella sintió que el repaso visual del joven procedía de una persona que la conocía desde hacía mucho tiempo. El teniente se detuvo cuando redescubrió por tercera ocasión a la muchacha que, según él, con sus cabellos al aire se apropiaba de la luz y, en especial, de su alma.

—Miren, por acá —indicó el vasco sin comprender por qué el espigado militar había demorado su paso.

Ahora Froyla se reprochaba a sí misma su confusión. En su mente aún ondulaba el brillo de los ojos penetrantes del recién llegado. Antonelli le hablaba, pero ella apenas lo escuchaba. Y volvía a recriminarse su desconcierto. «¿Cómo una mirada —se preguntó alarmada— puede aquietar el odio que siento hacia los invasores?».

Froyla no podía, pero hizo lo imposible por recomponer su atención. A su lado estaba el veneciano articulando frases inteligentes y ella tan solo lograba escucharle unas palabras sueltas.

–No debe preocuparse –le reiteró Antonelli–. Se trata tan solo de una conversación de rutina.

–Sé que no debo preocuparme –estaba consciente de que trampeaba con su interlocutor.

Ella sabía que su meditación marchaba en otra dirección y no en la que apuntaba el italiano. Por primera vez se sentía simuladora hasta consigo misma al regresar en sus atropelladas emociones al joven de ojos azules y coleta rubia, arropado con uniforme de colores blanco y escarlata. «¡Será mi "príncipe de los jardines" –remató ella en inusitados desvaríos– que lo trajo en su vuelo! ¿Por qué tendría que verlo de nuevo? ¿Será el fantasma de mi abuelo materno que jamás conocí? Dios mío, ¡qué concidencias!».

En su gabinete Ondarribi conversaba con Greene y con el contador Van Leight. El menor de los Taylor explicó al vasco las indicaciones de Albemarle referentes al donativo que debían hacer los comerciantes españoles y nativos de La Habana, y a que habían decidido comenzar su trabajo por los accionistas de la Real Compañía de Comercio de La Habana.

–Yo no soy de los accionistas mayores de la Real Compañía –aclaró el vasco, extrañado de que lo visitaran de modo tan prematuro.

«Nalón y Jiménez tendrían por lógica que ser los primeros entrevistados –pensó, mientras escuchaba a Greene emplear un limpio lenguaje español–. Ellos poseen, además, amplio conocimiento del tejido de la Real Compañía». Ahora el vasco, con nostalgia, recordaba a su finado padre que se había desempeñado como uno de los consejeros principales de la Real Compañía Guipuzcoana de Caracas con sede en Madrid. «¡Él hubiera sabido aconsejarme –meditó nostálgico– qué hacer en esta situación!».

El menor de los Taylor se dio cuenta de que Ondarribi estaba algo inquieto por resultar uno de los primeros interpelados, pero jamás podría confesar que Froyla significaba el verdadero móvil de su apresurada incursión.

—Descuide —dijo Greene—, todos los accionistas van a ser entrevistados. ¿Aquí está la descripción de su intendencia? —preguntó, al tiempo que revisaba legajos entregados por el vasco, los cuales pasaba a Van Leight.

—Sí, las mercancías se encuentran almacenadas en la planta baja. Si lo desean pueden inspeccionarlas.

—No, no hace falta —determinó Greene.

—Señores, ¿cuál suma del donativo debo pagar? —preguntó el vasco por el asunto que en realidad más le interesaba.

—La suma que pretende alcanzar el gobernador Albemarle de los comerciantes en su conjunto puede que llegue a los cuatrocientos mil pesos —Greene vio de inmediato cómo el vasco agrandó sus ojos al escuchar la cantidad, y aclaró con apremio—. Por supuesto, dicha suma debe prorratearse entre todos los comerciantes y en correspondencia con el nivel económico de cada cual.

—Me parece una cifra desorbitada —Ondarribi aún no salía de la sorpresa.

Greene, tan solo de haber repasado de modo ligero los legajos administrativos del vasco, pudo percatarse de que a este le sobraban razones para expresarse alarmado. Sus operaciones tan solo se apoyaban en el algodón, la cera y el café. Decidió entonces describir las inmediatas ventajas que un comerciante habanero podría obtener a partir de la ocupación inglesa. El joven británico no deseaba en forma alguna que sobreviniera el rompimiento y con este indeseado resultado no poder de nuevo ver a la hermosa joven de su proscenio shakesperiano. Lo que nadie imaginaba era que el teniente tenía su pecho atravesado por una fuerza ciega, casi incontrolable, dispuesta a superar cualquier obstáculo. Ampliar el horizonte económico del padre de la joven más bella que él había visto en su vida ahora se traducía en su objetivo esencial.

—Señor —dijo Greene para seducir a su interlocutor—, debo exponerle varios aspectos a fin de que usted planifique mejor sus inversiones de ahora en adelante. La gobernación británica en esta ciudad toma medidas para que no se produzcan desmanes contra sus pobladores. Se respetará el culto religioso de todas las personas. El botín conquistado se pondrá a la venta ante los propios habaneros, además de exponerlo a la compra de extranjeros que lleguen a puerto. Los comerciantes de esta ciudad podrán comerciar con todos los navíos ingleses que toquen sus costas y se tratará, por último, que los impuestos no agobien la producción y el comercio.

Al concluir sus palabras, Greene pudo observar que Ondarribi comenzó a moverse algo más relajado en su silla, aunque el recelo no le daba tregua. Sus ojos verdes se achicaron e iniciaron una ojeada distinta hacia los controladores de la nueva administración.

—Aunque me cuesta mucho trabajo creer lo que usted acaba de decir, pienso por lo que escucho que tal vez sus palabras sean tranquilizadoras. Pero una sola cosa me preocupa en lo referente a la llamada donación que debemos efectuar los comerciantes. Sigo pensando que resulta demasiado elevada. Por otra parte, y se lo digo con la mayor franqueza, al menos yo jamás me acercaré a comprar nada del botín conquistado por ustedes. ¡Tiene que ser! Son muchos los hombres que han dado su vida por defender lo que ahora…

—Respeto mucho su decisión con relación al botín de guerra, señor Ondarribi. Pero, sobre lo que más le interesa, digo que esa suma relativa al donativo tendrá que ponderarse —puntualizó Greene con suma habilidad y se volteó hacia su subordinado—. ¿Usted no lo considera así, señor Van Leight?

El contador no estaba preparado para responder una pregunta de ese tipo. Al inicio se confundió, dado que, para expresar un juicio como ese, se debe estar orientado u autorizado, pero rápidamente reaccionó y meditó: «No sé por qué, pero debo seguir el juego del señor Greene. No olvido que ayer estuvo desorientado al contemplar esta casa».

—Sí, teniente —opinó Van Leight—. Creo que es un asunto que debe examinarse.

Por sus años vividos, Ondarribi veía en el oficial a un joven ilustrado. Su mente elogiaba el impecable dominio del español y sus modales respetuosos. A la par, pudo deducir que, entre los dos inspectores, Van Leight, por su forma impertinente de mirar a todas partes y escudriñar cuanto dossier caía en sus manos, destacaba como el perfecto burócrata. La personalidad de Greene, a juicio del vasco, expresaba una conducta ajena al universo militar.

—Señor, le ruego que no censure mi atrevimiento —dijo Greene sin poderse contener—. Ayer en la tarde transitaba por frente a su casa y escuché una música extraordinaria que reconfortó mi espíritu. Deseo darle las gracias por tener en este hogar un clavicémbalo y que alguno de su familia ofrezca un regalo tan maravilloso a los demás. La guerra es la enorme irresponsabilidad de los hombres; la música, la pasión de los sueños y el amor por la vida. Antes de retirarnos, y en lo personal, le reitero mi modesta gratitud. Gracias también por la forma tan correcta con la cual nos ha recibido y atendido.

Después de pronunciar estas palabras, el menor de los Taylor se puso de pie. Van Leight hizo otro tanto. Ondarribi se levantó de su silla, pero estaba sin aliento porque no podía dar crédito a las palabras que acababa de escuchar. Desorientado buscaba el modo de responder el inesperado elogio que hacia su familia había expresado el oficial invasor. El vasco movió su brazo para indicar en gesto de cortesía el camino hacia el vestíbulo a los ingleses y aún no atinaba a decir palabra alguna.

Euclides avisó a Savanna, y esta a los reunidos, que los británicos ya se retiraban. Todos estuvieron muy atentos a la salida de los ingleses guiados por Ondarribi. Froyla se las ingenió para ver más de cerca a Greene. Cuando Antonelli la sintió aproximarse con discreción a la galería, pensó que lo hacía remolcada por la preocupación; Nalón hizo lo mismo, pero causaba la impresión de estar asustado. Se ubicó en un ángulo que daba a la escalera principal y muy próximo a María Cruz, la solterona que, ni siquiera con el raro advenimiento de los militares británicos en la vivienda, desaprovechaba ocasiones para ejecutar sus desplantes ante el asturiano. Savanna y Lita permanecieron en la sala.

Ambas sostenían en sus manos unos rosarios. Eva, advertida de la inesperada visita, desde el fondo de la segunda planta, entre el comedor y la escalera auxiliar que daba al mezanine, observó a los oficiales. Pudo ver el rostro de su hermana Froyla lleno de emociones inéditas. Teniendo de marco el vano del patio con sus jazmines amarillos y flores de mariposas blancas, ella pudo constatar cómo se miraron su hermana y Greene. Quedó conmovida por la escena. Tal vez por su gravidez o por la perenne recurrencia de Pepe Antonio en su memoria, sus ojos se humedecieron de lágrimas. Antonelli vio que el rostro de Ondarribi poseía un mutismo apacible y despejado de malos presagios.

Froyla solo tenía tiempo para contemplar a Greene mientras este se encaminaba hacia el zaguán. Comprobó curiosa que la prestancia elegante del alto joven no necesitaba los atuendos del uniforme militar y que sus ojos azules armonizaban con el revoloteo del diminuto zunzún que, ahora como un prodigio, volaba en su imaginación descendiendo por el vano del patio hacia el oculto recipiente de agua azucarada. Al fondo de la planta baja, erguido como una estatua, estaba Chamblín, reverente, avispado, avistando a Froyla y exhibiendo una afable sonrisa.

El vasco, al llegar al umbral de la puerta principal para despedir a los inspectores, se manifestó amable.

–Señor Greene –presintió que aún no encontraba las palabras adecuadas. Pensó en Froyla, su debilidad insalvable–, ¡gracias por su elogio hacia nuestro hogar! La música que ayer escuchó era interpretada por una de mis hijas…

–¿Por la bella joven que se encuentra en la sala? –inquirió Greene sin poder detener su impulsividad.

–Así es. Ella se nombra Froyla.

–¡Froyla!… Señor, con el debido respeto, ¡hermoso nombre tiene su hija!… Y sin que lo tome como una afrenta o abuso impropio de mi parte, si usted lo autoriza le puedo facilitar partituras de música barroca inglesa, francesa e italiana que serán de mucha utilidad para enriquecer su repertorio.

–Gracias por su ofrecimiento. Pero debo pensarlo muy bien antes de darle una respuesta. ¡Tiene que ser! ¡Son muchas las personas que han muerto y su memoria paraliza mi voluntad!

–Le doy absoluta razón y lo comprendo, señor. ¿Sabe? Yo perdí en la zona este del Castillo del Morro a un entrañable amigo. Él siempre, de forma jocosa ante las tormentas que nos azotaron en el océano, me decía: «¡No hay situación por dura que sea que no deba ponerse peor!». Con esa opinión, a su manera, me ayudaba a no perder el optimismo y a saber valorar la importancia de la vida. Por eso, señor mío, odio la guerra con todas mis fuerzas, y logro entender sin reservas su honesta respuesta a mi ofrecimiento. Créame, no me siento agraviado.

Greene y Van Leight montaron en su calesa y el vasco regresó sobre sus pasos. Al llegar a la sala se sentó en su sillón habitual. Todos lo rodearon muy atentos. Nalón y Jiménez no dejaban de hacer preguntas. Ondarribi ensimismado, sin podérselo confesar a nadie, repasó en su cerebro el insólito coloquio sostenido con el teniente invasor mientras bebía del vino que le había alcanzado el bueno de Euclides.

«¡Dios mío! –meditó el vasco–, ¿qué me está ocurriendo?». Recordó y asoció en ese instante, de forma casi inconexa, las opiniones de Greene con las expresadas por el padre Juvenal sobre la recién concluida guerra. El sacerdote enigmático, en la mañana de ese mismo día, le había repetido un vaticinio bíblico del profeta Isaías: «Y será como el que tiene hambre y sueña, y parece que come, mas cuando despierta su alma está vacía».

Desde que Greene descubrió la morada de Froyla su excitación no parecía tener fin. Aunque Ondarribi en principio le había respondido de forma desfavorable con relación al ofrecimiento de los textos musicales, ya él los tenía ordenados y seleccionados para entregárselos a su ninfa habanera porque abrigaba el presentimiento de que el vasco, al final, aceptaría el obsequio. Sin embargo, su mente afiebrada por el ansiado hallazgo estudiaba la manera de provocar otros acercamientos a la casa de los Ondarribi Smith. Los rumores en La Habana –que al parecer no se detenían, aunque fuese abatida por infinidad de tormentas–, le habían dado a conocer el dato revelador de que la madre de Froyla era hija de un audaz y trastornado oficial inglés que estuvo muchos años en Jamaica. Supo, además, que dicho militar, a su regreso a Inglaterra, había sido degradado y expulsado por el Almirantazgo.

La guerra recién concluida y la aplicación del sistema de cobros de donativos e impuestos que Elliot le había encomendado, le posibilitaron no solo ver de cerca a Froyla, sino obtener ese importante antecedente acerca de su ascendencia inglesa. El pormenor era para él una información muy esperanzadora. No obstante, lo perturbaba el hecho de que ella había insistido en incorporarse al comité femenino de resistencia ante la agresión británica, lo que pudo conocer a través de Jiménez y su esposa Septimina cuando, junto a Van Leight, visitaron la casa del comerciante canario. Froyla no pudo participar en las faenas de apoyo a la resistencia por la negativa de su progenitor, pero el hecho hablaba por sí solo del carácter especial de la cubanita y de la opinión nefasta que ella debía tener acerca de los invasores. Solo podía aliviar esa pesadumbre al recordar el brillo de sus ojos color miel cuando enfrentaban los suyos. «Fue una mirada estremecida que ahora acompaña todas mis vigías y ensueños», pensó. También gracias a Septimina supo que el nieto del arquitecto italiano que construyera la fortaleza del Castillo del Morro ejercitaba sin reservas desde hacía buen tiempo un cerrado agasajo amoroso a fin de conquistar el corazón de Froyla. Este dato provocó el descontrol y agudizó los celos en el menor de los Taylor, sobreexcedido en sus inquietudes al conocer que dicho pretendiente interpretaba con extraordinaria maestría la música barroca.

Ahora Greene, sin usar su uniforme militar, se encaminaba a encontrarse por primera vez con el misterioso espía de Hammond que operaba dentro de las filas españolas. No tuvo siquiera que tocar la aldaba de la puerta principal porque, al aproximarse, esta se abrió de inmediato. En medio de la penumbra del zaguán apareció el rostro del militar español ya identificado, que sostenía en su mano derecha un pequeño candelabro de copa de cristal con una vela encendida. El oficial español, también despojado de sus atuendos militares, recibió sonriente a Greene y lo convidó a seguir sus pasos. A diferencia de la casa de Ondarribi y la de Jiménez, el gabinete del colaborador secreto de Hammond se encontraba ubicado en una vivienda menos suntuosa. A Greene le llamó la atención que la residencia aparentaba estar deshabitada.

—Por lo que he visto y escuchado, usted está muy atareado —habló concentrado mientras situaba el candelabro muy cerca de los ojos del visitante—. No podía imaginar que un oficial tan joven fuese un mensajero del almirante.

El teniente entregó la carta de Hammond, y vio que el confidente la leía con mucho detenimiento.

—Mire, en La Habana solo se habla de los acontecimientos desastrosos de la guerra, del gobernador pusilánime y la Junta de Guerra errática, de los héroes Pepe Antonio, Velasco, Hervey, pero hay un papiro que da vueltas en el aire por encima de todos los tejados y las cabezas de la gente: el tesoro mexica que al parecer se extravió por sus propios pies —sopló la vela que Greene tenía muy cerca de su rostro, y ambos quedaron bajo la luz de los candelabros adosados a las paredes—. Por lo que he visto y escuchado parece que entre los autores están involucrados el padre Carrazana, que ya usted bien conoce, y un paisano suyo que se nombra Morphy... Se dice también que un colaborador del alférez mayor Recio de Oquendo, nombrado Federico Reverte, podría tener las manos sucias —sonrió—. Mire, mucho se dice sobre ese robo, pero poco o casi nada se sabe de sus autores y cómplices...

—¿Qué decía el capitán García al respecto?

—Lo mismo que ahora yo le comento.

–Sospecho, al observar su rostro, que tal vez usted debe saber algo más de lo que el secretario del gobernador se llevó en su mente. ¿No es así?

–Sí, en realidad es así... Mire joven, ofrecer ese dato en medio de mis riesgos..., yo calculo que debemos ponerle un precio en metálico –sonrió de nuevo–. ¡Claro! ¡No por lo que pesa el cofre que conserva esas maravillas de la orfebrería antigua! ¿Me hago entender?

–Perfectamente. Escucho sus propuestas de cobro, pero primero tengo que valorar la importancia y los resultados de la información.

–¡Por supuesto! –se levantó y tomó una botella y unas copas que tenía a su derecha. Sirvió la bebida, y exclamó con calma–. Mire, ¡este es un coñac delicioso!, ¡francés! Me lo regaló hace unos meses un comerciante neoyorquino amigo mío. ¡Usted solo me dirá maravillas cuando lo beba! Abro esta botella en honor de su llegada.

Greene, apenas humedeció sus labios con el licor, se dio cuenta enseguida de que la garrafa ya había sido abierta con anterioridad. El español, sin embargo, bebió gruesos sorbos para festejar la primicia del descorche.

–Sobre los ingleses se dicen horrores, pero reconozco que, cuando se comprometen en pagar, lo hacen con una puntualidad impresionante... ¡Ustedes son mucho más sutiles que Machiavello! Por eso admiro tanto a su país... Llegada esta desgracia de haber perdido La Habana, yo en el fondo me alegro, porque sé que para mí de ahora en adelante marchará mejor mi vida...

El teniente no quería en modo alguno continuar escuchando las estupideces del espía sobre la destreza del genio inglés y decidió presionar al desvergonzado militar español.

–Dígame todos los detalles que posea sobre el tesoro y yo, tan pronto tenga los resultados en mis manos, le pagaré la suma que usted ahora determine...

–Con mil libras estaré más que satisfecho...

«¡Está pidiendo una fortuna! –pensó Greene–. No importa, Hammond es capaz de pagárselas hasta de su propio peculio con tal de alcanzar el reconocimiento de la aristocracia y así proseguir con su adicción de jugar con los secretos.»

–¿Cuál es la información?

–Federico Reverte es muy amigo de uno de los sacristanes que trabajan con Carrazana... Se nombra Julio Herrera –se echó hacia delante y apareció una sonrisa que bajo la luz de los candelabros se transformó en una contorsión, y dijo con doblez–. Reverte y Carrazana se disputan los favores del mancebito Herrera... ¿Me entiende?... Yo sé que esos tres se apropiaron del arca mexica y luego la enterraron... ¡Teniente, en el valle de las lágrimas, muchas veces, se pierden los hijos de Dios!...

–¿Dónde están enterradas las joyas? –demandó, aun sabiendo que tenía frente a sí a un ser despreciable, entre otros, por este confesarse públicamente discípulo de Carrazana y amigo de Morphy.

–Si lo supiera, el pago suyo tendría que ser mucho mayor... –ahora se le notó algo sulfurado–. ¡Joven, el almirante conoce el valor de mis informaciones! Eso que acabo de decirle son las señales que conducen al cielo... ¡No tenga dudas!

–¿Y Morphy?

–Ese británico es antes que todo un comerciante –ironizó–, y también le placen los resultados... Si él llega a tocar el baúl de las joyas mexicas pagaría por ello lo que le pidieran... ¡Si pudiera, claro está! Digamos que él está dentro de la iglesia, hasta aprovechándose de las pasiones amorosas de esos tres descarriados, pero no sabe dónde se encuentra la mitra...

Greene rehusó beber otro trago del afamado coñac. La despedida no pudo ser más fría. «Teniente, hay un hombre que está trabajando duro para localizar esas joyas. Es el señor López-Parro», advirtió el traidorzuelo en el adiós. Quedaron en verse tan pronto se obtuvieran los primeros resultados de la pesquisa. «¡Aram es una persona decente al lado de este aborrecible Medem!» –pensó el menor de los Taylor cuando se dirigía hacia el Castillo de la Fuerza–. «Hammond mantiene otro canal de comunicación con este espía –dedujo–. ¡Medem cometió el error de no preguntarme absolutamente nada acerca de su Hammond acreedor, que tanto se divierte con los naipes del espionaje!».

Como era habitual, a las diez de la noche las hijas de Ondarribi se preparaban para dormir. Las dos conversaban en tono muy bajo, casi susurrante, en la habitación de Eva. Un par de velas encendidas iluminaban el semblante de ambas, y proyectaban sombras enormes y movedizas en las paredes del aposento.

–Hermanita engreída –musitó Eva–, desde que viste al oficial inglés pareces una muda. Y eso que suponías que no lo encontrarías de nuevo. Había que ver la cara que tenías cuando lo mirabas.

–Así es –aseveró emocionada–. Solo tú eres capaz de saber lo que me pasa. Nunca creí que un buen día pudiera descubrir a un joven tan apuesto. Me siento extraviada. ¡Cómo miran esos ojos! Pensarás que exagero, pero parece que hace mucho tiempo que nos conocemos.

–Desde lejos pude apreciar que es muy elegante y sus modales resultan majestuosos. Sigo pensando que si nosotros hubiésemos sido colonizados por los ingleses fuéramos personas más educadas.

–Hermanita loca, menos mal que nuestro padre no puede escucharte.

–No se lo volveré a decir. La mayor de las ofensas sería para Ondarribi –Eva apretó la almohada contra su pecho–. Creo que, cuando sepa toda mi historia y las nuevas emociones de mi engreída hermanita, se sentirá como una bestia acorralada y va a maldecir el día en que nos trajo a este mundo.

–No comiences a blasfemar y a decir disparates. Siempre presagias desgracias. Detrás de su dureza, nuestro padre tiene un corazón blandito.

–¡Sí, cómo no! ¡Yo conozco bien ese corazón blandito!... –parecía que Eva iba a confesar algo importante a su hermana, pero se contuvo–. Nada... Tengo que decir imprudencias para aliviar un poco mi alma, aunque cuando sepa toda mi historia, si no me mata, cuando menos me enviará a vivir bien lejos...

—No sigas, Eva, ¡por favor! —Froyla comenzó a pensar en Pepe Antonio— ¿Y de veras que fue una sola vez que hiciste el amor con él?

—Sí, engreída, una sola vez. No te miento.

—¿Te sentiste bien?

—¡De maravillas! ¡Hubiera sido su amante toda la vida!

—Nunca pensé que un hombre viejo pudiera provocar tales sentimientos en una joven como tú.

—¿Viejo? ¡Con cinco hijos al hilo! ¡Un guerrero que fustigó como nadie a los invasores! ¡Qué dices engreída! Lo hizo tan bien que aquí me tienes. ¡Nunca lo olvidaré! Y ahora mira, su hijo no ha querido salir de mi pancita a pesar de que las comadronas hayan removido cielo y tierra. Cada día se agita más dentro de mí, hermanita. Ya lo quiero mucho. Si es varón le pondré el nombre de su padre. Si es hembra, le pondré el tuyo.

—¿Mi nombre? ¡Cómo! ¡Eso sí no me lo esperaba!

—Estúpida engreída, a pesar de que siempre me ha indignado ver cómo acaparas la atención y el afecto de todos, yo te quiero mucho.

—¿Y hubieras mantenido su amor en secreto?

—Sí. En esta ciudad, hermanita, todos los amores verdaderos son secretos. No soporto la hipocresía de toda esa gentuza que va todos los días a misa. Las señoronas blancas engañan a sus maridos cuando tienen la menor oportunidad. Y algunas hasta lo hacen con los negros esclavos de la servidumbre y luego sin pudor piden perdón al Señor. ¡Uf! Por eso yo digo que mi piel es tan blanca como la de ellas, ¡Virgen mía! Y así veo, cuando me escuchan proclamarlo, cómo arrugan la cara esas señoronas aristocráticas que tanto nos desprecian y envidian.

—¡Calla, hermanita loca! —interrumpió sonriente Froyla, temía que la voz de Eva escapara de la habitación—. ¿A quién habrás salido?

—¿Yo? Ni a nuestra madre ni a Ondarribi; a la monita Sicán —susurró Eva, ahora en medio de risas y sollozos que, entremezclados, no parecían tener fin.

−¿A Sicán? ¡Estás loca!

Froyla, al sentir el llanto de su hermana que iba usurpando su risa, la cubrió con sus brazos y comenzó a acariciarla tratando de aliviar su desconsuelo. Sabía que ella estaba desolada. El asedio enemigo a La Habana había terminado, pero el tormento inconfesable de Eva estaba apenas comenzando. Sus deseos de emigrar de la Isla hacia cualquier país europeo se habían evaporado en un instante. La repentina muerte de Pepe Antonio había agudizado su honda tragedia. Todavía ella no podía comprender si estar embarazada del criollo era un castigo o una bendición del Ser Supremo. Ambas sabían que el hermetismo religioso de La Habana y las rígidas costumbres sociales no darían la menor licencia a tales transgresiones. Ahora Froyla escuchaba cómo su hermana se comparaba con la monita Sicán, y en medio de la terrible situación que ya resultaba por encima de todo una desventura irreversible, en contra de su voluntad, sonreía por dentro. Recordó a Sicán y reía sin poderlo evitar. La monita fue una de las mascotas que creció junto a la familia en Santiago de Cuba, la cual sus padres habían traído de Jamaica. Lo extraordinario de ese animalito fue que un buen día Ondarribi trató de aparearla con un simio para preservar la continuidad de esa graciosa variedad y Sicán se las ingenió para desterrar al intruso de su hábitat. En la jaula, cada vez que el macho se le aproximaba, se alejaba espantado por los furiosos manotazos que le propinaba la mona. Un día, por descuido, quedó entrejunta la puerta de la celda. La monita escapó y tras ella, en su persecución, marchó el seducido enamorado. Sicán, con movimientos engañosos, viajó por las ramas de los árboles, y luego regresó a la jaula y cerró la puerta para garantizar su necesaria soledad. Ese extraño y simpático suceso quedó grabado en la memoria de la familia como una historia sorprendente. Cada vez que Ondarribi hacía algo indebido, Froyla estrenaba su carácter agudo y lo amenazaba amorosa: «¡Sí usted no se comporta como es debido, le haremos lo mismo que hizo Sicán a su enamorado!».

Eva había acudido al recuerdo de la mascota para subrayar su profundo destierro. Froyla, enternecida, sonreía en silencio. El encono hacia su hermana se había transformado poco a poco en un paradójico sentimiento, en el cual se combinaba el amor con el reproche. Su coquetería desmedida e imprudente con los hombres era la causa de su situación actual. La familia de Pepe Antonio, por demás, estaba ajena a lo ocurrido y permanecería así por el respeto extraordinario que todos en la casa de los Ondarribi Smith profesaban hacia la memoria del héroe criollo. Froyla, al verla recuperada, se despidió de su hermana y marchó sigilosa hacia su recámara. Al recostarse en su cama pensó cómo podría ayudarla. Antes de quedarse dormida, su mente recorrió de nuevo la fisonomía del joven oficial británico. «Quizás, yo tendré que enfrentar —meditó adormilada— mayores problemas que los de mi hermana».

A la tarde siguiente Froyla se encontraba en el gabinete de su padre. Este la había llamado para platicar. Todavía recordaba la conversación que había sostenido la noche anterior con Eva. No podía reconocer con suficiente rapidez todos los cambios que se habían operado en la personalidad de su hermana mayor. Lo atribuía de modo especial a que estaba transida por el estado de gestación. Ahora recordaba que su semblante era muy dulce, a pesar incluso de que estaba embargada por un conflicto arrasador. Recordó que ella, en un instante en la charla, estuvo a punto de confesarle algo grave con relación a Ondarribi. Se dio cuenta de que Eva detuvo su discurso exprofeso. Y Froyla no quiso violentar su silencio teniendo en cuenta su situación tan susceptible. El sueño de Froyla había sido profundo y reparador y, al despertar, tuvo la agradable sensación de que el oficial rubio de ojos azules tenía mucho que ver con esa placidez que renovaba su espíritu. Con estas ideas agitando su mente, llegó al gabinete de trabajo de su progenitor.

—¡Princesa mía, estás radiante! —dijo, con una sonrisa ensombrecida por las preocupaciones.

—Usted me dice lo mismo todos los días.

—Bueno, será que ese vestido blanco de encajes y con cintillas verdes resalta tu belleza. No sé, hoy veo algo novedoso en tu semblante. No sabría decirte.

Al escuchar las palabras de su progenitor, Froyla pensó en el oficial británico y en sus adentros tuvo que reconocer algo asustada que ese aspecto novedoso de su figura se debía, sin duda, al intruso forastero y a sus ojos penetrantes que habían aprisionado su alma.

—Será que ya pasaron mis disgustos por su negativa —expresó una idea que brotó casi espontánea—. ¡La Habana está irreconocible!

—Perdóname, princesa. Mas ahora que sabemos tantas cosas, La Habana estaba indefensa ante una fuerza tan descomunal. Tú eres muy delicada. No podía imaginarte atendiendo a heridos, enfermos, tus manos limpiando el vómito negro...

—Padre, ¿usted me ha mandado a llamar para hablarme de lo mismo? —reparó, frunciendo su entrecejo y manifestándose intransitable dado que no deseaba en forma alguna tener que regresar a los viejos argumentos paternales que no la pudieron convencer cuando se inició la contienda bélica.

—Hija, tienes razón. Ni una palabra más acerca de nuestra discrepancia. Mira, te llamé para hacerte una consulta. Ayer me hicieron un ofrecimiento que considero puede ser de mucho provecho para ti.

Froyla, perturbada por la situación de su hermana, pensó que la conversación abordaría esa problemática, pero las palabras iniciales de su progenitor la tranquilizaron de inmediato.

—¿De qué se trata?

—Uno de los oficiales que ayer estuvo aquí me propuso entregarte partituras de música barroca inglesa y de otros países de Europa —observó que los ojos de Froyla se avivaban—. Yo le dije que lo pensaría. Por sus palabras pude deducir que conoce de música. Tú eres, princesa mía, lo más importante que yo tengo en la vida y deseo hacer las paces contigo. Yo me niego a aceptar ese ofrecimiento, pero entiendo que para ti no deja de ser interesante. He decidido que tú resuelvas aceptarlas o no.

—¿Cuál de los dos oficiales hizo el ofrecimiento? —intuía con absoluta seguridad que era el rubio de la mirada intensa.

—El señor Greene. De los dos, el joven alto.

Ella estuvo tentada a la precipitación, pero se contuvo repitiendo en su mente el nombre que acababa de escuchar. Detuvo su aliento y disfrazó su excitación. Sabía que las cosas devendrían luego con sobrada normalidad. Decidió, sin embargo, manifestarse fuerte y fría ante el anuncio de su padre.

—Siempre que no signifique para nuestra familia tener que relacionarnos con él —alertó, como esgrimiendo una astucia, y añadió con calma—. Estoy de acuerdo en recibir el ofrecimiento. Son textos que me interesan.

El vasco se sintió reconfortado dado que Froyla había reaccionado como él suponía que lo hiciera.

—Bien, hoy le diré que me las entregue cuando lo estime pertinente.

—Padre, por elemental educación y cortesía, yo quisiera, si usted me lo permite —propuso con determinación y aprovechando ese frágil momento que tal vez después no volvería a presentársele—, darle las gracias personalmente. ¿Puede ser?

Ondarribi se alzó de su silla y se dirigió a la ventana. Miró hacia los techados de las casas contiguas y a unas imponentes palmas reales que se erguían a lo lejos; sintió de repente que su autoridad se iba debilitando por los últimos acontecimientos de la guerra y, de modo especial, por los de carácter familiar. El padre Juvenal, después de una sobrecogedora eucaristía, le había dicho que eso no era cierto y que no perdiera la serenidad. Pero el sacerdote desconocía que él y Eva ya hacía tiempo que no se dirigían la palabra. También le había omitido a Juvenal que sus relaciones con Savanna se habían agrietado hasta el punto de que, furioso y fuera de sí, levantó su mano varias veces para pegarle.

—Padre, si no está de acuerdo con mi pedido —murmuró Froyla para interrumpir las reflexiones de su progenitor, que ella solo asociaba en ese instante al ofrecimiento de las partituras musicales–, le aseguro que no existe ningún tipo de problema.

–No, hija mía, no es eso. Estoy de acuerdo en que tú le des las gracias. En definitiva, el oficial no parece ser un militar –dio unos pasos cortos–. No entiendo el porqué, pero no dudes que es así. ¡Tiene que ser! Esos modales y esas palabras que esgrime ese joven poco o nada tienen que ver con la vida militar.

–Padre, si no hay otro asunto que tratar –se descubrió ansiosa ante las opiniones de su progenitor sobre el británico–, entonces me voy para...

–Espera, espera, ¿cómo van tus relaciones con el señor Antonelli? –preguntó a quemarropa, ahora más concentrado.

–Bien, padre. Muy bien.

–Princesa, dime una cosa que mucho me interesa. ¿Solo sientes amistad hacia el veneciano?

Froyla se vio acorralada. Pensó en el músico italiano antes de dar una respuesta. «Si el joven británico no hubiese aparecido –concluyó ella muy confundida–, esta charla con mi padre quizás hubiese tomado otro rumbo». Ella sin pérdida de tiempo viajó con sus pensamientos hacia el zunzún que era su resguardo. En su imaginación se puso a conversar con el diminuto equilibrista que siempre revoloteaba sobre los jazmines amarillos del patio.

–Le he tomado mucho aprecio, pero solo amistad...

–¡Qué pena, princesa mía! Si quisieras hacerme el mejor regalo de mi vida, deberías comprometerte con Antonelli. Tu madre y yo siempre hemos deseado tenerte a nuestro lado. Pero Venecia, hija mía, sería lo mejor para ti. Te casarías con un hombre muy digno y la mejor música esperaría por tus sueños. ¡Tiene que ser! Hija mía, te ruego que lo pienses de nuevo. ¡Esta ciudad es un infierno!

–No me obligue, padre. No tengo nada más que pensar en tal sentido. ¡Créame! Además, nunca pensé que usted estuviera persuadido de que yo quisiera o pudiera emigrar. Para mí eso es nuevo. ¡Yo nunca abandonaré La Habana!

—A veces la vida te obliga a tomar otros caminos.

El vasco conocía muy bien a Froyla y optó por no continuar forzándola. Caviló que más adelante enfrentaría esa resistencia de la pequeña y la convencería para hilvanar el compromiso firme de ella con Antonelli. Él estaba convencido de que ahora en La Habana casi todas las decisiones se encontraban como suspendidas en el aire gracias a los acontecimientos tormentosos que asfixiaban la ciudad. Alejarse cuanto antes con su familia, bien para Europa o para Santiago de Cuba, era una idea que día tras día cobraba mayor fuerza en su mente. Ahora solo deseaba examinar con Froyla el asunto que le tenía dislocada su propia voluntad.

—Hija mía, ¿cómo está tu hermana? —se sintió muy incómodo.

—Padre, ella se encuentra muy mal. Usted debería hablar con ella.

—Sabes que yo no quiero hablar con ella y puedes imaginar por qué —vociferó— ¡Tiene que ser! ¡Tu hermana me avergüenza! ¡Si he llegado a tener problemas con tu madre ha sido incluso por su culpa!

—Usted sabe muy bien que mi madre jamás renunciará a Eva, pase lo que pase. Así que no la reproche y trate de entenderla. Usted no olvide que la amamantó por más de cinco años. ¡Usted lo sabe muy bien!

—Bien —sentenció inquieto—, ya tomé una decisión con relación a tu hermana. Estoy preparando condiciones para llevarla yo mismo a un asentamiento en el interior de la Isla. Aún no sé a cuál. Solo espero por la respuesta de un amigo mío. Pediré a la nana que viva con ella por un tiempo. Nada material le faltará, te lo aseguro —de forma sorpresiva dio un fuerte puñetazo sobre un espejo ovalado que estaba a su izquierda. La pequeña luna se deshizo y su mano comenzó a sangrar—. ¡No la quiero en esta casa! ¡Hoy tu madre conocerá de esta decisión!

Euclides tocó la puerta y se asomó al sentir el estruendo.

—Don Ondarribi, ¿qué pasa? —indagó el mayordomo.

—¡Vete! —gritó el vasco—. ¡Déjenme a solas con mi hija y que nadie nos moleste!

Extrajo un pañuelo y lo amarró con su mano izquierda, auxiliándose con los dientes sobre los nudillos heridos. Froyla, atónita, cobró conciencia en ese momento de que su padre estaba fuera de sí y muy descontrolado. Parecía que mil demonios se estaban disputando su alma. Al escuchar que Eva sería deportada del hogar, llegó a la rápida conclusión de que tenía que realizar el mayor esfuerzo para impedir que Ondarribi lo hiciera.

—¡Padre, debe contenerse! —imploró con toda su energía—. ¡No, por favor!

Froyla observó que su padre no reaccionaba y que se mantenía muy airado en sus trece, y ahora expresaba ofensas contra Eva. Al comprobar que ya él estaba inmerso en la desesperación más absoluta, se lanzó en los brazos del atrevimiento imperdonable, aun sabiendo que con su revelación se romperían todos los diques del delicado secreto.

—¿Usted sabe quién es el padre de esa criatura que ella espera?

—No, no me lo digas. No me interesa saber quién es el padre de ese bastardo —gruñó con desprecio, sospechando que cuando escuchara el nombre que imaginaba, cambiaría para siempre su vida y la de su familia.

—¡Pepe Antonio! —confesó con apremio, casi aturdida, abriendo espacios en su joven corazón solo para proteger a su hermana—. ¡El padre de ese bastardo, como usted lo nombra, es su amigo, el que era alcalde de Guanabacoa!

Ondarribi se puso lívido. Cabizbajo fue rumbo al sillón y se desplomó. Su memoria se adentró en la noche que sintió el apretón de mano del regidor antes de morir. Recordó el momento terrible del regreso a la casa, cuando no quiso, porque en el fondo no quería, enfrentar la deshonra. Los remordimientos lo atenazaron y en su imaginación la voz de un bastardo martirizó su alma hasta lo indescriptible, como si el niño brotara de todos los infiernos. El vasco perdió el control y comenzó a sollozar ante Froyla, colérico, desconsolado, perdido, tratando de asociar la amarga tragedia con otras anteriores vividas por él. Froyla lo abrazó muy fuerte, pero el vasco sentía que su espíritu se despeñaba por un precipicio aterrador. «¡Dios mío! ¡Dígame que esta revelación que me asalta no es verdadera! –pensó él con rabia–: ¡Si Eva estuviera bajo tierra mi alma dejaría de sufrir!»

El vasco proseguía meditando en medio de infrecuentes lloros. Froyla siguió abrazada a él porque nunca lo había visto sollozar, al creer, con la luz de su nobleza, que su padre era tan solo un hombre impactado y desorientado por la desconcertante noticia. Pero ella estaba muy lejos de sospechar que, en esos momentos, Ondarribi continuaba reiterando en su cerebro el insólito y abyecto deseo de ver muerta a su hija mayor.

XX

Ni una palabra a Ondarribi

López-Parro, luego de la deshonrosa capitulación de La Habana, veía que su vida tenía un sello muy parecido al de aquella perturbada travesía en que fuera apresado por el pirata Auster. Todavía el diplomático no podía olvidar cómo en las pláticas ese forajido siempre corrigió de modo arrogante que él no era un bandido sino un explorador del imperio británico. La única diferencia entre aquella experiencia y su vida actual era que en estos momentos él no corría inminente peligro de muerte. Sin embargo, su existencia, por muchísimas razones, no dejaba de resultar un auténtico naufragio.

–¿Se siente bien en su aposento? –inquirió Jiménez, amable y consciente de que el nuevo residente de su vivienda era el diplomático enviado por el Monarca español a La Habana.

–No debe preocuparse, nosotros haremos todo lo mejor para que usted se sienta como en su propia casa –prometió Septimina, la esposa de Jiménez.

–Sí, lo sé. Les estoy muy agradecido. Doy gracias a Dios por que García tuviera la gentileza de proponerme que viviera con ustedes. En estos momentos residir en un hospedaje es peligroso.

Ahora López-Parro contemplaba al matrimonio amigo del capitán García. José Jiménez era un comerciante proveniente de Islas Canarias, dedicado en La Habana al tabaco, las mieles y el tráfico de negros esclavos. Y poseía una holgada y bien amueblada vivienda en las cercanías de la Plaza del Viajero. Jiménez y su esposa tenían un rostro afable e inocente, pero el madrileño, con más de seis meses en la ciudad, ya conocía al mercader y a su compañera de ascendencia gallega. Sabía que estos tenían relaciones amistosas con el inglés Morphy y con los señores Medem y Nalón. El matrimonio también sostenía acoples con el padre Juvenal y con Ondarribi y Savanna; pero, paradójicamente, estas últimas personas, a su juicio, no tenían mucho que ver con los primeros. El diplomático madrileño, con independencia de las indicaciones finales de Prado Portocarrero, se había acogido al principio de voluntariedad, precepto establecido por los ingleses en los Artículos de la Capitulación, en uno de los cuales rezaba que ninguno de los militares y funcionarios españoles tenía que emigrar obligatoriamente de la Isla.

–Con su permiso, yo me voy a dormir –anunció Septimina con una sonrisa abierta–. ¡Buenas noches!

Cuando ambos quedaron a solas en la espaciosa sala, Jiménez lisonjeó a López-Parro.

–¡Felicito su decisión de quedarse en La Habana!

–¡Muchas gracias! Cumplo con mi deber. Los hombres fieles al rey Carlos III tenían y tienen que permanecer en esta Isla. Además, nunca imaginé que esta ciudad llegara a agradarme tanto –confesó el huésped algo asombrado de su propio cinismo.

El madrileño sabía que mentía, pero no iba ni por asomo a darle explicaciones al comerciante canario que tenía frente a sus ojos, aunque este imaginara algunas. Con toda seguridad, el indiscreto García ya se habría encargado de adelantarle a Jiménez algunas informaciones sobre su persona. «De todas formas –pensó también mientras observaba que el canario cabeceaba en su sillón con un habano encendido en la mano–, ya en esta ciudad no hay gobernador ni teniente rey a tono con la instrucción jerárquica de la Corona española para una colonia. Ahora quedo yo como un husmeador delirante y de seguro muy controlado por el espionaje británico».

Cuando intentó proseguir su discurso, observó que Jiménez estaba dormido. El puro cayó al suelo y el canario comenzó a roncar con la cabeza ladeada y la boca abierta. López-Parro lo tocó por el hombro y vio cuando este dio un salto sobre el sillón emitiendo gruñidos hasta que tuvo conciencia de su descuido.

—¡Disculpe!... ¡Hoy he trabajado muchísimo!... Creo que estoy excedido en mis faenas...

—No se preocupe —se levantó para marchar rumbo a su habitación—. Me voy a la cama. Hasta mañana, ¡y usted, quede con Dios!

—Hasta mañana, señor —asintió Jiménez, y le recordó—: No olvide que mañana mi calesero lo llevará hasta la casa de Froyla la cubanita, donde lo espera el señor Nalón.

—No lo olvido.

La promesa hecha por López-Parro ante sí mismo y ante Dios de que La Habana tendría que regresar más temprano que tarde al seno del Reino de España era la divisa con la cual enfrentaba sus quehaceres diarios. Sentía una especial antipatía por los ingleses. Pensaba que ni siquiera Inglaterra merecía que en su tierra hubiese nacido el grandioso Shakespeare. Le molestaba que la afamada reina Isabel hubiera gobernado por más de cuarenta años a Inglaterra y nunca supiera de la existencia del prominente prosista. En la inteligencia del madrileño solo habitaban tres poetas insuperables: Dante, Shakespeare y Cervantes. También admiraba a Garcilaso de La Vega, Lope de Vega y Calderón de la Barca. Todos los demás escritores estaban desterrados de su extraña y magra idolatría. «¡Los británicos jamás podrán saber quién fue William Shakespeare, ese poeta enorme!», se decía con resquemor, cada vez que recordaba que la estatua más diminuta del imperio británico se había erigido para rememorar al escritor inglés junto a monumentos gigantes y horribles que evocaban la vida de militares insignificantes. Sentía nostalgia por Madrid y la incomparable ciudad parisina; ambas cada día más avivadas en su añoranza. Notaba, asimismo, que su gozo en la contemplación del arte se había estancado. La Habana no contaba, ni por asomo, con una vida cultural como las recordadas capitales europeas. No obstante, ante su aguda sensibilidad, la ciudad habanera era acogedora. Su hermosa demarcación entre murallas, castillos y torres resultaba para él un verdadero misterio. Ningún edicto se había emitido por la Corona española, en el cual constara por escrito la fecha exacta del nacimiento de la Reina de las Indias. López-Parro supo que el primer paraje embrionario de la villa se había establecido en un lugar del sur de la Isla. Luego Diego Velázquez la trasladó hacia la costa norte. En el lado oeste de una bahía cuya configuración, aguas profundas y posición estratégica delinearon su establecimiento definitivo. La Habana policéntrica no contaba con acta de nacimiento oficial como ocurriera con todas las ciudades importantes de Nueva España y Tierra Firme. «Tal vez, en esa incertidumbre resida uno de los grandes magnetismos de la Villa de San Cristóbal de La Habana», concluyó en sus meditaciones.

El último día del mes de agosto había partido Prado Portocarrero hacia España. Las autoridades británicas determinaron la cantidad exacta de baúles que deberían acompañarlo, y no todos los que él y otros oficiales hubiesen querido transportar consigo. Todos los equipajes fueron revisados por los vencedores, hasta la mismísima madera y los herrajes. López-Parro envió con el exgobernador una larga comunicación a Pertini, llena de códigos indescifrables, en la que informaba los acontecimientos ocurridos desde su llegada a la Isla. En sus comentarios no se detuvo demasiado en el capitán general porque sabía que este llevaba en sus manos su propia cabeza, repleta del mayor deshonor para la grandiosa España. Fue extenso en los asuntos que interesarían a Su Majestad: el reconocimiento a la heroicidad de don Luis de Velasco y de su segundo jefe Victoriano González en la defensa del Castillo del Morro; la proeza de los criollos Pepe Antonio, Laureano Chacón y don Luis de Aguiar; el establecimiento de las comunicaciones con todas las Villas y asentamientos del interior de la Isla para organizar la resistencia y el bloqueo a los ingleses desde esas posiciones; indagar con todos sus medios sobre los planes de Inglaterra con relación a La Habana; y localizar el tesoro mexica para preservarlo y, cuando fuese posible, enviarlo a Madrid.

A la mañana, López-Parro montó en el carruaje que le había facilitado Jiménez y marchó a entrevistarse con Nalón. Mientras se dirigía al encuentro con el asturiano, recordaba los paseos realizados con Pepe Antonio por La Habana y Guanabacoa. Ahora meditaba que en el extinto alcalde había perdido a uno de sus mejores amigos. En la puerta principal de la casa de Froyla la cubanita, Nalón, en compañía del corpulento Chamblín y el mayordomo Euclides, esperaba por el visitante. El asturiano saludó a López-Parro y ambos atravesaron el vestíbulo. El diplomático, al encaminarse hacia las escaleras, vio el hermoso patio central lleno de plantas florecidas y los arcos mixtilíneos que en lo alto adornaban el paso del zaguán y enlazaban elegantes los horcones sobre los cuales se apoyaban las barandas de madera de la segunda planta. El vasco lo esperaba en el umbral de su gabinete.

–Señor, tengo el gusto de presentarle a mi amigo Ángel Ondarribi –dijo Nalón–. Gracias a él he podido soportar el asedio enemigo que me obligó a permanecer en La Habana e impidió mi regreso a Veracruz.

–Señor Ondarribi, es un privilegio para mí conocerlo –apuntó el madrileño–. Tuvimos en el irreparable Pepe Antonio un amigo común. Él me habló muy bien y con mucho encomio de usted y su familia.

–Para mí también –el vasco habló desanimado–. Deseo que usted en esta casa se sienta como en la suya. Lamento no poder atenderlo como quisiera, pero debo realizar algunas diligencias urgentes. Lo dejo en manos del señor Nalón.

Al marcharse Ondarribi, López-Parro se dio cuenta de que este había sido demasiado parco en sus palabras y llamó su atención el hecho de que no hiciera el menor comentario con relación a la memoria de Pepe Antonio. No había exagerado al decir que el alcalde en vida sentía un aprecio especial hacia él y su familia.

–No sé si estoy equivocado, señor Nalón, pero noto a su amigo muy preocupado y abstraído. Mencioné a Pepe Antonio, que en paz descanse, y él no dijo una sola palabra. Tengo entendido que eran amigos. ¿Cierto?

—Sí, muy amigos. Parece que un inminente viaje al interior de la Isla lo tiene preocupado; además de que en estos días hemos sido entrevistados por dos oficiales británicos que controlan los donativos e impuestos comerciales —aclaró, al percatarse de que, hasta la persona menos avezada, podía darse cuenta de que el vasco expresaba un fuerte retraimiento.

—Bien, señor, ¿por dónde comenzamos?

—He solicitado esta entrevista a través del señor Jiménez porque quiero compartir con una persona como usted algunos asuntos que me preocupan. El primero es sobre el padre Carrazana. Ese sacerdote, señor mío, además de taimado, resulta peligroso. Sé que en estos momentos usted se relaciona con él y me veo en la obligación de alertarlo sobre ese maldito jesuita. Él significa la deshonra del catolicismo en La Habana. Le ruego que actúe con suma cautela con ese sujeto.

López-Parro enseguida se dio cuenta, por el tono y las palabras de Nalón, del odio visceral que este sentía hacia Carrazana. No se extrañó porque tal vez el asturiano nunca sabría el rencor que el padre jesuita le reciprocaba. En una situación normal el madrileño hubiera manejado de otra manera dichos escenarios, pero la ocupación inglesa no le ofrecía la menor oportunidad de poder establecer a sus anchas las reglas del juego.

—Le pido que me fundamente, si le es posible, sus opiniones sobre el padre jesuita.

—Carrazana tiene su mitra particular —denunció precipitado—. Lleva comisiones de todo lo que comercializan Morphy y Medem.

—¡En la trata de negros esclavos! Señor, ¿está seguro de lo que dice?

—Tengo pruebas. Carrazana debe dar gracias al Señor de que sobrevino la ocupación inglesa, si no en estos instantes su vida no fuera tan sosegada.

López-Parro vio que Nalón extraía de sus bolsillos unos documentos doblados. Una vez que estiró con sus manos los papeles sobre la mesa de trabajo, se los entregó y comentó con los ojos desorbitados: «¡Para conseguir estas cosillas, señor mío, tuve que remunerarlas bien!».

El madrileño leyó con detenimiento y vio que se trataba de estados de cuentas donde, de forma imprudente, constaba que una determinada cantidad del dinero se había entregado al sacerdote Carrazana. La gravedad de los legajos era que en ellos se describían ventas de negros esclavos lucumíes y congos, en las que se especificaban sumas que debían entregarse al cura jesuita y donde aparecía su presumible firma.

–Tiene que haber más papeles, pero solo pude conseguir los que tengo como prueba. Esas constancias existen porque Morphy en sus costumbres nunca dejará de ser un inglés. ¿Comprende?

–Sí, voy entendiendo –asintió y devolvió a Nalón los legajos.

–¿Qué se puede hacer para desenmascarar a este maldito jesuita? –insistió el asturiano con una expresión de odio en sus ojos que impresionó a López-Parro.

–Me temo, y esto usted debe saberlo tanto como yo, que en estos momentos poco o nada puede hacerse. La tensión que predomina entre el obispo Morell y Albemarle eclipsa cualquier posible esclarecimiento. Ahora Albemarle trata por todos los medios a su alcance de reclutar oficiales españoles que se plieguen a sus requerimientos y lo ayuden en la compleja administración de esta ciudad.

–¡Me repugnan los traidores! –clamó Nalón con ira.

–Son los imponderables de la sobrevivencia.

–Sí, pero a los renegados solo les aguardan las llamas del infierno –el asturiano estaba sobresaltado.

El diplomático presentía que el resentimiento de Nalón hacia Carrazana no se debía exclusivamente a los documentos que, mediante posible soborno, o por otra vía, había podido sustraer de la administración de Morphy. En el fondo, con toda seguridad, existirían otros elementos que, tal vez de forma premeditada, ocultaba el astuto asturiano. López-Parro, al comprobar que Nalón, luego de agotar el tema Carrazana, le hablaba sobre otros tópicos relacionados con la latente felonía de algunos oficiales españoles, decidió dar un fuerte giro a la conversación. Necesitaba comprobar algunas informaciones que durante largas semanas había recopilado con acuciosa paciencia.

—Señor Nalón, ¿cómo son sus relaciones con el inglés Morphy?

La pregunta de López-Parro desarticuló por completo la concentración del asturiano. No podía imaginar que el diplomático le formulara una interrogante tan inesperada. Ahora, ante la mirada del madrileño, que estrenaba aires de examinador, el asturiano se sentía como un insecto en una soledad bochornosa.

—¿Qué rayos me está preguntando? —refunfuñó, tratando de ganar tiempo—. ¿Relaciones con quién? ¿Con ese desnaturalizado? ¡Por favor!

La pausa de silencio impuesta por López-Parro, luego de escuchar los cuestionamientos de Nalón a su demanda, provocó un mayor nerviosismo en la humanidad del asturiano. Al mercader veracruzano el mutismo del diplomático le parecía interminable.

—Señor —dijo con mucha calma y en tono muy bajo—, tendría la amabilidad de llamar por un poco de agua.

—Sí. ¡Cómo no!

El asturiano accionó con una de sus manos un pequeño sonajero que descansaba sobre la mesa de trabajo del vasco. Euclides apareció en la puerta y sonriente saludó al visitante. Trajo de inmediato una jarra de agua y vasos. La frente de Nalón sudaba como no hubiese querido y juzgaba para sus adentros que sus nervios estaban deshechos. Casi comete la descortesía, en medio de una ansiedad irrefrenable, de beber un vaso de agua antes que López-Parro. El silencio se mantenía entre los dos inamovible y manipulado exprofeso por el experimentado diplomático.

—Mire, perdone la forma en que hice la pregunta. No podía suponer que usted sintiera idéntico encono hacia Morphy como el que abriga hacia el padre jesuita. De nuevo, le ruego me disculpe.

–De ninguna manera, ha sido tan solo un malentendido. Para mí resulta impensable sostener relaciones con un señor como Morphy.

–Bien, le doy las gracias por sus informaciones, las cuales me serán de mucha utilidad –daba las señales extraverbales de la partida–. Ahora debo retirarme. No olvide que en esta ciudad vivimos y actuamos como los prisioneros. Espero que nos podamos ver más a menudo.

–¡Será un verdadero placer!

Al salir el madrileño del gabinete, su vista se tropezó con la figura de Froyla que en esos momentos atravesaba la galería en busca de la sala. Al cruzarse con ella hizo un gesto de agradable reverencia ante la joven. Hacía mucho tiempo que el diplomático no veía a una muchacha tan bella. «Ella debe ser Froyla la cubanita. ¡Es mucho más hermosa –pensó él– de lo que me habían contado!».

Nalón acompañó a López-Parro hasta el vestíbulo. Cuando el portón fue cerrado por Chamblín, el asturiano regresó presuroso al gabinete. Al llegar, se sentó en una silla aún no repuesto del intercambio final con el visitante, que intentaba reordenar de modo fallido en su cerebro.

«Jamás debí realizar las conversaciones con Morphy. Eso me pasa porque a veces meto las narices donde no me llaman. La curiosidad, cuando me atenaza, no me suelta», meditó. Volvió a beber abundantes sorbos de agua. La sed ya había sido aliviada, pero sentía aún la garganta reseca. Su sistema nervioso se iba calmando, mas percibía que su espíritu estaba hundido en la inseguridad más absoluta.

Froyla aguardaba ansiosa la llegada de Greene. No sabía con exactitud el origen de la agitación que la embargaba, pero asumía con secreta satisfacción que se trataba de las primeras emociones que estremecían como nunca antes su joven espíritu. En contrapartida a esas sensaciones nuevas, la inminente partida de Eva la tenía angustiada. Ella no había podido persuadir a su padre de que no destinara tan lejos a su hermana, y tampoco Savanna logró que él tomara otra decisión. La presencia de Nalón en la casa entorpecía la posibilidad de que se pudiera ventilar con suficiente fuerza el problema que tenía sacudidos los cimientos de la familia. El debate, cuando emergía, se escenificaba fragmentado y discreto como temiendo que alguien detrás de las paredes pudiera escucharlo. La cubanita comprendía que la terquedad de su padre obedecía a que él no podría soportar el embate de las críticas moralistas de la puritana sociedad habanera. Durante muchos años la constitución espiritual de su progenitor había soportado la discriminación con relación a Savanna; pero ahora, rebasados los cincuenta años, el golpe moral de Eva había derrumbado, al parecer, sus últimas resistencias. Tenacidad debilitada con la cual él no podría ocultar su responsabilidad paterna en la educación de la hija mayor. Examinados a primera vista los resultados por Froyla, tal proceso formativo para Ondarribi era desastroso.

Eva solo pensaba en su hijo; dada su forma vertiginosa y liviana de contemplar la vida, le daba lo mismo hacia dónde tendría que emigrar. Lo más importante para ella era ocuparse de la criatura que llevaba en sus entrañas. Sentía que ese imprevisto acontecimiento había modificado su existencia. Se sentía tranquila al saber que la nana Lita estaría con ella. Sabía, además, que las relaciones con su padre no tenían solución. Había estado a punto de decirle a Froyla su verdadera valoración acerca del progenitor de ambas, pero no lo hizo atendiendo a la delicadeza del alma de su hermana menor, que jamás abandonaba el optimismo ante la vida; a diferencia de ella, que optaba por pensar en lo peor hasta que los propios acontecimientos le demostraran lo contrario. Para Ondarribi en realidad significaba la única preocupación que mortificaba sus meditaciones. Había comprobado por sí misma los estragos de sus borracheras aborrecibles y, luego, cómo cubría sus faltas con el pretexto de que sufría amnesias o que en las noches un espíritu maligno lo invadía. Su padre era terco e imprevisible, y, sobre todo, muy sorprendente.

–¡*Banita*, ya llegó! –susurró Chamblín ante la puerta cerrada de la recámara de Froyla y se retiró enseguida, veloz como una sombra.

El calesero, por encomienda de su *Banita*, estuvo vigilante hasta el arribo de Greene. Ahora Chamblín podía moverse libre por toda la casa. Ondarribi, como premio a su conducta en el Castillo del Morro, le dio nuevas responsabilidades, además de ser calesero: funciones que tenían que ver con la vigilancia de los almacenes y cobertizos. Realizaba esas tareas como estreno de su condición de hombre libre. Incluso, ganaba un salario que él había decidido entregar a Froyla para su custodia. Ella escuchó la alerta de Chamblín. Se mantenía nerviosa detrás de la puerta de su alcoba y contemplaba su figura una y otra vez frente al espejo ovalado de su aposento. Revisaba su vestido, y sus cabellos cambiaban de posición por sus inquietas manos, porque deseaba encontrarse atractiva como nunca. Había llegado el ansiado momento de ser presentada a Greene. Tendría que esperar por el llamado de su padre. Su habitación se encontraba al fondo de la segunda planta colindante con el comedor. Desde este ángulo le resultaba imposible escuchar la voz del joven que, con toda seguridad, ya estaría conversando con su padre en la sala.

–Te llama tu padre –dijo Savanna al abrir la puerta.

La madre, tan solo de mirarla, pudo presentir lo que estaba sucediendo en el corazón de su pequeña. El problema de Eva y su inminente traslado para un asentamiento en el interior de la Isla, que aún Savanna desconocía, la tenían en extremo preocupada y por esa razón llevaba días sin atender como era debido a Froyla. La besó y acarició sus cabellos.

–¡Estás preciosa! –dijo Savanna–. ¡Qué Dios te bendiga!

Froyla emprendió su andar hacia la sala. Aproximándose a la baranda miró hacia el patio para ver si podía divisar al diminuto zunzún que era su resguardo. No pudo avistarlo y contempló el lugar donde se encontraba la jicarita. Al llegar a la sala, su padre y Greene se pusieron de pie para recibirla.

–Señor, le presento a mi princesa –señaló Ondarribi.

Ella creyó, y Greene también, que estaban preparados para la entrevista y nada estuvo más lejos de esa convicción. A él lo aprisionó una timidez desconocida y a ella un nerviosismo ridículo. Los dos, como si hubiese estado planificado por alguna fuerza mágica, descubrieron que llevaban ropas de colores similares matizadas en azul y blanco; este detalle embrolló sus primeras gestualidades. Froyla observó que él no sabía cómo disponer los pentagramas que traía en sus manos y ella, por su parte, no lograba ordenar su conducta.

—¡Encantado, señorita! —Greene hizo un gesto de galantería que ella encontró distinguido.

—Muy amable —Froyla creyó no encontrar las palabras apropiadas—. Muchas gracias por su ofrecimiento.

Las enormes pestañas de los ojos de Froyla fulminaron la mirada de Greene, al tiempo que este se dirigió hacia una mesa que se encontraba al lado del clavicémbalo y esparció las partituras que traía consigo.

—Señorita, aquí les traigo obras de Händel, de Purcell y otros maestros extraordinarios —Greene deslizó sus dedos sobre los pentagramas—. Con mucho placer me ofrezco para corregir cualquier dificultad en su lectura.

Las manos del joven, al manipular las partituras, perturbaron a Froyla. «¡Jamás había visto unas manos de hombre tan hermosas!».

—¿No desea interpretar algunas de estas obras? —preguntó Greene.

—No, ahora no, gracias —respondió ella confundida y sonriente—. En realidad, estoy algo nerviosa, mejor será dejarlo para otro momento. Pienso que para esa nueva ocasión no tendré mayores dificultades.

Ondarribi le dijo al visitante que tomara asiento y le preguntó si deseaba tomar alguna bebida. Además de tener henchido el ego a causa de su princesa, le había agradado que el inglés se hubiese presentado sin la vestimenta militar. Este pormenor alivió su frágil decisión de haber permitido este tipo de encuentro y confirmaba, aunque ello no revistiera en el fondo la menor importancia, que el inglés aparentaba la imagen paradójica de no pertenecer a la fuerza castrense de ocupación. La sonrisa y los gestos nerviosos de Froyla llamaron su atención. Ahora, en contraposición, Eva mortificaba sus pensamientos y sentía que un problema muy grave lo sustraía de la escena y lo desconcentraba en extremo. De repente apareció Nalón en la sala. Una ligera contrariedad se apoderó del semblante de Ondarribi. El asturiano ya había conocido a Greene el día anterior por razón de los donativos, pero eso no le daba el derecho, y así lo creía el vasco, de presentarse en una reunión que solo se había planificado por expresa solicitud de Froyla. Ella se dio cuenta de la inoportuna presencia del asturiano, que para todos en el hogar se iba haciendo insoportable. Y hasta Greene, ajeno a los conflictos internos que inundaban la casa, se percató de que la llegada del asturiano había enturbiado la atmósfera serena de todos.

—Señor Greene, me complace encontrarlo de nuevo y me tomo el atrevimiento de saludarlo. ¿Cómo está? –dijo Nalón.

—Muy bien, muchas gracias –Greene no dejaba de mirar para Froyla.

—¿Sería mucho pedir conversar con usted una vez decida retirarse? –preguntó el asturiano como si Ondarribi y Froyla no estuviesen presentes.

—Con mucho gusto –Greene se volteó hacia el padre de Froyla–. Cuando el señor Ondarribi lo considere apropiado podré atenderlo.

«¡Esto es demasiado! –pensó el vasco, contrariado–. El oportunismo y la imprudencia de Nalón no tienen límites.»

La irrupción imprevista del asturiano fue aprovechada por Greene, quien no perdía un solo segundo para contemplar la belleza de Froyla. Ahora entraba Euclides con una bandeja en la cual traía lo solicitado por Ondarribi. Detrás del mayordomo hizo su ingreso Savanna. Acto seguido ella, después de saludar y ser presentada al joven militar por el vasco, se dirigió a los ventanales para ordenarlos mejor a fin de que la brisa fuese más efectiva. Savanna apreció que en sus adentros un fleje inesperado se le había accionado de modo atrevido. Al ver a Greene, recordó de modo inevitable a su padre, bosquejado y conocido solo a través de fugaces comentarios de su madre. Presintió en ese breve instante que esa fragilidad en sus raíces, junto a la discriminación sufrida y siempre lacerante, había sido determinante para abrazar con fanatismo consciente la religión católica y profesar en silencio una escondida aversión hacia los británicos.

Los ruidos provenientes de la calle, de caballos, calesas, transeúntes y vendedores ambulantes, entraron ahora mucho más avivados por los ventanales abiertos. En medio de sus grandes carencias y penurias, la ciudad iba retomando su ritmo habitual. Greene y Froyla solo atendían a sus nuevas emociones. Savanna no dijo una sola palabra y, cuando lo consideró oportuno, se despidió de los reunidos. Nalón, más por la mirada cargada de reproches de Ondarribi que por su propia educación, se retiró no sin antes solicitar de nuevo un aparte final con Greene. Desde el zaguán ascendieron unos aldabonazos que anunciaban el arribo de una visita inesperada. La presencia de Antonelli fue bien recibida por el vasco y Froyla. Ya el italiano se había ganado la estimación y el respeto de todos. Con cierto desasosiego el vasco lo presentó a Greene. Aunque la aprehensión del dueño de la casa se alivió cuando observó que el veneciano descubría y examinaba las partituras que había traído el inglés. Enseguida estas fueron objeto de conversación entre el italiano, el joven británico y Froyla. El veneciano elogió la calidad de su impresión y así, de paso, todos pudieron constatar que Greene era un avezado especialista en la materia. Antonelli habló de la imprenta de Venecia y el inglés de la de Londres, sin confesar que la familia Taylor era la propietaria de esta última. A Ondarribi el desarrollo de la conversación le alivió su turbación con relación a que en su casa se encontrara un representante de los invasores. Al parecer, ante la comprensión y buena educación de Antonelli, este veía en Greene a un músico y no a un militar británico. La música se había transformado en el garante de que los presentes obviaran el tema de la contienda bélica recién concluida. Froyla no perdió la menor oportunidad para observar cuanto quiso a Greene. Ahora que ella podía apreciar bien de cerca la conducta y el discurso del joven inglés, comprobaba que su corazón no tenía dónde cobijarse. La figura del londinense la tenía sobreexcitada y trataba por todos los medios de que nadie pudiera percatarse de lo que le estaba ocurriendo.

Antonelli, poco a poco, se fue dando cuenta de que la irrupción del joven británico en la vivienda de los Ondarribi Smith iba más allá del hecho de haberle traído unas partituras a Froyla. Las miradas que se cruzaban Greene y ella petrificaron al veneciano. La decisión de haber prolongado su estadía en La Habana respondía de modo exclusivo a que él pretendía formalizar compromiso con su esfinge habanera. Ahora descubría que un joven británico llegaba para disturbar ese propósito. Froyla presentía lo que estaba ocurriendo y no sabía qué hacer. Greene se percató de que Antonelli ya tenía un lugar importante en el seno de la familia habanera. Pudo constatar que el veneciano no dejaba de mirar a Froyla y que este ya había avanzado un buen trecho en sus relaciones con la cubanita. «Thomas Taylor, estás en gran desventaja –pensó–, la ocupación británica no solo ha hecho sufrir mucho a los habaneros, sino también ha flechado tu corazón y ni siquiera los sonetos shakesperianos podrán aliviar tus zozobras».

El menor de los Taylor se dio cuenta de que, aunque se hablara mucho de música, su presencia en la casa de la cubanita resultaría incómoda si no tomaba la iniciativa de retirarse en el momento justo.

–Bueno, señor, muchas gracias por haber aceptado mi oferta –Greene se puso de pie, por considerar sensata su retirada–. Me satisface sobremanera que su hija haya calificado con agrado que esas partituras le serán de mucha utilidad. Ahora con el mayor respeto debo retirarme debido a mis obligaciones. He disfrutado una agradable tarde en su casa. Otra vez, muchas gracias.

–Esperamos verlo de nuevo, señor Greene –Froyla sintió en su sistema nervioso los azotes de una temeridad que aún no había estrenado–. Así podremos ejecutar algunas composiciones en conjunto, a cuyo encuentro puede venir también el señor Antonelli. ¡Sería una agradable velada!

Las apresuradas palabras de Froyla retumbaron en la sala, y generaron diversas y hasta contradictorias reacciones en los presentes. Para

Ondarribi, su princesa se había excedido en su conducta. Esa propuesta tenía que haber partido de su autoridad, y no de una inadecuada y festinada improvisación de su hija. El vasco volvió a reafirmar su añeja certeza de que la guerra y la ocupación inglesa habían hecho añicos su autoridad paterna. Día tras día su control con relación a la familia era más precario. El escándalo latente de la situación de Eva, la estadía fastidiosa e infinita de Nalón en la casa y ahora la precipitación de su hija predilecta ante un invasor no tenía otra expresión que el descalabro de todas las costumbres de su estirpe. Antonelli, por su parte, confirmó con desolación que sus pretensiones con relación a Froyla iban a ser saboteadas por el inesperado arribo del músico impresor ante la joven que desde hacía mucho se había adueñado de sus sentimientos más elevados. Por demás, él tenía cuarenta años de edad y el insolente británico no alcanzaría los veintidós. La propuesta de Froyla devastó la sensibilidad del veneciano enamorado.

El teniente se despidió de todos y no pudo evitar que su mirada se dirigiera hacia Froyla para expresarle en silencio, desde el fondo de su alma, el agradecimiento por la sorpresiva propuesta. Al bajar las escaleras imaginó a su lado la sonrisa del inolvidable capitán Milton y aquella irónica frase que siempre retozaba en sus labios ante las pesadas tormentas marinas: «¡Joven, no hay situación, por dura que sea, que no deba ponerse peor!». Con esta viñeta y las audaces palabras de la cubanita, que no abandonaban su mente, el menor de los Taylor llegó al vestíbulo donde lo esperaba el ansioso Nalón. Greene cruzó unas miradas con Chamblín mientras el asturiano comenzó a explicarle el motivo de querer conversar con él. El menor de los Taylor ya sabía quién era el fornido negro que ahora repasaba con su vista. Luego de despedirse de Ondarribi quedó a solas con el asturiano.

–Yo sé cuáles son sus funciones y no quiero robarle mucho de su tiempo. Mire, cuando usted lo estime oportuno quisiera hablarle sobre el padre jesuita Carrazana. La administración británica debe saber que ese sacerdote es un vulgar delincuente. ¿Cuándo pudiéramos conversar a solas sobre ese hijo de Satanás? Estoy a su disposición.

Nalón trataba de no perder la buena cordura, pero sentía que los nervios lo traicionaban. No cesaba de pasar su mano intranquila por su rala barba canosa y no dejaba de morderse los labios. Le molestaba la cercanía de Chamblín. Greene lo miró sin poder esconder su perplejidad por la inoportuna monserga del asturiano, quien, a través de esta, pretendía atesorar de un soplo toda su atención. En ese instante asaltaron su mente el despreciable Medem, el canalla de McDowell, y la plaga de oportunistas y ambiciosos que había descubierto en su aventura militar.

–Señor Nalón –comentó en voz alta, recordando uno de los rasgos más atractivos que tenía la personalidad del almirante Hervey–, yo le avisaré a través de Chamblín en qué momento y dónde nos podremos encontrar.

–¿A través de quién? –precisó, confundido, convencido de que tenía que haber escuchado otro nombre.

–Así como le dije –aclaró Greene de modo firme–. A través de Chamblín. ¡Mírelo ahí! –indicó moviendo sus ojos hacia el calesero del vasco.

Nalón era presa de la humillación y el desconcierto. No podía imaginar que el joven le respondiera de esa manera y hasta investido de una autoridad que no armonizaba con su juventud. Cuando pensó en acudir al auxilio de los británicos para aplastar a Carrazana, lo hizo convencido de que los hilos de la escena estaban bien asidos por sus manos, pero ahora el militar le demostraba, a una velocidad sorprendente, que los vencedores eran los que tenían la primera y última palabra en las decisiones. Comenzó a sudar de manera copiosa y decidió escapar cuanto antes de la situación embarazosa que había provocado. «Ahora tengo que aguardar por el llamado de un negro. ¡Esta ciudad es un asco!», pensó mientras decidía qué decirle al joven británico.

–Bien, señor Greene –la fuerza de su voz estaba reducida–, esperaré por su aviso. Usted verá que lo que debo comunicarle tiene suma importancia.

Greene creyó que Chamblín había estado ajeno al intercambio, pero cuando montó en su carruaje descubrió que estaba equivocado. Erguido ante el portón, este se llevó los puños cerrados a la altura del pecho en una inolvidable reverencia al británico, de esas especiales que solo se hacen ante los príncipes. El joven sonrió impresionado al ver el gesto del negro héroe del Castillo del Morro. Se sintió muy excitado por dentro mientras su carruaje tomaba rumbo a la Plaza de Armas. Cuando observó las costumbres de los habaneros, que no eran las suyas, vino a su memoria el entrecejo fruncido del veneciano cuando intercambiaron el último apretón de manos en casa de los Ondarribi Smith. Estaba convencido de que a partir de ese encuentro se iniciaría una cruenta batalla entre él y Antonelli por la conquista del corazón de la cubanita. «Mi desventaja es real —se dijo—, pero yo acudiré a todos mis ingenios para apropiarme del amor de esa delicada y bellísima joven. Incluso no descarto que, para lograrlo, tenga que cometer la mayor de mis locuras».

En la mañana, bien temprano, partía el carruaje de Ondarribi, que llevaba consigo a Eva hacia el asentamiento de Alquízar, en compañía de Savanna, Lita y Euclides. El vasco intentó persuadir a su esposa para que ella permaneciera junto a Froyla, pero esta le aseguró que únicamente muerta se quedaría en La Habana. Ella quería ver por sí misma el lugar donde vivirían su hija y Lita. Desde luego, exigió garantías de poder visitar a Eva al menos una vez al mes. En Alquízar esperaban por ellos el amigo toledano Leoncio Fernández, que mucho tiempo atrás el vasco había conocido primero en Jamaica y luego en Santiago de Cuba. Cuando Ondarribi decidió trasladarse a vivir a La Habana, el toledano lo hizo semanas más tarde, y se estableció allí. Fernández los esperaba conociendo la novedad de Eva y se brindó para atenderla como si fuera un padre que preservaba el terrible secreto de la gestación.

Froyla quedó desolada cuando vio partir a su hermana. María Cruz, como única nota desagradable del adiós familiar, reestrenó sus viscerales comentarios acerca de la decencia, y de que ese desastre devino porque su sobrina era hija de una jamaiquina que no tenía la instrucción requerida para educarla al amparo de los estrictos fundamentos de la Biblia y las buenas costumbres al uso. Como siempre hacía, la mejor despedida fue enjaularse en su recámara. Coyol y Chamblín aún no podían creer que Eva y Lita emigraran de la casa y ambos no asumieron las mentiras que Euclides había diseminado orientado por el vasco. «La niña y la nana van a pasarse un tiempo en Alquízar porque don Ondarribi está preocupado por la situación que se vive en La Habana después de la ocupación inglesa», dijo el mayordomo. «Chamblín parece enterarse de las novedades a través del aire y de la lluvia, como lo hace mi "príncipe de los jardines"», le había comentado Froyla a Savanna cuando las dos supieron que el calesero conocía el problema de Eva, aunque él lo negara con gestos y palabras entrecortadas. Coyol reaccionó de modo parecido; no hablaba, pero sabía descifrar los vocablos proferidos por la gente porque siempre leía el movimiento de sus labios. En La Habana nadie sabía los motivos del viaje de la familia y, mucho menos, acerca de las auténticas razones de su emigrar.

Nalón, sin embargo, no era capaz de intuir que las anomalías que expresaba el estado de ánimo de Ondarribi estuvieran relacionadas con Eva. Las achacaba a preocupaciones que no podían ser otras que las suyas: la ocupación inglesa, el comercio, las propiedades, las mercadurías y el pago de los donativos e impuestos. «Posee el defecto de que tiene bien abiertos los ojos, pero la avaricia no le deja ver lo que acontece a su alrededor», pensó el vasco cuando comprobó por sí mismo que el asturiano no dudó en ningún momento sobre sus explicaciones acerca de su viaje hacia el interior de la Isla. «Nalón, ¿cuándo tienes pensado partir hacia Veracruz?». Preguntó el vasco, agobiado ya por la infinita y pesada estadía del antiguo amigo de su progenitor. «Tan pronto regreses, yo me marcho a la Nueva España», aseguró con cierta ambigüedad en el tono de sus palabras.

Ondarribi no había tenido muchas dificultades con las autoridades británicas en la puerta de la muralla que emergía ante la Plaza del

Viajero, porque Greene, con sus influencias, había ayudado desde el anonimato. Al vasco le llamó la atención que todo le resultase tan fácil, mas nunca pudo sospechar que era la mano del joven enamorado la que se había encargado de viabilizar el cruce. El menor de los Taylor no sabía que junto a Eva, además de su familia, iba un indeseado bastardo. Dentro del carruaje la hija grávida viajaba preocupada. Veía que su padre iba mosqueado, bebiendo gruesos tragos de coñac. Su memoria, como un libro prohibido, no dejaba de reiterarle los tristes momentos que ella había vivido a su lado por culpa de su ebriedad. Ahora le imploraba a Dios con todas sus fuerzas que su progenitor no se pasara de tragos. La compañía de su madre y la nana fueron tranquilizando su espíritu en la misma medida en que se avanzaba en el trayecto hacia Alquízar. Ahora lo que ella más atendía era su posición dentro del carruaje; muy atenta de que ningún accidente fortuito en el camino le desprendiera al hijo de sus entrañas. Por fortuna ya había sido suspendida la ingestión de brebajes ofrecidos por unas cuantas comadronas.

–¿Cómo fue ese viaje? –indagó Fernández luego de recibir con efusividad al vasco.

–Bien, no tuvimos tropiezos.

–¡Cambia esa cara, hombre! –aconsejó el toledano–. ¡La vida tiene más azotes que alegrías!

La finca de Fernández era grande, dedicada a la cría del ganado porcino y a la agricultura menor. De inmediato la esposa del toledano dispuso las habitaciones que estaban acondicionadas para Eva y Lita. De las primeras oleadas de negros esclavos que habían llegado a la Isla, el toledano había comprado buenas partidas para utilizarlas en el peonaje de los trabajos agrícolas, y del ganado porcino y de aves.

–¿Cómo está La Habana en manos de los malditos ingleses?

–Mal, muy mal –comentó Ondarribi–. Zapateros, taberneros, artesanos y comerciantes están agobiados por las exigencias de los británicos. Creo que muchos se marcharán de la ciudad. Piden licencia legal para comerciar y ya anunciaron aumento en el cobro de impuestos. Yo también pienso hacer lo mismo. Cuando menos me iré para Santiago de Cuba –suspiró profundo–. Lo que ocurre es que esta hija que Dios me dio me ha complicado la vida. Dime una cosa, ¿dónde está Urbano?

–Llega dentro de poco. ¡Verás su cara cuando sepa que estás aquí con Euclides!

–¿No sabe nada de nuestro viaje?

–No, para nada. Con esos ingleses allá, yo pensé que tú no llegarías a Alquízar.

–Bueno, todavía no salgo de mi asombro, ¡lo fácil que atravesamos las murallas!; la verdad, no sé.

–¡Dios está allá arriba! Por eso no tuviste problemas.

Fernández se dio cuenta de que Ondarribi tenía la lengua tropelosa y de que un demonio habitaba en sus adentros. El vasco no podía concentrarse en la conversación y solo atinaba a preguntar a intervalos por el mayordomo Urbano, el extremeño. Comprobó que Savanna, Lita y, en especial Eva, estaban preocupadas por la conducta del vasco. Ahora deseaba que su amigo se fuera a dormir su borrachera y despedirlo lo antes posible de regreso hacia La Habana. «En estos momentos no me conviene que Ondarribi se quede muchos días por acá», meditó el toledano.

Los gritos del extremeño al ver llegar a Ondarribi y Euclides fueron escandalosos. Se abrazaron y rieron como amigos que llevan mucho tiempo sin verse. De inmediato, el vasco, tambaleante y apoyado sobre uno de los hombros de Urbano, lo llevó a un platanal situado al fondo de la casa rústica. «Ven conmigo, tenemos que hablar», dijo al extremeño mientras se alejaban.

Al caer la noche regresó Ondarribi con Urbano. El vasco, cuando enfrentó el resplandor de las velas encendidas, agrandaba y achicaba sus ojos opacos y desordenados por el alcohol. El extremeño, junto a él, como su único sostén físico, solo levantaba sus cejas en señal de asombro mientras miraba a Fernández. Ambos tuvieron que llevarse casi a rastras a Ondarribi hacia su cama. «Este va a vomitar como los perros», pensó el toledano cuando trasladaban al borracho al cuarto donde lo esperaba

Savanna. El dueño de la finca y su mayordomo se despidieron y le desearon buenas noches a sus huéspedes. Atravesaron el portal y descendieron las escaleras para salir al escampado.

—¡Qué mal está Ondarribi! —murmuró Fernández a su mayordomo en medio de una sinfonía de sapos y grillos—. Yo nunca lo había visto así.

—Don Leoncio, ¡el vasco está loco de remate! ¿Sabe? ¡Me propuso una cosa horrible!

—Escucha Extremadura, no me hables ahora de esas pendejadas de Ondarribi —reparó Fernández con sobrada energía—. Dime, ¿cuántos negritos te compraron?

—¡Veinte! —susurró con los ojos centelleantes bajo la luz de la luna—. Pienso que en esta semana compren más. Los negritos que envía el catalán están saludables. Creo que ganará mucho dinero, don Leoncio, con este nuevo filón comercial.

—¡Magnífico! Hace falta que las negras en La Habana sigan pariendo. ¡Vamos a dormir! —Fernández se quitó el sombrero y dio unas palmadas de aprobación en las espaldas de Urbano, y agregó con apremio—. ¡Y recuerda, sobre este asunto de la venta de los negritos, ni una palabra a Ondarribi!

XXI

Fuera de control no sabían qué hacer

El olor de la muerte sobre La Habana se aleja poco a poco de sus murallas. La incineración y sepultura de los cadáveres va resignando el pesar de los habaneros y los ingleses al despedir a sus caídos. Casi dos terceras partes de nuestras fuerzas y una tercera de las huestes españolas han sido aniquiladas por la estupidez de la guerra. Las epidemias se transformaron en el horrendo azote, y estas también fueron traídas a la Isla como soldados invisibles en los navíos agresores.

Los jefes militares siguen actuando como sus ancestrales cabecillas y todos en definitiva se quieren emparentar en lo más profundo de su alma con los remotos legionarios romanos.

Ayer Hervey fue despedido como el gran héroe de los titanes británicos y con él viaja hacia Inglaterra parte del botín conquistado y los mensajes de la costosa victoria. ¡Mucho voy a extrañar al impar almirante! Largas cartas mías van con él para entregar a mi padre y a Hammond. Hubiese querido comentarle a Sir Taylor sobre Froyla la cubanita, la diosa Diana que descubrieron mis ojos y despertó mi pasión sin nombre. Mas no lo hice, convencido de que él solo pensará en los problemas que tendrá ante su Juicio Final; y no exclusivamente ante el juicio de los cielos, sino el de los rumores y las críticas de la aristocracia inglesa que se volcarán sobre él por culpa de un hijo descarriado como yo.

Lo cierto es que me siento como un amante medieval que está dispuesto a quebrar sus armaduras por la defensa de su amada, aunque solo se me premie con el recuerdo de sus ojos excelsos y de sus tiernas palabras. Como los girasoles que engalanan su morada, están sus brazos colmados de flores. ¡Froyla es mi encantadora Diana, la diosa de la luna, de las corrientes y los manantiales!

Greene cerró su diario y fue al encuentro con Van Leight. Al llegar al Castillo de la Fuerza, el contador aún no había comparecido. Luego de esperar una decena de minutos, preguntó al oficial de guardia y este le informó que esa mañana no tenía noticia alguna sobre Van Leight. El menor de los Taylor, contrariado por la ausencia de su asistente, decidió, según lo convenido el día anterior, dirigirse en compañía del capitán McDowell y un pelotón a la Parroquial Mayor para entrevistarse con López-Parro, Juvenal y Carrazana. El teniente no podía imaginar qué hubiera podido ocurrirle a Van Leight que por primera vez había fallado ante sus compromisos de trabajo. Ahora el teniente llevaba consigo las decisiones definitivas adoptadas por Albemarle con relación al obispo Morell y la Iglesia católica.

—¡Linda mañana, señor! —saludó López-Parro al teniente y observó que esta vez venía al frente de una inusual delegación británica.

—¡Así es! —asintió Greene—, pero no creo, señor, que las noticias que traigo tengan la misma armonía.

—Mi experiencia me dice, joven, que las noticias casi siempre son malas —el diplomático quería manifestarse relajado, sobre todo al ver a un capitán británico que tenía el rostro rígido—. Y si son buenas suelen anunciarse junto a una muy mala. Ya nosotros estamos preparados para lo peor.

—Señores, les presento al capitán McDowell —Greene hizo la presentación del militar ante la parte española con tal irreverencia que para el experimentado López-Parro ese gesto no pasó inadvertido.

El menor de los Taylor de inmediato entregó al enviado del rey un pliego donde el conde de Albemarle, sobre la base del derecho de conquista, comunicaba las decisiones que pondrían punto final a las diferencias y mutuas incomprensiones entre el ejercicio de su nueva investidura y el obispo desmandado. Greene observó que el tic nervioso de Carrazana ahora iniciaba su lastimoso reestreno; en especial al ver que el imperturbable semblante del enviado del rey se desdibujaba como si estuviese leyendo la misiva letal del hermano predilecto de Lucifer. En el papiro hiriente, sellado y firmado, se informaban los siguientes dictámenes: Destierro del obispo Morell de La Habana hacia la Florida en calidad de persona *non grata*. Requisición de la parroquia San Francisco de Asís para que los ingleses pudiesen practicar sus oficios religiosos y el pago por parte de la Iglesia católica a los conquistadores de la astronómica cifra de setenta mil pesos, a fin de evitar la amenazante remoción de las campanas de todos los templos habaneros.

–Por lo que veo, señor Greene, estas decisiones no pueden ser renegociadas en ninguno de sus puntos –comentó López-Parro al tiempo que le pasaba a Carrazana y a Juvenal el pliego aterrador.

–Así es, señor –el teniente se puso de pie–. Lamento tener que confirmarle que en esta etapa cualquier tipo de renegociación no resulta viable. Ahora los dejo con el capitán McDowell, quien se encargará de implementar las decisiones del conde de Albemarle.

Cuando Greene se dirigía rumbo a la Plaza de Armas su mente iba embestida por varias preocupaciones. La primera consistía en localizar cuanto antes a Van Leight y llegar a conocer las razones de su grave ausencia. La segunda era su disgusto por que el almirante Elliot hubiese designado al desagradable McDowell para finiquitar los asuntos pendientes con relación al obispo Morell. La última, y de claro sello perenne, se relacionaba con una obsesión que no lo abandonaba: ver a Froyla cuanto antes y a como diera lugar. Sabía que sus padres y hermana se habían ausentado por varios días de La Habana y deseaba aprovechar esa coyuntura para aproximarse a ella. Tenía pensado hacer una sorpresiva visita a Nalón que le sirviera de pretexto razonable.

Al llegar a las cercanías del Castillo de la Fuerza avistó a Aram, que en posición algo rígida no dejaba de mirarlo algo asustado.

–Mi teniente, no veía la hora de su arribo.

—Dígame —estaba extrañado de que el moro aguardase por él de forma tan agenciosa y disciplinada–. ¿Usted no se marchaba con el almirante Hervey para Londres?

—No, señor Greene —bajó la mirada–. Mire, el oficial Van Leight está en una pensión en la zona de La Marina. Digamos que nada bien. Por eso he venido por usted.

—¿En una pensión? —ahora Greene era presa de una confusión imprevista y, al recobrar su compostura habitual, sentenció por pura intuición–. ¡Aram, no puedes irte hasta que no me lleves hasta Van Leight! ¿Entendido?

—¡Claro, mi teniente! ¡Cómo voy a irme! He venido por usted. Yo no quiero que a usted le ocurra nada malo. Yo no tengo nada que ver con lo que le ha sucedido a su asistente. ¡Alá sabe que no miento!

Greene conocía demasiado bien que las mentiras, en manos del moro especulador, se esgrimían como verdades inamovibles.

—¡Vamos! —Greene ordenó enérgico.

Cuando caminaba junto a Aram por la zona de La Marina que daba al puerto, Greene vio que en esos momentos estaban siendo requisados por los vencedores los navíos de guerra que conformaban un importante segmento de la flota de guerra del imperio español destacada en el mundo entero. Al entrar en la pensión, el menor de los Taylor fue sacudido por el olor pestilente que reinaba en el lugar. Guiado por el moro, entró a una habitación que se encontraba al fondo de un pasillo angosto. Junto a un deplorable camastro yacía arrinconada en el piso la irreconocible figura de Van Leight. Este cubría con sus manos un deplorable rostro que parecía haberse adueñado de toda la inmundicia de La Habana.

—¡Aram, déjenos solos! —ordenó Greene–. ¡Y le exijo que este incidente no lo comente con nadie, ni siquiera con usted mismo! ¿Entendido?

—Así se hará, mi teniente. ¡Lo juro por Alá! Yo nada tengo que ver con lo que ha ocurrido —aclaró Aram, nervioso, escapando de la ruinosa recámara como una ballesta.

Greene se acercó al contador y le puso sobre los hombros una toalla sucia que estaba en el camastro. De modo imperativo le comunicó que se levantara cuanto antes para llevarlo a su tienda de campaña. Cuando Van Leight elevó los ojos para avistar a su jefe, este enseguida descubrió que esa mirada extraviada solo podía ser hija del opio. Sospechó de inmediato que Aram tendría mucho que ver con la deplorable situación del contador. El código de honor de la armada inglesa llegó a la memoria de Greene sin pedir anuencia. Ahora, a esta pesada falta disciplinaria de Van Leight, se sumaba el hecho de que en la mañana no había concurrido a la hora prevista para salir junto con él hacia la Parroquial Mayor. Entre otros reclamos graves, el contador debía trabajar al lado del capitán McDowell, para intervenir horas después la iglesia de San Francisco de Asís; así como auxiliar en el cobro de la suma de dinero que el obispado católico tendría que pagar al mando británico para que no se requisaran las campanas de todas las iglesias de la ciudad. Las meditaciones de Greene fueron interrumpidas. Van Leight comenzó a sollozar como una muchacha ultrajada. El amaneramiento contenido del contador ahora se expandía desbordado en toda su crudeza.

−¡Perdone, teniente! ¡Merezco ser expulsado por el Almirantazgo! ¡Me siento el ser humano más repugnante de la tierra! −confesó con voz nasal conmovedora−. ¡Mis padres morirán de vergüenza!

−¡Levántese, Van Leight! −Greene parecía gritarle a un enemigo−. ¡Échese mucha agua en la cabeza! Voy a agenciarle un poco de café allá fuera. Cuando regrese quiero verlo de pie y listo para salir de aquí. ¡Vamos! Y deje sus lamentos para cuando se haya recuperado. ¿Me ha comprendido?

−Sí, teniente −asintió atolondrado e inició lentos movimientos para levantarse.

Minutos después regresó Greene con un jarro de café humeante. En cuanto le hizo beber la infusión al oficial, buscó en sus bolsillos un habano, lo encendió y se lo entregó al contador.

—Escuche —advirtió con voz pausada—. Necesito que no deje de echar humo de este habano hasta que lleguemos a su casa de campaña. Solo aspire el humo, pero no lo trague. Camine junto a mí despacio y erguido como una palma real. Apóyese en mi hombro cuando lo considere necesario, y si desea sentarse en algún sitio para reponerse me lo indica. Ahora quiero que no olvide este dato: usted anoche comió un pescado que lo envenenó. ¿Me comprende? ¡No lo olvide!

—No sé cómo pude llegar a este sitio —continuó lloriqueando—, y Aram me...

—¡Van Leight, no quiero escuchar tonterías de su intimidad! —gruñó el teniente fuera de sí—. ¡Aténgase a mis órdenes! ¡Vamos!

El oficial contador sacó fuerzas de donde no las podía encontrar, se levantó y comenzó a exhalar humo del habano encendido que le había entregado su jefe. Echó a andar al lado de Greene, que ahora Van Leight sentía como el benefactor enigmático que Dios le había enviado para protegerlo.

La vivienda de Jiménez y Septimina, ubicada en las cercanías de la Plaza del Viajero, estaba poblada en su interior de velas encendidas por todas las paredes y rincones. Tanto el canario como la gallega no soportaban la oscuridad en su amplia vivienda. Habían terminado de cenar en compañía de López-Parro y ahora bebían té en la sala de la segunda planta. El madrileño, aunque no lo confesara, tenía el semblante abatido por un pesado cansancio. Los resultados de las conversaciones sostenidas con el capitán McDowell y con el obispo Morell le habían demolido las resistencias más notables de sus pericias diplomáticas. Las primeras comunicaciones de Martínez, provenientes de Trinidad, eran esperanzadoras y lo habían obligado a intensificar sus faenas para lograr los propósitos de la resistencia ante los invasores británicos. La expulsión del obispo Morell hacia La Florida había sido atronadora para todos los ciudadanos. En el interior de las iglesias habaneras los feligreses católicos junto a sus guías espirituales escenificaban enardecidos servicios en repudio de la decisión del conde de Albemarle. El madrileño cavilaba acerca de cómo haría para lograr que el eminente prelado más adelante fuese indultado por el propio gobernador invasor y de ese modo hacerlo regresar a La Habana. En tales desasosiegos y sobresaltos del diplomático, Septimina resultaba la única persona que le tranquilizaba el ánimo con sus delicadas atenciones y dulces caseros, pero Jiménez no dejaba de accionar su perenne curiosidad hacia todas las gestiones apremiantes que llevaba a cabo el diplomático sobre la base de su investidura monárquica. Las preguntas del canario parecían pertenecer o formar parte de un compendio infinito del entrometimiento. López-Parro sabía sortear cada una de las interrogantes, pero al final quedaba exhausto. Por eso, de forma habitual, tan pronto Septimina anunciaba el retiro hacia su habitación, de inmediato se escuchaba la voz del enviado del rey que le imploraba a ella un cocimiento de tilo para irse a dormir.

–Señor –comentó Jiménez con clara intención de iniciar una larga charla–, tengo algunos amigos taberneros y otros comerciantes que me han dicho que los ingleses están exigiéndoles de manera desproporcionada el pago de licencias que legalicen su actividad. Creo que muchos se irán para Trinidad o Santiago de Cuba.

–Este infierno apenas está comenzando. Yo pienso que a pesar de todo debemos convencer a esos amigos de que se queden en La Habana. Esta ciudad tiene que regresar al seno de España.

–No se disguste conmigo, excelencia, pero yo creo que los británicos jamás abandonarán esta ciudad. Son muchas las ventajas económicas que obtienen al poseer un puerto estratégico como este. Pienso también que...

Unos fuertes aldabonazos procedentes del vestíbulo de la planta baja cortaron la monserga de Jiménez. Enseguida este se puso de pie y espetó una enojada frase al bajar las escaleras: «¡Por la fuerza de los golpes cualquiera diría que ha llegado el mensajero de la muerte!». López-Parro se dirigió a las ventanas para husmear los movimientos en la calle. Sobre el empedrado vio el techo de un carruaje tirado por un caballo blanco que no podía ser otro que el del señor Morphy. Ahora el diplomático, ante la novedad de la inesperada visita, sentía que su cansancio se triplicaba sin reparación posible. Apenas tuvo tiempo de intuir esa certidumbre, pues por las escaleras trepaba la voz tenorina del británico. Entraron a la sala Morphy y Medem. Jiménez presentó al británico a López-Parro y estos se saludaron como si nunca se hubiesen visto. El diplomático se olvidó enseguida de su agotamiento. El semblante de los recién llegados presagiaba anuncios especiales.

–Señor López-Parro, acaban de encontrar al padre Carrazana ahorcado en su recámara de la Parroquial Mayor –Medem habló con recogimiento–. El cadáver fue hallado por el sacristán Herrera que no deja de llorar. ¡Terrible! Su habitación está patas arriba. Lo registraron todo. Buscaban algo que al parecer no encontraron. No hay un resquicio del aposento que no haya sido desbaratado. Yo digo que lo asesinaron.

–¡Ay, Dios mío! –clamó Septimina– ¡Ave María purísima! ¿Cómo ha sido posible? ¡El padre Carrazana era un santo!

–Yo pienso que fue asesinado –reiteró Medem sin dejar de mirar para López-Parro y lanzó una interrogante que parecía hija del desvarío–. ¿No habrán sido los ingleses?

–Medem, eso que ha dicho es absurdo –sentenció Morphy–. Los británicos nada ganarían con asesinar a un sacerdote tan prominente. No, de ninguna manera. Yo, por mi parte, no logro resignarme, he perdido en Carrazana a un gran preceptor espiritual y a un excelente jugador de ajedrez.

El enviado del rey comprobó una vez más la frialdad y el cinismo del inglés. Observó con rapidez que todos los presentes se mantenían de pie, incluso Septimina, aturdidos por la novedad. Todavía el madrileño no podía creer lo que acababan de decirle y mucho menos el desatinado diálogo que se había escenificado entre Morphy y Medem. Ahora pensaba en los raros caprichos del destino. Carrazana había trabajado muchos años con el prelado Morell. El día anterior, Morell había sido expulsado a La Florida y, de modo siniestro, horas después, el jesuita Carrazana era asesinado. En su mente repasó los pormenores de la investigación que él mismo dirigía para llegar hasta el cofre sustraído. Sabía que unos cuantos lobos en La Habana estaban al acecho. López-Parro en su abstracción se fue hasta los escritos de Dante, uno de sus poetas preferidos, cuando describió, como ninguno a su juicio, el trayecto de los infiernos hasta llegar a los cielos. «Sin duda, ha sido exterminado por un criminal que conoce el valor de las joyas –pensó–. El cadáver de Carrazana es la humareda de un gran incendio, y en las cenizas se esconde un Satán que quiere adueñarse del tesoro mexica y de la calavera de cristal».

–Señores, con su permiso, mi deber es presentarme cuanto antes en la Parroquial Mayor –López-Parro dirigió con determinación sus pasos hacia la escalera–. Este horrendo crimen tiene que ser esclarecido y debemos encontrar a los victimarios.

Los presentes quisieron expresar algún que otro comentario, pero la autoridad que emanaba de la personalidad de López-Parro los dejó enmudecidos.

Froyla no podía reconciliar el sueño. Sentía que la noche era profunda por el silencio reinante en todos los ángulos de la casa. Sus ojos se habían abierto y ella no sabía por qué la asaltaba un imprevisto insomnio que de momento no tenía intenciones de abandonarla. Ahora esa vigilia la atribuía a la ausencia de Eva, Lita y sus padres. Nunca antes había visto en su progenitor una conducta tan desorganizada. En cuanto Froyla de forma directa le hizo la revelación, Ondarribi se enquistó en los monosílabos y le dio por hablar poco, muy poco, y manifestó facetas de su personalidad que de repente se transformaron en otras desconocidas. La problemática de su hermana mayor lo había trastornado. Solo atinaba a beber un trago de coñac tras otro, como para mantenerse en su concha y bien alejado de todos en la casa, o tratando de aliviar una tragedia que aprisionaba su espíritu y ante la cual no hallaba adecuada salida.

Las ilusiones de Froyla ahora apuntaban al militar británico que, junto a las preocupaciones por Eva, se cernían y prevalecían de manera exclusiva en su alma. Cuando ella pensaba en Greene sentía que un fuego abrasador envolvía todo su cuerpo. Jamás había experimentado un estremecimiento tan desmedido al ver a un hombre. Y, al estudiar las partituras de música barroca que él le había obsequiado, imaginaba sus manos desplazarse una y otra vez sobre estas, como si se tratase de su propio espíritu. Anhelaba que se llevara a cabo la prometida velada musical con Greene y Antonelli, o cualquier otro tipo de iniciativa, porque al final ella no podía continuar un día más sin ver al joven que con sus ojos azules se había apoderado de su ser. Por lo pronto se iba persuadiendo de que el convite para disfrutar la música barroca no podría llevarse a cabo muy pronto, debido a la situación desconcentrada de su progenitor. Descubría sin remedio que quizás su propia ansiedad no le permitía idear algún que otro resorte para poder encontrarse con Greene, que era, en resumidas cuentas, lo que ella más anhelaba.

Remolcada por estas meditaciones, de repente Froyla escuchó unos ruidos extraños que provenían del exterior. Se levantó y abrió con mucha cautela la puerta de su habitación. Al hacerlo, sintió unos gemidos de mujer que asomaban de modo intermitente y atravesaban el vano del patio. Con suma atención pudo percatarse de que los extraños bisbiseos emergían de la alcoba de María Cruz. Pensó en ese momento que la tía pudiera estarse quejando de algún que otro dolor y decidió vestirse para encaminarse enseguida a la recámara que quedaba justamente frente de la suya, al voltear la baranda que circundaba la galería. Cuando ella se aprestaba a salir, quedó atónita. Chamblín, sigiloso, salía en ese instante de la habitación de María Cruz. En la penumbra Froyla pudo avistar los globos oculares del negro que se dirigían a toda velocidad hacia el fondo del segundo piso en busca de la escalera auxiliar que conducía a la planta baja. La hija menor del vasco cerró su puerta y, sin poderse contener, desde sus adentros despuntó de forma incontrolable una carcajada nerviosa. Al reeditar en su mente la escena que acababa de descubrir, una risa desbocada se le hizo profusa. «¡Mi tía es una Proserpina auténtica! –pensó, mientras no dejaba de desternillarse, cubriéndose la boca con su propio blusón de dormir–. ¡Es una hipócrita maldita!».

Mientras Froyla cubría su cabeza con las almohadas tratando de recobrar la calma, repasaba uno de los dictámenes que le había confesado Eva en una conversación reciente: «¡En esta ciudad, hermanita, los verdaderos amores son secretos!». Ahora la cubanita regresaba consigo misma al fondo de su afiebrada humanidad. Unos pensamientos prohibidos, atrevidos y pecaminosos surcaron su alma y viajaron veloces hasta alcanzar la figura del militar británico; el joven ante el cual ella no sabría, como hipótesis imaginada, esgrimir una sola resistencia en su fantasía y cordura, al sentirlo irrumpir con fuerza en su lecho. «¡Dios mío! ¡Con Greene –se dijo ella excitada, al tiempo que trataba de retomar el sueño–, el amor solo me reclama excesos!».

–Teniente, ayúdenos a entrar, se lo ruego –imploró López-Parro a Greene en compañía del padre Juvenal.

–Trataré, señores, trataré –apuntó Greene–, aunque les reitero que McDowell es un impresentable.

El enviado del rey sintió admiración ante el joven que, sin cortapisas, había expresado un calificativo desdeñoso sobre el capitán, que tanto él como Juvenal compartían. Esa sola frase le valió al diplomático para entender de forma definitiva que Greene tendría poco que ver con la rígida naturaleza de la oficialidad británica. Ahora ambos se abrían camino siguiendo los pasos del teniente. Al llegar al aposento de Carrazana, dos soldados ingleses bloquearon la puerta. McDowell salió al encuentro de los recién llegados.

–Señores, adentro se encuentran nuestros peritos para investigar las circunstancias del hecho –expresó McDowell con autoridad excesiva–. Por la parte española está el alférez mayor Recio de Oquendo. La presencia de otras autoridades no es necesaria.

—Capitán, con el debido respeto —comentó Greene—, junto a mí está el señor López-Parro, enviado del rey Carlos III a esta ciudad, y el padre Juvenal, quien era muy amigo del sacerdote fallecido.

—Conozco a los señores —aseveró McDowell—, pero no es necesario que entren.

—Capitán, espero que lo autorice. La guerra hace mucho que está terminada —opinó Greene con voz grave—. Si usted no lo hace me veré obligado a acudir al almirante Elliot o al mismísimo conde de Albemarle. Sé que, por razones humanitarias, estos señores que me acompañan al final serán autorizados. Le suplico que no perdamos tiempo. Los asesinos del padre Carrazana en estos momentos deben estar durmiendo plácidamente.

McDowell miró de lleno a Greene. López-Parro sintió cierta tribulación al ver cómo la mirada del capitán fulminaba el rostro del joven oficial. Juvenal también se sumó al respeto por Greene, que ya le profesaba en sus gestos y hasta con cierto descuido el enviado del rey. Estos esperaban que el capitán de un momento a otro estallara presa de una ira incontrolable. Sin embargo, luego de contemplar por largos segundos a Greene, McDowell se volvió hacia uno de los soldados que bloqueaban la entrada y le ordenó que los dejara pasar. López-Parro aún no salía de su asombro y este dato se sumó a los otros que ya desde mucho tiempo rondaban su cerebro acerca de cuál sería la verdadera identidad de Greene. Cuando entraron, vieron que el cuerpo de Carrazana estaba tendido sobre su cama. Dos peritos de la armada británica examinaban el cadáver y Recio de Oquendo también no dejaba de contemplarlo. El alférez mayor se viró y saludó conmovido a López-Parro y al padre Juvenal. Greene, por su parte, no dejó de mirar hacia todos los destrozos del recinto. Llamó su atención un mueble esquinado del cual pendía un enorme candado que, a pesar de los intentos de los malhechores, no lo habían podido violentar. Observó cómo el padre Juvenal, de modo atrevido y queriendo pasar inadvertido, había ido directo hacia un cofrecillo que estaba escondido detrás de un crucifijo y extrajo de este unas llaves. El sacerdote lo hizo todo con tal naturalidad y destreza que nadie, excepto Greene, se dio cuenta de la acción del franciscano. «De seguro esas llaves son de Carrazana —pensó Greene—, y los truhanes no las encontraron porque alguno quizás debe sentir excesivo respeto por la imagen de Jesucristo».

El madrileño y Recio de Oquendo platicaban concentrados. Juvenal se aproximó al menor de los Taylor y le susurró:

—Señor Greene, necesito mañana, Dios mediante, llevarme ese mueble que no pudo ser abierto por los asesinos. Dentro se encuentran los libros y legajos personales del padre Carrazana, que en paz descanse —agarró por el brazo al teniente y le suplicó—: sin su ayuda no podré hacerlo, ¡y qué Dios proteja su sabiduría!

Greene asintió y enseguida mandó a llamar a McDowell. Entretanto, el teniente contempló que el cuerpo de Carrazana estaba lleno de hematomas. «Lo golpearon salvajemente», se dijo al tiempo que veía llegar al capitán. Este, con el entrecejo fruncido por la contrariedad, de inmediato opuso resistencia a la propuesta de que el mueble pequeño fuese sacado del aposento. Greene sintió en ese instante grandes deseos de arrojar en el rostro de McDowell un mazo de injurias, pero se contuvo. Optó por mantenerse sereno y sugirió que se abriera el pequeño mobiliario en su presencia, con el argumento de que se trataba de documentos personales del fallecido. McDowell, sin despojarse de su evidente disgusto, al final ordenó que se hiciera. Juvenal con mucha calma abrió el grueso candado. Ante los ojos de todos los presentes se pudo comprobar que en el interior de la antigualla de ébano solo había una Biblia y legajos bien ordenados. También se apreciaron diversos íconos religiosos que a simple vista gozaban de buen recaudo. Recio de Oquendo fue el primero en dirigirse a McDowell con la impronta del militar que toda su vida había sido un dirigente. Habló casi con aires de ser algo así como el futuro gobernador de La Habana.

—Capitán, con sus propios ojos usted ha podido comprobar que se trata de protocolos íntimos y personales. Solo de mirarlos uno advierte que la personalidad del padre Carrazana, ¡qué Dios lo tenga en la gloria!, era pulcra en sus oficios de canónigo magistral. Tenga a bien autorizar que el padre Juvenal se lleve esos documentos sagrados.

López-Parro no pudo ocultar en su semblante la contrariedad al escuchar tamaña retórica del alférez mayor. Le pareció innecesaria; pero, sobre todo, le hizo sospechar de inmediato que Recio de Oquendo ya era un oficial plegado ante el invasor conde de Albemarle. McDowell, sin embargo, prosiguió en sus trece.

—Considero que esos documentos deben ser revisados por nuestros peritos.

La terquedad de McDowell llamó la atención de Greene. Este ahora sentía sobre sí las miradas del madrileño y de Juvenal, las cuales le expresaban sin palabras que él debería intervenir para que se desbloqueara el discernimiento del capitán. Se había dado cuenta de que tan solo dos personas en el recinto, él y López-Parro, examinaban con suma atención el contenido del archivo, movidos por la firme sospecha de que Carrazana había sido uno de los autores del robo del tesoro mexica. Ahora la intransigencia de McDowell le parecía desmedida, a no ser que una motivación bien oculta lo impulsara a no ceder.

—Capitán, sin que usted se lo tome a mal —Greene inició su parlamento haciendo acopio de paciente habilidad—. Debo recordarle que lo primero que hicieron y continúan haciendo los conquistadores cuando ganan nuevas posesiones, es arrasar con todo lo que encuentran hasta que su mirada se pierde en el horizonte. Luego, en el afán de convertir a la gente nativa a su religión y filosofía, extinguen sin remordimiento alguno las costumbres más antiguas y respetables de los vencidos —miró fijo a los ojos de McDowell—. Pienso que el imperio británico no debería llegar a esos extremos con las pertenencias personales de un sacerdote asesinado. El eminente padre Juvenal, que en estos días ha sido despojado de su parroquia San Francisco de Asís sobre la base del derecho de conquista, debería ser autorizado por usted para llevarse consigo esas sagradas pertenencias que nada tienen que ver con la guerra y mucho menos con la muerte incomprensible del clérigo jesuita. ¡Capitán, acudo a su inteligencia y pundonor!

McDowell no había entendido bien en todas sus partes la larga monserga del teniente, pero el profuso vocabulario aún lo tenía abatido. A ciencia cierta no sabía a quién Greene había destrozado o alabado en sus opiniones. Como hombre dedicado a las cuestiones prácticas de la guerra, o amparado en mecanismos psicológicos que no era el caso aclarar, recompuso su ánimo contraído y expresó en tono bajo:

—Muy bien, el padre Juvenal puede llevarse consigo esas pertenencias y mañana, cuando lo estime oportuno, que venga a recoger otros objetos que considere necesarios.

«Aquí no solo está en juego el tesoro mexica, sino las habilidades y la extraña investidura de este teniente que el capitán no puede esquivar a su antojo», pensó extasiado López-Parro.

—¡Muchas gracias, señor McDowell! —apuntó Recio de Oquendo sin dejar de mirar atontado para Greene.

Juvenal estaba profundamente agradecido ante el valiente gesto de Greene. Con calma reordenó los documentos y objetos de Carrazana. Una vez que terminó su faena, se acercó al teniente y le dijo en tono muy confidencial:

—¡Qué Dios guíe y proteja sus pasos en esta bendita tierra!

Cuando Greene lo miró, pudo comprender por primera vez que el talante del padre Juvenal estaba sereno, como si en su semblante no tuvieran cabida el pánico ni el dolor. Aunque quedaron algunos detalles técnicos por concluirse, los peritos británicos llegaron a la conclusión de que Carrazana había sido golpeado con los puños y objetos macizos hasta dejarlo inconsciente. El clérigo había resistido a la agresión con todas sus fuerzas y, luego de estar exánime, lo habían colgado de uno de los maderos que sobresalían del techo de la recámara, con una soga tan consumida que nadie supo cómo la obesidad del presbítero se mantuvo tanto tiempo suspendida en el aire; pero todo se había ordenado para aparentar que Carrazana se había suicidado. Sin embargo, el cuadro final e intrigante que quisieron diseñar los victimarios era de improbable credibilidad, dado que los estragos en la habitación y las marcas azulosas en la blanca piel de la víctima demostraban lo contrario. Al escuchar el parecer de los expertos británicos, López-Parro pensó: «Tal vez los asesinos iniciaron un plan que resultó a la larga desorganizado y caótico; después, fuera de control, no supieron qué hacer y decidieron segar la vida del sacerdote».

Había tan solo dos personas en el recinto, Greene y el enviado del rey, que por diversos caminos sospechaban acerca de la verdadera importancia de los documentos de Carrazana, que Juvenal ahora se llevaría consigo. En esos legajos quizás no existiesen indicios acerca de los criminales, pero sí posibles elementos relacionados con el desvío de las valiosas joyas mexicas y la calavera de cristal. A la recámara del cura asesinado llegaron varios sacerdotes y sacristanes para proceder a la organización de las honras fúnebres del padre jesuita. También algunos monjes, a pesar de la avanzada hora de la noche, auxiliaban sobrecogidos el doloroso acontecimiento. Entre los sacristanes se encontraba Herrera, con el semblante consternado. Cuando Greene y López-Parro estaban conversando en las afueras de la Parroquial Mayor, el capitán McDowell se avecinó y, dirigiéndose al menor de los Taylor, le comunicó una citación que, por resultarle atractiva, demoró en salir de sus labios:

–Teniente, el almirante Elliot desea que mañana a las ocho horas usted se presente en su dependencia del Castillo Real de la Fuerza.

XXII

Somos los carneros que nos dejamos desollar

El menor de los Taylor atravesó el puente de madera extendido sobre las aguas del canal circular del Castillo de la Real Fuerza. Iba al encuentro con el almirante Elliot. Al llegar a la dependencia, vio con alivio que este se encontraba solo. En ese momento recordaba los consejos que Hervey le había dado antes de su partida para Londres. En especial el disparatado ejemplo de las dos copas, una de agua y la otra de vino. Ejemplo ilustrativo de que Elliot, como los demás oficiales de la armada británica, solo atendían, al final de cuentas, a los mecanismos psicológicos del uniforme militar y no a sus propios discernimientos individuales. Sentía que esperaban por él seguras reprimendas debido a sus actuaciones febriles que destacaban entre las otras comunes y generalizadas de la oficialidad inglesa. El joven sabía que tales excesos le brotaban de forma espontánea y por lo tanto se sentía, en el fondo, al margen de la pasión normal de su edad, seguro y calmado.

–Teniente, sé que Hervey le tomó mucho aprecio y respeto debido a su intachable conducta –inició sus palabras sin mirar hacia los ojos del joven oficial–. Pero, aún no sé por qué mi amigo no me llegó a alertar acerca de algunos rasgos inmaduros de su personalidad. Sus expresiones perjudican la autoridad del imperio británico. Varios oficiales se me han acercado y me han referido sus excesos liberales, los cuales yo calificaría de libertinajes juveniles.

–¿Libertinajes, señor almirante? –Greene no se pudo contener–. Porque creo más en los poetas y las artes que en la armada y la ciencia. No me arrepiento de cultivar mis creencias. Todo lo contrario.

–Teniente, no lo he llamado para filosofar acerca del arte y las erudiciones –contraatacó Elliot–. Yo soy en estos momentos su jefe y debo responder porque su conducta sea prudente y correcta. Sé que usted es el hijo menor de Sir Eric Taylor y no olvido las excelentes opiniones de Lord Anson acerca de su progenitor. No obstante, pienso que usted no tiene derecho alguno de estar profiriendo ante la parte española juicios que desmeritan la dignidad del nuestro sagrado imperio, la cual está protegida por los designios de la Providencia.

Greene sintió que se le venían encima, a través de las palabras de Elliot, los rígidos postulados de los militares que, en busca de glorias personales, inventaban las odiosas guerras de conquista y alargaban de esa manera los tentáculos de un poder depredador. En la tempestuosa ebullición de sus propias ideas optó por precisar lo que a su juicio en esos momentos era lo más sensato.

–Almirante, ¿cuáles son esas faltas?

–En las reuniones sostenidas con el insolente obispo Morell usted arremetió contra nuestros postulados más sagrados y eso no logro entenderlo. Al parecer usted habla poseído por sensaciones extrañas, y profesa sentimientos ajenos al imperio de la razón y las leyes –Elliot se puso de pie y comenzó a dar pasos cortos por la oficina–. Usted, a partir de hoy, escriba todo lo que quiera en su diario de campaña, pero reprima ante los demás esas opiniones alocadas que se anidan atrevidas en su mente.

–Así lo haré, almirante, pierda cuidado –Greene se cobijó en los consejos de Hervey, y con irrefrenable mordacidad agregó–. Trataré de cultivar en mi mente las viejas y estrictas razones de estos tiempos de indetenible progreso por el que estamos transitando. Le aseguro que no tendrá que convocarme de nuevo para reprimir mis sensaciones precipitadas. ¡Se lo prometo!

Elliot miró por largos segundos al teniente. «¿De dónde rayos surgen las opiniones de este irreverente joven? –se preguntó algo confuso al escuchar los pareceres del oficial–. No conozco a Sir Taylor, pero no entiendo cómo pudo darse el lujo de educar a un hijo de esa manera».

–Teniente, me satisface y tranquiliza que asuma ese compromiso conmigo –el almirante volvió a sentarse–, pero no es el único asunto que deseaba examinar con usted. He sabido que está visitando en esta ciudad la casa de un mercader vasco y que al parecer está interesado por una criollita.

–Con el debido respeto, señor almirante, no desearía ventilar asuntos íntimos que solo atañen a mi vida personal.

–Joven, no creo que para su padre resulte prudente que su hijo menor se involucre en amoríos con una de las hijas de ese comerciante. Ese tipo de jovencita seductora no está a la altura de su rango social. Y créame que le hablo con mucha franqueza.

–Le prometí algo muy importante con relación a sus primeras observaciones, pero en lo tocante a mis sentimientos me resisto a prometerle algo que después no podré cumplir. Ese tipo de jovencita seductora, como usted califica gracias a los comentarios que le han proferido, lleva el hermoso nombre de Froyla. Almirante, para decírselo en pocas palabras, ella para mí es una muchacha bíblica, shakesperiana.

–Teniente –sonrió con ironía–, jamás había escuchado esos calificativos sobre muchacha alguna. Soy capaz de entender su pasión juvenil, pero considero que, si usted prosigue por ese camino caprichoso, le aseguro que tendrá serios problemas en un futuro no muy lejano.

–Almirante, esos serán mis problemas –el teniente se movió en su silla visiblemente contrariado–. Lo siento. No sé cuáles habrán sido sus experiencias juveniles, pero para mí lo más sagrado en esta vida es cultivar los sentimientos cuando una joven, sin pedir licencia alguna, sobresalta nuestro corazón. Así que en tal dirección no puedo asegurarle absolutamente nada, como no sea que voy a cultivar esos sentimientos míos a riesgo incluso de enfrentar consecuencias devastadoras. ¡No tenga duda, señor almirante, sobre este particular!

Elliot se dio cuenta de que continuar charlando con el teniente sobre ese escabroso tema no llevaría a ningún sitio. «Si no se tratara del hijo de Sir Taylor ahora mismo lo mandaría de regreso a Londres», pensó el almirante. Sin embargo, comprendió que Greene hablaba con aplomo, y hasta no dejó de reconocer que algunas palabras le habían provocado cierto hipnotismo. Veía que el teniente estaba decidido a impedir que alguien metiera narices en sus asuntos personales, los cuales no se cansaba de calificar de íntimos y sagrados. Greene, por su parte, confirmaba para sus adentros que su enemigo oculto era McDowell. Sabía que el sinuoso capitán sustituía su incapacidad espiritual con una envidiosa chismografía. A su juicio se constituía en la serpiente que engullía su presa sin escupir los huesos. Examinó también la conducta de Van Leight, pero intuía que este nada o poco tendría que ver con la emboscada que acababa de activarle el almirante. El oficial contador resultaba ser un velado homosexual de la armada británica, pero creía que este no movería un dedo para hacerle daño. Sobre dicho pormenor no abrigó la menor duda. En ese momento tocaron en la puerta de la dependencia. Entró un sargento que comunicó a Elliot que el conde de Albemarle solicitaba de inmediato su presencia. El almirante apresurado se despidió del teniente y acotó un consejo final:

–Joven, espero que usted medite acerca de lo que hemos platicado. ¡No actúe en perjuicio de su estirpe!

El menor de los Taylor se puso de pie e inició sus pasos para salir cuanto antes del Castillo. Ahora comprendía por qué el almirante lo había sustituido por el capitán McDowell en las conversaciones con López-Parro y los prelados católicos. El teniente sabía que sus opiniones habían tenido una agria resonancia en la cúpula del mando británico y que ese acontecimiento conllevó a la rápida cancelación de sus responsabilidades. Pero no podía aceptar en modo alguno que se inmiscuyeran en sus sentimientos con relación a Froyla. Al llegar a las afueras del Castillo, divisó la figura de Van Leight. Intercambió saludos con el oficial contador que ahora adoptaba una conducta rayana en la adoración desmedida hacia él. Greene le dijo que deseaba caminar un poco por el litoral habanero en la más absoluta soledad. Van Leight se expresó solidario y ambos quedaron en verse más tarde y así proseguir con sus trabajos relativos al cobro de impuestos por derecho de conquista.

Greene se encaminó hacia el Castillo de San Salvador de la Punta. Al llegar a sus alrededores se sentó sobre una roca, y se puso a contemplar la boca de la rada y el océano, que a su izquierda se exponía majestuoso hacia el horizonte. Observó unas nubes enormes a lo lejos que parecían abotonar el cielo con el mar. Luego contempló las palmas reales próximas a la costa y, en especial, una altísima que emergía del sitio donde había divisado a Froyla por primera vez. Recordó nostálgico al imprescindible Milton y deploró el advenimiento de McDowell en su vida militar. Al pensar en el envidioso capitán, vinieron a su mente unos versos de Shakespeare: «¡Se espían mis fragilidades por censores todavía más frágiles que yo!».

Repasó los detalles relacionados con la búsqueda del tesoro mexica, el asesinato de Carrazana y la conversación con el almirante Elliot. Sin remedio sus pensamientos regresaron a la cubanita y en este momento la comparó con una rosa roja, la cual de modo afiebrado él deseaba poseer cuanto antes. «¡Froyla ostenta pétalos más delicados y la haré mía pase lo que pase!», pensó con determinación, sobresaltado, siguiendo de forma exclusiva las voces tiránicas de su alma, que ahora se desataban crueles, deliciosas y obsesivas.

Cuando el teniente golpeó el enorme portón de la casa de Froyla, al abrirse, surgió la portentosa complexión de Chamblín. Este, tan pronto divisó al menor de los Taylor, hizo en señal de saludo y buen recibimiento la misma deferencia con sus puños elevados a la altura de su pecho. De inmediato indicó con una de sus manos el camino para que el visitante entrara al vestíbulo.

–Chamblín, quiero hablar contigo –demandó Greene algo indeciso, a la par que veía al calesero cerrar el portón.

El negro se volteó y asintió sin apartar su mirada del rostro del joven inglés.

—Deseo que le digas al señor Nalón que he venido a verlo, pero antes deseo hablar contigo. ¿Puedo?

—Dime —sonrió en posición erguida y relajada.

—Quiero saber una cosa, ¿qué tiempo llevas viviendo en La Habana?

Chamblín levantó las manos y mostró sus dedos abiertos y extendidos al visitante.

—¿Diez meses? —precisó el teniente—. O sea, que llegaste en enero de este año. ¿Sí?

—Sí.

—Si eres de tan lejos, ¿por qué peleaste con tanta bravura en el Castillo del Morro?

—Velasco, Velasco era la justicia en la tierra.

—¿La justicia? —musitó pasmado.

El teniente quedó impresionado y también algo confundido porque no esperaba que el exesclavo dijera una frase tan abstracta y extraña. Acababa de escuchar una misteriosa valoración sobre el héroe don Luis de Velasco. Ahora repasaba con su mirada la figura del negro que, por antojo inexplicable, a él físicamente se le asemejaba al Otelo de la obra shakesperiana. En ese breve instante creía haber descubierto en Chamblín una estatua mística.

—¿Por qué me saludas de ese modo tan elegante si sabes que yo formo parte de los invasores?

—Tú no eres invasor —el negro sonrió y de nuevo extendió una de sus manos indicándole a Greene de modo amable que atravesara el zaguán.

—Espera, Chamblín, espera —trató de detener a un hombre que a su juicio era una mezcla de fiera salvaje con un ser de elegancia elevada—, necesito un gran favor de tu parte, si no lo tomas como una ofensa.

—Dime.

—Necesito que le hagas saber a la señorita Froyla que yo la amo. No sé si puedes comprenderme, pero si tú pudieras ayudarme —se llevó la mano derecha al pecho e inclinándose hacia el calesero, susurró–. Chamblín, mi corazón está enloquecido de amor. ¿Entiendes? ¿Puedes hacerme ese favor? –Greene se sintió contrariado consigo mismo por su lastimoso aturdimiento, pero sabía que no contaba con muchas alternativas en su condición de soldado enemigo para hacerle saber a la cubanita la pasión que no le daba respiro.

–*Banita* lo sabe –aseveró Chamblín y esparció en su semblante una sonrisa, en ese momento giró sobre sus pasos para ir en busca de Nalón.

La frase del negro paralizó el habla del teniente y encendió una hoguera en su pecho. Mientras esperaba por el asturiano, él se regocijaba consigo mismo de haber venido a este mundo y haberse enrolado en la expedición militar hacia La Habana. Naturalmente, Greene no podía estarse quieto un solo segundo y reexaminaba los vocablos expresados por el calesero –uno a uno y que él jamás hubiese imaginado– sobre Velasco, acerca de Froyla e, incluso, sobre sí mismo, y apartarlo de la familia de los invasores. Se movía estimulado de un lado a otro del vestíbulo y en lo más profundo de su ser se burlaba de forma despiadada de los pareceres que le había expuesto el almirante Elliot en la mañana. Chamblín en un instante se había transformado en su ángel de la guarda y ahora su mente testaruda en asuntos religiosos se desplomaba y reducía. «¡No puedo creerlo, no puedo creer lo que me está sucediendo!». Creyó calmar su excitación al avistar a Nalón que ya venía a su encuentro.

–Greene, venga conmigo –dijo el asturiano.

El menor de los Taylor siguió los pasos del asturiano. Subió las escaleras, pero al llegar a la galería de la segunda planta tuvo que detenerse. Apoyada en la baranda del vano estaba Froyla, radiante, con sus cabellos sueltos, dueña, ante la sensibilidad del joven, de la luz de la tarde y de otros fulgores. Ella estaba mirando para el brocal del patio, pero al topar con los ojos de

Greene se ruborizó. Portaba un vestido de encaje color azul; vino a su encuentro y le extendió la mano. Lo saludó con una alegre turbación que no podía esconder. «En estos días regresa mi padre y nos pondremos de acuerdo para disfrutar las nuevas partituras de música barroca», prometió ensimismada con voz aterciopelada. «¡Ojalá que pueda ser pronto!», dijo Greene concentrado. «¡Chamblín tiene razón! —pensó al despedirse de Froyla, mientras se dirigía hacia Nalón que lo esperaba en medio del umbral del gabinete del vasco—. ¡Ella lo sabe!».

—Sabía que usted vendría a verme cuanto antes —opinó el asturiano, disponiendo los legajos y reorganizando la mesa de trabajo—. ¡Ha visto cómo lo asesinaron! Yo se lo dije a Ondarribi. Pronostiqué que Carrazana moriría de una forma brutal. Se lo merecía. ¡Y que Dios me perdone!

—Señor Nalón, nadie por ninguna causa merece ser asesinado de ese modo.

—Es cierto, es cierto, me arrepiento de lo que acabo de decir, pero hizo cosillas que Dios no perdona, no las perdona.

El teniente vio que Nalón irradiaba lava volcánica por los ojos y trató con sus palabras de apaciguar el rencor de un hombre que a su juicio no lograba separar a un perro de la rabia letal. El menor de los Taylor no deseaba hablar sobre el sacerdote asesinado, sino encontrar, si ello fuese posible, elementos importantes que llevaran a la guarida de los asesinos y al presumible sitio donde estuviesen escondidas las antiguas joyas mexicas y la calavera de cristal. El asturiano, gracias a la paciencia de Greene, fue capaz de reprimir sus vehementes censuras acerca de la integridad del padre jesuita e inició un peregrinaje sobre los presuntos implicados en el crimen.

—Debe vigilar los pasos del sacristán Herrera —aconsejó Nalón—. Hágalo y se acordará de mí. Es un marica que sabe muchas cosillas.

—¿Y militares que puedan estar involucrados?

—Medem, sin duda.

–¿Y el mercader Morphy? –Greene se percató de que Nalón nada decía de Reverte, el asistente de Recio de Oquendo.

–No. Le diré una cosilla. Ese tiene la pinta, pero no es capaz de hacer una atrocidad tan mayúscula. El asesinato, quiero decir. No respecto al robo del tesoro. Eso es otro asunto.

Greene, arropado en la formalidad inglesa, agradeció las informaciones ofrecidas por el asturiano y su censurable disposición de colaborar con las autoridades británicas. Nalón insistió en que el visitante bebiera vino, coñac o un té, pero el joven oficial rehusó una y otra vez porque quería acortar la conversación. Su mente solo tenía espacio para Froyla. Al salir descubrió que ella no estaba ni en la galería ni en el vestíbulo. Fue despedido por Nalón como si este lo conociera desde hacía mucho tiempo. «Este asturiano es otro de los tantos oportunistas que solo desean congraciarse con los vencedores –pensó al montar en su carruaje–. De todas formas, habló más sobre el difunto sacerdote que del robo. Nalón pudiera estar más cerca del tesoro de lo que uno pudiera imaginar. Debo llegar a como dé lugar hasta los documentos de Carrazana que están en poder del padre Juvenal».

Cuando miró hacia el balconaje pensó de nuevo en Froyla y no pudo explicarse por qué la joven no se hizo presente para despedirlo. Sintió de repente un agrio presagio. El carruaje giró para atravesar la Plaza Nueva. De improviso vio una mano sobre la ventanilla que no podía ser otra que la de Chamblín. Greene ordenó que se detuviera la marcha. El negro asomó su cabeza y le entregó un papel al joven oficial. Al hacerlo, el calesero se esfumó como un destello. Greene abrió la misiva y leyó con apremio.

Señor Greene,

Mañana mi hija menor, Dios mediante, visitará la finca de Gilberto el andaluz que se encuentra ubicada en las cercanías del río Cojímar. Allí desea concertar con usted la velada que será organizada en nuestra casa en fecha próxima. Desearía que usted por ninguna circunstancia faltara a su palabra. Con el afecto de siempre.

Su seguro servidor,

Señor F

PD: Al dorso está el croquis de cómo usted puede llegar al sitio. Mi hija insiste y me implora que lo convenza de que usted no falte a la cita.

Greene sentía que su temperatura corporal iba camino de la implosión y que el corazón se le iba a salir del pecho. Apreció que Froyla poseía una caligrafía hermosísima, digna de encumbradas princesas. Examinó el diminuto mapa que su mano había diseñado para orientarlo. Dobló la misiva y la besó varias veces antes de guardarla en sus bolsillos. Ahora, presa de un frenesí desconocido, veía La Habana más atractiva que nunca a pesar de las visibles calamidades de la guerra. En ese momento la luz solar lo miraba con una iluminación subyugante, inolvidable. Los acontecimientos advenían mucho más prominentes de lo que él hubiese podido sospechar. «Mañana Van Leight tendrá que trabajar solo –determinó con júbilo en su interior–. ¡Moriría primero antes de faltar a la cita con mi princesa providencial, con mi ninfa de los aires que habita entre el cielo y los árboles!».

Las jarras de vino y la humareda de los puros se entremezclaban con las voces y los ruidos de los parroquianos. El gallego, desde el interior de su taberna, observaba los movimientos de las personas que merodeaban la Plaza del Viajero. Esa tarde esperaba con mucha atención la llegada de López-Parro. Atendía a los clientes que iban llegando y saliendo de su cantina. Sintió satisfacción cuando vio llegar al enviado del rey. Luego de saludarlo, y de ordenar a uno de sus empleados que se ocupara de la clientela, condujo al diplomático hacia un pequeño local ubicado en la parte trasera de la tasca, que solo el tabernero utilizaba para su privacidad.

−¿Ha sabido algo de Martínez?

−Por fortuna, todo marcha bien. Ya debe estar navegando hacia Santiago de Cuba para entrevistarse con el capitán de navío Madariaga, gobernador español de esa ciudad.

En poco tiempo el amigo de Pepe Antonio se había transformado en una relación muy importante para López-Parro. El héroe criollo no había errado en su propuesta de que acudiera al tabernero porque este podría ayudarlo en sus secretas faenas. Pepe Antonio le había asegurado que la taberna de Manuel Gutiérrez era un seguro registro de todas las vibraciones ocultas de la ciudad. Y no se había equivocado. A esa cantina, a diferencia de las otras existentes, acudían los comerciantes y marinos para charlar, beber vino y comer unas deliciosas tapas que resultaban famosas en La Habana. Por decisión de su propietario, el sello distintivo de La Coruña consistía en que esa taberna no podía asociarse con ningún filón relacionado con la prostitución, tan común en sus prácticas licenciosas en otras cantinas cercanas y, en especial, en las diseminadas en la zona de La Marina, en el lado opuesto de la ciudad. «Prefiero ganar menos dinero, pero adquiero en cambio mucha tranquilidad», había reiterado el gallego en varias ocasiones a Pepe Antonio y de forma reciente a López-Parro.

−Ayer en la tarde estuvo aquí ese caballerito inglés que puso el alma del obispo Morell como una mecha encendida −apuntó el gallego−. Estaba con los ojos chispeantes como si lo hubiesen promovido en su carrera militar. Se le veía feliz y bebió unas cuantas jarras de vino.

−No creo que lo hayan promovido −aclaró−. Todo lo contrario. Puedo asegurarte que ese teniente se ha metido en problemas con sus superiores. ¿Sabes? Nos ayudó mucho con relación al padre Carrazana. Habla como si fuera un ángel vengador de los invasores y de la guerra. Parece ser un caballero honesto, loco, peligroso, no sé. Creo en realidad que su investidura de teniente esconde a un joven de la nobleza británica. Muy pronto el mando británico lo enviará de regreso a Londres.

—El asesinato del padre Carrazana ha estremecido a los habaneros —dijo el gallego.

—¿Ha estado por aquí Federico Reverte?

—No. Dicen que después de la muerte del sacerdote no sale de su dormitorio.

—¿Y su jefe Recio de Oquendo?

—¿Ese alférez?, ni hablar. Ahora solo anda besándole el culo a Albemarle. Yo siempre le dije a mi amigo Pepe Antonio, que en paz descanse, que ese alférez mayor era una plasta de mierda, ¡y de vaca, que son las peores!

—Te diré una cosa que a nadie comento —musitó—. Ese traidor algún día será juzgado por las cortes españolas.

—¿Seguro?

—¡Seguro! Al igual que otros oficiales que se han plegado ante los británicos. No lo dude —aseguró y añadió intrigado—: Manolo, veo que siempre en tus comentarios mencionas a Pepe Antonio, ¿no?

—Lo extraño mucho. ¡Carajo! —los ojos del gallego se humedecieron—. No puedes llegar a saber cuánto me ayudó ese alcalde para que yo afianzara esta taberna. Mi hijo mayor lo adoraba. No puedes imaginarlo. Pepe Antonio era un enviado del Señor a esta Isla desgraciada. Su familia es la dueña de Varadero en Matanzas. ¿Sabías?

—No, no lo sabía. Pero yo también siento su falta y no pude conocerlo como tú.

—Con la muerte de Pepe Antonio, que Dios lo tenga en la gloria, aprendí que los hombres que uno extraña hasta lo indecible son aquellos que siempre en vida solo nos hicieron el bien. ¡Los demás, que se vayan a la mierda!

—Manolo, sé que estás atravesando por un momento terrible, pero ¿pasa algo que yo deba saber?

—Estos cabrones ingleses me están jodiendo mucho. Estoy al cerrar la taberna, o venderla e irme al carajo, bien lejos. Estos desagraciados me están haciendo la vida imposible con ese asunto de los impuestos y la licencia.

—Escucha —susurró—. ¡No puedes cerrar ni vender esta taberna!

—¡Qué carajo! Ellos se adueñan de hospitales, casas y parroquias sin explicar nada. Dicen que derecho de conquista y toda esa mierda. Los ingleses en esta ciudad son los lobos grises y nosotros los carneros que nos dejamos desollar.

—Escucha, tranquilo, yo te echaré una mano con relación a toda esa mierda de los pagos, ¿entendido? La Habana regresará a España más temprano que tarde. Ten confianza en mí. Pepe Antonio, si viviera, te hubiera aconsejado lo mismo. Tienes que resistir junto conmigo —al comprobar que el gallego no salía de su quejoso ensimismamiento, preguntó—: ¿Nalón ha estado por aquí?

—Casi todos los días. A ese las putas y el juego lo van a desplumar. Aunque últimamente anda solo, muy solo. Se le ve intranquilo, pero no sabría decirte los motivos de su apestosa crisis.

Por primera vez López-Parro salió algo desorientado del encuentro sostenido con el gallego Manolo. Quiso creer que lo había persuadido para que permaneciera trabajando en su taberna. El enviado del rey sabía que no solo eran los nuevos gravámenes británicos los que aquejaban el alma del gallego, sino la irreparable pérdida de su hijo mayor en la guerra contra los ingleses. Llevaba su mismo nombre cuando combatía en el Castillo del Morro. Lo que no sabía el dueño de la taberna La Coruña, y el madrileño jamás se lo diría, consistía en que su retoño había escapado como un cobarde junto a la estampida de los desertores que abandonaron a don Luis de Velasco en la encarnecida defensa de la fortaleza. Los fugados, desoyendo la voz de mando de sus jefes, se lanzaron al agua para tratar de alcanzar a nado el litoral habanero. Al hijo mayor del gallego se lo tragaron las aguas; pero López-Parro, por razones humanas y solidarias, le comunicó la creíble engañifa de que su primogénito había caído heroicamente en combate.

XXIII
Ella ha cambiado mucho

El carruaje guiado por Chamblín atravesó la ciudad y salió a las afueras en busca del río Cojímar. En el trayecto Froyla solo atendía a la luz solar y a las nubes del cielo. Sus pensamientos todavía estaban asidos a los sucesos vividos el día anterior. La mirada de Greene había sido la exclusiva culpable de que ella se lanzara en los brazos de la osadía. Al escuchar en los labios de Chamblín el encargo verbal del teniente británico, se le descompuso la conducta hasta sentir que en su rostro se agolpaba un ardor inexplorado. Empujada por un ímpetu inexplicable escribió la carta y diseñó el croquis, y, antes de dárselos a Chamblín para que fueran entregados al excursionista, muchas dudas agitaron su mente. Tironeada por dos grandes fuerzas contrapuestas –la imaginada reprimenda de sus padres y la atracción desmedida por Greene–, su alma se debatió consigo misma como si no le perteneciera y al final ella asumió la audacia impensable: planificar para el día siguiente un encuentro con el enigmático joven en la finca de Cojímar. Así hablaría detenidamente con él a fin de conocer su vida y abrigarse en sus palabras amorosas; escucharlo, decirle; pero, sobre todo, verlo y disfrutar su compañía bien próxima, bien cercana, aun cuando presentía que esa cercanía nunca sería suficiente.

Froyla sabía que tal vez la ausencia y los problemas de Eva habían reavivado su sensibilidad, que ahora intuía renovada y desbrozaba aristas sorprendentes de la vida. Deseaba, además, hablar con Tartabull para buscar alivio acerca del conflicto que enfrentaba su hermana. Quizás también, pensó ella, el hilarante descubrimiento del consumado acoso sexual de su tía con relación al calesero que ahora conducía el carruaje, la había llevado de la mano a cometer tal insensatez de su parte. «¡No importa —se dijo—, no importa que tenga después que arrepentirme de lo que estoy haciendo!».

Ella llevaba varias noches comprobando que Chamblín se introducía en el lecho de María Cruz casi a la misma hora; escuchaba sus bramidos carnales que al parecer a esta se le hacían incontrolables. A partir de esa nueva experiencia, la tía había duplicado su costumbre de dormir hasta el arribo del mediodía. María Cruz había modificado en alguna medida su agria conducta y Froyla sabía cuál era la causa de ese cambio. «Si Chamblín hubo de esquivar y desafiar la muerte en el Castillo del Morro —pensó—, cómo no va a ser capaz de acostarse con mi tía treintañera que en realidad es una de las mujeres más fuertes y atractivas de La Habana». La dama vasca de aires aristocráticos, asediada infructuosamente por Nalón, Medem y hasta por Jiménez, el esposo de Septimina, esquivaba dichos cortejos con la distancia de siempre. Escudada en su rosario y en la Biblia —con la impronta de que era la única mujer que había puesto el sudario sobre el martirizado cuerpo de Jesucristo cuando fue bajado de la cruz— espantaba a los pretendientes con su invariable y jactancioso desarraigo: «¡Yo soy una mujer decente, pulcra, y deploro el momento en que decidí venir a esta Isla tan aburrida que parece estar en el fin del mundo!». No se cansaba de reiterar este dictamen ante la menor oportunidad que se le ofrecía.

«Ningún hombre había podido seducir la belleza de mi arrogante tía, hasta que descubrió a Chamblín —pensó Froyla, mientras ya divisaba las hileras de palmas reales que engalanaban la entrada de la finca—. Pero ella es capaz, ante la menor insinuación, de abofetear a su amante negro ante todos y exigirle a Ondarribi que lo expulse de la casa por difamar de su moralidad. ¡Así es y será siempre mi tía Proserpina!»

Cuando Gilberto y Tartabull vieron llegar a Froyla y a Chamblín, se inquietaron porque sospecharon que traían malas noticias. De inmediato se tranquilizaron al conocer las razones de la sorprendente visita. Todavía ambos, consternados, no podían entender cómo el calesero y la criollita habían podido evadir en el largo trayecto los puntos de control de los invasores esparcidos por doquier. Froyla quedó paralizada cuando supo que Tartabull había perdido a un hijo y a un hermano que se habían enrolado en las guerrillas de Pepe Antonio. Ella los había visto tocar los tambores en la ceremonia litúrgica del pasado mes de abril junto a Azcuy. El digno trato del cual era objeto Chamblín en esos momentos también impresionó la sensibilidad de la joven. Tartabull lo hacía como si tuviese ante sí a un príncipe y Gilberto a un héroe del Castillo del Morro.

En las proximidades de la finca se veía avanzar un carruaje guiado por las manos de Greene. Cuando este avistó las hileras de palmas reales de la entrada, se le atravesó en el camino la humanidad de Chamblín. El menor de los Taylor detuvo la marcha. El calesero efectuó su saludo característico, subió y tomó cuenta de las riendas. Todo lo hizo en silencio y sonrió al constatar que Greene no portaba uniforme militar, pero vestía con tal elegancia que parecía que iba a realizar una visita palaciega de suma importancia. Al llegar Greene a la finca fue recibido con suma deferencia por Gilberto el andaluz y Tartabull. El canto de los sinsontes y los árboles de naranjas, limones, anones, mangos y cocos extasiaron sus sentidos; de modo especial, los sinsontes, entresijo que había descubierto en Cuba, que imitaban en su canturrear la voz del hombre, las de las demás aves y el maullido de los gatos. Solo los perros enfurecidos no daban una correcta bienvenida a su arribo. El menor de los Taylor quedó confundido al percibir que en la finca lo recibían como se acoge a una persona distinguida o a un emisario del más allá. La belleza de Froyla lo mantuvo aturdido desde que tocó su mano; al contemplarla, tuvo la súbita impresión de que un halo de mariposas festejaba junto a ella la radiante claridad y el entorno policromado del paisaje.

La casa rústica con piso de tierra apisonado, sus taburetes, la limpieza y los olores salvajes impactaron las emociones de Greene. Era la primera vez en su vida que se adentraba y palpaba de modo directo una existencia tan empobrecida y perentoria, llena de visibles carencias materiales, pero al mismo tiempo sobrellevadas por sus moradores con dignidad y decoro. «No tienen nada, nada —meditó él—, pero da la impresión de que lo tienen todo». Mientras navegaba por estas sensaciones, Greene acompañó la charla que sostenían Tartabull, Gilberto, Froyla y Chamblín. Minutos después, Azcuy le fue presentado a Greene por su padre y el músico percusionista, con sus palabras y gestualidad, ofreció deferencias especiales al joven británico. El menor de los Taylor se sentía intrigado por el trato que se le daba, pero no indagó para no enturbiar la plática que decorría sin tocar los tópicos de la guerra y sus calamidades.

—Mi niña, eres prisionera de los aires —dijo Tartabull a Froyla—, y quieres volar y volar, pero sin abandonar el nido. Los hijos de los reyes protegen tus débiles alas.

Greene, poseído de los vocablos atávicos que profería el babalao, sintió sobre su hombro la mano de Gilberto el andaluz que lo invitó a salir para dejar a solas a Tartabull y a Froyla. Obedeció y siguió los pasos del dueño de la finca. «Su gente ha venido a esta Isla para destrozarnos», opinó Gilberto mientras le ofrecía un habano a Greene. Este lo aceptó y dijo que lo fumaría después de comida. Los dos estaban sentados en unos taburetes en el diminuto portal de la casa. «Lo sé, señor Gilberto, lo sé. Yo tengo una horrible valoración de las guerras de conquista. Se realizan para exterminar a los hombres, aunque se argumenten razones de alcanzar los cielos, la gloria y el progreso», reparó Greene. Gilberto lo miró de lleno exhalando gruesas bocanadas de humo de su habano. «No podía imaginar que un británico hablase así. He perdido a muchos hombres que se fueron a combatir con Pepe Antonio y, además de la guerra, las epidemias traídas por ustedes desde Europa han diezmado a mi gente —comentó—; Azcuy fue de los pocos que pudo regresar con vida. Si su gente nos deja tranquilos, podremos tal vez recuperarnos en largos meses, pero pienso, como casi siempre sucede, que al final las cosas no son como uno quiere y espera». «No, lamentablemente mis compatriotas verán la manera de extraer las mayores ventajas de la ocupación de La Habana. Por tanto, usted y su gente deben prepararse para lo peor. Aunque creo que ellos se concentrarán en la zona urbana y no podrán abarcar los campos. La barrera del idioma y las costumbres diferentes se lo impiden. Esto último, quizás, signifique algo bueno para usted», dijo el menor de los Taylor. «No creo que nos dejen en paz porque estamos muy cerca de La Habana, y aunque no queramos, empujados por el hambre, tendremos, incluso, que aprender a hablar la lengua inglesa», replicó Gilberto.

En ese momento Froyla apareció en el portal con el rostro iluminado, como si Tartabull le hubiese aliviado con su discurso entrecortado y solemne sus oprimidas preocupaciones. «¿Damos un paseo?», le sugirió avivada a Greene. «Vamos», asintió él y se despidió de Gilberto. «¡Qué disfruten el paseo por mi finca!», exclamó afectuoso el propietario, e indicó: «miren, diríjanse hacia allá, hacia aquella pequeña elevación. Allí hay un paisaje y una brisa formidables».

La pareja de enamorados se encaminó hacia el lugar señalado por el andaluz. Cuando Froyla rebasó el arbolado de mangos recordó la fuga de su hermana con el regidor en el mes de abril. «¡Eva, si supieras dónde me encuentro en estos momentos!», se dijo con raro reproche, mientras acompañaba la marcha del joven británico. Al arribar a la pequeña elevación, apareció el mar rutilante bajo los rayos del sol. Greene quedó extasiado ante el paisaje que se abría delante de sus ojos. Miró hacia el hermoso rostro de Froyla y confirmó una vez más que sus cabellos largos y ensortijados, junto al color impar de su piel, eran parte decisiva de los ángeles que le aprisionaban sus emociones. Contempló por largos segundos sus ojos prodigiosos y, de forma particular, sus sensuales labios, los cuales no estaban diseñados como los especiales y ni siquiera como los más bonitos, sino como los ideales. Sin poderse contener, le susurró: «¡Quiero besarte!» Froyla quedó enmudecida al escuchar el sorpresivo reclamo. Ella esperaba hablar acerca de la vida de ambos, la música, pero ni siquiera lograba apartar su mirada del rostro de Greene. Él no esperó por su respuesta. Al acariciar con sus manos la nuca y los cabellos de Froyla, imaginó que sobre su esplendoroso semblante caía el ángulo de un destello. Cuando sintió sus labios creyó desfallecer de gozo.

Los dos, sobre un claro de hierba breve y pareja, parecían estar maniatados por un silencio rotundo. Y solo había cabida para los besos y las caricias. Los estremecimientos viajaron desde la punta de los dedos hacia todos los resquicios de los cuerpos semidesnudos. El canto de los pájaros y una ligera brisa otoñal disfrazada de primavera, que movía el follaje, conformaban una carpa mágica que resguardaba las explosiones deliciosas del orgasmo de los amantes. Exhaustos de felicidad, iniciaron la recomposición de su vestimenta. Ella sonrió en medio de un largo suspiro al descubrir que su corpiño blanco había sido ligeramente dañado, y él rió también al comprobar que faltaba un botón en su camisa. Ninguno de los dos quería romper el silencio y solo se hablaban con las miradas.

—Debemos regresar —Froyla recostó su cabeza sobre el pecho de Greene.

—Unos minutos más.

—¿Sabes? Sin ese mar y esta Isla yo no pudiera vivir.

—Inglaterra es una isla. Allá serás muy feliz conmigo. Te lo aseguro.

—¿Ya tienes decidido llevarme contigo?

—¡Por supuesto! Desde la primera vez que apareciste ante mis ojos, mi corazón vive en perenne sobresalto. Eres la persona más importante de mi vida y, sin ti, mi existencia perdería su verdadero significado.

—Pero si me amas como dices, también podrías quedarte a vivir conmigo en La Habana —ella no dejaba de acariciarlo.

—Si ello fuera la única opción, también lo haría, pero con la condición de vivir en un lugar como este. Esa casa rústica con su gente sencilla me ha impresionado muchísimo.

–Lo noté en tus ojos –lo abrazó con mucha ternura–. Ojalá que así sea. ¡Qué Dios siempre nos proteja!

–Así será, mi cubanita del clavicémbalo, mi ninfa de los aires –recordó en ese instante la extraña frase de Tartabull.

Froyla le confesó el secreto acerca de su resguardo preferido. Greene sonrió y quedó conmovido al saber que su «príncipe de los jardines» era un zunzún. Escuchó sobre las periódicas visitas del pajarillo, sus pedidos y diálogos inimaginables, la jicarita de agua azucarada y la permanente beligerancia del funámbulo con los camaleones por la sobreviviencia. Le habló de las profecías de Tartabull sobre ella; Greene consideró algunas, solo ante sí mismo, algo confusas en su exposición litúrgica. Lo más importante era que el babalao le había indicado que hablara cuanto antes con el padre Juvenal y realizara una misa para calmar el alma de Ondarribi y la de su abuelo materno ya fallecido, quien sufría mucho en su tumba por haber abandonado a Savanna. La exclusiva infracción de Froyla fue que no comentó nada acerca de lo dicho por Tartabull sobre Eva. Cuando discursaron con relación a la música barroca, el menor de los Taylor sintió que la cubanita se había constituido en la dueña indiscutible de su corazón. Acordaron verse a menudo en una gran complicidad, la cual solo conocería Chamblín. Al comprobar que el tiempo se les había escapado, regresaron presurosos a la casa rústica. La única falta de Greene había sido no haber confesado su verdadera identidad.

Al llegar los amorosos a la casa, Gilberto el andaluz los esperaba con un delicioso ajiaco que él mismo había cocinado, auxiliado por Francisca, la esposa de Tartabull. Jugos de frutas caribeñas y un flan de calabaza coronaron el manjar preparado con afecto por el dueño de la finca. El ajiaco –elaborado con todo tipo de tubérculos y carnes variadas, y condimentado con cebolla, ajo y otras especias– hizo sudar a todos los comensales y en especial a Greene, como si este estuviese azotado por el calor de un brutal y sensual mes de agosto. Luego llegó el café y en el portal Greene dio fuego al habano que le fuera ofrecido en la mañana por Gilberto.

Froyla solo tenía miradas para Greene. Le complacía verlo fumar el habano. Ella fingía estar conversando con Francisca, y hasta ya se creía avezada en el estreno de su nueva mirada de mujer porque había sido desflorada de forma inolvidable. Aunque al estar sustraída de esa manera por el joven británico, tanto Francisca como Tartabull y Gilberto sospecharon enseguida que algo prodigioso le había y le estaba sucediendo a la hija menor de los Ondarribi Smith. Greene continuaba intrigado ante el hecho de que se le dispensaran tales agasajos, al soslayar su condición de militar enemigo; pero otra vez no quiso indagar porque nadie hablaba de la guerra ni de adversarios. Tartabull de forma amable convidó a Greene a que lo siguiera. Este asintió y marchó tras él hasta llegar al recinto sagrado del babalao.

«Eres muy intranquilo con la cabeza, como los caballos que no se pueden domar», dijo el negro religioso sentado en su estera tejida, luego de operar sus utensilios místicos, «caminarás todas las tierras y nunca...». El babalao detuvo su discurso y luego de un largo mutismo reanudó su parlamento. «Eres el forastero que descubre las tierras y no se detiene ni se ofende ante lo que hacen los hombres; y no se paraliza como los caballos salvajes que no se pueden domar». Tartabull continuó repitiendo sus raros vocablos y Greene dedujo que tal vez este no quiso hablarle acerca de todo lo que había entrevisto. Naturalmente, escuchó con sumo respeto las profecías secretas del babalao que, en medio de las velas encendidas y los ornamentos litúrgicos, se expresaba como un experimentado sacerdote africano. La mirada afectuosa de Tartabull sobre Greene decía muchas más cosas que sus propias palabras. A veces su atisbo cariñoso sobre el joven británico era algo ensombrecido. El menor de los Taylor, tras los pasos del negro religioso, regresó al portal. Acordó con Froyla el rápido retorno a La Habana. Ambos dieron infinitas gracias a los anfitriones por la extraordinaria acogida que habían ofrecido a su improvisada visita.

Antes de partir, Greene decidió hacer un aparte con el dueño de la finca.

—Gilberto, ¿me puede explicar por qué se me ha tratado con tanta amabilidad?

—Muy sencillo, señor, muy sencillo. Tartabull perdió en la guerra a un hermano y a un hijo que combatieron bajo las órdenes de Pepe Antonio. Azcuy estaba espiando muy cerca cuando usted casi se fue a las manos con el capitán británico que asesinó a su hermano. Él quiso en medio de la noche abalanzarse sobre el capitán para ajusticiarlo, pero sus compañeros se lo impidieron. Hoy aquí todos festejamos su gallardía. Nosotros pensamos que usted es un buen hombre. Dígame una cosa, ¿usted qué gritó ante la cara de ese asesino?

—Le dije que era un miserable.

—Usted es un hombre valiente —sentenció—. Siempre tendrá en esta finca humilde su propia casa. ¡Y que el Altísimo lo proteja y guarde!

—¡Muchas gracias! ¡Aquí he pasado el día más hermoso de mi vida!

—Quede claro, teniente —ironizó el criollo sonriente—, es probable que si un día regresa por acá puede que se tropiece con la novedad de que esta finca haya pasado a manos de los ingleses, pero por ahí estaremos y con nosotros siempre podrá contar como amigos verdaderos.

—¡Gracias! Por favor. Dígale a Tartabull, a Francisca y a Azcuy que siento mucho la pérdida de sus seres queridos.

—Se lo diré, pero ellos lo saben.

El teniente se sentía anonadado por las palabras y la revelación de Gilberto. Antes de montar en su carruaje se volteó y miró hacia la casa rústica. En el portal estaban sus moradores listos para despedirlos. Levantó su mano para el adiós y una convicción se adueñó de sus pensamientos: «¡Qué hermosa es la paz entre los hombres!».

Froyla y Chamblín regresaron muy tarde a la casa de la calle Mercaderes. En la sala estaban de pie y muy intranquilos María Cruz y Nalón. La tía, al ver a Froyla, suspiró profundo con el rostro visiblemente contrariado.

—Por favor, Nalón, quiero quedarme a solas con mi sobrina.

—¡Cómo no! ¡No faltara más! —manifestó el asturiano con los ojos agrandados—. ¡Menos mal que no ha ocurrido nada malo! En esta casa tal parece que todos han enloquecido. Me voy a dormir en paz. Hasta mañana, ¡y queden con Dios!

En cuanto el asturiano se retiró, María Cruz arremetió sobresaltada contra Froyla.

—¿Dónde has estado con Chamblín? ¿Por qué me haces esto sabiendo que tus padres están tan lejos de aquí? Ya teníamos decidido, si demorabas unos minutos más, dar parte a las autoridades. ¿Dónde estabas?

—Estuvimos en casa de Gilberto el andaluz —Froyla se dio cuenta del desliz de su tía. Por primera vez ella pronunciaba el nombre del calesero—. Yo quise entrevistarme con Tartabull.

—¿Tan lejos? ¡Dios mío! ¿Y qué haces tú relacionándote con esa gentuza? Mañana cuando llegue tu padre yo hablaré con él —dijo amenazante.

—Usted no le dirá ni una sola palabra —advirtió enérgica—. Si usted llega de modo innecesario a preocupar a mi padre, yo también tendré que hablar con él sobre su conducta hipócrita —estaba convencida de que no tenía otra manera de contener las intenciones de su tía.

—¡Qué dices, mocosa! ¡De mi conducta nada malo puedes decir! —María Cruz estaba histérica.

—Sí, puedo. No tenga duda. ¡Usted sabe muy bien a qué me refiero!

—¡Tanto que te quiero! —dijo algo vacilante—. ¡Dios mío! ¿Qué te han hecho? ¿Por qué me dices cosas tan horrendas?

María Cruz comenzó a llorar de manera desconsolada. Esgrimía entre las manos un rosario y se persignaba. Froyla pudo apreciar, por conocerla muy bien, que su tía estaba demolida y en franca retirada. «Ella no puede cambiar de sitio su cabeza como hace con las almohadas. Por eso su conciencia la inmoviliza», pensó, al tiempo que ya tenía decidido irse a su recámara.

–Tía, que descanse. Me voy a dormir. Hasta mañana. Y recuerde, ¡no deje de pensar en lo que le advertí! ¡Quede con Dios!

La tarde se anunciaba plomiza ante los ojos de Froyla. Un aguacero fino e impertinente empapaba la ciudad. Ella sabía que ese día por culpa de la lluvia no podría ver a su «príncipe de los jardines». A través de las persianas de una de las ventanas de la sala que daba a la calle observaba el paso de los transeúntes con sus sombrillas negras. Esperaba muy atenta por el regreso de sus padres del largo viaje realizado a Alquízar, asentamiento ubicado en las profundidades del suroeste de La Habana. Cuando divisó el arribo del carruaje de Ondarribi, Froyla bajó corriendo las escaleras para recibir a sus padres. Tan pronto los abrazó en el zaguán, indagó de inmediato sobre su hermana y la nana. Savanna fue la encargada de ofrecer breves y dispersas explicaciones acerca de las dos mujeres. El vasco, completamente ebrio, se fue dando tumbos hasta llegar a su recámara. Nalón y María Cruz trataron de platicar con él, pero constataron, minuto tras minuto, que todos sus intentos eran infructuosos. Savanna se encerró en la habitación de Froyla para conversar a solas con su hija.

–Estoy muy preocupada por tu padre –comentó afligida–. En estos días que estuvimos en Alquízar no ha hecho más que beber y beber. Siento que mi vergüenza fue aniquilada por Ondarribi ante el señor Fernández, quien, gracias al Altísimo, se comportó como todo un caballero.

–Madre, usted tiene que hablar con el padre Juvenal. Es la única persona que puede sacar a mi padre de ese estado.

–Lo haré, hijita mía, lo haré, pero créeme que no tengo muchas esperanzas. Jamás lo había visto así.

–Yo tampoco, madre; sin embargo, creo que el padre Juvenal puede ayudarnos.

–Ahora mismo iré a verlo –Savanna se veía embarullada–. Le diré a Chamblín que me lleve.

—Madre, yo puedo acompañarla.

—No, quédate. Si tu padre despierta quiero que estés a su lado.

—El padre Juvenal ahora está en la parroquia de Nuestra Señora de Belén. Los ingleses ocuparon la iglesia San Francisco de Asís para efectuar sus oficios religiosos.

—¿Le quitaron su parroquia? ¡Qué horror! ¡Alabado sea el Señor!

—¡Amén! —Froyla se dio cuenta en ese preciso instante de que La Habana ya no era la misma—. Madre, ruéguele que venga cuanto antes.

—Así lo haré.

Savanna iba a partir, pero su hija le pidió que le hablara un poco más de Eva. La madre, muy distraída y llena de cansancio, habló a duras penas para satisfacer a medias el interés de Froyla. De todas formas, quedó tranquila porque supo que su hermana estaría bien atendida por Lita, la esposa y las hijas de Fernández el toledano. Aún Froyla estaba poseída por las devastaciones sublimes de su relación amorosa consumada en las proximidades del río Cojímar. Decidió encaminarse al clavicémbalo para ver y repasar la obra del maestro Esteban Salas. Euclides anunció el arribo de Antonelli. Ella pensó con sobrada razón que su mente no estaba preparada para recibir al veneciano y mucho menos en medio de la situación caótica que vivía la familia en esos momentos. Vio con alivio que Nalón salía en ese instante del gabinete de Ondarribi y con mucha urgencia le pidió al asturiano que la auxiliara en la atención del recién llegado. Este aceptó sin hacer mucha resistencia, pero, sin confesarlo, ella se dio cuenta de que el asturiano tenía otros planes.

—¡Cuánto tiempo sin verlo por aquí, señor Antonelli! —dijo Nalón—. ¿Cómo andan sus asuntos en esta ciudad que vive a merced de los dictados británicos?

—Señor —objetó Antonelli sin apartar su mirada de Froyla—, sabía que Ondarribi se encontraba de viaje y decidí, por elemental respeto, no venir hasta tanto él regresara. Debió volver ayer. ¿No es así? —apreció que sus anfitriones estaban retraídos—. Los asuntos que me trajeron a La Habana ya han sido concluidos —habló como si su único interlocutor fuese Froyla–; tan solo falta uno muy especial que ahora trataré de resolver con la ayuda de Dios.

El músico veneciano, desesperado por un amor no correspondido, aprovechó la pregunta del asturiano para, de forma indirecta, sacudir la curiosidad de Froyla a fin de reactivar en ella sus atenciones. La joven se sintió incómoda porque el comentario del recién llegado, además de su condensada mirada, la apuntaba sin duda alguna. Intuyó enseguida que el músico desataría sus mejores armas para llevar a cabo una conversación, que Froyla sospechaba de antemano dónde acabaría. Tal vez proponer desposarla, en correspondencia con las indagaciones que formulara Ondarribi antes de su partida para Alquízar.

–Tenía muchos deseos de verla, señorita Froyla. ¿Cuándo podremos repetir una velada como la de aquel sábado inolvidable?

–Mis padres acaban de llegar –se sintió acorralada y ahora trataba de ingeniárselas para postergar el acoso–, y yo estoy en realidad muy atareada. Quizás para la semana entrante ya podamos determinar la fecha de ese encuentro. ¿Le parece bien?

–Me parece muy bien –Antonelli, al sentir que la amargura inundaba su espíritu, sugirió–. Si lo desea, señorita, puede retirarse a ocuparse de sus particulares urgencias. He llegado en un momento inoportuno. Pensaba que sus padres habían regresado ayer.

Sin pérdida de tiempo Froyla se puso de pie al escuchar la sugerencia del italiano y extendió una de sus bellas manos al galante músico en señal de despedida. Antonelli besó la mano de la joven con elegancia. Cuando el veneciano quedó a solas con Nalón, este le habló sobre el asesinato del padre Carrazana y acerca del cobro de los fuertes impuestos de los británicos con relación a los comerciantes habaneros. Antonelli escuchó la interminable monserga del asturiano, pero una sola idea daba vueltas en su discernimiento: «Ella ha cambiado mucho con respecto a mis atenciones amorosas, y creo que ello está ocurriendo después de la llegada a esta casa del joven británico».

XXIV

En esa avaricia no me reconoce

En la mañana un inesperado acontecimiento sacudió de forma proverbial la humanidad de Greene en el vestíbulo del Castillo de la Real Fuerza. A la espera del oficial Van Leight para salir con él con rumbo a los astilleros españoles, apareció descendiendo las escaleras del fuerte, como un fulgor del monte Olimpo, la silueta del almirante David Hammond, que ya venía a su encuentro. Greene estuvo a punto de frotarse los ojos y no lo hizo porque la sorpresa lo tenía maniatado.

–¡Joven, cuánto placer! ¿Cómo está?

–Muy bien, almirante –aún no estaba recuperado–. ¿Cuándo llegó a La Habana?

–Anoche, teniente –sonrió–. El viaje fue más rápido de lo imaginado. Hervey le manda muchos saludos. Me habló largo rato acerca de su conducta, que él la califica de memorable. Sir Taylor está muy contento de escuchar las referencias sobre su actuación. Allá en Londres lo dejé junto a sus hermanos. El capitán Brian llegó de Calcuta unos días antes de mi partida. Tengo que reconocer, teniente, que ahora veo ante mis ojos la figura de otro joven.

En esos momentos los ruidos de los fusiles y los tacones de los soldados en cerrada posición de atención sustrajeron la curiosidad de Hammond y el menor de los Taylor. Hacía su entrada en el Castillo el almirante Elliot.

–¡Sea bienvenido! –dijo Elliot.

—¡Gracias, señor almirante! Hervey le envía calurosos saludos.

—Lo espero en mi despacho, señor Hammond —manifestó Elliot y prosiguió su camino luego de estrechar la mano de Greene.

—Voy enseguida, almirante —aseguró y volteándose hacia Greene expresó—. Teniente, hoy a las quince horas aguardo por usted en este mismo sitio. Tenemos mucho que charlar. Tengo conmigo correspondencia de su padre, hermanos y de Hervey para entregarle. ¿Le parece bien?

—Correcto.

Minutos después de que Hammond tomara las escaleras, Greene vio acercarse la silueta de Van Leight.

—Teniente, ¿le ocurre algo? —preguntó el oficial contador al observar que el semblante de Greene estaba transfigurado.

—Sí. Dijo un filósofo griego que los únicos hombres que veían el final de la guerra eran los muertos —ironizó con una frase inconexa mientras salía de su pasmo.

—¿Quién fue ese filósofo? —Van Leight ya estaba habituado a las extrañas alusiones del menor de los Taylor.

—Platón —sonrió.

—¿Y cuáles otros enunciados dejaron esos filósofos griegos que yo pueda aprender? —demandó afectuoso el oficial contador al montar en el carruaje que los conduciría a los astilleros ubicados en la zona de La Marina, habituado ya a que el teniente expresaba tales abstracciones cuando su mente había sido sacudida por algún imprevisto movimiento telúrico.

—Penoso es luchar con el corazón. Cada uno de nuestros deseos se compra al precio de nuestra alma —contempló las aguas tranquilas de la bahía.

—¿Eso también es de Platón?

—No, de Heráclito.

Van Leight hizo otras indagaciones, pero ya Greene no lo escuchaba. Estaba hechizado por la imagen y las palabras del diplomático ponzoña, y presentía que este había llegado para remover la alterada vida de los habaneros y también la suya.

–¡Ay de los que oprimen a los pobres! –clamó el padre Juvenal.

–Amén –decía Ondarribi ante cada pasaje bíblico que leía el sacerdote franciscano.

–¡Ay de los que en sus camas piensan iniquidad y maquinan el mal, y cuando llega la mañana lo ejecutan, porque tienen en su mano el poder!

–Amén.

–Codician las heredades, y las roban; y casas, y las toman; oprimen al hombre y a su casa, al hombre y a su heredad.

–Amén.

–En aquel tiempo levantarán sobre vosotros refrán, y se harán endecha de lamentación, diciendo: Del todo fuimos destruidos; él ha cambiado la porción de mi pueblo. ¡Cómo nos quitó nuestros campos! Los dio y repartió a otros.

–Amén.

–El que ayer era mi pueblo, se ha levantado como enemigo; de sobre el vestido quitasteis las capas atrevidamente a los que pasaban, como adversarios de la guerra.

–Amén.

–A las mujeres de mi pueblo echasteis fuera de las casas que eran su delicia; a sus niños quitasteis mi perpetua alabanza.

–Amén.

–Levantaos y andad, porque no es este el lugar de reposo, pues está contaminado, corrompido grandemente.

–Amén.

–Si alguno andando con espíritu de falsedad mintiere diciendo: Yo te profetizaré de vino y de sidra; este será el profeta farsante de su pueblo.

–Amén.

El padre Juvenal cerró la Biblia y contempló el abatido rostro de Ondarribi. Había escogidos pasajes de la Sagrada Escritura para curar los espantos que acechaban y crucificaban el cerebro del vasco, pero tal parecía que también habían sido seleccionados por el prelado para clavarlos en el corazón del enemigo británico. Juvenal sufría lo indecible por el despojo de la iglesia San Francisco de Asís a manos de los ingleses. Ahora se encontraba en la parroquia de Nuestra Señora de Belén, con Ondarribi ante sí, meditativo y desvariado, de hinojos ante Jesucristo. Savanna en la tarde del día anterior le había solicitado a Juvenal que fuera a su casa, pero el sacerdote sugirió que lo mejor sería que el vasco visitara la morada del Señor. Luego él asistiría más a menudo a la casa de Froyla la cubanita, a fin de que Ondarribi se repusiera totalmente de su gran angustia. Por la propia Savanna, el padre franciscano sabía todos los pormenores del conflicto que tenía petrificado el ánimo del vasco.

–Vamos, hijo –dijo, ayudándolo a levantarse–. Acompáñame.

Ondarribi siguió los pasos del sacerdote. Llegaron a un estrecho recinto que era el improvisado local destinado para vivienda y local de faena del humillado sacerdote. Sin abandonar los aires elevados de su personalidad, Juvenal invitó al vasco a que se sentara junto a él.

–Estoy aquí para ayudarle con todas las fuerzas de mi alma, la cual en estos momentos está en las manos del Altísimo –prosiguió–. Espero que la confesión de sus propias penas ante Dios se encargue de iniciar el difícil camino para tranquilizar su conciencia.

–Padre, estoy arrepentido de mis atrocidades. ¡He deseado la muerte de mi hija Eva y he caminado hasta su tumba para patear con rabia su cadáver!

−¡Hijo, qué Dios perdone sus excesos y blasfemias! Él conoce la bondad de su alma cristiana y sabe que ahora está poseída de un demonio que fustiga sin clemencia su espíritu.

Juvenal vio que Ondarribi comenzó a sollozar aferrado a sus manos, las besaba y continuaba llorando.

−¡Soy un hombre falso, padre, soy un hombre falso! −confesó con voz nasal−. ¡Mi alma vive en la inmundicia y está enferma de haber organizado un crimen atroz!

−No eche más lodo sobre su alma noble −Juvenal ahora se mostraba imperativo−. ¡Hable y desahogue su quebrantado espíritu con toda la entereza que Dios le ha regalado!

−Padre, yo he mandado a envenenar a mi hija Eva −levantó sus ojos enrojecidos hacia la incrédula e impactada mirada de Juvenal−. ¡Merezco la muerte, padre! ¡Soy un monstruo!

−¡Dígame, Ondarribi, que usted está delirando! −reclamó el sacerdote, espantado ante la revelación−. ¡Qué Dios perdone su horrenda confesión, si ella fuere cierta!

−¡Padre, es cierto, es cierto! −gritó trastornado.

Con sus robustos brazos Juvenal levantó el cuerpo de Ondarribi y lo abofeteó, como si intentara arrancarlo de las mismísimas entrañas del infierno. La violenta sacudida obtuvo una pronta respuesta del vasco porque este dejó de llorar y Juvenal apreció que en sus ojos resurgía un brillo de lucidez. Ondarribi le narró todos los detalles de su macabro plan. De cómo había platicado con Urbano el extremeño para que este por su cuenta suministrara un lento veneno a su hija mayor. La cifra de dinero en metálico que había entregado a Urbano para que realizara el homicidio produjo verdadero pánico en la nobleza de Juvenal. El padre franciscano, arropándose de toda la energía que Dios le había donado, ordenó a Ondarribi que partiera cuanto antes para Alquízar a fin de frenar el alevoso y repugnante crimen, y, al llegar, besara los pies de su hija y la abrazara para bendecir, con su propia alma desvariada, la cual había entregado sin reservas a Lucifer, al renuevo que Eva tenía en sus entrañas. «¡Ojalá que usted pueda detener la mano de ese hijo de Satanás que aceptó su pavoroso encargo! ¡Y qué Dios guíe sus pasos y sane su ánima enferma!». Imploró el padre franciscano, ahora con una repulsa que no podía disimular en el rostro.

Al arribar el carruaje, Ondarribi se encaminó con urgencia a su casa, pero con mayor premura. En compañía de Euclides salió disparado como un meteorito hacia la finca ubicada en el asentamiento de Alquízar. Savanna, Froyla y María Cruz despidieron al azaroso vasco más desconcertadas que nunca.

Cuando a la hora convenida llegó Greene al Castillo de la Real Fuerza para entrevistarse con Hammond, un soldado en la entrada le dijo que el almirante lo aguardaba en el despacho de Elliot. El menor de los Taylor, pensando en las cartas de su familia y de Hervey, subió de dos en dos los gruesos escalones de madera hasta arribar a la dependencia. Examinó antes de entrar los destrozos de los locales que fueran la vivienda del exgobernador Prado Portocarrero, convertidos en la contienda por los propios españoles en bastiones de defensa para enfrentar el ataque inglés. El teniente saludó al almirante esta vez más concentrado.

—Joven, déme la excelente noticia de que usted ya está muy cerca del escondrijo de las joyas mexicas —expandió una abierta sonrisa—. He confiado desde el primer momento en su astucia y sus habilidades.

—Estoy cerca, pero aún no he dado el paso más importante y decisivo.

—¿Cuál es ese paso que falta?

—Preferiría decírselo cuando lo haya efectuado.

—¿Por qué no puedo saberlo desde hoy mismo? —sonrió— ¿O será que usted atribuye a esa acción fuerzas misteriosas, que no quiere que nadie con su mente pueda interferirla? ¿Será eso?

—Puede que yo esté influido por esa interrogante que usted acaba de expresar. Deseo, y esa es la verdad, que todo me salga a la perfección.

—Pero podré saberlo antes de mi regreso, ¿no?

—¡Por supuesto! —ironizó—. Bueno, a no ser que usted regrese a Londres la próxima semana.

—¡No, de ninguna manera! Esos viajes a mi edad son demasiado agotadores y aburridos. Regresaré para principios del próximo año. Tal vez en enero, si no a lo sumo en febrero.

—Bien, espero que para esa fecha ya usted pueda tocar con sus propias manos las joyas mexicas y la calavera de cristal.

—¡Esa es una noticia extraordinaria! —los ojos de Hammond estaban refulgentes—. Mire, joven, aquí tiene su correspondencia.

El almirante entregó un paquete de sobres con las cartas familiares y la de Hervey. Greene, sin pedir permiso, se dio a la tarea de leer las misivas una a una. Inició por examinar la del héroe británico en la toma de La Habana. Al leerlas sonrió varias veces sin poderlo evitar y de inmediato las guardó en uno de sus bolsillos. Luego, las de sus hermanos y, por último, la de Sir Taylor. Esta fue releída, en especial un párrafo en el cual su padre amenazaba con desheredarlo dado el caso que él continuara en sus relaciones con la cubanita hija del vasco. Las palabras «cubanita», «vasco» y «negra jamaiquina» eran utilizadas por Sir Taylor en tono despectivo y sin aludir por sus nombres a los implicados. Greene sintió un gran disgusto en su interior. Evidentemente, el almirante Elliot le había escrito a su progenitor para alertarlo sobre la delicada situación.

—Joven, su alarmado padre habló conmigo —estaba persuadido, al ver la cara del teniente, de que la misiva de Sir Taylor era perturbadora—. Yo pienso que esa relación con la jovencita que interpreta música barroca es dañina para su honorable familia.

—Sí, yo lo creo también.

Greene sabía que mentía de forma rotunda, pero las circunstancias no le brindaban mejores alternativas. Pensó que esos sentimientos tan íntimos podrían, en todo caso, ser analizados con su padre, pero jamás con Hammond o cualquier otro oficial del Almirantazgo.

—Me satisface escucharlo de su propia voz. Creo que esa noticia aliviará el espíritu de su progenitor —se levantó y comenzó a dar pasos cortos por la oficina—. Joven, Sir Taylor ya es un hombre muy entrado en años que premian su larga conducta de hombre triunfador; y usted, luego de su difícil aventura militar, avasalló sin duda las reservas de su temple. Usted debe brindarle a él de ahora en adelante reconfortantes noticias.

—Así es. Por fortuna, yo también pienso lo mismo.

En realidad, el almirante quedó un poco intrigado al escuchar la rápida acotación del teniente. No podía imaginar que el menor de los Taylor fuera tan dócil con relación a suspender esa relación amorosa. Sin embargo, Hammond asumió la opinión de que, como solía suceder en los amores juveniles, esos romances terminaban con mayor rapidez que su alocado surgimiento.

Greene ahora recordaba los momentos inolvidables vividos en la finca del río Cojímar y sabía que esa experiencia solo le pertenecía a él, y que debía defenderlos a como diera lugar y enfrentando todos los riesgos, incluso los impensables.

—Teniente, ¿usted tiene elementos acerca del asesinato de Carrazana?

—No muchos. Medem me comentó que los implicados son Federico Reverte, el asistente del alférez mayor Recio de Oquendo; y el sacristán Julio Herrera, que trabajó siempre bajo la dirección del sacerdote. Por mi parte, creo que ninguno de esos hombres indicados posee la impronta de ser el probable asesino. Quizás sepan quiénes son los culpables, pero de seguro ellos nada tienen que ver con ese crimen.

—¿Sabe usted qué haremos? Bien. Usted se ocupa en específico de las investigaciones sobre el tesoro y la calavera de cristal, y yo dirijo mis esfuerzos en capturar a esos degenerados que asesinaron al cura. Conozco bien esta ciudad y estoy seguro de que muy pronto los agarraremos.

Greene pensó que Hammond estaba exagerando. La Habana era bien complicada en sus componentes de degradación social y, por tanto, localizar a los culpables no resultaría fácil tarea. Sin embargo, le pareció razonable la decisión adoptada por el almirante.

–Joven, ¿qué piensa de Medem?

–Lo peor. Es un canalla. Arranca a los niños del regazo de sus madres esclavas para ser vendidos en el interior de la Isla. Los envía a un asentamiento en el sur de La Habana, y desde allí los comercializa hacia Trinidad y otras Villas. Incluso sus hombres raptan a los niños de madres negras libres.

–Veo que está bien informado. Mire, ese asunto de los negritos es un negocio como cualquier otro, pero creo que yo no fui específico al formularle mi pregunta. Me debe excusar. No preguntaba acerca de su persona, porque yo en algunos aspectos pienso lo mismo sobre su catadura moral. Mi pregunta iba dirigida a los resultados de sus gestiones, que a mi juicio resultan bien remuneradas.

–Son bastante aproximadas y así se lo hice saber a usted en un informe que le envié con Hervey. Ocurre que esas personas viven como en una suerte de concha impenetrable. No tienen amigos, son muy introvertidos y resulta bien difícil acorralar sus intenciones. Medem pidió una fortuna por sus informaciones, las cuales premiaríamos sobre la base de los resultados. Él lo sabe. Pero yo no me confío de esos reconvertidos por la vía de retribuir sus servicios en metálico –Greene se movió en su silla como si estuviese incómodo–. Cuentan que hubo un jefe de los hunos que combatió a los romanos y que, tan pronto derrotaba a un ejército, les preguntaba a los vencidos por quién continuarían combatiendo. A los que expresaban su convicción de que lo harían junto al jefe derrotado, los ponía a un lado, y a los que gritaban vivas a los vencedores, los fusilaba. Esto último es lo que yo haría con ese catalán.

—Pues yo discrepo con ese jefe de los hunos, que si no me equivoco se trató de Atila, el azote de Dios. Y difiero de su opinión. Mire, nuestro imperio ha ganado muchas batallas gracias a esos renegados o traidores como Medem, que solo ambicionan satisfacer su codicia personal. Por mi parte, no creo ni en los reconvertidos ni en los traidores. Solo confío en los hombres de nuestra honorable estirpe. Pero, aunque usted no lo crea, le reitero que ese catalán nos ha ayudado mucho.

«¡Qué asco todo esto! —pensó, mientras veía cómo el almirante se enorgullecía de las bajezas de Medem—. ¡Los traidores serán siempre unos traidores!»

—Hervey me puso al tanto de sus problemas con McDowell —no apartaba la mirada del rostro de Greene—. Yo pienso que usted debe mejorar las relaciones con ese oficial...

—Ese, ¡es un miserable! —interrumpió airado al recordar cómo el capitán había asesinado al hermano de Azcuy.

—No es un miserable. Se lo aseguro. Cuenta a su favor con un envidiable expediente militar. Y usted no debería tratarlo como si fuese un oficial estúpido. Yo pienso que él ha sido demasiado tolerante con relación a su inmadurez.

—Es probable que alguna mano oculta lo haya obligado a hacerlo —ahora miró de lleno a Hammond—. Yo no creo ni un ápice en sus condiciones morales.

«Este joven es bien atrevido —apenas podía disimular la irritación—. Si no fuera por Sir Taylor y la protección que Lord Anson ejerce sobre todo este asunto, ahora mismo lo enviaba a un calabozo de esos que están en los sótanos de este mismo Castillo. Espero que algún día yo pueda poner en su lugar a este caballerito presuntuoso.»

El menor de los Taylor se dio cuenta de que la cara de Hammond estaba amoratada por sentirse, tal vez, insultado debido a sus insinuaciones acerca de McDowell. «De todas formas —pensó—, ya tengo corroborado, por su reacción, que el capitán es uno de los agentes secretos del Reino de España en La Habana, aunque de seguro no debe ser el más importante».

–Señor almirante –prosiguió el ataque–, ¿ya se entrevistó con el hermano mayor de los Keppel? En realidad, ellos hicieron lo que usted sabiamente me pronosticó en Londres –ahora se extremaba en sus puntillosos comentarios, imaginando con placer que Hammond iba camino de la horca–. Cada uno de los tres hermanos se apropió de una suma no inferior a las mil setecientas libras, aunque creo que de la cabeza del león el conde de Albemarle tomó una tajada mayor.

David Hammond se sentó en su silla porque presentía perder el control de la situación. Su entrecejo estaba fruncido; y los pelillos de sus orejas y nariz, erizados en señal de franca contrariedad. Suspiró profundo. Decidió no hacer comentario alguno sobre los Keppel porque la plática con Greene se estaba desarrollando en La Habana y no en Londres. Quizás también imaginara que los gruesos muros del Castillo pudieran escuchar sus palabras y hasta su propio silencio. Fingiendo ser una persona concentrada, comentó:

–Teniente, pongámonos a trabajar. Usted y yo nos veremos de nuevo la próxima semana. Le sugiero que no descuide dos asuntos –el tono de su voz era amenazante–. Debe responder con sabiduría la misiva de su padre a fin de trasladarle tranquilidad. Lo otro es que mejore sus relaciones con McDowell. Algún día usted podrá comprobar por sí mismo que el capitán es una persona extraordinaria y, en especial, que ninguna mano oculta remolca su conducta.

Y para alejar aún más el fastidioso comentario sobre los Keppel, preguntó:

–Joven, ¿conoce al señor Mariano López-Parro?

–Sí. Fue el representante del obispo Morell en las conversaciones referentes a la Iglesia católica y a los Artículos de la Capitulación. Es un hombre preparado e inteligente. Me alertaron de que está averiguando con todos sus medios acerca del tesoro mexica y la calavera de cristal.

−¿Sabría cómo poderlo contener?

−En absoluto. Él se ampara, como muchos, en los Artículos de la Capitulación. Por lo que sé es un hombre instruido y no anda en nada que tenga que ver con los delitos que se cometen en esta ciudad.

El almirante y Greene continuaron charlando sobre López-Parro y otros tópicos, pero la plática iba camino del aburrimiento y la incomunicación infranqueable. Al salir de la dependencia, el menor de los Taylor llevaba consigo la convicción de que el almirante mentía sobre el capitán McDowell. La recomendación de que en la respuesta a la misiva de Sir Taylor enviara noticias tranquilizadoras, era un innegable pronóstico de que Hammond pondría sus garras en la hermosa relación amorosa que ya él tenía establecida con la joven habanera. Por primera vez había observado en las pupilas del almirante molestia y rencor hacia él.

«El afán de la codicia de Hammond es ilimitado −pensó−. En esa avaricia no me reconoce, comprobación que me satisface; aunque si ello fuese necesario, sería capaz también de desconocer en su desagüe al propio capitán McDowell y a todos sus espías que trabajan para España.»

XXV
Hacia Madrid con los vivos

«¿Cómo es posible que descuides la integridad del apellido de los Taylor en esa ciudad que ha sido tomada por la gloria de Inglaterra? Tu hermana Elizabeth siempre me ha reclamado que impida tus excesos, que ella califica de locuras; y esta vez, hijo, yo no tendré otro mejor remedio y opción plausible que hacerlo. Si no desistes, como bien espero en única señal de que no has perdido la razón, de tus desvaríos amorosos con relación a esa jovencita que llaman la cubanita y es hija de un comerciante vasco que vive con una negra jamaiquina, me veré en la dolorosa necesidad de desheredarte, sin llevar a donde me dirijo, a mi última morada, ningún tipo de remordimiento. Espero que no tenga que hacerlo, porque la buena cordura y sapiencia regresarán a tu joven y prometedor espíritu, y en esa evocación me dirijo a Dios para que nos ayude.»

Ese era el párrafo de la carta de Sir Taylor que fustigaba la percepción de Greene. Gran parte de la noche había reflexionado acerca de su contenido, para él tan deplorable que no le brindaba variantes posibles para el entendimiento. Estaba convencido de que ni siquiera Froyla, al ser conocida por su padre y hermanos, podría desmantelar esa arraigada norma de la aristocracia británica que ellos abrazaban en todos sus términos. Sin embargo, el menor de los Taylor ya había asumido sus propias decisiones. Lo primero sería no responder la misiva de su progenitor porque de nada serviría; y lo segundo, y más importante, consistía en que él proseguiría las relaciones con Froyla e, incluso, de ser necesario, permanecería junto a

ella para siempre en La Habana. Ahora la finca de Gilberto el andaluz danzaba atractiva en su memoria, deduciendo que en un lugar así
él podría vivir con Froyla el resto de su vida. Esa rusticidad –en la
cual sus moradores llevaban consigo desde todo punto de vista una
honradez para él envidiable–, cubierta por atributos y carencias que
había palpado durante una inolvidable jornada, le bastaría para
embriagar sus inquietudes literarias. Si una cosa agradecía de su
expedición a La Habana era, además de haber conocido a su ninfa
de los aires, haberse topado con personas tan sencillas que lo hacían
deplorar las liviandades de la vida urbana que había conocido.

Con estos inusuales convencimientos, Greene partió al encuentro de su amada sobre una calesa tironeada por un solo caballo. Chamblín había tenido la cortesía de haberlo citado en
nombre de Froyla para esa tarde. Esta vez la cita amorosa no se
efectuaría en las cercanías del río Cojímar sino en un lugar más
cercano a La Habana. Ellos estarían esperándolo en un recodo de
un camino secundario con rumbo a Guanabacoa. El color amari-
llento del sol esparcido sobre el sendero y el follaje que lo circundaba impresionaron el alma del joven. El corazón le dio un vuelco
cuando divisó la figura de Chamblín que indicó con una de sus
manos que girara a la izquierda hacia una senda oculta que casi
estaba delineada en posición contraria al curso del trayecto. Al
doblar con su calesa hacia el atajo indicado por el calesero, Greene
vio, al fondo, el carruaje estacionado donde lo aguardaba Froyla.
Al llegar, ella, radiante de felicidad lo haló por las manos para
introducirlo en el coche, pero Greene la contuvo. Quería contemplar por algunos segundos el rostro de su amada. Observó que la
luz solar muy tenue iluminaba la cara de Froyla. El menor de los
Taylor tuvo la impresión de que estaba contemplando las irisacio-
nes de una vestal.

–Ven, entra –imploró mimosa–. No podía estar un día más sin
verte. Perdona mi egoísmo. Solo estaremos juntos unos minutos.
Mi padre ayer salió de nuevo hacia Alquízar.

–¿De nuevo?

El menor de los Taylor no obtuvo respuesta ni comentario alguno de Froyla, porque ella ya lo tenía aprisionado y no dejaba de besarlo. Un relámpago lujurioso abrigó a los dos jóvenes, y ahora el ángulo festivo del destello que caía sobre el rostro de Froyla refulgía en la mente del teniente. Otra vez el silencio se adueñó de las caricias y de los besos profusos e interminables de los enamorados. Los relinchos de los caballos hicieron regresar a Froyla y a Greene al mundo de los cuerdos.

—Amor, perdona —reiteró la cubanita—. Debo regresar de inmediato.

Greene le exigió tan solo unos minutos. Le habló a Froyla sobre el padre Juvenal y los documentos que este conservaba del difunto Carrazana. Examinó con elevada urgencia los detalles del robo de las joyas mexicas y la calavera de cristal, y la idea de que ella debería auxiliarlo en el rescate de estas para que no fueran a caer en manos de los vándalos. Froyla, en pleno arrebato de una pasión que arrasaba todo su espíritu, le dijo que Juvenal tenía absoluta confianza en ella y podría revisar sin mayores dificultades los legajos de Carrazana. Se sintió excitada al confesarlo y comprometerse con su amado. El valor atávico e inapreciable de las joyas de los indios mexicas y la calavera de cristal la llevaron a sostener ese compromiso con Greene. De modo especial, porque ese favor se lo pedía su gran amor. «Revisa los legajos y extrae aquellos en los cuales puedas observar que se habla de ellos o se les hace directa o indirectamente referencia. Después que los hallemos, decidiremos qué hacer, especialmente, con la calavera. Hay muchos roedores dando vueltas en la ciudad para encontrar esas valiosas obras», le subrayó. «Amor, lo haré, lo haré, no te preocupes», le aseguró ella con aplomo.

Con una rapidez mucho más veloz que la proporcionada por el encuentro breve y concentrado que ambos acababan de realizar, los dos se despidieron como hacen las aves ante el peligro. La luminosidad del astro mayor daba de lleno en los ojos de Greene y enceguecía el tino del trote de su calesa hacia La Habana. En estos momentos el joven se sentía hechizado por el desarrollo de los acontecimientos, como si él estuviese viviendo en carne propia unas páginas que jamás había escrito ni leído en novela alguna.

—¿Está seguro de que ese asturiano puede ayudarnos a alcanzar ese propósito?

—Por supuesto, almirante —aseveró McDowell—. Créame que es un perfecto estúpido.

—Muchas veces, capitán, los hombres con cara de imbéciles al final nos hacen quedar mal —replicó Hammond.

—Lo conozco, lo conozco. En cuanto sepa la novedad irá corriendo a proclamarlo.

—Todavía no sé si esto lo hago para proteger los intereses de Sir Taylor y Lord Anson o para aplastar la insoportable arrogancia de ese joven engreído.

—Yo lo haré con muchísimo gusto. Usted no puede imaginar cuánta humillación he sufrido a manos de ese caballerito que se escuda en la identidad falsa de un teniente que nunca ha pisado una academia militar.

—Bien, capitán McDowell, si no tiene duda, proceda.

—Usted verá que ese asturiano caminará como un ciego ebrio hacia la casa de la cubanita a sembrar el odio y el desconcierto.

—No olvide presionarlo con relación a los degenerados que asesinaron al cura jesuita. ¡No lo olvide! Cuando demos con ellos, el camino para llegar hasta el tesoro mexica y a la calavera de cristal estará despejado.

—¡Por supuesto! ¡Ese asturiano, con tal de no perder su goleta y sus mercancías, es capaz de vender las tumbas de todos sus muertos!

Hammond sonrió al escuchar los calificativos de McDowell sobre Nalón. El capitán se despidió y salió de la oficina como un espectro del Apocalipsis para dar rápido cumplimiento a las misiones convenidas. Ahora el almirante, a solas consigo mismo, removía, ordenaba y reordenaba en su avispado cerebro las informaciones secretas que había atesorado durante largos meses desde Londres. Para él la guerra entre España e Inglaterra continuaba en pie. La primera fase, consistente en la toma de La Habana, había sido un rotundo éxito y devenía la segunda: mantener en poder de Inglaterra la ciudad Reina de las Indias. «¿Quiénes serán los agentes secretos que operan en nuestras filas a favor de España?». Se preguntó el almirante mientras pensaba en López-Parro. «Ese madrileño, por lo que me han dicho, parece un hueso duro de roer», siguió cavilando. «Y no es precisamente el amoral de Morphy quien le brinda las mejores informaciones. No, de seguro no es ese granuja ambicioso. Tiene que haber otros más distinguidos. Y eso lo descubriré más temprano que tarde –concluyó en sus meditaciones–. Si yo hubiera estado en La Habana, algunos Artículos de la Capitulación no hubieran sido redactados por el mando británico con tanta ingenuidad. Haber establecido el principio de voluntariedad hacia los oficiales españoles con relación a poderse quedar a vivir en Cuba, fue una perspectiva estúpida que autorizaron los vencedores, con lo que acarrearon los mayores peligros para la ocupación británica de La Habana».

Más de una veintena de personas se encontraban reunidas en el salón principal de la vivienda de Froyla. Todos los presentes expresaban, cada uno a su modo, las emociones de las fiestas navideñas de finales de 1762. Los jarrones llenos de flores rojas y girasoles que engalanaban la morada de los Ondarribi Smith habían sido dispuestos por las manos de Froyla con la ayuda de Chamblín y Coyol. El vasco, después de su regreso de Alquízar, aparentaba haber recuperado, aún bajo los vestigios de su reciente crisis, la conducta de siempre. Su recurrente dictamen ¡tiene que ser! retumbaba de nuevo a intervalos en todos los rincones de la casa. Y la criollita del clavicémbalo, aprovechando esa breve recuperación de su padre, había logrado que él no solo autorizase que se llevara a cabo la prometida velada de música barroca, sino que, con todas sus energías, como un excelente anfitrión, había preparado su organización. A partir de las cinco de la tarde de un sábado bañado por una impresionante luz solar y una brisa reconfortante casi invernal, que en la Isla era sinónimo de estación primaveral, comenzaron a llegar los invitados. Uno de los primeros en el arribo fue el padre Juvenal. Le siguieron Antonelli, Medem acompañado por Morphy, Jiménez y su esposa Septimina, López-Parro junto con su amigo Manolo el tabernero, Azcuy el músico hijo de Tartabull en compañía de Cotán, un guitarrista de la zona de Guanabacoa que, según dijo el percusionista, cantaba punto habanero. De los moradores de la casa estaban Ondarribi, Savanna, Froyla, María Cruz, Nalón y Chamblín.

Asistentes de tan diversos gustos y preferencias se habían concentrado en casa del vasco, porque este había insistido en que cada uno de los invitados, si así lo estimaba conveniente, pudiese acudir acompañado de algún amigo. El vasco y Savanna descubrieron enseguida que los habaneros deseaban tomarse una ligera distracción para aliviar los estropicios visibles e invisibles de la guerra de mediados de año, que aún sobrevivían amargos en la memoria de todos. La noticia de la velada musical surcó las calles habaneras, y hubo oficiales españoles que quedaron muy ofendidos de que Ondarribi no los hubiese invitado. Era el caso de Recio de Oquendo y de su asistente Federico Reverte; pero el vasco comunicó a sus emisarios que militares que habían traicionado a España no podían visitar su vivienda. El asturiano, a la caza de jugadas diplomáticas que evitaran el desastre, trató de detenerlo para que aplicara cordura en su respuesta, pero Ondarribi proclamó sus frases preferidas: «Nalón, ¡déjate de mariconadas! ¡Tiene que ser!».

Savanna no sabía cómo agradecerle al padre Juvenal la prodigiosa ayuda que había ofrecido a su familia. Lo que ella no podía imaginar en modo alguno era que, además de sus sermones bíblicos, unas portentosas bofetadas propinadas en la parroquia de Nuestra Señora de Belén habían sido las encargadas de sacudir la afectada humanidad del vasco, quien, poco a poco, iba saliendo de su catarsis.

–Padre, doy gracias al Todopoderoso de que haya enviado a esta Isla a un sacerdote tan iluminado y grandioso como usted –dijo Savanna, conmovida ante la imponente personalidad del cura franciscano.

–Hija, demos gracias al Señor que ha comenzado a reinar la paz en su familia –aseveró Juvenal, aún no despojado del impacto de la horripilante noticia del vasco que en secreto había articulado un siniestro plan para asesinar a Eva.

Ondarribi todavía no hablaba de Eva, pero ya con sostenida serenidad era capaz de escuchar comentarios sobre su hija mayor. Nadie en la familia se atrevía a realizar la menor alusión al embarazo de Eva. Cuando Froyla vio llegar a Greene, de momento no supo qué hacer. Había ensayado toda la mañana cómo recibirlo, pero ahora se descubría como una pésima fingidora. Al sentir de cerca la presencia del joven británico fue presa de una gran excitación que escapaba de su autocontrol personal. Se sintió torpe cuando tuvo que enfrentar la mirada abrasadora del teniente que para ella nada tenía que ver con el atisbo de los verdugos de la guerra. Un deseo imprevisto la impulsaba a lanzarse en sus brazos; pero el deseo se mantuvo en sus adentros y ella, al final, supo, sin saber por qué, articular algunas palabras disimuladoras.

–Señor Greene, creo que hoy... ¡por fin!... podremos escuchar sus interpretaciones en el teclado –Froyla trató por todos los medios de guardar la aconsejable prudencia ante su cómplice amante.

–Señorita, intentaré que su sensibilidad pueda calificar de tolerables mis inseguras ejecuciones –Greene sonrió, y al pronunciar las palabras besó y apretó exprofeso la mano de su cubanita.

Al ver la escena, Antonelli reestrenó los requiebros que acechaban su espíritu aprisionado por los celos. De un golpe se bebió un trago de coñac que Ondarribi le había ofrecido. La conducta del veneciano se iba desdibujando y solo atinaba a pensar, nostálgico, en los salones venecianos y prometerse a sí mismo que, cuando bajo sus dedos estuviera el teclado, avasallaría con las inapreciables obras de Domenico Scarlatti las composiciones de Händel, que con toda seguridad serían interpretadas por el joven británico. Sobre esta guerra secreta por la conquista del corazón de la cubanita solo eran sabedores, por pura intuición protagónica, Greene, Froyla y Antonelli. Quizás las miradas fisgonas de Savanna, María Cruz y Septimina estuvieran también al tanto de la encubierta hostilidad de los dos caballeros por conquistar el corazón de Froyla.

–Señores –anunció Ondarribi con el semblante eufórico–. Ha llegado el momento esperado por todos. Mi princesa, mi gran amigo Antonelli y el señor Greene, a quien todos aquí respetamos por diversas razones, interpretarán en el clavicémbalo obras de música barroca que ellos han escogido para su ejecución. Pido a los presentes que escuchemos con suma atención sus interpretaciones. ¡Muchas gracias! Deseo que todos pasemos una velada inolvidable. ¡Y qué Dios nos depare una Navidad como los hijos de esta ciudad merecemos!

Froyla se encaminó hacia el teclado, iba con los cabellos sueltos apropiándose de todas las contemplaciones y de la luminosidad; su figura estaba arropada por la altivez y por un vestido color *beige* que armonizaba con su piel aceituna clara. Dispuso en el atril las partituras de los maestros Esteban Salas y el español Antonio Soler.

López-Parro quedó sorprendido al escuchar la destreza de Froyla al interpretar las obras de música barroca. Las composiciones de Esteban Salas impresionaron la apasionada sensibilidad del madrileño. Desde el rincón de una de las ventanas que daban al balconaje, el diplomático repasó con su mirada los rostros de los presentes. Se detuvo en Morphy que estaba junto a Medem, Jiménez y Septimina en el lado opuesto del salón. Luego caló el semblante de Savanna y de los negros que estaban algo arrinconados a un costado de la puerta principal por la que se accedía a la galería; pero, al llegar con su mirada a la esquina que daba salida a la escalera, quedó impactado ante la estampa de María Cruz. La mujer rubia de aire aristocrático tenía sus cabellos largos trenzados desde la nuca hasta lo alto de su cabeza. Cuando sus ojos verdes toparon con los del madrileño lo estremecieron. Ella, inexplicablemente seductora, reciprocó varias veces al diplomático escudando sus grandes pestañas detrás de un abanico de nácar que sostenía y que a ratos agitaba más como ornamento seductor que como aditamento necesario, dada la brisa que entraba por el balcón. Cuando Froyla se puso de pie, los aplausos premiaron su impecable ejecución. Antonelli tomó las partituras que tenía dispuestas sobre el instrumento e inició sus interpretaciones de obras italianas que estremecieron la sensibilidad de todos. Greene estaba impactado y, al dirigirse al clavicémbalo para ejecutar las composiciones seleccionadas por él, todavía recordaba los cerrados y merecidos aplausos que el veneciano con toda justeza se había granjeado por sus fantásticas versiones. Greene recreó primero obras de Händel, y después de Purcell. Froyla aún no podía creer que su ternura fuera esclava del timbre musical que brotaba del interior de su amado. Y hasta el resentido italiano tuvo que admitir que su joven rival había nacido para enaltecer la música.

Nalón era el único que se sentía ofendido en la velada. Esa humillación provenía de la presencia de Chamblín y de los negros que, aunque fuesen libres, figuraban y aplaudían, desde uno de los rincones del salón, las ejecuciones de la música barroca. El otro agravio provenía de María Cruz, quien, aun sabiendo que pronto él partiría de regreso a Veracruz, desatendía con marcada indiferencia sus galanteos.

Morphy, sobrepasado de tragos, no dejaba de elogiar las interpretaciones de Greene de las obras de Händel, y calificaba al gran maestro alemán como el paladín del verdadero barroco universal. Al menor de los Taylor le parecieron de mal gusto todos sus comentarios. El británico, naturalizado español, acomodó su mesa de ajedrez y convidó a López-Parro a jugar una partida.

—¡Gracias a los moros nosotros los españoles fuimos los que introdujimos este juego en Europa! —aclaró el madrileño, mientras por sorteo se disponía que este jugaría con las piezas blancas.

–¡Eso no importa! ¡Destruiré a su rey mucho antes de lo que usted pueda imaginar! –Morphy tenía la lengua tropelosa.

Greene y Antonelli se acercaron al tablero para observar los movimientos iniciales de la partida. También lo hicieron Ondarribi, Medem, Jiménez y el padre Juvenal.

–Mi batalla será rápida y tajante, tal vez como los ingleses no fueron capaces de atacar los castillos y las murallas de La Habana –indicó López-Parro con evidente mordacidad.

–Le aseguro, señor, que hoy usted morderá el polvo de una derrota perdurable; y yo ahora no voy a analizar la manera irresoluta en que el mando español defendió La Habana, porque no creo que este sea el momento –aseguró Morphy.

Los movimientos de apertura fueron veloces. Un sacrificio de caballo y una torre por parte de López-Parro en la sexta y la decimotercera movida hicieron suponer a Morphy que la victoria estaba al alcance de la mano, pero cuando en el desplazamiento quince el diplomático sacrificó su dama por una torre, el comerciante inglés pudo comprobar con espanto que el jaque mate a su rey a manos de torre, alfil y caballo enemigos era inevitable. El triunfo de López-Parro en diecisiete jugadas fue ruidoso. Morphy, sin salir de su asombro, permaneció inmóvil por largos segundos ante el tablero reexaminando la complejidad del ataque. María Cruz, sin comentarlo con nadie, sintió en sus adentros un inexplicable regocijo al ver que la contienda había sido ganada por el diplomático madrileño, que proseguía conquistando sus simpatías de mujer soltera y desarraigada.

Entretanto, Froyla había ido a su recámara y, al regresar de modo sigiloso, entregó un papel a Greene y al mismo tiempo convidó a Cotán a que cantara unas décimas habaneras. Cotán, negro libre de ojos saltones, de aire señoril picaresco, dicharachero y sonriente, inundó el salón con su voz de barítono acompañado de su guitarra, y vocalizó décimas que, de forma caricaturesca, se burlaban de la necedad de Prado Portocarrero en la otrora defensa de La Habana. Greene y otros muchos se alegraron sin censura al descubrir en una décima del juglar la magia del gracejo popular que se erguía para ridiculizar la ineptitud bochornosa del jefe español. Cotán cantó como los demonios o como Orfeo, que con su música amansaba a las fieras:

El señor Prado resuelto
con tiernos sobrados bríos
decidió hundir tres navíos
en la garganta del puerto
también ordenó bien presto
destinar buena fragata
para partir sin bravata
con aplausos enemigos
hacia Madrid con los vivos
¡Y salvar su testa chata!

Todos los presentes rieron con pleno ardor de los ánimos al escuchar el canto del gracioso repentista. Pero Greene no pudo sospechar en esa escena hilarante que Antonelli, por perseguir como un obseso enamorado los movimientos de Froyla, se pudo percatar del instante en que ella le había entregado el mensaje cómplice.

–Señores, por favor –Antonelli quería manifestarse distendido–, deseo aprovechar esta feliz ocasión para despedirme de todos ustedes –sostenía en su mano derecha una copa de vino–. Mañana parto de regreso hacia mi Venecia. Quiero manifestarle a esta hermosa familia y a los amigos que he sabido granjearme con mis afectos, que llevaré en mi corazón todas las inmerecidas atenciones de que fui objeto por parte suya. De esta bella Isla, os aseguro, me llevo los mejores recuerdos en mi corazón. No niego que me faltaría ahora el abrazo de Pepe Antonio, mi amigo más querido, el insustituible –estaban conmovidos muchos de los invitados–. Mas sé que muchos hombres dignos como él poblarán en el futuro la valentía de esta Isla. Razón tuvo mi abuelo, quien vivió años de su existencia en esta ciudad, en proferir en vida los mejores elogios sobre La Habana. Pienso con legítimo orgullo que si los ingleses enfrentaron tantas dificultades para reducir la fortaleza del Castillo del Morro, ello se debió en gran medida a la sabiduría de mi abuelo, quien fuera el lúcido arquitecto de esa fortaleza. Quiero brindar por la felicidad de todos ustedes, y solo lamento que la diosa Venus no premiara mis ensueños —miró sonriente hacia la cubanita—. ¡Qué Dios la guarde siempre, señorita Froyla, y le proporcione toda la felicidad que usted merece!

Ondarribi, ante el inesperado brindis de despedida, era presa del abatimiento más desolador. Se dio perfecta cuenta en ese instante de que, producto de sus aflicciones con relación a Eva, había abandonado por completo a su hermano masón y que no había contribuido como él hubiese querido a que Antonelli desposara a su princesa. Tuvo que inclinarse para recoger un pañuelo que se le había caído de las manos al escuchar el discurso del veneciano. Luego de recogerlo del piso, como un zombi, se dirigió hacia Antonelli. Ambos intercambiaron unas palabras y el vasco decidió abrazarlo delante de todos los reunidos como se estrecha a los seres entrañables. Froyla se sintió turbada y con sus ojos se refugió en la mirada de Greene.

Ahora, en el torrente de todas las miradas y las gesticulaciones de la concurrencia en la casa de los Ondarribi Smith, los disímiles intereses, sinuosidades, chismes, ansiedades, envidias, intrigas, mejoramientos, aspiraciones sencillas y ambiciones descabelladas se confrontaban, articulaban y reordenaban; y hasta algunas se diluían de forma abierta y oculta. La velada, que iba llegando a su fin en medio del vocerío, de los candelabros con velas encendidas y del manto de la noche joven, tal vez, gracias a la música barroca y el punto habanero, el vino, el coñac, los jugos de frutas, los dulces caseros, las tapas y frituras ofrecidas de forma generosa por el vasco y Manolo el tabernero, la partida de ajedrez en la cual habían fulminado al británico presuntuoso, las palabras de Antonelli, significó en apretado y paradójico bosquejo humano que la vida en La Habana proseguiría su curso irreversible y enigmático.

Al ser despedido por Chamblín en el zaguán, Greene llevaba consigo en su bolsillo el mensaje escrito de su amada, el recuerdo de la despedida conmovedora de su contrincante veneciano y unos girasoles que le habían sido obsequiados por el imprevisible Coyol, el cocinero veracruzano.

XXVI

In uterum erat mundum

El menor de los Taylor antes de dormir leyó el mensaje de Froyla encimado a una pequeña vela encendida.

Señor Greene:

Algunos de los documentos que son de su interés, ya la persona indicada, quien dice vivir por usted la mayor de sus vigilias, los tiene en su poder. Casi no tuvo que leerlos porque para su grata sorpresa estaban asidos dentro de unos legajos que, amarrados por una cinta, enunciaban en su cubierta una «LCC» encerrada en un círculo. Es evidente que las letras mayúsculas se refieren a la calavera de cristal.

Cree esa persona que sus faltas serán perdonadas por el Ser Superior, porque Él debe saber que solo el amor más elevado guio sus pasos intranquilos por el recinto complicado hasta hallar lo que buscaba. Esa persona me hizo saber que mañana lo espera a la misma hora en el sendero que asegura usted conoce y donde se vieron presurosos la última vez. Esa personita lo aguarda muy ansiosa y desea que las horas no sean tan largas.

Señor F.

El teniente no tenía otro remedio que sonreír. Los mensajes de Froyla, redactados en tercera persona, denotaban una inteligencia y un sentido del humor particulares y fuera de lo común. Le fue difícil dormir porque no podía imaginar cómo ella se las había ingeniado para sortear los controles del padre Juvenal sobre el archivo de Carrazana. Y, en especial, cuáles serían los legajos que la cubanita había seleccionado para llevárselos al encuentro. Especialmente su contenido.

A la mañana siguiente Van Leight repasó con el menor de los Taylor la situación del cobro de los impuestos. Entre los grandes cumplidores del pago destacaban, entre otros, Ondarribi, Jiménez y Manolo el tabernero. Y en el bando mayoritario de los morosos despuntaban Medem y Nalón.

–Tengo la impresión de que Medem nos está tomando el pelo –opinó Van Leight.

–No lo presione –indicó–. Déjelo tranquilo por un par de semanas.

–¿Por qué, mi teniente?

–Es mi decisión y déme un voto de confianza.

Van Leight se dio cuenta de que Greene en esos momentos era una nube ausente en el intercambio. Sus ojos no dejaban de mirar para otro sitio y daba la impresión de que su espíritu navegaba por otros lugares. Medem le era antipático al contador y no podía entender el porqué no se le debía presionar, pero optó por no proseguir en sus averiguaciones con relación al catalán.

–Dicen que Nalón les debe mucho dinero a varias personas y yo realmente no sé cómo podrá pagar sus adeudos –observó el contador.

–Pues tendrá que vender su goleta. La vida displicente de ese mercader veracruzano es del dominio de todos los habaneros. No sé –Greene pensó en Ondarribi, al no explicarse las razones de que un hombre tan disperso como el asturiano pudiese vivir en la casa de Froyla, pero se contuvo.

–¿Puedo presionarlo? –precisó Van Leight.

–¡Por supuesto!

–¿Cómo quedó la velada?

—Excelente.

—De seguro, las obras de Händel fueron las mejores, ¿no?

—Ningún maestro del barroco excluye a los otros —reparó Greene—. En el arte no sucede como en el caso de los reyes, pontífices y jefes guerreros. Estos, en mayoría, no quieren en modo alguno que sean recordados sus predecesores. Los grandes artistas, sin embargo, jamás se eliminan con sus obras. Pero, en realidad, Van Leight, sobre la velada, debo reconocer que el italiano fue el mejor ejecutante. Posee una técnica insuperable. Yo no pudiera interpretar a Scarlatti como él lo hace.

Greene no pronunció otros pareceres y el oficial contador, extrañado del repentino silencio de su jefe, se dio a la tarea de recoger los documentos esparcidos sobre la mesa para guardarlos. «¡Este joven es un loco maravilloso! —pensó Van Leight sobre su teniente protector mientras observaba su actitud meditativa, y al final se confesó a sí mismo—: McDowell me persigue y acosa, ¡pero yo jamás le diré una palabra que pueda dañar a Greene!».

—¿Hoy regresamos a la Real Compañía de Comercio?

—Sí, pero temo que usted tendrá que permanecer allí todo el día. Yo en la tarde tengo un compromiso impostergable. En caso de que Hammond o Elliot pregunten por mí, les dice, por favor, que estoy para los astilleros y que regreso antes de las dieciocho horas. ¿Entendido?

—Entendido, teniente.

En la Real Compañía de Comercio, Greene estaba persuadido de que los relojes habían detenido el andar de las manecillas. Apenas atendía a las entrevistas con los comerciantes y no dejaba de revisar una y otra vez el lento paso de las horas. Decidió escapar antes de lo previsto hacia el encuentro con Froyla porque presentía que la ansiedad le tenía retenido el flujo sanguíneo.

—Teniente, si no tiene objeción alguna, después que concluya mi jornada de trabajo deseo ir a un lugar —dijo Van Leight en la despedida, escondiendo el tino de sus ojos.

—Está autorizado, señor Van Leight —repuso algo preocupado y alertó—. Pero esté muy atento a su integridad. Esta vez me encomiendo a su mesura.

—Descuide, teniente. Tendré presente sus consejos. ¡Lo prometo! ¡Vaya tranquilo!

Greene montó en su calesa y salió rumbo a las afueras de La Habana en busca del atajo donde se encontraría con Froyla. Ahora le parecía excesiva la honestidad de Van Leight, pero partió confiado de que este no se dejaría arrastrar por ninguna insensatez.

El menor de los Taylor sabía que llegaba al lugar de la cita con su amada antes de tiempo y, encaramado sobre la silla del calesero, se irguió para avistar el arribo del carruaje de Froyla. Los minutos se hicieron interminables hasta que vio la figura de Chamblín. El carro entró por el sendero y Greene fue al encuentro de su amada.

—¡Estuviste maravilloso! —exclamó ella mientras se abrazaba al teniente—. ¡No podía imaginar que interpretaras de ese modo a Händel! ¡Y las obras de Purcell! ¡Dios mío! ¡Yo tenía deseos de abrazarte y llenarte de besos!

—¡Tú también estuviste increíble!

—¿Sí? Bueno, debe ser así, porque mi padre hoy ni me preguntó hacia dónde iba de paseo. Claro, le prometí que regresaría cuanto antes. Él está feliz. Hacía mucho que no lo veía de ese modo. ¡La velada decorrió de maravillas! Mira, amor, aquí están los documentos.

Greene examinó los papeles.

—¿Crees que sean útiles? —preguntó ansiosa y advirtió—. Si hubiese tenido que buscarlos en la parroquia San Francisco de Asís, no me hubiera resultado tan fácil.

—¿De veras, fue fácil? —precisó él a la par que no dejaba de leer y releer los legajos.

—Sí. Dime. ¿Te serán de alguna utilidad?

—Pienso que sí. Mira, estos te los devuelvo y me quedo con los otros. Después que haga mis apuntes te los hago llegar. Estos documentos parecen los más interesantes.

–No debes preocuparte, mi amor. Creo que el padre Juvenal no abre para nada esa antigualla de ébano.

–De todas formas, debemos ser precavidos.

–¿Qué dicen?

–No seas curiosa. Ya lo sabrás. Todo está escrito en un latín ramplón. Tengo que descifrarlos. Ven, mi princesa, ¡quiero besarte!

Dentro del carruaje los amorosos se entregaron con frenesí enlazados en una célebre lujuria. Tomaron de la vida, en ese instante, el paroxismo incomparable que ambos presentían como una suprema y exclusiva pertenencia. Froyla, mientras besaba y era besada, susurró vocablos que acariciaron los oídos de su amado. «Cógeme por…, ya sabes…, me gustó muchísimo…».

–¿Qué dices, mi diosa? ¿Qué dices? –demandó él con regocijo mientras no dejaba de acariciarla.

–¡Amor, amor...! –insistió ella con los ojos perdidos, y acomodándose para conseguir su deseo… y musitó otra vez con voz entrecortada unos versos de Lope de Vega: «Mas, ¡ay, que no me escuchas!... / Pero la vida es corta... / Viviendo, todo falta... / Muriendo, todo sobra...».

Estremecido por tener tanta belleza entre sus brazos, Greene contempló desfallecido de placer el semblante de su amada. Miró despacio sus labios que parecían una rosa roja sobre el rocío y le suplicó que repitiera los versos; y ella lo hizo de nuevo, hasta que ambos, una vez más, se lanzaron por un abismo delicioso...

El enviado del rey se encontraba conversando con Morphy en la parte trasera de la taberna de Manolo el gallego. Este los atendía, pero su rol principal era servir de paje para que la plática de ambos no fuera disturbada por ningún parroquiano.

–El mando inglés imagina lo que usted está haciendo en esta ciudad –opinó el británico–, pero tiene cierta irritación porque desconoce el contenido de sus pasos.

—Yo estoy muy tranquilo. Ese sobresalto surge porque no resulta nada fácil administrar esta ciudad, y mucho menos apoderarse del interior de la Isla.

—Cierto, pero al parecer usted tiene mucho ingenio. Ellos piensan que el enviado del rey sea el líder clandestino de la resistencia española ante la ocupación. Si usted actúa como lo hizo en la partida de ajedrez conmigo, creo que ellos jamás podrán saber nada de sus faenas.

—Hacen mal, muy mal, porque yo tan solo estoy escribiendo las memorias de todo lo acontecido acerca de la amarga pérdida de La Habana. Vivo muy tranquilo y, cuando sea posible, me pondré a las órdenes del alférez mayor Recio de Oquendo en las tareas del Cabildo habanero.

—Sí, y cuando eso ocurra, estará cayendo desde las alturas abundante nieve sobre La Habana –ironizó Morphy y reclamó–. ¡Por favor, puede que yo tenga la cara de un necio, pero no me diga tonterías!

—No son tonterías. Me pondré a disposición de Recio de Oquendo cuando haya terminado de escribir –ni siquiera él mismo se creía una sola palabra de lo que estaba diciendo. Y decidió hacer una pregunta para desviar el acoso del británico–. Dígame una cosa, ¿usted aún no tiene elementos nuevos acerca del robo de las joyas y de la calavera de cristal?

—Yo puedo, señor, aunque mucho me duela, perder una partida de ajedrez, pero no me gusta perder tiempo ni dinero.

El enviado del rey entregó un sobre al agente. Sabía que el británico no movería sus labios hasta tanto no fueran remunerados sus servicios. «¡Dios mío! ¡Las piezas que destina este juego que llamamos vida!». Retomó su recurrente reflexión, y ahora adicionaba sobre el británico un nuevo dictamen definitivo: «¡Este mercader estuvo los tres días en el sepulcro de Jesucristo, vigilando atento para que no resucitara! ¡No sé cómo Pertini pudo llegar a compromisos con este espécimen despreciable!».

—Mire, he sabido que al parecer el asesino de Carrazana es Nalón.

—¿Nalón? —no pudo disimular su sorpresa.

—Sí, era el enemigo jurado del padre jesuita, que en paz descanse. Ellos tuvieron un serio problema relacionado con un dinero que dispuso el asturiano para una compra de esclavos. Carrazana siempre me advirtió que esa entrega del metálico nunca se había materializado y que constituía una mentira enorme de Nalón, y el asturiano aseguraba todo lo contrario —el inglés dio fuego a su habano—. Yo tengo la costumbre de que cualquier cliente o prestamista tiene que firmar un papel o presentar testigos. En los negocios yo no confío en la palabra de nadie. Y yo le dije a Nalón que me mostrara la factura, pero no pudo hacerlo y solo hablaba horrores del pobre cura.

—¿Del pobre cura?

—Sí, un pobre sacerdote porque hacía las cosas muy mal. Yo no simpatizaba mucho con él, pero en el fondo le tenía algún aprecio. Era el típico prelado que ve robando a todo el mundo y no quiere quedarse rezagado. En realidad, solo podía ser asesinado por un degenerado como Nalón.

—¿El señor Ondarribi sabe eso?

—No lo creo. Ese vasco es otro tipo de persona. Solo vive para complacer a su hija menor.

—¿Quién indicó a Nalón como asesino? ¿McDowell? ¿Hammond?

—Señor, cualquiera de los dos. Poco importa. Le acabo de decir una verdad del tamaño del sol.

—¿Y por qué no lo apresan las autoridades británicas? Ahora recuerdo que en la velada de Ondarribi me pareció verlo muy distraído y preocupado.

—¿Por qué no lo apresan? Bueno, tal vez eso forme parte del morbo británico. Sin duda quieren llegar también al escondrijo donde se halla el cofre que contiene esas inapreciables antigüedades mexicas y, en especial, a la calavera de cristal —sonrió exhibiendo sus caninos en una mueca inigualable–. A Hammond le cuelga un epíteto que supera todos los que yo me llevaré a la tumba. Mire, ¡todos los habitantes habaneros roban de modo incorregible! Unos vulgares y otros instruidos, pero todos saquean y hasta tienen la convicción de que la Providencia los ampara.

Ahora el cinismo de Morphy se reestrenaba en toda su crudeza y desenfado. A juicio de López-Parro, el comerciante británico parecía habitar como un perfecto amoral en los infiernos de Dante, en los calabozos sarcásticos de Cervantes o en los crímenes canallescos de Shakespeare. Si bien compartía en sus adentros la convicción de que todos los funcionarios en La Habana robaban sin medida. Era una costumbre que se había hecho habitual debido al exclusivo credo de que, «si los Monarcas y súbditos roban, yo no seré el rey de los tontos».

–¿Usted puede indicar algo sobre el robo?

–Pienso que ni siquiera los asesinos de Carrazana lo saben. Yo con su actual investidura me ocuparía de las andanzas del sacristán Herrera o del teniente Reverte.

–¿Y acerca de militares españoles de alto rango qué puede decirme?

–Esos señores ya no deben estar en La Habana –exhaló una gruesa bocanada de su habano–. Esos, con toda seguridad, están ahora en Madrid comiendo ostras y bebiendo vino como Dios manda.

–¿Puede señalar algunos nombres?

–No puedo, no es mi fuerte mancillar personas, pero de seguro esos personajes se encuentran entre los amigos de García o de Medem. ¡Seguro! Partieron con Prado Portocarrero hacia Madrid, pero muy desanimados porque no pudieron llevarse consigo el cofre con las joyas y la calavera de cristal.

Morphy engullía todas las tapas que había puesto en la mesa Manolo el gallego con una destreza que parecía innata, y bebía abundante vino y fumaba su habano, y hablaba como si estuviese convencido de que el enviado del rey estaba hipnotizado con sus observaciones. López-Parro decidió, sin embargo, cortar la charla que alargaba el inglés sin contar con él, porque, por más que quisiera, sabía que no arrojaría nuevos elementos de interés. El agente secreto volvió a sus comentarios sobre los estragos de la derrota ajedrecística sufrida a manos del diplomático, pero el madrileño tenía ocupados sus sentidos con relación a Martínez, quien ese día debería llegar del interior de la Isla con buenas nuevas.

In uterum erat mundum (en el útero está el centro del mundo); así rezaban los primeros vocablos escritos en la misiva cargada de gruesas faltas de ortografía que había sido dirigida a Carrazana en vida. El escrito, según el parecer de Greene, estaba articulado en un latín pedestre y el remitente quiso, de modo bien calculado, describirlo con acentuadas infracciones, envuelto, además, en rara caligrafía para que su emisor no fuese ubicado e identificado en su autoría por terceras personas. En el legajo se describía, en complicado rompecabezas que a duras penas el teniente pudo descifrar, la siguiente descripción: «Desde la Giraldilla, ubicada en el Castillo de la Fuerza, en dirección lineal a la torre del Castillo del Morro se yergue un árbol muy frondoso que aventaja en altura a todos los demás. Al pie de sus raíces bajo una piedra negruzca y casi cuadrada está sepultada el arca contentiva de la joyería mexica y la calavera de cristal».

Otras acotaciones del remitente indicaban que la invasión de los ingleses había significado el gran descalabro de su vida y que él esperaría paciente por su compensación en Madrid, la cual le pertenecía por todos los riesgos afrontados. Alertaba a Carrazana, por último, de que varios hombres, conjeturados como el canario, el asturiano y el catalán, entremezclaban en sus corazones el odio y la ambición, y que estos se darían al afán de encontrar el tesoro a como diera lugar, y que esa codicia se elevaría como un espíritu malévolo que desplazaría las virtudes. Subrayaba al final unas frases que quedaron prendidas en la mente de Greene: «En esos hombres la apetencia se transforma en violencia sumaria, y el crimen será manejado por ellos como si se tratase de una ordinaria operación comercial. Sé que en su mente, honorable padre, reina la sana ambición de que se construya la Catedral de La Habana lo antes posible, pero le reitero que en esos cabecillas cohabitan los monstruos de la avaricia, el asesinato y la demencia. Mas, en el canario, se cobija, bajo esa apariencia tan despejada que porta, un posible y casi seguro vasallo de Inglaterra. ¡Tenga usted mucho cuidado con él!».

«¿Quién será este ratero instruido que comenta con Carrazana ese delirio licencioso de construir una catedral con oro mal habido?», se preguntó Greene sin dejar de reexaminar los apuntes, persuadido de que toda su vida no le alcanzaría para llegar a saber quién sería el extraño autor de esa impar misiva. Quedó pasmado al comprobar que Carrazana y esa persona ignota se hablaban como si ambos no fuesen unos enviados de Lucifer a la tierra, sino del Todopoderoso, y que los señores implicados en la urgente advertencia dirigida al padre jesuita eran de seguro Jiménez, Nalón y Medem. Pero la indicación acerca de Jiménez el canario provocó perplejidad en la humanidad de Greene dado que, sobre todo, la bondad manifiesta de Septimina nada hacía suponer ese desbaste moral de su pacífico esposo, a quien, en la misiva, se le acusaba de espía británico.

Greene enseguida planificó cómo desenterrar el cofre. Debido a la cercanía del árbol con relación al Castillo de la Fuerza, pensó que dicho escenario exigía la complicidad de la noche más oscura. La única persona en la cual él podría confiar era en Chamblín, y concluyó que, una vez excavada el arca, sería llevada por él, en compañía de Froyla y el calesero, a seguro resguardo a la finca de Gilberto el andaluz para ser entregada en custodia a Tartabull. «No hay en La Habana otro lugar más seguro que ese», pensó él mientras se disponía a ir al encuentro con su amada.

Al conocer la novedad, Froyla se lanzó eufórica al cuello de Greene. Chamblín, quien no imitaba a nadie en su obrar, aceptó con sus ojos brillosos la encomienda del teniente. Ahora su condición de hombre libre le permitía moverse a su antojo. Acordaron dónde se verían para llegar hasta el árbol indicado. También precisaron cómo resguardar el cofre, hasta tanto en la mañana siguiente fuese transportado a la finca de Gilberto el andaluz. Todo decorrió según lo planificado. Para sorpresa de Greene, Chamblín, al remover la tierra y desplazar la piedra negruzca, opinó en códigos simples que por fortuna la fuerza de las personas que habían enterrado el arca no era significativa dado que el cofre se encontraba casi a ras de tierra.

A la mañana partieron hacia las cercanías del río Cojímar en dos carruajes. Froyla mintió a Ondarribi con el argumento de que iría a ver a Tartabull porque este reclamaba su presencia. La resistencia del vasco fue vencida cuando ella le dijo que el padre Juvenal iría en su compañía para conocer al negro religioso. Poco antes de llegar a la finca, Greene abrió el cofre y tuvo que violentar el grueso candado que aseguraba su cierre. Los tres quedaron maravillados porque las joyas bajo la luz solar irradiaron unos colores indelebles. Eran cuarenta y tres piezas de oro, plata, jade y obsidiana. Pectorales, brazaletes, prendedores, broches, aretes y una distinguida calavera de cristal de roca. La extraordinaria escultura –se podía percibir el detallado conocimiento anatómico que poseían los mexicas, así como su pericia en el trabajo de la piedra, además de ser una pieza casi transparente de un pulido perfecto– deslumbró la admiración de Froyla. Ella la sostuvo largo rato con las manos y la examinó varias veces desde todos los ángulos. «¡Esta efigie es asombrosamente bella!», reiteró Froyla una y otra vez al contemplarla. Tartabull, al observar las joyas y la calavera de cristal, con sus vocablos litúrgicos y entrecortados sentenció que se configuraban como testimonio sagrado de un pasado religioso de los indios mexicas exterminados por los conquistadores, pero sin lograr al final destruir su profunda cultura. Por la riesgosa invención de Froyla ante

Ondarribi, los excursionistas tuvieron que regresar veloces a La Habana. Greene, entre otras urgencias, tenía una citación de Hammond para la tarde de ese mismo día. Gilberto el andaluz indagó sobre cuál sería el destino final del tesoro, pero el menor de los Taylor solo aseveró que este llegaría a buenas manos sin dar más detalles al respecto. Algo se movía en la mente del teniente que, seguramente, no confesaría a nadie.

XXVII

Se estaba convirtiendo en mi carcelero

Ondarribi y Nalón charlaban en el salón principal de la vivienda de la calle Mercaderes. El vasco ahora acorralaba como nunca antes al asturiano para que este le precisara la fecha exacta de su regreso a Veracruz. Las deudas de Nalón con relación al peculio de Ondarribi eran significativas, pero este estaba dispuesto, incluso, a no cobrarlas con tal de que la estadía del asturiano en su casa no se dilatara ni un día más. Percibía, además, que esos adeudos resultaban impagables porque las cortesanas habaneras y el juego habían esquilmado las finanzas del asturiano. Nalón proseguía con sus intrigas con respecto al difunto padre jesuita y despotricaba de todos los comerciantes de la ciudad. La masonería había sido desatendida por él en las últimas semanas de forma notoria. Aprovechando la ausencia del vasco con motivo del viaje a Alquízar, el asturiano había extraído grandes cantidades de mercancías de los almacenes y les había dado un dudoso destino. Pero estas sustracciones de la cera y de otra marchantería a manos del asturiano, que habían afectado hasta las del vasco, no serían obstáculo para que este le exigiera su partida a Veracruz. En la pensión La Marina, enclavada en las cercanías del puerto, su dueño, muy airado, le había comunicado a Ondarribi: «¡Ese negociante veracruzano me debe mucho dinero y de aquí no podrá mover sus pertenencias hasta tanto no me liquide todas sus deudas!». El vasco estaba dispuesto a erigirse en garante ante el propietario de la pensión para que Nalón se evaporase en su goleta hacia la Nueva España.

–Nalón, me prometiste que una vez que yo regresara de Alquízar partirías de regreso a Veracruz –demandó con suaves ademanes.

—Es cierto, es cierto, pero tengo que revisar algunos asuntos pendientes. Te aseguro que en el transcurso de esta semana estarán cerrados.

El vasco sabía que el único encierro de Nalón se refería a sus abultados adeudos, que él no sabía cómo enfrentarlos y sufragarlos en su cabeza. Tenía deseos de gritarle en la cara ¡déjate de mariconadas! o ¡vete a la mierda!; pero se contenía por respeto a la memoria de don Mikel y a la masonería. Y porque, entre otras cosas, ya deseaba que las desgracias de todo tipo, reverdecidas por la cruenta guerra y la ocupación, dejaran de asediar su casa. Necesitaba, y así se lo rogaba a Dios, que reinara la paz en su familia.

—Mira, si lo deseas, deja en mis manos esos asuntos pendientes. Te prometo que sabré solventarlos.

—¡No, eso es imposible Ondarribi! Solo necesito una semana. ¡Por favor!

La charla, cargada de malas vibraciones para el vasco, fue interrumpida por la llegada de Froyla. Algo nerviosa, besó a su padre, y le aseguró que el viaje a la finca de Cojímar había decorrido sin tropiezos.

—Quiero, princesa mía, que mañana acompañes a tu madre a ver a Eva —propuso el vasco sin indagar nada acerca del encuentro de Juvenal con Tartabull.

Froyla sintió un enorme alivio al escuchar que su padre, por un lado, no indagaba acerca del viaje y que volvía a llamar a su hermana por su nombre. Durante semanas se había referido a ella en términos deplorables. Desde la velada de la música barroca su progenitor era otra persona. Aunque ella y Savanna sabían que, cuando él bebía coñac, caía en un mutismo infranqueable, pero de ese *mutis* no pasaba a los explosivos desvaríos que se habían anidado en su alma durante tanto tiempo. Era cierto que no hablaba de Pepe Antonio como tampoco de Eva, pero su actitud violenta se había trasformado en conducta apacible y resignada. El papel desempeñado en ese conflicto por parte del padre Juvenal había sido decisivo.

Ante un llamado de Euclides, el vasco se ausentó por unos minutos hacia su gabinete de trabajo. Fue ese el preciso momento que aprovechó Nalón para destilar su veneno a ciegas. A boca de jarro le hizo saber a Froyla la verdadera identidad de Greene. Cuando ella, estupefacta, indagó otros pormenores sobre la imprevisible revelación de que su amado era un joven perteneciente a la aristocracia inglesa, Nalón solo argumentó que se lo había dicho un oficial inglés nombrado McDowell, que quería su bien, el de Ondarribi y la familia. La maquinación del asturiano hizo flaquear a Froyla, quien, sin saber qué hacer, escapó con el rostro trastornado hacia su recámara. Al cruzar por la galería, Ondarribi la vio pasar muy agitada y con unos sollozos que no podía ocultar. El vasco preocupado le pidió a Savanna que fuera de inmediato tras ella. Enseguida supuso que esa reacción de su hija menor se debía con toda seguridad a algún que otro comentario inoportuno que le hiciera el asturiano, que, por demás, solo veía en sus dos hijas a un par de negras esclavas; posiblemente, pensó él, el cotilleo estuviese relacionado con la presencia de Chamblín, de Greene o de Antonelli en la velada musical organizada con motivo de las fiestas navideñas.

—¿Qué le dijiste a mi princesa que se ha puesto así? ¿Qué le dijiste? —preguntó Ondarribi con el semblante amoratado.

—Me tomé el atrevimiento de aconsejarla con relación al cortejo de ese oficial británico que toca el clavicémbalo.

—¡No te atrevas a tratar a mi pequeña como si fuese una cualquiera! ¡Déjate de esas mariconadas en mi casa! —gritó Ondarribi de una manera que el asturiano jamás había podido constatar.

—¡Espera! ¡Cálmate! —Nalón como un resorte se puso en pie e intentó que su interlocutor retomara el buen juicio.

—¡Nadie en este mundo puede hacerle daño a mi princesa! —advirtió el vasco con redoblada energía—. ¿Quién te crees que eres?

—¡Cálmate, Ondarribi! ¡Por favor! Yo solo quiero su bien.

—¡Cállate! —gruñó como una fiera—. ¡Piérdete de mi vista!

La algazara fue tan prominente que en el salón aparecieron desconcertadas Savanna y María Cruz. Al unísono, las dos fueron hacia el vasco y le reclamaron que se aplacara. Nalón tenía el semblante desarticulado y no sabía qué hacer. En el momento en que el asturiano tenía decidido marcharse, apareció Euclides para comunicarle al amo que en el zaguán estaban unos oficiales británicos que querían verlo.

—Dígales que suban —ordenó el vasco.

A los pocos segundos cuatro oficiales liderados por McDowell arribaron al salón principal.

—Con el mayor respeto, señor Ondarribi —el capitán después de dirigirse al vasco se volteó hacia el asturiano y expresó con voz grave—: Señor Nalón, queda usted arrestado por la acusación de haber asesinado al sacerdote Carrazana.

Todos en la sala quedaron boquiabiertos, pero los que estaban verdaderamente azotados por el trance eran Nalón y Ondarribi. El asturiano tenía el rostro pálido y temblaba como los trapos de una goleta en alta mar. El vasco lo contempló perplejo; con sus emociones de aversión y asombro entremezcladas, aguardaba por una rápida reacción del acusado que desmintiera esa impugnación. Mas el asturiano no dijo una sola palabra y miró con ojos espantados hacia Ondarribi. Ahora el pánico le brotaba a Nalón por todos los poros mientras era conducido por dos oficiales escaleras abajo. El silencio del asturiano quedó flotando en el ambiente de la sala y, sin excepción alguna, los Ondarribi Smith llegaron a la conclusión de que el detenido tendría seguramente que estar involucrado en el crimen del padre jesuita.

McDowell hizo un gesto de reverencia ante las damas y pidió disculpas a Ondarribi por haber irrumpido de ese modo en su casa. El vasco presuroso se dirigió hacia el balconaje y vio en los bajos cómo al asturiano lo hacían entrar en uno de los carruajes conducidos por militares ingleses. Vertiginosas meditaciones atravesaron el cerebro del vasco: «Jamás pude pensar que Nalón se fuera a ir de mi casa de esta forma tan insólita. Es horrible cómo la avaricia desquicia a los hombres. ¡Qué el Todopoderoso se apiade de su alma enferma! ¡Dios mío! ¡Qué espanto! ¡Este antiguo amigo de mi padre ya se estaba convirtiendo en mi carcelero! ¡Tiene que ser!».

En el lugar convenido Greene aguardaba por el arribo de Froyla. Sin embargo, esta vez, solo vio llegar a Chamblín sobre un brioso alazán. Greene algo confundido lo saludó y le preguntó de inmediato por qué Froyla no había venido. El calesero, distante y sin hacer reverencia alguna, entregó al teniente una carta e hizo intentos por regresar de inmediato, pero el joven excursionista, aferrando fuerte la brida del caballo, lo detuvo y le pidió que le diera tiempo para leer la misiva. «*Banita* sufrir mucho, tú no eres la luz de los hombres», le reprochó Chamblín. Greene comprendió que ahora el guerrero no actuaba como el hijo de un rey africano –según supo por Tartabull en Cojímar–, sino que en ese instante el émulo de Otelo parecía echar fuego por los ojos como guardián amenazante y herido por razones que aún no lograba entender.

Al leer las primeras líneas de la comunicación, el británico quedó estupefacto y de súbito comprendió el raro proceder de Chamblín.

Señor:

(No pongo su nombre porque no sé cuál pudiera ser)

Un oficial de su marina tuvo la gentileza de hacerme saber que usted no es un teniente que estudió en la academia militar de Cumberland, sino que es un joven que lleva otro apellido y que pertenece a una de las familias más ricas de su país. Apenas logro escribir estas líneas porque las lágrimas no me dejan ver. Jamás pude imaginar que usted me engañara de ese modo. Hoy, con una amargura que me maldice y no desaparece, compruebo que usted solo utilizó la poesía y la música para aprovecharse de

mi ingenuidad. Yo creí en sus promesas y aún no logro entender
por qué ese príncipe que descubrieron mis ojos era otra persona.
Con el deseo de no verlo más,
Froyla.

Cuando Greene levantó la mirada vio que Chamblín escapaba al galope. Ahora sentía que le habían clavado un puñal en el corazón y que la mano que lo empuñaba era la de Hammond. Una tristeza repentina, por primera vez, espoleaba el alma de Greene de forma irreverente. Al imaginar que Froyla estuviese sufriendo de ese modo gracias a la maldad del entrometido Hammond, un sentimiento de odio azotó su alma.

«¡Maldito seas, Hammond!», se dijo una y otra vez mientras montaba sobre su calesín para regresar a La Habana. En la marcha veloz el aire rasgaba su rostro, pero Greene no lo sentía, y su vista contemplaba el camino que iba devorando la bestia que tironeaba la calesa, pero en realidad él nada veía. El rencor se iba anidando en su pecho y sus irradiaciones vengativas ahora alcanzaban no solo a Hammond, sino también a McDowell y, en alguna medida, a su propio progenitor, que lo había amenazado con desheredarlo si él insistía en sus relaciones con la cubanita. Al llegar a la Plaza del Viajero se detuvo frente a la taberna de Manolo el gallego. Entró y pidió una jarra de vino. La cantina estaba llena de gente, pero el teniente, al desplomarse sobre una silla al pie de una mesa, no percibía absolutamente a nadie. Sintió que una mano le tocaba el hombro y al voltearse avistó la figura de López-Parro que lo saludaba con afecto.

—¡Qué enorme placer siento al saludarlo, señor Greene! —exclamó el enviado del rey—. Deseo felicitarlo de todo corazón por la forma tan magistral en que interpretó la otra tarde las obras de Händel.

—Gracias, señor —estaba desconcentrado—. No hice otra cosa que interpretar las obras de uno de mis músicos preferidos.

—¡Pues lo hizo muy bien! —echó su cabeza hacia atrás y al reexaminar con mayor detenimiento el semblante de Greene, preguntó incisivo–. Oiga, ¿qué le ocurre? Su rostro está enrojecido. Da la impresión de que hubiese visto algún fantasma por el camino.

–No –bebió un sorbo de vino–, los fantasmas que me flagelan los llevo por dentro.

–Para mí, joven –susurró sonriente–: ¡esa fiebre que devora su discernimiento es maravillosa! No me equivoco al asegurarle que usted debe estar muy enamorado. A su edad solo se puede sufrir por amor. ¡Qué prodigio! ¡Cuánto lo envidio!

Greene ahora solo veía el semblante del diplomático que resurgía en ese instante como un sorpresivo y bendecido reparador de sus requiebros. Sin poderlo evitar, una exclusiva queja brotó de su interior:

–¡Estoy desolado, señor!

En ese instante el madrileño se dio perfecta cuenta de que su interlocutor estaba pasando por un mal momento. Bebió un poco de vino y expresó algunas frases de estímulo que le emergieron con franca espontaneidad.

–Ya se repondrá, se lo aseguro. Creo que usted tiene más cerebro del que pudiera disponer un joven a su edad. Esto se lo digo con el mayor respeto –miró a su alrededor y se inclinó hacia el teniente–. Así como los ingleses el primero de agosto hicieron tronar sus cañones en señal de luto y reconocimiento al corajudo don Luis de Velasco, yo ahora estreno mis elogios hacia su persona que, según parecer del padre Juvenal y el mío, es elevada. No importa la violencia que traiga la tormenta que ahora estremece su espíritu. Usted podrá vencerla, no tenga la menor duda.

–Muchas gracias por sus palabras.

López-Parro indicó a uno de los empleados que trajera más vino a la mesa. Repasó de nuevo a su alrededor a los parroquianos, en gesto casi inadvertido e indicador de que no era un hombre descuidado.

–Mire, le confesaré un secreto personal. Cuando tenía su edad me enamoré como un demente de una joven francesa –bajó el tono de su voz–; para no hacerle muy larga la historia, por una absoluta cobardía de mi parte la perdí para siempre. Creo que Cervantes me hubiera excomulgado de su novela *La gitanilla*, porque no fui capaz por su amor de renunciar a mi linaje. Nunca más pude verla, pero su imagen prosiguió merodeando mi memoria. Y ella se transformó con el tiempo en la horrible y lamentable cuenta pendiente de mi vida. Yo soy de los que creen que, cuando el amor nos visita, a él debemos dedicarle todos nuestros atrevimientos. Además –sonrió–, ¡usted y la cubanita hacen una pareja envidiable!

La opinión del diplomático demolió las defensas del teniente que examinaba el talante del enviado del rey, devenido ante su apresurado juicio en agudo observador. «¡Este madrileño –pensó– sigue bien de cerca mis pasos!».

–Le aseguro que no me sucederá lo mismo. ¡Se lo aseguro! –musitó como si estuviese dentro de un confesionario; y al recobrar su habitual energía, agregó–: ¡Ella es la muchacha bíblica y shakesperiana de mis sueños!

–Joven, ¡hermosa imagen! –alzó su jarra–. ¡Brindemos por su grandioso amor, que engalana la sabiduría de todos los poetas y, en especial, la de ese gigante que se llamó Shakespeare!

Los dos prosiguieron charlando por largo rato. A duras penas Greene pudo contener sus deseos de comunicarle al diplomático adversario la felonía de Hammond. No lo hizo, pero faltó poco. Sin embargo, no pudo imaginar que el madrileño tuviese tanto dominio de la obra de quien fuera su prosista preferido. Hablaron de Macbeth y Hamlet; y mientras López-Parro disecaba a los personajes shakesperianos con palabras inteligentes y una memoria sin raíz, entre codicias, venganzas y fantasmas, Greene reeditó con marcado rencor en su cerebro a los malvados de Hammond y McDowell.

Algo pasado de tragos, López-Parro le confesó a Greene que en la velada musical en casa de Ondarribi él había descubierto a una mujer que le restauraba en muchos aspectos a la otrora muchacha francesa de sus ensueños. El menor de los Taylor no necesitó escuchar el nombre de la bella dama porque sabía que López-Parro se estaba refiriendo a la tía de Froyla. Ahora, sin quererlo, el joven sentía que se estaba articulando en su interior una secreta complicidad que lo vinculaba al madrileño. Dos mujeres, la dramaturgia shakesperiana y una ondulación desconocida que vibraba entre ambos eran los componentes de una rara simpatía.

El madrileño insistió en entregarle a Greene más adelante una edición de *Don Quijote de La Mancha* para que la leyera. El menor de los Taylor aceptó el ofrecimiento con placer. Manolo se acercó para advertirles a los caballeros que ya era hora de cerrar la taberna. Otra jarra de vino fue ofrecida a ambos por cortesía del gallego.

–Joven, deseo felicitarlo –López-Parro tenía los ojos inyectados de vino–. Alguien llegó primero que yo a unos documentos muy importantes.

–No sé de qué me está hablando –lo aseguró con mucha gravedad y fingido asombro.

–No importa, joven Taylor, no importa –susurró, con una picardía que brotaba de sus pupilas–. ¡Lo felicito de todo corazón! ¡Las piezas que destina este juego que llamamos vida!

Greene no se sintió ofendido al comprobar que el madrileño le había espetado en pleno rostro su verdadero apellido. Para él ese pormenor ya no tenía la menor importancia dado que Hammond y McDowell eran los principales culpables de tales confidencias, e incluso su diosa había sido impactada por las deliberadas trasgresiones de ambos oficiales. Ahora comprobaba que López-Parro le hacía saber una verdad que muy pronto en La Habana dejaría de ser un inocente embuste. Aunque él no haría concesión alguna con relación a los legajos reveladores de Carrazana en poder del padre Juvenal, averiguación que había podido despejar gracias a la ayuda temeraria de su amada.

Al despedirse del madrileño, el joven excursionista marchó mareado, casi aliviado, eufórico, con el elixir prodigioso del dios Baco que devoraba sus venas y pensamientos.

—Teniente, yo he sabido cumplir con mi promesa —Hammond se expresó ufano por haber apresado a Nalón—. Dígame que usted ya está muy cerca del tesoro.

—Almirante, aún no lo he logrado —Greene estaba calenturiento por el rencor que sentía hacia Hammond, y ahora con tino calculado proseguía en sus comentarios—. Me falta muy poco para encontrarlo. Le aseguro que usted jamás olvidará el valor de tal hallazgo.

—¡Cómo podría olvidarlo! ¡Nunca! —exclamó, sin presentir que por la mente de Greene transitaban expectativas diametralmente opuestas a las suyas—. Aunque no le niego mi ansiedad por constatar sus resultados.

—Muy pronto podrá palparlos. ¡Seguro!

Por un breve instante Hammond dudó del teniente debido a que sus aseveraciones eran algo desproporcionadas con respecto a su costumbre, pero al final le parecieron aproximadas porque no vacilaba acerca de la probada capacidad e inteligencia del menor de los Taylor. El almirante hubiese querido insistir para que este le expusiera algunos detalles de la investigación en curso, pero decidió optar por la calma y presuroso se fue a explorar otros asuntos que también apremiaban sus indagaciones.

«Si el tesoro pudiera significar su escarpada en el poder del Almirantazgo —meditó, presa de un resentimiento inconfesable, al observar el modo en que el almirante se pavoneaba en la dependencia poseído por todos los secretos que palpitaban en La Habana—, ¡téngalo por seguro, maldito diplomático, que todo mi ingenio estará al servicio de privarlo de ese resultado!»

—Teniente, debo decirle que el papel desempeñado por el capitán McDowell en el apresamiento del asesino del sacerdote Carrazana fue loable. ¡Créame! Esperamos que los interrogatorios revelen a los cómplices.

—Imagino, almirante.

Greene silabeó estas palabras con un tono de ambigüedad; solo él sabía hacia dónde estarían dirigidas en un impensable reconocimiento de su parte hacia McDowell. El capitán, a juicio del teniente, desde que leyó la carta de su amada, habría jugado un rol decisivo en cuanto a haberle hecho saber a Froyla acerca de su verdadera identidad. Por otra parte, estaba convencido de que el hombre clave en la pesquisa para descubrir a Nalón había sido un agente secreto, que no identificaba precisamente con Medem, y que Hammond no estaría dispuesto a revelar en ninguna circunstancia.

—Teniente, dígame una cosa. ¿Usted se ve muy a menudo con el señor López-Parro?

—¿Muy a menudo?

—Bueno —Hammond se dio cuenta de que había formulado mal la pregunta—, solo quería conocer si últimamente se había visto con él.

—Ayer conversamos un rato en una taberna que se encuentra en la Plaza del Viajero. Hablamos de literatura, de música y otros tópicos que nada tiene que ver con nuestros asuntos. Como ya le dije, es un hombre bien preparado y culto.

—No olvide que ese enviado del rey está trabajando muy fuerte para encontrar las joyas y la calavera de cristal; estamos convencidos de que él está liderando la resistencia en el interior de Cuba. Esperamos que pronto podamos apresarlo. En algún momento él, como todos los humanos, deberá cometer errores.

—No será fácil sorprenderlo. He podido conocerlo gracias a largas conversaciones que hemos sostenido. Nunca habla de la resistencia —ahora Greene iba a lo suyo—. Lo que no puedo pensar y me resisto a creer es que usted pueda pensar que yo me pongo a conversar, no ya con López-Parro, sino con cualquier otra persona, acerca del tesoro y de la calavera. De resultar así, y con el debido respeto, señor almirante, creo que no debemos extremarnos en los delirios del trabajo secreto.

—Nunca olvido que usted es el hijo menor de Sir Taylor y esa infame preocupación jamás ha pasado por mi mente. No sé lo que le ocurre, joven, pero le solicito que tenga la misma confianza hacia mi persona. No formulé mis preguntas para ofender su integridad. Le ruego me disculpe si he provocado algún malentendido.

El almirante se expresó con urgente prisa y reparo. Su ambición por el poder así se lo exigía y este resorte era la magia, y bien lo sabía de memoria el teniente, que no dejaría al diplomático conspirador darse otros lujos en su interacción con él. Era un innato instinto que Hammond no sustituiría por ningún otro.

—Usted, ¿ha escuchado hablar sobre Jiménez el canario? ¿Lo conoce? —Greene proseguía en el contraataque. Ahora recordaba la alusión del incógnito remitente de la carta dirigida al fallecido Carrazana.

—¿A quién? —indagó Hammond con turbación, sin poder, aunque quisiera, esconder su sorpresa ante la pregunta.

—A Jiménez el canario, un comerciante muy amigo de García.

—Sí, algo me han dicho —estaba desconcertado—. Bien, debemos interrumpir esta amena conversación porque Albemarle aguarda por mí. Espero, joven, que en próximos días ya usted pueda anunciarme alguna novedad sobre las joyas mexicas y la calavera de cristal —se puso de pie—. Tenga presente que debo regresar a Londres dentro de algunas semanas.

Nunca el menor de los Taylor había visto tan inseguro al diplomático londinense. Tal vez sin poderlo evitar, su cabeza se había inclinado hacia delante, como si fuertes preocupaciones pretendiesen desprenderla de sus hombros. Al despedirse, el teniente trató por todos los medios de disimular la enorme satisfacción que lo embargaba. Creía que había demolido a todas luces, y por medio de un premeditado ataque, la impenetrable resistencia del almirante, quien ahora, por supuesto, comenzaría a reexaminarlo con una pupila mucho más recelosa.

XXVIII

Ella no podrá ser vencida

La cubanita corrió hacia su recámara para leer a solas la carta que Greene le había hecho llegar a través de Chamblín.

Mi adorada Froyla:

(Mi bella Diana, diosa de la luna, de las corrientes y los manantiales). Tu sufrimiento es mío, y viles son los diabólicos que han provocado esas lágrimas innecesarias que ni siquiera logro imaginar sobre tu hermoso rostro. Ante el daño que te han hecho se erguirá mi decisión irrevocable: Me quedaré a vivir para siempre en La Habana a fin de estar toda la vida a tu lado. Tengo un apellido sobre el cual hablaremos detenidamente, y verás que yo, impulsado más por el temor de perderte que de haberte dejado de amar, fui ligero al no decirte esa confidencia, la cual a la larga sabía que sería tuya. Como dice mi poeta preferido: «¡Mi nombre se ve difamado, mi ser vilipendiado; tened piedad de mí, mientras que sumiso y paciente bebo vinagre!».

Así me siento, ninfa mía, por culpa de unos infames que, queriendo dañarme, han destrozado tu tierno corazón.

Si dejas caer esta carta, o si la destruyes porque has dejado de creer en mí, mi alma también rodará deshecha sobre la tierra, sin comprender por qué no hayas podido perdonarme. ¡Tú eres la vida que siento y quiero mía! ¡Sin ti no tendrá sentido contemplar el firmamento! Hoy me iré a los caminos polvorientos, al atajo que

conoces, y allí aguardaré por mi diosa para que mi espíritu recobre
la paz y la luz bendita de sus ojos reine otra vez en mi corazón.

Tuyo, siempre, Greene.

Ella apretó la carta contra su pecho y la alegría le inundó con tal fuerza su ser que unas lágrimas asomaron en sus radiantes ojos. Así estuvo por largos minutos, agradeciéndole al Señor que la hubiese premiado con esa revelación esperanzadora descrita en la misiva de su amado. Savanna y Ondarribi vieron tan animada a su hija que no se atrevieron a hacerle comentario alguno que pudiera sustraerla de su alegría. Lo primero que hizo Froyla en la mañana, luego de asistir a misa, fue conversar con el padre Juvenal. Este sonrió de nuevo al escucharle sus fantasías con relación al zunzún que era su resguardo, y cuando vehemente le imploró que, ante cualquier indagación de su progenitor acerca de Tartabull, dijera que lo había conocido días atrás en Cojímar. Era tal el cariño que el padre franciscano sentía por la criollita que, por entenderlo como los ensueños febriles de la joven, prometió respaldarla en la desinteresada engañifa.

En la tarde, Froyla, en compañía de Chamblín, atravesó la ciudad para ir al encuentro de su venerado amante. Cuando se vieron, los dos, amorosos, se entrelazaron en un abrazo interminable, cargado de silencios y ternuras. Arrastrados por una fuerza ciega hicieron el amor como si un raro designio les dijera que el tiempo nunca les alcanzaría para rehundirse uno con el otro. Luego, sin prisa, se entregaron al esclarecimiento de los hechos. Froyla escuchó hablar sobre Sir Taylor y la familia de Greene, acerca de Hammond y del capitán McDowell. También sobre las razones que impulsaron al joven a adoptar un seudónimo para enfrentar la aventura militar a las Indias Occidentales. Al final ambos arribaron a la conclusión de que Nalón había sido utilizado a ciegas, presionado por querer preservar sus propios intereses y también remolcado por su deplorable condición humana.

—Yo por tu amor, sin vacilación alguna, haría lo mismo que doña Isabel de Bobadilla —confesó ensimismada—. Esa es la leyenda que simboliza la hermosa Giraldilla de bronce que está sobre la torre del Castillo de la Fuerza. Gracias a su mirada, que controla el curso de los vientos, pudiste encontrar el tesoro mexica y la maravillosa calavera de cristal.

—¿Y cuál es esa leyenda?

—La Giraldilla es un homenaje al gran amor de doña Isabel de Bobadilla por su esposo Hernando de Soto —aclaró sonriente y con la cabeza hundida en el pecho de Greene—. En el siglo XVI Hernando de Soto fue nombrado gobernador de la Isla por la reina de España. Años después, él partió con rumbo a La Florida al frente de nueve naves, novecientos hombres y trescientos caballos. Doña Isabel quedó a su espera, pero nunca más lo vio.

—Así que ese es el secreto de esa figura de bronce —besó con ternura la frente y los ojos de Froyla—. ¿Sabes? En realidad, tú eres más hermosa que esa muchacha que tiene la mano en la cintura. ¿Y tú harías lo mismo por mí?

—Sí. Toda la vida aguardaría por ti —musitó extenuada de felicidad—. Y si no regresas, ¡enloquezco como ella!

—¿Ella enloqueció?

—Sí. Esperó más de tres años, en los que contemplaba todas las mañanas el horizonte del océano, pero su esposo nunca regresó de su campaña en La Florida. Dicen que él murió en las márgenes del río Mississippi en la búsqueda de la fuente de la juventud.

—¿Y quién esculpió la Giraldilla?

—Cuentan que fue un artista habanero nombrado Gerónimo Martín —levantó su cabeza y besó los ojos de Greene—. Esculpió la figura por encomienda del gobernador de ese entonces, don Juan Bitrián, en reconocimiento a que la gobernadora doña Isabel de Bobadilla era un símbolo de la verdadera fidelidad.

Aunque ambos hubiesen querido hacer lo contrario, la puesta de sol les sugería el inmediato regreso a la ciudad. Greene despidió a su amada y sonrió para sus adentros al ver que Chamblín, con el rostro ennoblecido, lo saludaba otra vez con su reverencia característica. Quedaron en verse al día siguiente a la misma hora. La historia de la gobernadora quedó rondando la evocación del teniente apasionado, quien ahora reexaminaba en su memoria la figura de la muchacha habanera que se erguía sobre la torre de vigía del Castillo de la Fuerza. Recordó que el poeta Shakespeare había dicho que la fidelidad era una virtud que tenía el corazón tranquilo. Greene comprendió, por los enardecidos comentarios de Froyla sobre el simbolismo legendario de la Giraldilla, que su diosa Diana no abandonaría por ninguna circunstancia la ciudad de La Habana.

El menor de los Taylor esperaba en el sitio de siempre por el arribo de su ninfa de los aires. A través de esas citas amorosas deseaba disfrutar hasta el infinito, y la mayoría de las veces que fuera posible, el amor de la diosa que le tenía embriagado el corazón de felicidad. Comprobó con desesperación que ella no acababa de llegar. Confiado en la puntualidad de su amada, como era habitual en él, se irguió sobre la silla del calesero para avistar los movimientos en el sendero. En varias ocasiones hizo lo mismo, pero debido a una ansiedad desconocida que lo aprisionaba, repetía la oscilación física y olvidaba que efectuaba un gesto mecánico sin fin que llegaba a la inevitable monotonía. Cuando el ocaso solar se posó en el horizonte, Greene imaginó que sencillamente Froyla no había podido salir de su casa debido a cualquier imprevisto. Al voltear el calesín y tomar el camino de regreso, minutos después vio venir a Chamblín sobre su caballo en sentido contrario.

—¡Hola! ¿Qué pasó? —precisó jovial el teniente.

—*Banita* no pudo venir. No se siente bien. Tiene fiebre —el calesero saludó como siempre, pero a juicio de Greene demasiado serio y tal vez preocupado.

—¿Qué tiene?

—Catarro.

—Vamos, Chamblín, no debes preocuparte. ¡Pronto estará bien!

—Pajarito chiquito hace días que no vuela jardín.

—¡Por favor! —sonrió—. ¡Eso no significa nada! Piensa que ese zunzún es su resguardo más sagrado, ¿no?

—Sí, pero pajarito siempre regresa.

—De seguro, Chamblín, mañana ya podrás ver a ese prodigioso equilibrista. ¿Qué ocurre? ¡Vamos, no convoquemos malos presagios!

Greene vio que el calesero esgrimía, por fin, una sonrisa. Y hasta él con su reacción se sintió más tranquilo. A Greene le parecía exagerado por parte del calesero darle tanta importancia a ese irrelevante acontecimiento. Decidió entonces concentrarse en la forma de verse lo antes posible con su amada.

—Dile que yo iré a visitarla mañana. ¿Lo harás?

—¡Claro!

Chamblín hizo su despedida habitual desde la montura del caballo, sin abandonar ahora su noble sonrisa. Tomó las bridas y volteó el animal para el regreso.

«Ellos tienen otra forma de ver la vida —pensó Greene sobre el calesero mientras fustigaba el caballo que tironeaba el calesín—. Casi todo lo atribuyen al misticismo y al hechizo. ¡Hasta yo tengo deseos de contemplar un buen día a ese angelillo de los aires que le pertenece a mi Froyla! Mañana visitaré la casa de Ondarribi. Tengo que animar a mi diosa Diana. ¡Muero por verla!»

Al mediodía Hammond salió presuroso del Castillo de la Fuerza para entrevistarse con un agente secreto español que había preservado con puntilloso esmero durante años. El espía había sido reclutado por el propio almirante en las cercanías de Gibraltar. Hammond le había pagado sus útiles informaciones en oro, y hasta prometió improbables e inusuales nombramientos de proseguir colaborando. Luego, por giros del azar, el agente fue reconocido en La Habana como Jiménez el canario, el gran amigo de García. En realidad, el canario era un oculto favorecido de los auxilios personales del marqués de Villel, hermano de Prado Portocarrero y gran allegado del rey Carlos III. Como suele ocurrir en las sombras de la vida palaciega de los monarcas, Jiménez, azuzado por sus propias ambiciones, que ocultaba como nadie, supo aprovechar la circunstancia del nombramiento del Capitán General en la Isla a fin de radicarse en La Habana, y debutó por la puerta ancha, como suele decirse, en su condición de ser comerciante canario que había decidido radicarse a vivir en la ciudad Reina de las Indias.

Jiménez, a juicio de Hammond, se manifestaba tan ambicioso como el catalán Medem, pero se diferenciaba de este en un solo atributo: tenía la cara del individuo que no sería capaz en modo alguno de deshacer con sus manos un nido de gorriones. Y su actuación, aparentemente noble en todas sus aristas, excepto su tendencia al cotilleo desenfrenado, estaba beneficiada por el carácter de su esposa Septimina, ducha en los halagos de la cortesía personal, la cual adornaba con su afable trato y sus recetas de dulces caseros. «¿Por qué Greene indagó sobre Jiménez de esa forma tan inoportuna e imprevista?» Se aguijoneaba el cerebro con sus meditaciones el diplomático londinense mientras atravesaba a pie la Plaza Nueva. Ahora caminaba en busca de un angosto callejón que daba a uno de los costados de la Plaza, esquivando a su paso los timbiriches de los vendedores ambulantes. El chirrido de una piedra de amolar hizo recordar al almirante las tijeras y los cuchillos, y reafirmó en ese instante el presentimiento de que él estaba en la mira de la venganza de alguna persona oculta. En su apresurado paseo, el diplomático del Almirantazgo no vestía el uniforme militar, pero en ocasiones le dio por pensar, en medio de su irremediable paranoia, que los atisbos de los habaneros parecían decirle: «¡Sabemos, David Hammond! ¡Sabemos bien quién eres!». El almirante apenas saludó cuando entró al hospedaje y fue directamente hacia el aposento donde lo aguardaba Jiménez el canario.

—No podremos estar aquí por mucho tiempo —advirtió el espía luego de saludar al almirante.

—¿Usted ha establecido vínculos con el señor Greene? —preguntó con urgencia.

—No, ni siquiera fuimos presentados. Nos vimos en una ocasión cuando él visitó mi casa para ventilar ese asunto de los impuestos y después nos saludamos en la morada de Ondarribi en ocasión de celebrarse allí una velada musical. Pero, relaciones entre él y yo fuera de esos encuentros no se han producido. ¿Y a qué se debe esa pregunta, señor? —demandó visiblemente inquieto.

—Greene me preguntó si yo había escuchado hablar sobre usted, pero en un tono como el que sabe algunas cosas.

—¿Algunas cosas? ¿Por qué? ¿De qué hablaban?

—Le diré la verdad. No quise averiguar, porque su existencia y valía solo es conocida por Phillip Stephens, el secretario del Almirantazgo, nuestro jefe Lord Anson, el conde de Albemarle y yo. ¡Nadie más! Vine con la esperanza de que usted me pudiera aclarar.

—¿Qué debo aclarar? —replicó alterado—. Usted siempre me afirmó que mi seguridad personal estaba muy bien protegida. Tenga presente que en esta ciudad soy un prestigioso comerciante. ¡Por favor!

Ahora Hammond estaba más confundido que nunca. Veía la cara del canario algo espantada ante la novedad. «¿De dónde rayos, de cuál escenario el menor de los Taylor extrajo esa pregunta intrigante?» —se preguntó el almirante—. De inmediato pensó que debía, por encima de todo, mantener la calma.

—Bien, señor, debemos enfriar nuestras cabezas —aseveró, aun desconociendo qué hacer y qué aconsejar.

—Mire —objetó el canario alarmado—, podremos enfriar nuestra mente, pero debería advertirme sobre los posibles peligros que estoy corriendo en estos momentos. Ese caballerito inglés habla como los demonios, como un auténtico desarraigado. Yo en realidad no sabría qué hacer. ¿Comprende? No me gustaría deambular por La Habana con el estigma de que soy un asqueroso espía de los británicos. ¡Qué horror! Yo ante una corte española la pasaría peor que Prado Portocarrero. ¿Usted me entiende? ¡Dios me libre!

—Lo entiendo perfectamente, pero le diré que ese joven tiene más oro del que usted y yo pudiéramos imaginar. O sea, no creo que...

—¿Y qué? ¡Peor aún! Ya sé que debe ser hijo de un acaudalado aristocrático porque va soltando bombas y pólvora por donde camina.

—Dígame una cosa, señor Jiménez, ¿sabe algo acerca de las joyas mexicas y esa afamada calavera de cristal? —trataba de desviar el curso de la sobresaltada plática.

—Almirante, el sacerdote Carrazana, que todo lo sabía, se halla bajo tierra. Creo que nadie podrá encontrar esas joyas y la calavera.

—¿Y el enviado del rey que vive en su casa?

—¡Por Dios, almirante! El señor López-Parro solo se ocupa de la resistencia ante la ocupación británica, pero conmigo, como ya le dije, habla muy poco o nada sobre esos temas. En realidad, con quien más le place conversar es con mi esposa Septimina. Pero, ¿quién no hablaría con ella? ¡Rayos!

—¿Usted sabe si él se relaciona con oficiales británicos de alto rango?

—No —se pasó varias veces un pañuelo por la frente—. Si lo hace, seguramente es a escondidas. En cuanto a eso no sé absolutamente nada.

Los dos prosiguieron conversando envueltos en un total desencuentro de palabras, nerviosos, muy desorientados, y Hammond escapó del aposento convencido de que las imprecisiones con relación a sus inquietudes se habían acrecentado. El canario insistió, en aras de su protección personal, en que las relaciones deberían ser suspendidas por un buen tiempo. La propuesta fue aceptada por el almirante casi a regañadientes. Al atravesar otra vez la Plaza Nueva,

Hammond escuchó la estridencia de una rueda de amolar. El ruido penetrante lo llevó de la mano a las tijeras y a los cuchillos que el amolador manipulaba a la altura de su pecho, mientras que con su pie no dejaba de impulsar la rueda que hacía girar la piedra que echaba chispas al topar con el filo de las armas blancas. «Alguien quiere vengarse de mí de forma despiadada», volvió el almirante, obsesionado por la conjetura que corroía su conflicto mental. Ahora caminaba persuadido de que él jamás se había comportado tan errático y embrollado ante Jiménez. Al arribar al Castillo de la Fuerza, un propósito descabellado asaltó la voluntad de Hammond: «Mañana me presentaré en casa del canario para entrevistarme con el señor López-Parro. Hay unas cuantas cosas que no podré despejar hasta tanto no me vea con él cara a cara. Sé que la imprudencia me asalta y que tal vez de forma peligrosa cruce las trincheras enemigas. No sé. Veremos si ese enviado del rey es tan inteligente como me han asegurado».

Froyla llevaba postrada dos días en cama. Al parecer una vulgar enfermedad tropical la tenía abatida con intermitentes altas temperaturas. La fiebre se atenuaba en la mañana, pero en la tarde y la noche se recrudecía. Un médico español amigo de Ondarribi asistía de forma permanente su afección. El galeno aseguró ante el vasco y Savanna que se repondría debido a su juventud y que cualquier relación con el vómito negro u otra nefasta infección estaban descartadas. A María Cruz, sin embargo, se le veía muy inquieta porque recordaba la forma en que su finado padre había enfermado en San Sebastián. Los médicos al principio sostuvieron que era un catarro sin importancia, pero pasados algunos días falleció y los galenos jamás supieron dar una explicación convincente al trágico desenlace. La tía temía por la vida de Froyla y, a pesar de que últimamente se habían agrietado sus relaciones con ella, María Cruz la continuaba calificando como una delicada princesa que nada tenía que ver con la Isla aborrecible. Savanna, más que preocupada, no descansaba en las atenciones a su hija menor con todas las medicinas y cocimientos a su alcance. Estaba habituada a enfrentar inenarrables batallas por la salud de sus hijas. Ondarribi, no obstante, presuponía que ya la vida le había dado suficientes golpes y sentía como un advenimiento imposible que a su pequeña princesa le pudiese suceder algo grave.

Chamblín no salía de la puerta de la recámara de Froyla y miraba de forma constante hacia el patio tratando de avistar al «príncipe de los jardines» que, para mayor desazón, desde hacía varios días no aparecía por ningún sitio. Ya su *Banita*, alarmada, le había dicho que ella desde hacía mucho no veía a su zunzún visitar la jicarita de agua azucarada. Y ahora Froyla no dejaba de preguntarle al calesero sobre el pajarillo cada vez que lo veía asomar la cabeza por la puerta de la recámara. Esa mañana, ella desde su lecho volvió sobre la misma indagación y Chamblín sin reparo le hubo de mentir, diciéndole que esa tarde su príncipe había visitado el jardín y la jicarita. Ella con la frente cubierta por los paños húmedos había sonreído al escuchar el noble embuste del negro.

Greene ya sabía por medio de Chamblín de la enfermedad de su amada y había decidido enfrentar a Ondarribi. Le tenía la propuesta de que un médico británico la visitase para confrontar su parecer clínico con el del galeno español. Tenía conciencia de que la medicina española que se practicaba en La Habana era avanzada, pero consideraba que el parecer de un clínico inglés, lejos de estorbar, ayudaría desde todo punto de vista. Froyla, con la fuerza de sus años juveniles, cada vez que la fiebre descendía, consideraba que de un momento a otro ya se pondría en pie, poseída por el justificado capricho de que no quería que Greene la viera en ese estado. Ella odiaba su transitorio padecimiento porque había irrumpido en el momento más feliz de su vida. Atendía y cumplía con todas las observaciones del médico y de Savanna con el anhelo de restablecerse lo antes posible para ir al encuentro de su amado. Pero ya Greene, luego del encuentro con Chamblín en las afueras de la ciudad, había decidido visitar la casa de la calle Mercaderes. Luego de que Euclides anunciara su llegada, el propio vasco descendió las escaleras para recibirlo en el vestíbulo.

—¡Señor Greene! ¿Cuál es el asunto que lo trae por aquí?

—Con el debido respeto, señor Ondarribi, supe que Froyla está enferma y he venido para saber de su estado y, de ser posible, verla.

—¿Verla? —el vasco se manifestó sorprendido por la solicitud.

—¡Claro! Solo no lo haría si ella estuviese muy decaída o no quisiese.

—Precisamente, señor Greene. Yo creo que ella no esté en disposición de atenderlo.

—Bien, entonces esperaré otra ocasión —el teniente se sintió torpe en su conducta, como si hubiese improvisado demasiado a la ligera—. De todas formas, quería proponerle, si no lo toma a mal. Tengo un amigo médico que estaría en la mejor disposición de revisar el estado de su hija, si ello, por supuesto, no ofendiese al galeno español que la atiende.

—Gracias, muchas gracias por su ofrecimiento, pero considero que ello no sea necesario —Ondarribi descubrió en la mirada del teniente una ligera timidez que solo se expresaba cuando un hombre estaba enamorado, y en ese instante vaciló, porque la conducta del joven británico con relación a su hija había sido limpia y honrada; entonces decidió—. ¡Pase, venga conmigo, por favor!

Greene siguió los pasos de Ondarribi hasta llegar al salón principal. El fuerte olor de las pociones medicinales colmó de inmediato el olfato del teniente. La puerta y las ventanas del balconaje estaban completamente cerradas. El vasco preguntó de inmediato sobre Nalón. El teniente le dijo que se encontraba muy deprimido y, sobre todo, arrepentido de haber cometido tales atrocidades. «Está en uno de los calabozos del Castillo de la Fuerza y me han dicho que él colabora con las autoridades de manera resuelta. Ya indicó quiénes son los cómplices. Creo que está involucrado el señor Federico Reverte, pero hay otros dos que, según me han dicho, son unos corpulentos marineros asturianos que hasta el día de hoy no aparecen por ninguna parte. Esos cómplices, al enterarse del apresamiento de Nalón, desaparecieron como los fantasmas».

—Todavía no logro recuperarme de esa horripilante revelación. Joven, ¡quién mal anda, mal acaba! —comentó el vasco.

—¡Faltaría más!

—En efecto. ¿Desea beber algo?

—No, muchas gracias.

—Espere un momento, iré a ver a mi hija y luego le digo.

El vasco entró a la habitación de Froyla. A los pocos minutos ya estaba de regreso. La ansiedad de Greene se calmó al escuchar a Ondarribi que le anunciaba que su hija estaba dispuesta a recibirlo. Cuando el teniente entró al aposento y observó el rostro demacrado de Froyla, sintió que el pecho se le oprimía y los deseos de abrazarla eran casi incontrolables. En la recámara estaban Savanna y el padre Juvenal, a quienes el joven saludó con afecto. Froyla no hacía más que sonreír para aliviar el espanto de Greene, que enseguida pudo ver en su rostro.

—Señor Greene, estoy bien, estoy bien —reiteró ella con voz débil y sin dejar de toser a pesar de que no quería hacerlo—. Muy pronto podremos sentarnos de nuevo en el clavicémbalo. Quiero escuchar de nuevo las obras de Händel y Purcell.

—¡Por supuesto, señorita Froyla!

Greene no tuvo el valor de expresar su preocupación y, mucho menos, de incentivar de forma negativa los avispados sentimientos filiales de Ondarribi y Savanna, pero el semblante de Froyla, en ocasiones, no hizo otro tanto que apretar el nudo de sus intranquilidades. Los presentes no podían imaginar que ese cuerpo y esa alma que yacían en el lecho le pertenecían a él como la diosa cardinal de su vida.

Al despedirse de Ondarribi, sin acudir a cualquier alarma que pudiera desajustar el ánimo del vasco, Greene lo persuadió de que autorizara el examen del médico británico y que ambos galenos pudiesen confrontar sus consideraciones para sacar a Froyla cuanto antes de su enfermedad. El teniente, aunque partió perturbado, sintió el ritmo de su corazón algo acelerado. La pasión en su pecho no le daba tregua y, reavivada como solo la registra un joven cuando está enlazado a su gran amor, le hizo suponer con mucha esperanza y firmeza que ella no podría ser vencida por ninguna afección tropical.

XXIX
¿Dios dónde está?

Los dos se encontraban frente a frente y Jiménez no podía creer lo que estaba aconteciendo en esos instantes en su propia casa. Hammond había prometido enfriar las relaciones con él y ahora no podía entender que este tuviera el arrojo de presentarse en su vivienda con el claro propósito de entrevistarse con el señor López-Parro, aunque hubiese enmascarado sus motivaciones con el pretexto creíble de que visitaba su morada para chequear los cobros británicos. «¡Bebamos whisky, para dar entusiasmo a esta charla!», propuso Hammond, dirigiéndose al madrileño de forma cultivada, pero altanera y jactanciosa como un genuino representante de las fuerzas invasoras. El canario estaba sudoroso a pesar de que corrían los días invernales de finales del mes de febrero. Septimina, que conocía de memoria a su esposo, advirtió que este se encontraba muy confundido. La llegada sorprendente del almirante londinense, pensó ella, había sido la evidente sacudida del ánimo de Jiménez. Hammond y López-Parro no se dieron cuenta del desasosiego del canario porque, desde los primeros saludos, ambos solo se concentraron en la mutua contemplación de sus propias reacciones. El enviado del rey arribó a la rápida conclusión de que Hammond demostraba con tal iniciativa una conducta inusual y, a su juicio, demasiado aventurada.

—Me han dicho que usted ahora se dedica a escribir. ¿No es así? puntó el almirante–. No podía estar ni un día más sin conocerlo, señor López-Parro.

—No, no estoy haciendo lo que sospecha, señor Hammond —contraatacó—. Solo estoy escribiendo y por ilustrada encomienda del rey Carlos III —sabía que tal mandato era una soberana mentira, pero continuó—. La experiencia para España de haber perdido La Habana es irrepetible. Y después de todo, alguien tiene que hacerlo. ¿No le parece?

—Sí, aunque su rey no me parece tan ilustrado —Hammond opinó—, es cierto, alguien tiene que escribir acerca de esa gran derrota española.

Jiménez quería escapar del escenario donde los dos hacedores del espionaje estaban iniciando un duelo de floretes invisibles. Septimina, con su amabilidad característica, dispuso de bandejas con infusiones y su irrenunciable repostería, aun sabiendo que los caballeros habían optado por el whisky. De inmediato ella se marchó hacia el fondo de la vivienda y le advirtió a su esposo que no vacilara en llamarla cuando fuese necesario. Todos asintieron y, puestos de pie, se despidieron amables de la gallega.

—Dígame una cosa —demandó Hammond, exhalando humo de su habano—. ¿Cuáles son sus valoraciones de que España haya perdido a la ciudad Reina de las Indias?

—Espero que mis opiniones no lleguen a ofender su sabiduría —López-Parro observó que el almirante fumaba con extrema elegancia el habano que sostenía en la mano derecha—. España es la madre de las pasiones e Inglaterra la señora aristocrática de los razonamientos, desde los más refinados hasta los más burlescos.

—¿Burlescos, señor? —replicó sonriente Hammond.

—Así como le digo, burlesco ha resultado todo este infierno que los británicos han forjado por la toma de La Habana —el madrileño imaginó estar esgrimiendo su espada con destreza y hasta creyó ver brotar, en ese instante, abundante sangre del cuerpo del británico ante sus estocadas, y muy excitado agregó con voz grave—. Era más práctico y menos doloroso para ambas partes disputar, por ejemplo, La Florida.

−Nosotros no somos apasionados en ese arte español de conquistar territorios y más territorios −ironizó el británico, bebiéndose un grueso trago de whisky−. Actuamos para dominar los puntos clave que refuercen nuestro comercio marítimo en el mundo, pero compruebo con admiración que usted es un apasionado defensor de España.

Jiménez se sentía minimizado ante el cerrado intercambio que sostenían Hammond y López-Parro, y solo atinaba a pensar en su tambaleante seguridad personal. El canario no lograba imaginar las nefastas consecuencias de que se estuviese llevando a cabo en su casa esa conversación, a su juicio, más antipática en sus presupuestos que afable y diplomática. Decidió, quebrantando todas las reglas de la educación más elemental, marcharse cuanto antes a los brazos de su Septimina.

−Señores, les ruego que me disculpen, pero no me siento nada bien −aseveró Jiménez, sin contener apenas el nerviosismo que galopaba en sus adentros−. Usted, señor López-Parro, sabe que esta es su casa. Le ruego que cuando el señor Hammond se marche, se encargue de cerrar el portón. ¡Muchas gracias! Otra vez les pido que me excusen, pero al parecer la comida no me sentó bien.

−¡No hay ningún problema, señor Jiménez! ¡Vaya con Dios! −aseguró López-Parro, quien estaba lejos de comprender lo que realmente le estaba sucediendo al canario.

Al quedar a solas los jefes del espionaje prosiguieron su rara e inusual plática.

−Para nadie es un secreto que las ratas suelen morir porque el queso no les da sosiego, e incluso por esa gula irrefrenable son capaces de perder la cabeza en una ratonera −bebió un trago, miró de lleno a los ojos de Hammond y prosiguió−. Con el debido respeto por esa Inglaterra que Shakespeare inmortalizó con su obra desbordada de genialidad y que aún ustedes no saben reconocer, más de siete meses de ocupación ya van indicando a su imperio que no había tanta ventaja como ustedes presumieron al ocupar La Habana.

Creo que es una ingesta de la cual ustedes tendrán que desembarazarse más temprano que tarde.

—Me tomaré su alusión a las ratas como una idéntica y válida lección para cualquiera de los imperios que hoy a usted y a mí nos hacen trabajar tanto —sonrió, fumó de su habano y continuó con incomparable mordacidad—. Aunque usted me lo niegue, nosotros dos, amparados en el quehacer diplomático, realizamos faenas muy similares.

—Con una diferencia: yo escribo por específica encomienda del rey y usted lo hace por entretenimiento y apremio de sus ambiciones personales.

—Eso que ha dicho no me ofende en absoluto. Me place sobremanera ser ambicioso y lo admito sin reservas. Aunque estoy persuadido de que nuestra labor, despreciable a todas luces según parecer generalizado en las esferas del poder, seguirá siendo imprescindible en un futuro no muy lejano. Muy pronto las guerras se producirán una vez que los espías hayan agotado su agenda de trabajo. Mientras existan guerras de conquistas, nuestro oficio será mucho más apreciado y necesario. ¿No lo cree?

—Puede que sí, pero yo puedo vivir sin ejercerlo —ironizó—. Y más que todo escribo porque para mí, sin mi España, no valdría la pena vivir. ¡Créame!

—Yo me pregunto al escucharlo, ¿por qué los oficiales españoles que ahora laboran en el Cabildo de La Habana bajo instrucciones de los británicos no piensan igual que usted?

—Me parece que su pregunta es algo ingenua y no me siento en la obligación de responderla.

—Veo que tiene gran aprecio por el alférez mayor Recio de Oquendo —volvió el almirante con su sarcasmo—. Por lo tanto, resulta bastante improbable que usted, cuando concluya sus escritos, se ponga a trabajar bajo sus órdenes.

—Probablemente sí. ¡Nunca se sabe!

Hammond comprobó que la inteligencia de López-Parro resultaba elevada. Encendió de nuevo su habano y bebió un trago de whisky. El almirante dedujo con sobrada certeza que el madrileño nada sabía de los viejos vínculos del espía Jiménez con el imperio británico. Ese constituía uno de los objetivos que había intentado despejar en la entrevista y estaba bien persuadido de que ese cometido ya lo había alcanzado. El juego y rejuego de sarcasmos y naipes encubiertos en el inusitado intercambio le había dado a Hammond alguna luz al respecto. Greene había manejado el nombre de Jiménez, extraído de otra fuente y no de la mente del enviado del rey de España.

—Usted fuma el habano con mucha elegancia —elogió López-Parro con marcada hipocresía. Tal vez lo hacía también para aliviar la tensión de la plática entre los dos e, incluso, la propia.

—Entre las cosas que los ingleses hemos aprendido de esta ciudad, está fumar su delicioso tabaco. ¡Es prodigioso fumarse un habano! ¿Y usted qué piensa de La Habana, señor?

—Algo muy parecido a lo que opina un teniente británico. Él dice que esta ciudad es la madre de los sobresaltos.

—¿Greene? —preguntó Hammond.

—En efecto.

—Si usted cita los pensamientos de ese joven, pues debe tenerle cierto aprecio, ¿no?

—No tanto…, pero sí…, lo admito. Al principio no niego que sentí hacia él una cierta aversión. Lo imaginaba presuntuoso y fatuo. Sin embargo, con el tiempo me demostró ser un británico de pura cepa. Resulta encantador y muy inteligente. Todo lo enjuicia bajo ese raro catalejo que solo poseen los artistas.

—¿También está un poco loco? ¿No le parece?

—Sí. Creo que todos los jóvenes, con su sapiencia, por fuerza deben ser poco equilibrados. Yo al menos, se lo confieso, envidio sanamente esa poderosa juventud que posee.

—¡No me diga que ese teniente ha ayudado a las fuerzas españolas! ¡Para mí sería el colmo!

—No intoxique su discernimiento, almirante. ¡No abandone el equilibrio mental! A ese joven no le hace falta ayudar a nadie. Solo se ocupa de sus propios ensueños. ¡Por favor! —López-Parro se sintió tan sacudido por la desleal insinuación de Hammond, que optó por irse a la carga—. Le sugiero que concentre sus esfuerzos en un solo frente de batalla. Usted podría perder la contienda si se entrega a demasiados excesos conspirativos.

El almirante se puso de pie y extendió la mano al madrileño para despedirse.

—Señor, ha sido un verdadero placer conversar con usted.

—Igualmente para mí, señor Hammond.

—¿Seguirá escribiendo sus memorias sobre la pérdida de La Habana?

—¡Por supuesto! No hago otra cosa que cumplir con mi deber.

El revuelto mundo de La Habana parecía cubrir de modo sombrío la casa de Froyla la cubanita. Sus moradores se mantenían impertérritos ante la amenaza de un probable desenlace que flotaba en la atmósfera y que nadie deseaba imaginar como seguro e inevitable. Ninguno quería comprender o enfrentar el hecho de que la princesa del clavicémbalo llevara días sin poder levantarse de su cama. Las medicinas y los cocimientos que exhalaban raros y enervantes olores no habían cumplido su cometido. Froyla no se recuperaba de una fuerza inclemente que atacaba cada día con mayor virulencia sus vías respiratorias. Greene —quien ya ante todos se comportaba como el leal enamorado de la criollita— no descansaba en acudir a todos los medios posibles para salvarla. Ahora contemplaba a Froyla reducida en su lecho, disminuida, sometida, y presentía que las mariposas que la custodiaron en el río Cojímar parecían ahuyentarse para siempre, y que la perfección del destello que siempre caía sobre su rostro se había eclipsado con la luna; ¡esa luna llena! —pensó él—, que esa misma tarde se había alzado aparatosa, rutilante, enfrentando de forma serena la luz solar de un ocaso habanero; ¡esa luna llena! —se dijo—, ese satélite acerado que ampara y desampara los gozos e infortunios de los seres humanos, y que luego en la noche desde lo alto ilumina todos los resquicios de las sombras, como si algo perdurable fuese a quedar en la memoria, o como si un raro acontecimiento cargado de vacilación y desvarío lo situara en medio de una transformación de su propia existencia que no había procurado en modo alguno.

Greene no podía creerlo, sencillamente no quería, no lo conseguía; cómo era posible vivir sin ella —se preguntó desolado—; cómo disfrutar la vida sin su bella sonrisa, sin escuchar su voz satinada, sin su dulzura y su maravilloso cuerpo que ya conocía; cómo proseguir sin sus manos, su mirada, sus cabellos largos y ensortijados que se adueñaban de todas las miradas y de la luz; cómo existir sin sus poemas y sin el amor, que era el amor más hermoso de la vida, que tantas y tantas cosas le había donado y por el que estaba decidido a desgranar al viento todas las esperanzas.

«¡Pajarito chiquito sabe algo malo, hace días no vuela jardín!». El teniente creyó perder la razón cuando esas palabras brotaron espontáneas de los labios de Chamblín. Se volteó hacia el negro para reprocharle sus obsesiones de imaginería litúrgica, pero cuando vio los párpados humedecidos en ese semblante guerrero, se contuvo confundido. ¿Dios dónde está? —se preguntó Greene—. ¿Dónde está la voluntad del Todopoderoso que debe proteger a Froyla? Ahora imaginaba que una borrasca invernal aniquilaría sus singulares sentimientos, presagiando en su giro un golpe macabro o un robusto puntapié en su rostro, o una daga partiéndole el corazón, o un relámpago cegando sus ensueños.

A Greene le parecía que Froyla se ahogaba en las aguas de unas corrientes malignas. Por demás, impotente, debilitado, cruzó con Ondarribi miradas cómplices, de esas que no buscan porque no desean encontrar el amparo de la resignación; de esas especiales que solo desatan los hombres indefensos cuando una tragedia se les viene encima. Un fuerte apretón del vasco se hundió en uno de los brazos de Greene. Un apretón que jamás hubiese querido sentir porque sin quererlo le estaba apretujando el alma. «¡Dios no puede permitir que esta adversidad caiga sobre nosotros, no puede permitirlo, no puede! ¡Tiene que ser!», le musitó Ondarribi a Greene. Cuando Greene se volteó vio que el vasco tenía los ojos vidriosos, opacos, y en ese momento ni siquiera llegó a imaginar cómo pudieran estar los suyos. El semblante de Savanna estaba demolido. Ella había luchado con todas sus fuerzas, al creer desde el principio que la afección de Froyla no era otra cosa que una enfermedad banal. María Cruz no detenía sus rezos. Euclides estaba paralizado en sus faenas y Coyol el cocinero tenía los párpados inflamados de tanto sufrir en silencio. Cuando los médicos dijeron que la enfermedad de Froyla podría ser contagiosa, vecinos y amigos de la familia se alejaron presurosos —algunos de forma sigilosa y otros en pavorosa estampida— como el que huye de los demonios.

Greene contempló la escena y comprendió que, en la misma medida en que avanzara la noche, la desesperación se adueñaría del ánimo de todos los presentes. Juvenal no abandonaba la Biblia y sus plegarias, y ahora muchos lo contemplaban como si él fuese el pastor de los milagros, esperanzados en que auxiliado por el Señor pudiese determinar el regreso de la hermosa criollita al activo vigor que todos le admiraban. Una fuerza extraña remolcó a Greene a avecinarse al lecho de Froyla. Contempló el hundido semblante de su amada por largos minutos. Y comprendió que un dolor punzante le estaba devorando el corazón. Escuchó los rezos que imploraban al unísono que la bendición del Ser Supremo no se desplomara sobre la tierra y, mucho menos, sobre Froyla como un inexplicable castigo.

Los sentidos de Greene fueron vapuleados por los gritos repentinos de Savanna, desesperados, arropados en un hondo lamento que ahora parecía no tener fin. Ondarribi cayó de hinojos ante el lecho de su hija. María Cruz lloraba con las manos en la cabeza. Greene no quiso escuchar ni reconocer la terrible verdad y sintió que todos los objetos en la habitación le daban vueltas. Imaginó que su cuerpo se desplomaba en un rincón de la recámara y derribaba en la caída un candelabro de tres velas encendidas que se encontraba sobre una mesita de caoba pulida; pero tan solo hubo de imaginar ese percance. Ahora Greene, a un año de la partida de Portsmouth, se encontraba destruido. Sus ensueños más caros se habían esfumado en un santiamén.

El joven se inclinó sobre el semblante de Froyla, y besó su frente y sus labios. «¡Las alas débiles! —recordó la frase que Tartabull semanas atrás le había dicho a Froyla—. ¡Las alas débiles!». Al erguirse, Greene contempló a través de la ventana la luna que se veía inmensa. Greene no soltaba las manos de Froyla y comprendió con resignación que nunca había visto en su vida una luna llena tan triste y egoísta.

XXX

Nuestros pensamientos son nuestros pensamientos

Después de la inesperada muerte de Froyla, Greene cayó en un estado depresivo que para nadie pasó inadvertido. Ninguna persona podía escuchar de sus labios largos ni breves razonamientos; y, cuando se le preguntaba, un profundo mutismo brotaba de su humanidad. Todos supieron que Greene estuvo largo rato ante la tumba de Froyla. Luego visitó varias veces al vasco y a la jamaiquina, que habían traído a su finada ninfa de los aires, y conversó con ambos de modo afable y tranquilo. Sin embargo, la inteligencia de Greene no lo traicionaba a pesar de atravesar momentos tan duros y difíciles: por ello se entregaba calmado a platicar con las personas de su interés. Intercambió con Chamblín en innumerables ocasiones, hasta el punto de convidarlo a que se fuera con él a convivir en tierras desconocidas de Berbería o de Europa, y el calesero le respondió sin excitación que ya tenía decidido irse a vivir junto con Tartabull a la finca de Cojímar. Se sabía que unos violentos estados de frenesí embargaban a Greene y un tono de melancolía manaba de sus actos, envueltos en un halo de hastío. A veces se expresaba con clara tendencia a la autodestrucción personal más decidida. El paso de los días se encargó de que Greene retomara poco a poco su singular personalidad.

Sin embargo, el almirante Hammond asediaba a Greene. El almirante, con el deseo de palpar las joyas mexicas y la calavera de cristal, había decidido aplazar su viaje de regreso a Londres, dado

417

que esperaba de forma paciente que el teniente diera cumplimiento al compromiso contraído con él. Pero el ambicioso diplomático no sospechaba que Greene había adoptado decisiones diametralmente opuestas a las suyas. Para el menor de los Taylor el imprevisto fallecimiento de Froyla había azuzado sus sentimientos vengativos hacia el poder de los monarcas y pontífices, pero los ejercería sin aspavientos y sin dañar las creencias religiosas de cada cual. Si bien la personalidad del insaciable Hammond, auténtico embajador de los militares y propagador de la filosofía depredadora de la nobleza británica, sería, de momento, en la mente del joven, el primer objetivo que él derribaría sin vacilación alguna. Poseído por la experiencia vivida en la finca de Gilberto el andaluz y la lectura del Don Quijote que le facilitara López-Parro, ahora no se cansaba de proclamar que la vida pastoril era mejor que la de caballero.

Por la mañana el almirante Hammond esperó con ansiedad por el arribo de Greene. Cuando este atravesó el puente del Castillo de la Fuerza vino hacia él Van Leight. En un gesto escapado de las normas militares, el oficial contable lo abrazó y le musitó al oído: «Siento mucho su pérdida. Sé que usted sabrá reponerse. Le quiero y respeto mucho, mi teniente». Greene apretó con afecto los hombros de Van Leight y le agradeció sus palabras. Luego subió las escaleras para encontrarse con Hammond.

—¡Se le ve mucho mejor, señor Greene! —dijo el almirante y, aunque no quiso, manifestó cierta desarmonía entre sus palabras y su gestualidad.

—Gracias —repuso de modo seco.

—Bien, creo que ya es hora de precisar los resultados con relación a la calavera de cristal y al tesoro mexica. Debo partir dentro de una semana.

—Como si parte dentro de un año, señor almirante —se expresó sereno, aunque vengativo—. El tesoro mexica para mí no tiene, aunque usted no lo crea, la menor importancia. ¡A cuánta destrucción ha sido sometida esta ciudad maravillosa y a cuánta desgracia se arrojó a nuestros soldados en esta Isla! ¡Usted no lo sabe, señor, y jamás podrá comprenderlo, aunque reiniciara en la mejor de las hipótesis otra nueva vida!

El almirante quedó paralizado al escuchar las palabras del teniente. En esos momentos sintió odio hacia Sir Taylor por haber traído al mundo un hijo como Greene.

—Le ruego que tenga serenidad, señor Taylor. Reclamo de su conciencia las virtudes del glorioso imperio británico —golpeó la mesa de trabajo e hizo tambalear los objetos que reposaban sobre su superficie de caoba reluciente—. Usted es hijo de unos de los hombres más honorables de Inglaterra.

—Usted proclama esas palabras sobre Inglaterra y mi padre porque sabe que Froyla está muerta —gritó Greene—. ¡Ni Dios puede hacerme comprender tanto dolor! ¿Qué somos ante su grandeza en lo más alto? ¿Acaso seres humanos que responden a sus experimentos inexplicables a fin de enfrentar la ruina y el sufrimiento, y así obtener la redención? ¡Por favor!

Hammond vio en el semblante del teniente el atisbo del joven acaudalado, pero, sobre todo, desequilibrado.

—Por favor —reclamó, contrariado—. Dejemos en paz los designios de Dios y dígame algo acerca de sus investigaciones sobre la calavera de cristal y el tesoro mexica.

—He olvidado el tesoro, señor Hammond, y no sé de qué rayos me está hablando.

Jamás el almirante había escuchado tan excedida falta de respeto que brotaba en todas direcciones. Ahora su fisonomía era presa del mayor desconcierto. Trató de serenarse para buscar salida a una situación que se le presentaba descontrolada. Pero no tuvo mucho tiempo para desplegar sus razonamientos porque el teniente se levantó y escapó con paso lento sin atender siquiera a los alaridos amenazantes de Hammond, que intentaba detenerlo.

Cuando el almirante fue llamado por Albemarle, enseguida pensó que ello se debía a la altisonante gritería que se había producido entre él y Greene. Al llegar a la dependencia del conde, Hammond vio que también ahí se encontraba el almirante Elliot. Sin embargo, muy pronto descubrió que era otra la razón del llamado de su jefe.

–¿Dónde está el capitán McDowell, señor Hammond? –preguntó Albemarle.

–No entiendo la pregunta, señor Albemarle –dijo con verdadero desconcierto.

El gobernador invasor dio unos pasos por la dependencia, repasó con la mirada a Elliot y comentó con calculada calma.

–Señor Hammond, McDowell ha desaparecido de La Habana. Lleva ya veinticuatro horas sin aparecer por sitio alguno. De forma inequívoca, el almirante Elliot y yo hemos comprobado que se llevó consigo gran parte del recaudo de los impuestos y donativos, y hasta documentos comprometedores que pertenecen a nuestro Almirantazgo.

El almirante boquiabierto se desplomó sobre una silla y el color de su semblante presagiaba su final. «¿McDowell? –meditó el diplomático sintiendo un frío insoportable en su cerebro–. No puede ser. Esto no es posible».

–No tenemos duda, señor Hammond –continuó Albemarle–, de que su colaborador predilecto ha desertado hacia las filas enemigas. El capitán McDowell mantenía vínculos secretos de colaboración con los españoles –aseveró con voz grave y despacio preguntó–. ¿Usted no sabe nada del posible paradero de ese despreciable capitán?

–Lamento decirle que todo esto me sorprende.

El diplomático, tan pronto expresó este parecer, viajó con su mente hacia López-Parro, y presintió que tal desastre tendría que ver con el quehacer de ese enviado del rey español. El hostigamiento de los peninsulares y criollos hacia los británicos se sostenía en los alrededores de La Habana, lo que volvía más perentoria la alimentación de las tropas de ocupación; pero, a todas luces, pensó Hammond, los zarpazos de la conspiración estaban alcanzando las altas esferas del mando británico.

–He decidido que usted regrese cuanto antes a Londres –Albemarle habló despacio y dio la impresión de que esa resolución había sido macerada previamente con Elliot–. A su arribo a Londres, Lord Anson adoptará las decisiones finales sobre su caso. El almirante Elliot lo acompañará en el viaje.

–¡Por favor, señor Albemarle! –imploró el diplomático poniéndose en pie.

–Huelgan los comentarios, señor Hammond –sentenció Albemarle–. ¡Desaparezca de mi vista!

Luego de despedirse de Chamblín en la Plaza del Viajero, Greene hizo su entrada a la taberna de Manolo el gallego. Al saludar a su dueño enseguida se dirigió al fondo de la tasca, lugar donde lo aguardaba López-Parro.

–¡Señor Greene, llegó bien acompañado!

–¡Ojalá pudiera contar siempre con un escudero como Chamblín! –recalcó el teniente–. Pero él como hombre libre tiene sus propios planes.

–¿Sabe? Si nuestros soldados hubiesen combatido como ese moreno, La Habana jamás hubiera caído en manos de los ingleses.

–Yo diría, si el mando español y no los soldados.

–Es cierto, teniente –rectificó el madrileño y demandó con afecto–. ¿Cuáles son sus planes?

–Parto hacia Londres la próxima semana y después marcharé hacia un lugar aún impreciso de Berbería o de Europa o la Isla de Man. No sé si lo haga influido por la novela maravillosa de Cervantes, pero voy a recluirme en la vida del campo. Por ahora desprecio la vida en la ciudad —el teniente devolvió a López-Parro la edición del libro *Don Quijote de La Mancha*—. ¡Lo disfruté mucho! ¡Gracias! Ahora puedo decir que conozco un poco mejor a los españoles.

—No podía imaginar que, después de su infortunio, usted tuviese el ánimo de terminar su lectura.

—El recuerdo de Froyla me ayudó muchísimo. ¿Sabe una cosa? Ella leía todas las tardes los poemas de Lope de Vega y de otros grandes poetas de su tierra —Greene cayó en un mutismo de largos segundos.

—¡Joven, ese amor suyo fue hermoso! —aseveró López-Parro, para sacar al teniente de su estado—, y usted, a pesar de su desventura, siempre lo llevará en su corazón.

A Greene le parecía inaudito que un enemigo fuera el encargado de dirigirle palabras reconfortantes con relación a Froyla. Ahora reconocía que sentía gran respeto por López-Parro. Las otras personas solidarias habían sido Chamblín, Ondarribi, Savanna y Van Leight. El noble calesero le dijo: «*Banita* siempre vive contigo, tú eres la verdad de los hombres». El vasco y su compañera llegaron a decirle que no existía en la tierra otro joven que hubiese amado con tal hombradía a su princesa.

Greene le explicó a López-Parro que el tesoro mexica estaba en sus manos y que le sería entregado con el fin, sobre todo, de proteger las vidas de Tartabull y de Gilberto el andaluz. Le argumentó también que ese gesto respondía a su convicción personal de que eran unas joyas que pertenecían por derecho de conquista al imperio español. Dijo exprofeso que había decidido no entregarlas a Hammond porque tenía bien evaluadas sus condiciones humanas. En este punto Greene preguntó:

—¿Usted fue el hacedor del golpe McDowell?

—¿Yo? —sonrió—. Yo solo escribo, teniente. Desconozco cómo ese capitán suyo se pasó a las filas españolas.

—Solo le advierto una cosa —sabía que el madrileño mentía—. Ese capitán lleva en su espíritu toda la ruindad de los ingleses. ¡Tenga mucho cuidado con él!

—Lo sabemos, teniente —se puso serio porque comprobó una vez más que su interlocutor era un joven de armas tomar, y advirtió en tono conciliador—. Hammond está en una situación delicada. McDowell era su hombre de confianza. ¿No le parece?

—Habría que ir a Cervantes, señor, y regresar muchas veces a Cervantes. Él dice que es tan ligera la lengua como el pensamiento, y si son malas las preñeces de los pensamientos, las empeoran los partos de la lengua —largó una espléndida bocanada de humo de su habano—. Y Hammond, señor mío, murió intoxicado por su propio veneno. Toleró a McDowell hasta lo indecible y con su lengua revoltosa gestó su propia autodestrucción.

—¡Joven, resulta increíble cómo ahora usted maneja el pensamiento de Cervantes! ¡No lo puedo creer! —López-Parro abrió los ojos llenos de admiración—. ¡Quedo encandilado ante su inteligencia!

La charla entre ambos prosiguió su rumbo y Greene supo que el enviado del rey estaba enamorado de María Cruz y tenía pensado desposarla para llevársela con él a Madrid. Establecieron el modo en que Chamblín lo conduciría hasta la finca de Cojímar para retirar las joyas mexicas. Lo que no dijo el teniente a López-Parro fue que él se quedaría con la calavera de cristal. Singular escultura que había impactado la sensibilidad de Froyla; por esa exclusiva razón había asumido la decisión personal de llevársela consigo hacia Londres para destinarla a algún museo. De manera que el espíritu de Froyla siempre estuviese irradiando su memoria en Inglaterra como el amor que simbolizaba la Giraldilla habanera del Castillo de la Fuerza. Era también el premio a su noble y callada audacia de haberlo ayudado a localizar los documentos de Carrazana que condujeron al escondrijo de la calavera de cristal y el tesoro.

—Señor López-Parro, debe tener cuidado con el catalán Medem. Él fue el canal traicionero que estableció el secretario García con el mando británico para rendir La Habana. Por esa vía se gestó la felonía de la autoridad española ante los invasores. De esa ranura surgieron los Artículos de la Capitulación, y el desprecio y la

desatención a las acciones y propuestas defensivas de los jefes criollos –el teniente puso una mano sobre uno de los brazos de
López-Parro–. Lo otro es que Medem con sus hombres lleva a cabo
la innoble faena de arrancarles los hijos a las negras esclavas y libres
para venderlos por el interior de la Isla, pero yo sé, y sin pretender
dirimir ahora nuestras consabidas diferencias, que ese asunto del
comercio de los esclavos para usted resulta un hecho razonable
–volvió a fumar de su habano–. Yo hablé con Savanna para que sa-
que cuanto antes a su hija Eva de la finca de Fernández el toledano.
Allí los miserables almacenan y venden a los pequeños. Medem es
el artífice de ese infame tráfico, pero a mí me basta con que usted
tome nota de la primera información, porque el catalán lleva sobre
sí la marca del traidor de los pies a la cabeza.

–De acuerdo.

López-Parro se manifestó impresionado por las revelaciones en
cuanto a la perfidia de Medem, y cómo Greene se diferenciaba de su
propia concepción con relación al tráfico de los negros esclavos. En
esos momentos, la figura de Pepe Antonio vino a su memoria y comprobó con secreta admiración que Greene y el finado héroe criollo
tenían gran similitud con respecto a inusuales valores éticos. Aunque
el enviado del rey no podía sospechar que a Greene le faltaba un último asunto.

–Mire. Aquí tiene un documento que refiere cómo se gestó el robo
del tesoro. El plan fue urdido por un encumbrado y desconocido oficial del alto mando español que partió el año pasado junto con Prado
Portocarrero hacia Madrid. El encubierto truhán lo hizo en colaboración con el sacerdote Carrazana. No creo que en estos momentos se
pueda deducir quién es el susodicho oficial, pero cometió el error
de señalar a Jiménez entre los posibles verdugos de Carrazana, ¡y no
solo eso! Yo no dudo que el canario esconda detrás de su conducta
pacífica, en la cual solo sobresale su adicción a los cotilleos, una colaboración secreta desde hace muchos años con el imperio británico.
¡Custódiese, no vaya a ser que me lo envenenen! –Greene vio que la

cara del madrileño estaba lívida–. Sé que la señora Septimina es incapaz de hacerlo, pero un hombre enjaulado sí puede, con sus golpes de cola, asesinarlo. ¡Cuídese!

López-Parro se quedó sentado con el papiro en las manos. Con una rápida ojeada pudo darse cuenta de que el pergamino estaba escrito en un latín mediocre, cargado de faltas de ortografía y con una sinuosa caligrafía que enmascaraba al verdadero autor.

«¡Qué bella y reconfortadora verdad el saber a la verdad, aunque moribunda a veces, inmortal!», pensó López-Parro en un parecer de Miguel de Cervantes, mientras atónito y deslumbrado veía partir al joven británico que jamás podría olvidar.

Sir Eric J. Taylor abrazó con aires de redención a Greene y enseguida se dio cuenta de que otro bisoño suyo había regresado a Londres de las Indias Occidentales. Lo veía algo endurecido. También apreciaba que en su interior palpitaban nuevas y extrañas furias. Sus hermanos Elizabeth, Steve y Brian lo abrazaron con efusividad, como se recibe al hermano pequeño y más consentido; pero Elizabeth, la más parecida a Sir Taylor, pudo evaluar enseguida que Greene era otro joven. La gobernanta Hunter estrechó a Greene estremecida, lloriqueando, como la madre que festeja el regreso del hijo que no esperaba ver de nuevo.

–Hijo, estoy muy orgulloso de ti –dijo Sir Taylor–. ¡Has honrado la estirpe de nuestra familia! ¡Dios mío! ¡Tu madre debería estar aquí entre nosotros!

–¿Aunque sea su descarriado hijo? –objetó Greene, con hiriente ironía.

–No quiero escuchar cosas feas, hijo mío, por favor –imploró Sir Taylor.

–Padre, acerca de la carta suya que me entregó Hammond, qué pudiera decirle –opinó con extremada calma–. A usted debo mi vida y gracias a su educación hoy no soy, por suerte, ni un militar ni un comerciante –miró hacia sus hermanos–, pero le aseguro que tengo conciencia de que tal vez me sucedió lo mejor. Amo mi quehacer literario mucho más que antes. Y eso me alegra. Examinaré en mi obra la exploración del ser humano, cometido que solo puede ser alcanzado con la fabulación literaria. De Froyla no quiero hablar. No vale la pena. Ni siquiera creo que usted se alegre de su muerte. Usted no se regocija de la muerte de nadie. Todo lo contrario –Greene estrenaba opiniones tan intensas como inesperadas–. Ella para mí era la muchacha más bella; la verdadera savia de la vida. Ahora sin Froyla, de momento, no sabría cómo calificar todo lo que rodea mi existencia. Pero sabré reponerme, padre, no lo dude. Sabré como renovar mis empeños. ¡Oh, qué pena que usted y mis hermanos no hubiesen podido conocerla! ¡De veras!

–Hijo mío, ¡qué Dios te ampare! Sabes, en tu posición social el amor solo termina en el altar y eso...

–Padre –interrumpió Greene–, ¿recuerda cuando usted me habló acerca de los escritores suicidas? ¿Recuerda? Fue para mí un pasaje aleccionador.

–Sí, pero eso nada tiene que ver con... –Sir Taylor intentó hablar para persuadir a su hijo acerca de otra perspectiva de vida.

–Padre, escuche –gruñó el hijo menor–; la vida es nacer, envejecer, enfermarse, estar con lo que se odia, no estar con lo que se ama, desear y anhelar y no conseguir. Así es y así será siempre. Al menos lo he comprendido: esa es la verdadera causa del sufrimiento humano. Pero ello no significa, padre, que yo no logre reconstruir mi vida y vaya a suicidarme; no, de ninguna manera. Jamás. Todo lo contrario.

Greene estaba envuelto en un renovado estado de ánimo que nadie quiso disturbar. Los hermanos, e incluso Sir Taylor, se asombraron al constatar que el presumible duelo del joven era auténtico, sereno; y que, paradójicamente, de alguna que otra manera lo había hecho progresar espiritualmente, en suma, ser más maduro.

—Thomas, ¿quién es ese moro que llegó contigo? —demandó Elizabeth, convencida de que la vida familiar retomaba su curso normal—. Dijo que partirá junto contigo hacia la Isla de Man. ¿Eso es cierto?

Greene suspiró y se volteó para su hermana.

—¿Aram? Oh, hermana, no creas una sola palabra de lo que diga ese bribón. Es un mentiroso incurable. Sin embargo, a la larga resultó para mí uno de los pocos amigos que pude granjearme en la aventura. Un auténtico pillo, pero con Aram podré recordar todos los días que los reyes y pontífices esconden mayores embustes e hipocresías que él. Aram solo se debe al Corán. Dice saber cosas sobre el budismo. Digamos que ese moro con sus fabulaciones me motivó para estudiar las enseñanzas de Buda que, por cierto, resultan interesantes.

—Thomas, ¿cómo puedes hablar de ese modo sobre los reyes y los pontífices? —increpó Steve—. Los hombres necesitamos vigías que guíen nuestro camino.

—¿Sabes, Steve? —replicó Greene—. He vivido una guerra que hizo morir a miles de personas. La toma de La Habana fue una gran insensatez desatada por los reyes Carlos III y Jorge III. El primero es tan ignorante como el segundo. Y la religión va detrás de la matanza y bautiza el calvario de la gente humilde. Enarbola un Dios que proclama que suframos más que Jesucristo en la cruz para alcanzar la redención. ¡Increíble! ¿Esas atalayas enmohecidas, Steve, son el objeto de tu invocación? ¡Debo reír para no llorar! La gente humilde constituye ser la verdadera víctima de los discernimientos de los reyes y sus jefes militares. Este mundo tiene que cambiar. Y más tarde o más temprano tendrán que derrumbarse esas vigías que tú invocas; y que solo saben adueñarse del alma de los hombres y con sus acciones irresponsables, en un soplo, deciden su suerte. Muy pronto otras torres deberán levantarse y ser capaces de iluminar el verdadero sendero del entendimiento y enriquecimiento espiritual de todos los hombres.

—Thomas, propongo que te vayas conmigo a Calcuta —expresó Brian.

—Hermano, de los militares no quiero saber absolutamente nada —replicó Greene.

—¿Qué piensas hacer, hijo mío? —preguntó Sir Taylor.

—Padre, partiré hacia la Isla de Man o hacia otro sitio. No sé, cuando me asiente en alguno de esos lugares ya le escribiré.

Greene se levantó y comenzó a caminar despacio de un lado a otro de la sala. Observó cómo el rostro de su progenitor se había desencajado un poco, pero se mantenía tranquilo gracias a su habitual e impecable apariencia externa; vio cómo sus hermanos estaban algo atontados ante el anuncio de su decisión. En ese momento a Greene le hubiese gustado que ahí se encontrara a su lado su cubanita del clavicémbalo, para que hubiese podido comprobar por sí misma, cómo también podían crujir, para bien y para mal, los cimientos de una familia aristocrática.

—Padre —continuó Greene—, bromas aparte, lo más seguro es que me vaya a la Isla de Man, que está situada en el mar de Irlanda, isla pequeña y rocosa, con bahías y altos acantilados, con valles profundos, arbolados y colinas, donde veré crecer flores, frutas, verduras, trigo; y podré esconderme en sus valles para escribir acerca de la exploración de la vida del ser humano en términos literarios, por supuesto, y así recordar La Habana y sobre todo a Froyla, que me fue arrebatada. Pero alguna buena señal tendré como recompensa. ¡Seguro!

Otra vez el silencio atrapó a Greene y detuvo su andar.

Nadie quiso expresar una sola palabra. Intuían que Greene parecía estar bastante calmado, aunque sin duda, algo turulato. Las miradas desconcertadas de los hermanos fueron en busca de la reacción de Sir Taylor. El elegante octogenario conocía a su hijo menor y sabía que sus ideas emergían de convicciones que, seguramente, había macerado durante largo tiempo. Una zozobra atenazó la bondad paternal del veterano comerciante. «Thomas, quien ahora no dejará de nombrarse a sí mismo por el nombre de Eric Greene, parece escapar hacia el suicidio, pero defiende unos ensueños que yo en mi añeja existencia envidio. ¡Mi hijo es un auténtico

Taylor! ¡Esa grandeza de su linaje la debe a nuestra familia y, en especial, a su madre que ya espera por mi viaje sin regreso!», meditó Sir Eric J. Taylor, mientras se dirigía a abrazar con devoción a su romántico cachorro.

–¡Hijo mío, que Dios te bendiga! –dijo abrazado a su bisoño romántico–. ¡Yo jamás te abandonaré!

–Padre, debo decirle algo importante –aseveró en el abrazo–. ¡Le amo! Le reitero que solo pienso dedicarme a la literatura. A usted le agradezco que me haya autorizado a viajar en la cruzada británica que tomó La Habana. Aprendí buenas lecciones de la vida, y también las malas, que mucho nos enseñan. ¡Gracias, padre! ¡De veras! Pero sabe, sin Froyla a mi lado, no sé qué más decirle.

La Habana, piedra sobre piedra, no había tenido finalmente que mudar de piel. La ciudad en el mes de julio de 1763 retornaba al seno del imperio español gracias a un tratado diplomático firmado en Versalles entre España e Inglaterra. Los españoles entregaron a los británicos la posesión de La Florida a cambió del reintegro de la ciudad Reina de las Indias. Ante tal jubiloso acontecimiento, los habaneros se lanzaron a las calles para festejar por todo lo alto el histórico advenimiento. Transcurrieron largos días de fiestas interminables, en las cuales La Habana retornaba con nuevos bríos a su vida colonial española. De la muchedumbre brotaron enardecidas evocaciones al Santísimo, arropadas en la atávica liturgia católica, y vivas al rey Carlos III. En esas jornadas los criollos estrenaron también muchos vivas a Pepe Antonio, a Luis de Velasco y a la Virgen María, tal vez para prometerse a sí mismos que nunca olvidarían la traición del mando español que fuera consumada en agosto de 1762, y hasta quizás también para demarcar el inicio de una diferencia que ya soltaba amarras entre peninsulares y nativos con relación a la tierra que los viera nacer. La Habana, en once meses de ocupación británica, había soportado muchos sufrimientos y humillaciones, y todos presentían que a partir de su retorno al Reino de España comenzarían a refundamentarse en muchos órdenes las renovadas aspiraciones de sus pobladores.

Ondarribi, junto con Savanna, Euclides y Coyol había participado en las fiestas religiosas y paganas, esparcidas y reverdecidas por toda la ciudad. El coñac acompañó al vasco en su regocijo; a través del cual pudo comprender cómo el desconsuelo por la pérdida de su princesa podía aliviarse en alguna medida con la alegría colectiva de que La Habana regresaba al seno de España.

María Cruz se desposó con López-Parro y partió con él hacia la península ibérica. En una rápida correspondencia de su hermana y de su cuñado, procedente de Madrid, el vasco tuvo conocimiento de muchas novedades. Por una parte, María Cruz le comunicó la rarísima certeza personal de que ella era muy feliz con su esposo y, sobre todo —sin despego a su lengua viperina—, que ella había podido, finalmente, regresar a la incomparable Europa, y abandonar para siempre la Isla aburrida y ubicada en el final de los destierros.

En misiva aparte, López-Parro le decía que, luego de su llegada a Madrid, había podido comprobar con sobrado enojo y desconcierto, la tremenda ironía con que había sido recibido por Pertini, incluso de forma apresurada, pero nunca por el propio rey Carlos III. Describió en su comunicación, con justificada acidez y hasta parodiando en sus inicios la recurrente frase del vasco:

Ondarribi:

¡Tiene que ser! Su Majestad, siempre tiene que atender grandes empresas que nada tiene que ver con las nimiedades de un enviado suyo que dirigió la campaña de la resistencia contra la ocupación británica. Y el señor Pertini, sin yo esperarlo, me dejó sembrado y patitieso con el parlamento en mis adentros que yo había preparado durante todo el viaje. Me dijo impasible que nos veríamos más adelante porque en ese preciso instante debía partir cuanto antes junto al rey para acompañarlo a una impostergable

batida. «Su Majestad —me dijo el napolitano imperturbable, como si yo nunca me hubiese ausentado de España—, pase lo que pase, no puede abandonar su gran entretenimiento, que es la cacería». Y cuando yo quedé aturdido en medio de su oficina, me dije: ¡Dios mío! ¡Las piezas que destina este juego que llamamos vida! Luego, al salir del Palacio Real y montar en mi carruaje, exclamé ante mí mismo: ¡Viva el rey! Y también, por qué no: ¡Viva Pepe Antonio!

No fui recibido por Su Majestad como yo esperaba, y también, para mayor asombro, hicieron caso omiso del tesoro mexica, pero ese día recorrí junto a María Cruz la hermosa Madrid y memoricé con una nostalgia que nubló mis sentimientos la enigmática ciudad de La Habana y a todos los amigos y personajes que allí pude conocer. Recordé muchísimo al irrepetible Pepe Antonio; al gallego Manolo; al Martínez fiel; al negro Chamblín, quien, a veces, me daba la impresión de que no sabía qué hacer con su libertad personal; a su maravillosa y valiente Savanna; al cubano Euclides; al indio Coyol; a la pobre Septimina, que siempre creyó estar casada con un ángel; al pérfido de Morphy, que sabe vivir como nadie a sus anchas en los infiernos de Dante; y a ese joven maravilloso y romántico nombrado Greene, que tanto amó a su inolvidable Froyla, ¡qué ahora Dios la tiene en la gloria!

¡Cuánto me hubiera gustado, Ondarribi, intercambiar con el joven británico sobre este insólito recibimiento del rey! Con toda seguridad, Greene me hubiera sentenciado sonriente: «Señor López-Parro, habría que regresar a Cervantes, ¡todos los reyes son unos necios presuntuosos!».

Ondarribi esa noche bebió vino a gusto y cayó agotado en el lecho de tanto caminar y gritar por toda La Habana. Se quedó dormido con las cartas madrileñas sobre su pecho, las cuales había releído muchas veces, musitando ebrio, adormilado, su frase preferida: «López-Parro, ¡tiene que ser!». Savanna se acostó a su lado y sintió que el cuerpo del vasco se hundía en un sueño profundo. Luego apreció que había comenzado a moverse; tal vez, pensó ella, sea presa de otras de sus pesadillas, de esas que lo zarandean hasta provocar en él espasmos similares a los de la epilepsia. Ahora lo sentía estremecerse y lo golpeó de modo leve para que continuara durmiendo porque sabía que en la mañana ocurriría algo grandioso, algo que ya debía haber pasado; y Savanna no sabía, cuando eso sucedía, si la luna se desprendía del cielo o el Todopoderoso, como debería ser, la ayudaría a que llegara el verdadero milagro.

Un huracán violento se encima sobre la humanidad del vasco. Nalón sonríe y no lloriquea, y le dice: «¿Sabes, Ondarribi? Don Mikel sí era mi amigo; tú, sin embargo, jamás lo fuiste. ¿Sabes? A Carrazana lo golpeé con un palo de majagua y sentí inexplicable delicia al hacerlo. No soy un asesino, soy un tonto, un distraído, pero a veces se siente gran placer al conocer los privilegios de la violencia, al comprobarla uno tan vívida y cercana, casi como la bendición de los cielos que uno realmente necesita. Sentí mucho goce al apalearlo, porque ese maldito jesuita no hizo otra cosa que denigrar y denigrar de mi persona por todas las calles de La Habana. ¿Sabes? Tal vez María Cruz siempre me despreció por culpa de ese cura maldito». Ondarribi le lanza al asturiano una bofetada, pero no lo atrapa. Luego lo arrincona, le lanza una patada, pero tampoco lo alcanza.

Ahora su adorada Froyla vuelve a asirlo por los brazos saturados de lodo, y ella resbala hasta caer sin remedio en un hondo abismo. El vasco gime inconsolable ante la tragedia y le grita a su princesa que él no tiene la culpa.

«¡La sangre de Jesucristo, la sangre de sus sienes, la sangre de todo su cuerpo y la sangre de sus pies!». Le clamó el padre Juvenal con una Biblia en las manos, tratando de recomponer el aniquilado ánimo del vasco. «¡Los sufrimientos hacen madurar el alma y preparan el arduo camino hacia Dios!». Le alegó el sacerdote franciscano una y otra vez.

Savanna sacudió el cuerpo de Ondarribi. El vasco abrió los ojos y secó con la sábana el copioso sudor que poblaba su frente.

–¡Vamos, levántate! –ordenó enérgica la jamaiquina, convencida de que su compañero era víctima de sus habituales alucinaciones–. En la sala te esperan.

–¿Quién? ¿Quién me espera? –preguntó, mientras enjuagaba su cara ante el recipiente esmaltado que todos los días le traía Savanna.

–¡Vamos, vamos!

Ondarribi siguió los pasos de su compañera por la galería en dirección al salón principal. Sin embargo, al llegar a la puerta de acceso a la sala una sacudida lo inmovilizó. La sorpresa no le permitía al vasco articular palabra alguna.

Eva se acercó y entregó a Ondarribi un bebé.

–Padre, ahí tiene a su nieto –dijo Eva con voz muy suave, llamando al vasco por el calificativo de padre y no por el apellido, como era lo habitual en ella, y agregó con ternura–. Me dijo que le hacía mucha falta un beso de su abuelo.

El vasco acogió al crío en sus brazos y preguntó despacio una certeza que desde hacía tiempo suponía.

–¿Cómo se llama este bebito tan lindo?

–José Antonio, como su padre –respondió Eva con una dulce expresión en su semblante.

–Hija mía, yo siempre nombraré a este Ondarribi por el nombre de Pepe Antonio –dijo el vasco estremecido y con una sonrisa que asomaba renovadora en sus ojos tristes–. A él le donaremos el clavicémbalo de nuestra Froyla. ¡Dios sabe que mi nieto será un excelente músico! ¡Tiene que ser!

Savanna y Eva no pudieron contener las lágrimas. La jamaiquina, acostumbrada a los grandes silencios y resignaciones, abrazó a su hija. Euclides puso afable sus manos sobre los hombros del vasco para contemplar mejor al crío y Coyol apareció sigiloso como los gatos, con un ramo de girasoles en las manos.

Ondarribi se sentó en su sillón y contempló por largos segundos el pequeñuelo que sostenía en los brazos. Un dictamen remoto que le había dicho Greene antes de partir hacia Londres vino a su memoria. Se lo había expresado para persuadirlo de que los sueños del ser humano eran interrumpidos por fuerzas ciegas, descontroladas y también desconocidas. El pronunciamiento proclamado en el adiós, según dijo Greene, pertenecía al poeta William Shakespeare: «Nuestros pensamientos son nuestros pensamientos. Su ejecución nos es ajena».

www.ingramcontent.com/pod-product-compliance
Lightning Source LLC
Chambersburg PA
CBHW030929020726
47498CB00001B/179